U0091095

# 古典文學研究輯刊

十　編

曾 永 義 主編

## 第12冊

# 呂天成戲曲理論研究

黃 韻 如 著

國家圖書館出版品預行編目資料

呂天成戲曲理論研究／黃韻如 著 -- 初版 -- 新北市：花木蘭文化出版社，2014〔民 103〕

目 2+248 面；19×26 公分

（古典文學研究輯刊 十編；第 12 冊）

ISBN 978-986-322-913-1（精裝）

1.（明）呂天成 2.戲曲理論 3.戲曲評論

820.8 103014148

古典文學研究輯刊

十 編 第十二冊 ISBN：978-986-322-913-1

# 呂天成戲曲理論研究

作 者 黃韻如
主 編 曾永義
總 編 輯 杜潔祥
副總編輯 楊嘉樂
編 輯 許郁翎
出 版 花木蘭文化出版社
社 長 高小娟
聯絡地址 235 新北市中和區中安街七二號十三樓
電話：02-2923-1455／傳真：02-2923-1452
網 址 http://www.huamulan.tw 信箱 hml 810518@gmail.com
印 刷 普羅文化出版廣告事業
初 版 2014 年 9 月
定 價 十編 18 冊（精裝）新台幣 32,000 元 

# 呂天成戲曲理論研究

黃韻如　著

## 作者簡介

黃韻如：1980 年生。臺北人。臺灣師範大學國文系學士，臺灣大學中文所碩士，現為臺灣師範大學國文所博士班候選人。碩士論文題為《呂天成戲曲理論研究》。曾發表〈呂天成「戲曲情境說」研究〉、〈論陳鍾麟《紅樓夢傳奇》之改編特色與意義〉、〈從王國維「境界說」發展三歷程之演析探其「戲曲意境說」之內涵〉、〈徐大椿《樂府傳聲》之曲唱體系〉等單篇期刊論文。

## 提　　要

呂天成（1580 ～ 1618）乃明代最重要的戲曲理論家與批評家之一，但後人對於其戲曲理論的探索尚未有全面而深入的專論。筆者欲在前人的基礎之上進行深入探討，進而準確把握呂天成《曲品》自身理論體系和理論內涵，並追尋探隱，辨明其理論得以建構的歷史軌跡和承遞關係，以達到對呂天成戲曲理論的全面掌握。

本論文首先探討呂天成劇論產生的背景，從時代、地域、曲家群、曲論家群等角度著眼，力求建立完整的時空背景圖貌。進一步著力於建立呂氏戲曲理論之體系，注意其理論與前代戲曲理論的承傳關係及其對後代曲論之影響。呂天成的戲曲創作理論與品評觀點與其對於戲曲發展史的觀念有關，故筆者從史、論、評三個方面著眼，並注意各種藝術審美標準間的關聯性，期能梳理呂氏戲曲理論，架構綿密的理論體系，以揭示其理論內蘊，確立其在曲論史上的地位。

本論文分配章節如下。〈緒論〉乃在說明研究動機、前人研究成果、研究方法、內容提要與預期成果。第一章〈《曲品》的撰作背景、呂天成生平及其寫作動機〉，從明代劇壇創作情況、戲曲理論的發展，以及地域因素三方面，對《曲品》的撰作背景加以考察。並概述呂天成的家世、生平、創作生涯、師承友朋與《曲品》的寫作動機及體例。第二章〈品評標準與批評角度〉，指出呂天成對於戲曲發展史與戲曲流派承傳的觀念與其品評標準之間的密切關係，並歸納其品評標準，凸顯其品評標準的原則與特徵。由此而延伸論述呂氏對戲曲功能與創作思想的看法，並指出其重視作家與作品的關係，以及《曲品》中的觀眾、讀者位置。第三章〈論故事、題材、情節、布局與結構〉，從戲曲的藝術要素出發，論述《曲品》中的敘事理論，指出故事題材、情節、布局、結構四者概念的差異，進而歸納分析《曲品》中的故事題材論、情節論、布局論與結構論，並透過其與其他曲論家的比較，凸顯其理論特點。第四章〈當行本色論與雙美說〉，闡明呂天成曲論中「當行本色論」與「雙美說」之間密切的關聯性，並說明其內涵意義，同時揭示其在呂天成戲曲理論系統中的統攝地位。第五章〈戲曲情境說〉，闡述呂天成戲曲情境說的內涵與特色，及其在戲曲意境理論史上的重要價值與地位。首先分析呂天成如何將意境概念從詩詞理論轉化為戲曲理論。而後歸納呂天成戲曲情境說的品評術語與概念，析出構成戲曲情境的三大要素：（一）情景（二）情境（三）趣味。接著闡發三者的內涵，並進一步指出這三個範疇對古典劇論的開拓意義。最後歸納呂天成對戲曲情境的審美要求有三：（一）以真情為本（二）追求逼真自然（三）新穎脫套。〈結論〉乃在歸納呂天成戲曲理論體系，並指出其戲曲理論之得失與評價，凸顯其在戲曲理論史上的地位、價值與影響力。

# 目次

# 緒　論

## 第一節　研究動機與前人研究成果

若謂元雜劇是中國戲曲創作的第一個高峰期，明萬曆時期是戲曲創作的第二個高峰期，則明萬曆年間可說是中國戲曲理論史上的第一個高峰期。此時期繼承並發揚元代戲曲理論，歸結明代萬曆以前的曲論對峙，開啓了明末至清代劇論的顛峰時期。呂天成《曲品》乃爲此期最重要的戲曲理論之一，青木正兒《中國近世戲曲史》更特別將呂天成《曲品》與王驥德《曲律》標舉爲明代論曲之「雙璧」〔註1〕。

明萬曆年間劇論家多身兼創作家，如王驥德、呂天成、沈璟、湯顯祖、徐復祚、馮夢龍等，他們自覺地對於各種戲曲批評術語作研究與歸結，使戲曲批評走向理論化、系統化。是以此期出現了許多戲曲創作理論與品評理論，或以曲品形式，或以評點形式，或以曲話形式出現，更有許多戲曲理論蘊含於序跋中。而呂天成《曲品》可說是明代第一部有系統的曲品著作。呂天成自覺地以理論實踐的方式，落實於戲曲品評中，以獨特的品評方式揭示有明一代戲曲創作情況，追求理論與實踐的結合。《曲品》中觸及各種戲曲藝術要素的探討，突破了前代以「曲」爲本位的研究，邁向「劇」論研究，開展出戲曲題材論、關目情節論、結構論、章法格局論、本色當行論、雙美說、戲曲情境說等戲曲批評理論。

---

〔註1〕青木正兒著，王古魯譯：《中國近世戲曲史》（臺北：臺灣商務印書館，1996年12月臺一版第六次印刷），頁227。

關於前人研究呂天成《曲品》的情形，早期引人注意的多爲其戲曲史料與劇本目錄價值，如葉德均與陳芳英皆認爲「《曲品》價值不在於品類的分別與若干評語，而在其保留的劇目和若干已佚傳奇內容，其次是記錄作者的史料〔註 2〕」。著眼於《曲品》版本與其中著錄劇目之考證者，除葉德均〈曲品考〉〔註 3〕外，尚有趙景深〈增補本《曲品》的發現〉〔註 4〕、鄧長風〈呂天成《曲品》庚戌稿本初探〉〔註 5〕。至於考證呂天成生平者，有葉德均〈曲品考〉〔註 6〕、趙景深〈增補本《曲品》的發現〉〔註 7〕、吳書蔭〈呂天成和他的作品考〉〔註 8〕等，其中吳書蔭〈呂天成和他的作品考〉可說是第一篇較爲詳盡的呂天成生平及其作品考述。

在趙景深、藍凡、吳書蔭等的努力下，呂天成《曲品》的戲曲理論價值始被揭示。趙景深《曲論初探》中於〈呂天成《曲品》〉〔註 9〕一文中指出：《曲品》的價值不能只是把它當成一本目錄來看，所謂「品」，就是品評高下的意思。趙氏從湯沈優劣論、新傳奇總論、品曲標準三方面論呂天成的戲曲理論。藍凡〈呂天成品評戲劇作品的美學標準〉〔註 10〕一文則闡述呂天成的戲曲批評美學。藍凡指出呂天成的美學品評標準有三：一是奇之美與眞之美，二是把握舞台性，三是獨創性。吳書蔭〈從《曲品》看呂天成的戲曲理論〉〔註 11〕一文則對於呂天成戲曲理論作一番深入的挖掘，爲其後成於民國八十二年（1993）王淑芬所撰的碩士論文《呂天成〈曲品〉戲曲觀之研究》

〔註 2〕 葉德均：〈曲品考〉，收於《戲曲小說叢考》（北京：中華書局，2004 年 12 月第 2 版第 2 刷），頁 152；陳芳英：《明代劇學研究》（臺灣大學中文所博士論文，張敬先生指導，1983 年），頁 301。

〔註 3〕 葉德均：《戲曲小說叢考》，頁 151～186。

〔註 4〕 趙景深：〈增補本《曲品》的發現〉，收於《曲論初探》（上海：上海藝文出版社，1980 年 7 月），頁 68～82。

〔註 5〕 鄧長風：《明清戲曲家考略》（上海：上海古籍出版社，1994 年 12 月），頁 125～134。

〔註 6〕 葉德均：〈曲品考〉，《戲曲小說叢考》，頁 149～151。

〔註 7〕 同註 4，頁 69～70。

〔註 8〕 吳書蔭：〈呂天成和他的作品考〉，收於《曲品校註》（北京：中華書局，1994 年 3 月初版），頁 422～439。又載於《戲劇學習》，1982 年，第 4 期。

〔註 9〕 趙景深：〈呂天成《曲品》〉，收於《曲論初探》，頁 33～36。

〔註 10〕 藍凡：〈呂天成品評戲劇作品的美學標準〉，《古代文學理論研究》第八輯（上海：上海古籍出版社，1979 年）。

〔註 11〕 吳書蔭：〈從《曲品》看呂天成的戲曲理論〉，收於《曲品校註》，頁 439～463。又載於《中國文藝思想史論叢》第一輯（北京：北京大學出版社，1984 年 5 月初版），頁 281～299。

奠定了基礎。吳書蔭歸納呂氏戲曲理論有五點：第一，事奇而眞，合乎情理；第二，刪繁就簡，重點突出；第三，本色當行，雅俗共賞；第四，貴於創新，忌落俗套；第五，其他：包括「合世情，關風化」與「守音律」兩大主張。最後進一步指出《曲品》的侷限處。此文可說是第一篇對呂天成曲論作深入與全面的挖掘與探討之論文。

其後譚帆〈「文人之品」和「行家之品」——呂天成、祁彪佳戲曲審美思想的比較〉〔註 12〕一文則運用比較方法，從二人的生平背景出發，進而分析二人對戲曲情節內容的看法、戲曲審美趣味標準的差異。一方面揭示呂天成與祁彪佳戲曲理論之淵源與風貌，一方面藉由二者的比較，揭示明代戲曲理論發展之軌跡。首先，他認爲呂天成一生未入仕途，平生致力於戲曲事業，故其理論遠離官場和政事的陋習，較少迂腐的道學氣習，因而在審美趣味和標準上較多注意戲曲藝術本身的特徵，而著力構築新的美學原則；而祁彪佳則以文人士大夫的身份涉足戲曲領域，戲曲乃是其政暇餘事，故其使審美思想較多地浸染了政治家的氣度和文人士大夫的固習，因而其審美趣味往往源及於傳統的觀念與準則。在戲曲情節內容方面，呂天成比較著重內容的審美價值，提倡「奇」與「眞」的結合，祁彪佳則提倡「美」和「善」的包融，以道德意義爲衡量作品的首要準則。在戲曲審美趣味標準上，呂天成所抱持的是以「當行領銜」，體現新的美學準則的戲曲審美標準；祁彪佳則以「自然統攝」，較多吸收了傳統審美思想和士大夫的審美趣味。最後，他把呂天成歸入在戲曲藝術自身特徵制約下的「行家之品」，而把祁彪佳列爲體現傳統審美思想餘緒的「文人之品」。譚帆認爲明代中葉是我國戲曲觀念由傳統詩學傾向戲曲藝術自身質素過渡的轉折期，呂天成和祁彪佳戲曲審美觀的爭執正是這種轉折所暴露的最後一次陣痛。

將呂、祁二氏作比較的，還有劉南南〈祁彪佳和呂天成的曲品著作比較〉〔註 13〕一文，他透過比較呂、祁二人，肯定了祁彪佳曲論的價值更勝呂氏。劉南南認爲：二氏皆有兼容並蓄的特質，呂氏屬於吳江派，其品評基本上還是以詩評曲，重視詞采等形式；祁彪佳則傾向臨川派，但不以詞掩意，突破自詩詞論曲的傳統，品評圍繞著戲曲本質特徵——敘事性展開。此外，祁彪

〔註 12〕譚帆：〈「文人之品」和「行家之品」——呂天成、祁彪佳戲曲審美思想的比較〉，《藝術百家》，1987 年第 1 期，頁 87～93。

〔註 13〕劉南南：〈祁彪佳和呂天成的曲品著作比較〉，《蘇州大學學報》（社會科學版），第 33 卷第 4 期（2005 年 7 月），頁 53～56。

佳還增設「雜調」，比呂氏進步。劉南南認爲祁氏能出色地把戲曲批評推向更成熟完善的境地，代表了明代戲曲品評的最高成就，故其應獲得重視與肯定其學術價值。有趣的是，劉南南的研究成果與前述譚帆的結論竟呈現兩種不同的研究結果。

以比較方式研究者，尚有姚文放《中國戲劇美學的文化闡釋》第二十章〈呂天成與萊辛的戲劇批評之比較〉〔註 14〕一文，透過中西劇論家之比較，從戲劇情節、藝術眞實、藝術天才、戲劇功用四個方面進行比較，揭示呂天成劇論的特點。

王淑芬《呂天成〈曲品〉戲曲觀之研究》〔註 15〕是第一本專門研究呂天成《曲品》的學位論文。該論文對於呂天成生平及著作之考述、《曲品》的撰作背景、《曲品》的撰著動機、體例及流傳版本等外緣研究特別詳盡，此部分占了超過全書一半以上的篇幅，其餘部分則對於呂天成戲曲理論也作了有系統而簡明的論述。王淑芬從情節結構論、文詞音律論、風教觀三個方面探討《曲品》的戲曲觀。筆者認爲其對於《曲品》戲曲理論的架構稍嫌簡略，且忽略了各種審美標準之間的關聯性，比如其附錄——「《曲品》品評劇作家、劇作之綜合分類表格〔註 16〕」中，將各劇作之評語截然劃分爲「情節、結構」、「文詞」、「音律」、「流派、承襲」四個部分。然尋繹呂氏《曲品》的批評脈絡，當不僅止這四種角度，呂氏《曲品》卷下開頭之敘言中即舉出其舅祖孫鑛的「南戲十要」以爲具體的品評標準，即所謂：「第一要事佳，第二要關目好，第三要搬出來好，第四要按宮調、協音律，第五要使人易曉，第六要詞采；第七要善敷衍——淡處作得濃，閑處作得熱鬧；第八要各角色派得勻妥；第九要脫套；第十要合世情、關風化〔註 17〕。」「十要」既是傳奇的審美觀，又是創作論，包括故事題材、情節結構、音樂文詞、場上安排、思想內容與創作主旨。筆者尋繹呂氏評語，確實包含這種十種標準，且各種審美標準之間互有關連，不可割裂而成爲各自獨立的審美觀。如王淑芬於附

〔註 14〕姚文放：《中國戲劇美學的文化闡釋》第二十章〈呂天成與萊辛的戲劇批評之比較〉（北京：中國人民大學出版社，1997 年 1 月初版，1997 年 7 月第二次印刷），頁 364～383。

〔註 15〕王淑芬：《呂天成〈曲品〉戲曲觀之研究》（政治大學中文所碩士論文，李殿魁先生指導，1994 年 6 月）。

〔註 16〕同前註，頁 230～240。

〔註 17〕〔明〕呂天成：《曲品》，《中國古典戲曲論著集成》第六冊（北京：中國戲劇出版社，1959 年初版，1980 年第二刷），頁 223。

錄中將「下中品」《綈袍記》評語：「范雎事佳，搬出宛肖。元有拷須賈劇，何不插入〔註 18〕？」歸爲「情節、結構」一類〔註 19〕。其實此段評語不僅包含「情節、結構」，還涉及題材與搬演效果。又如呂氏評「妙品」《荊釵記》云：「以眞切之調，寫眞切之情，情、文相生，最易不及〔註 20〕。」王淑芬將「情、文相生」歸入「文詞」一類，而將「以眞切之調，寫眞切之情」歸爲「音律」一類〔註 21〕，其實「以眞切之調，寫眞切之情」也涉及文詞方面，而「情、文相生」除了與文詞有關，亦與關目情節的推展、戲劇情境的營造等密不可分。又如呂氏評「上上品」《十孝記》云：「有關風化，每事三折，似劇體，此是先生創之。末段徐庶返漢，曹操被擒，大快人意〔註 22〕。」這段話涉及作品思想內容、體製、情節、結構等，王淑芬卻將此皆歸入「情節、結構」一類〔註 23〕。又如呂氏評「上上品」《紫釵記》云：「描寫閨婦怨夫之情，備極嬌苦，直堪下淚，眞絕技也〔註 24〕。」此與文詞、情節、結構、情境等藝術要素有關，王淑芬卻將此段話皆只歸入「情節、結構」一項〔註 25〕。因此，筆者認爲王淑芬論呂天成的戲曲理論時，一方面過於簡化，一方面也割裂了各種批評標準之間的關連性。這一部份實値得深入拓展，故本文欲在其基礎上，以呂天成戲曲理論爲主體，進行理論的深入挖掘，以彌補前人研究的不足之處。

其後王淑芬又於民國九十二年（2003）發表〈呂天成《曲品》題材論探析〉〔註 26〕一文，大抵上承襲其碩士論文中第五章〈《曲品》的情節結構論〉之架構，進而針對題材論去做更深入的發揮，將原本情節結構論中關於「事」的評語提取出來，劃歸爲題材論來重新討論，可見其已體悟《曲品》中「事」這個批評術語與題材之間的關連性。

---

〔註 18〕同前註，頁 250。《中國古典戲曲論著集成》本作「應侯事佳」，王淑芬則用吳書蔭校註本。

〔註 19〕同註 15，頁 239。

〔註 20〕同註 17，頁 224。

〔註 21〕同註 15，頁 231。

〔註 22〕同註 17，頁 229。《中國古典戲曲論著集成》本作「每事以三齣，似劇體，此自先生創之。」王淑芬則用吳書蔭校註本。

〔註 23〕同註 15，頁 232。

〔註 24〕同註 17，頁 230。

〔註 25〕同註 15，頁 232。

〔註 26〕王淑芬：〈呂天成《曲品》題材論探析〉，《親民學報》，第 8 期（民國 92 年 10 月），頁 233～242。

近年來，戲劇學史研究者對於呂天成的戲曲理論頗爲重視，如葉長海《中國戲劇學史稿》〔註 27〕、趙山林《中國戲劇學通論》〔註 28〕、俞爲民與孫蓉蓉合著《中國古代戲曲理論史》〔註 29〕、陳竹《中國古代劇作學史》〔註 30〕等都著眼於探討呂天成《曲品》的戲曲理論。尤其是呂氏的當行本色論、雙美說、趣味說等更一再被強調。趙山林認爲呂天成以「意境」、「境界」作爲一個綜合的標準，對劇本的藝術水平進行總體的評價〔註 31〕。陳竹則強調呂氏劇學主張的辯證思想，並注意呂氏各種戲曲藝術審美標準之間的關聯性。陳竹認爲：孫鑛「十要」爲呂氏劇學總綱，「十要」是辯證的統一，而絕非孤立單項因素的拼湊。「當行」說則是呂氏劇學之核心，「雙美」說是呂氏劇學風格論，並不是歷來研究者表現呂氏折衷的觀點，而是集中地體現了呂氏的藝術辯證法則。「雙美」的本質正在於「無心」與「有式」的辯證統一，是創作主體的能動性與藝術法則的制約性之間矛盾運動歸於同一根本法則。「趣味」說是呂氏劇學的審美特性論，一部劇作是否有趣味，涉及了作爲綜合藝術的戲劇的各種藝術要素的質地。呂氏的「趣味」說正是由他作爲戲劇本體論的「當行」說和作爲戲劇風格論的「雙美」說的自然延伸，是他劇學總綱「十要」的必然派生產物。

譚坤〈呂天成戲曲境界說略論〉〔註 32〕一文對呂天成的「境界說」作了剖析，頗有創見。他指出戲劇境界與詩文意境有所關聯但又有所差別的特質，並揭示呂天成境界說的複雜性。譚坤認爲呂天成運用的「境」或「境界」的

---

〔註 27〕葉長海：《中國戲劇學史稿》第五章第七節〈呂天成的《曲品》〉（板橋：駱駝出版社，民國 76 年 8 月），頁 244～257。

〔註 28〕趙山林：《中國戲劇學通論》第七章〈戲劇批評學（中）〉第二節〈意境說〉第二項〈呂天成論意境〉、第八章〈戲劇批評學（下）〉第一節第二項〈呂天成曲品〉（合肥：安徽教育出版社，1995 年 12 月初版），頁 736～738、804～820。

〔註 29〕俞爲民、孫蓉蓉：《中國古代戲曲理論史》第五章第八節〈呂天成的《曲品》〉，（臺北：華正書局，民國 87 年初版），頁 373～396；又載於俞爲民：〈呂天成的《曲品》及其戲曲理論〉，《山西師大學報》（社會科學版），第 24 卷第 4 期（1997 年 10 月），頁 16～21。

〔註 30〕陳竹：《中國古代劇作學史》第七章第七節〈呂天成《曲品》劇學三說〉（湖北：武漢出版社，1999 年 9 月初版），頁 287～298。

〔註 31〕趙山林：《中國戲劇學通論》第七章〈戲劇批評學（中）〉第二節〈意境說〉第二項〈呂天成論意境〉，頁 736。

〔註 32〕譚坤：〈呂天成戲曲境界說略論〉，《東莞理工學院學報》，第 11 卷第 2 期（2004 年 6 月）。

術語時，每個術語的內涵都不盡相同，其涵意有三：第一，指故事情節或事件。第二，指劇作者抒發主觀情感所能達到的藝術境地。第三，指作者調動一切藝術手段抒情、寫景、敘事所形成的情景交融意蘊豐厚能引發讀者無窮思索和想像的藝術空間。另外，他又指出，呂天成把「境界」作爲一個標準來對戲曲作品的藝術水平進行整體批判，不僅有較強的理論價值，而且蘊含了他對戲曲創作的美學要求。其美學要求有三：第一，眞實。第二，新穎，第三，動人。總體而言，他認爲呂天成的境界說是一個具有豐富內涵的戲曲理論，它或指一個情節，一個事件，或指一個藝術境地，或以意象爲核心，以情景交融、虛實結合爲特徵，以直抵生命本體爲根本，具有一個無限藝術風光的藝術空間。譚坤雖揭示了許多觀點，但多屬略論性質，並未詳述，此對於呂天成的境界說的闡述還是有籠統模糊之處，故仍有待深入探討。

呂天成乃明代最重要的戲曲理論家與批評家之一，但後人對於其戲曲理論的探索尚未有全面而深入的專論。王淑芬《呂天成〈曲品〉戲曲觀之研究》對於呂天成生平及著作、《曲品》的撰作背景、《曲品》的撰著動機、體例及流傳版本等外緣研究作了十分詳盡的考述，然對於呂天成戲曲理論之建構與論述則較爲薄弱，故仍有待深入探討。筆者欲在前人的基礎之上進行深入探討，進而準確把握呂天成《曲品》自身理論體系和理論內涵，並追尋探隱，辨明其理論得以建構的歷史軌跡和承遞關係，以達到對呂天成戲曲理論的全面掌握。

## 第二節　研究方法與內容提要

任何一種戲曲理論都不是一種孤立的存在，而與其他曲論保持一定的聯繫。因此唯有透過比較，才能更清楚明白地看出其與其他曲論的關聯性，同時也能突出其迴異處，即其特點所在。故本論文除了以呂天成《曲品》及呂氏相關的文獻記載和個人著作爲基礎材料之外，還參考了歷代戲曲理論，透過比較、歸納的方式，顯示呂氏與各時代曲家觀念的相通與互補關係，以凸顯呂氏戲曲理論的特色及其價值意義所在。

本論文首先探討呂氏劇論產生的背景，從時代、地域、曲家群、曲論家群等角度著眼，力求建立完整的時空背景圖貌。進一步著力於建立呂氏戲曲理論之體系，注意其理論與前代戲曲理論的承傳關係及其對後代曲論之影響。呂天成的戲曲創作理論與品評觀點與其對於戲曲發展史的觀念有關，故筆者從史、論、評三個方面著眼，並注意各種藝術審美標準間的關聯性，期能梳理呂氏戲曲理論，架構綿密的理論體系，以揭示其理論內蘊，確立其在曲論史上的地位。

本文共分爲〈緒論〉、本論五章以及〈結論〉。

〈緒論〉乃在論述本文研究動機、前人研究成果、研究方法、內容提要與預期成果。

第一章〈《曲品》的撰作背景、呂天成生平及其寫作動機〉，從明代劇壇創作情況、戲曲理論的發展，以及地域因素三方面，對《曲品》的撰作背景加以考察。並概述呂天成的家世、生平、創作生涯、師承友朋與《曲品》的寫作動機及體例。

第二章〈品評標準與批評角度〉，指出呂天成對於戲曲發展史與戲曲流派承傳的觀念與其品評標準之間的密切關係，並從其實際品評中歸納其品評標準，凸顯其品評標準的原則與特徵。由此而延伸論述呂氏對戲曲功能與創作思想的看法，並指出其重視作家與作品的關係，以及《曲品》中的觀眾、讀者位置。最後歸納出其品評標準之特徵有五：其一，戲曲藝術整體觀。其二，包容性。其三，現實針對性。其四，重視戲曲內涵與思想主旨。其五，重視作家、作品、欣賞者（讀者或觀眾）、演員、劇場之間的關係。

第三章〈論故事、題材、情節、布局與結構〉，從戲曲的藝術要素出發，論述《曲品》中的敘事理論，指出故事題材、情節、布局、結構四者概念的差異，進而歸納分析《曲品》中的故事題材論、情節論、布局論與結構論，並透過其與其他曲論家的比較，凸顯其理論特點。

第四章〈當行本色論與雙美說〉，闡述呂天成的當行本色論與雙美說。呂天成以其獨特的眼光與見解，在明代曲壇眾說紛紜的本色、當行論，以及湯沈高下之評的爭論中脫穎而出，提出具有劃時代意義的本色當行論與雙美說。本章試圖闡明呂天成曲論中「當行本色論」與「雙美說」之間密切的關聯性，並說明其內涵意義，同時揭示其在呂天成戲曲理論系統中的統攝地位。

第五章〈戲曲情境說〉，闡述呂天成戲曲情境說的內涵與特色及其在戲曲意境理論史上的重要價值與地位。首先分析呂天成如何將意境概念從詩詞理論轉化爲戲曲理論。而後歸納呂天成戲曲情境說的品評術語與概念，析出構成戲曲情境的三大要素：（一）情景（二）情境（三）趣味。接著闡發三者的內涵，並進一步指出這三個範疇對古典劇論的開拓意義。最後歸納呂天成對戲曲情境的審美要求有三：（一）以眞情爲本（二）追求逼眞自然（三）新穎脫套。

〈結論〉乃在歸納呂天成戲曲理論體系，並指出其戲曲理論之得失與評價，凸顯其在戲曲理論史上的地位、價值與影響力。

# 第一章　《曲品》的撰作背景、呂天成生平及其寫作動機

任何一種文學理論在一定程度上都可說是時代產物，故欲了解呂天成的戲曲理論，首先必須對於其寫作《曲品》時的時空背景有所考察。其次，對呂天成生平家世、創作生涯、師承友朋等也都要有基礎的認知。扎根於此，才能準確把握呂天成《曲品》自身理論體系和理論內涵，並得以追尋探隱，辨明其理論得以建構的歷史軌跡和承遞關係，以明其價值所在。

## 第一節　《曲品》的撰作背景

呂天成《曲品》誕生於中國戲曲史上第二個黃金時代——明神宗萬曆（1573～1620）年間。明萬曆年間戲曲創作蓬勃發展、曲論蜂起，不僅是南戲蛻變爲傳奇成長壯大的結果，同時也有賴明代政治、社會、經濟、思想、文學思潮等各種有利條件的匯流。戲曲創作的興盛與曲論的蜂起亦爲《曲品》的誕生提供條件，進而使其在南方吳越曲家群的搖籃中孕育而生。

### 一、劇壇的活躍

劇壇的活躍繁榮是戲劇理論孕育的必要基礎，由於作品如林、作家輩出，使呂天成《曲品》有豐富的素材得以取擷。有關劇壇繁榮的背景因素，可概括爲以下四點：

### （一）政治、社會、經濟環境

明初劇壇一片沈寂，北雜劇作家中，《太和正音譜》所載國初一十六人皆由元入明。宣德間，有名的作家只有寧憲王朱權、周憲王朱有燉。英宗正統四年（1439）周憲王去世後，直到憲宗成化末年（1487），五十年間北劇沒有一個有名氏作家，就是南戲也只有一個邱濬。推究其故，曾師永義歸納爲三點原因〔註 1〕：其一，明太祖開國，尊崇儒術，士大夫恥留心詞曲〔註 2〕。其二，永樂九年（1411）標榜戲曲禁令，使戲曲成爲宣傳宗教與道德的工具〔註 3〕。其三，宣德三年（1428）嚴禁官妓，對戲曲搬演打擊頗大〔註 4〕。除了政治勢力的介入，元明易代的戰事使社會經濟產生動盪，自然對演劇活動有所打擊，因此形成明初（1368～1487）百餘年戲曲消沈不彰的現象。

到了十六世紀中後期（嘉靖到萬曆），政治的鬆綁、社會和經濟發展的轉變，帶動了劇壇的復甦。許多史學家認爲十六世紀的中國正進入了資本主義經濟的萌芽時期〔註 5〕。尤其在江南地區和東南沿海一帶，商業、手工業有了顯著發展，呈現一幅熱鬧繁華之景象。如孕育崑山水磨調的蘇州，便是當時絲織業的中心、漕運和商賈往來的要津，與眾多人口往返的城市。由於經濟的發展，帶動了市民階層的壯大。有了足夠的經濟環境的支撐，人民得以在滿足物質生活後，轉而追求精神上的娛樂與滿足。小說、戲曲等俗文學和現實生活密切相關，表現形式比起正統文章，更自由活潑，能直接反映市民思想情感與生活，加上語言通俗，易爲群眾接受。因此，經濟的躍進、城市的

---

〔註 1〕 曾師永義：《明雜劇概論》第一章第六節〈明代雜劇演進的情勢〉（臺北：學海出版社，1999 年 4 月二版），頁 105～112。

〔註 2〕 〔明〕何良俊《曲論》云：「祖宗開國，尊崇儒術，士大夫恥留心辭曲。」見《中國古典戲曲論著集成》第四冊（北京：中國戲劇出版社，1959 年初版，1980 年第二刷），頁 6。

〔註 3〕 〔明〕顧起元：《客座贅語》卷十「國初榜文」條，收於《明代筆記小說大觀》（二）（上海：古籍出版社，2005 年），頁 1462。

〔註 4〕 〔明〕李賢：《古穰雜錄》，見嚴一萍輯：《原刻影印百部叢書集成》第三十五冊所收《歷代小史》抄本，卷九四（臺北：藝文，民國 55 年），頁 6；又見〔清〕張廷玉等撰，楊家駱主編：《新校本明史》，（臺北：鼎文書局，1982 年），卷一五一〈列傳第三九．劉觀傳〉，頁 4185；又〔明〕沈德符《萬曆野獲編補遺》「禁歌妓條」云：「至宣德中以百僚日醉狹邪，不修職業，爲左都御史顧佐奏禁，廷臣有犯者至褫職。迄今不改。好事者以爲太平缺陷。」收於《明代筆記小說大觀》（三）（臺北市：新興，民國 66 年），頁 2848。

〔註 5〕 參見趙曉華：《中國資本主義萌芽的學術研究與論爭》（南昌市：百花洲文藝，2004 年）。

繁榮，與市民階層的壯大，皆爲演劇活動的興盛提供有利的發展環境。

明中後期的文人面臨嚴峻而殘酷的現實政治，正德年間宦官專政、嘉靖年間「議禮」大獄、萬曆年間張居正（1525～1582）專政與激烈的黨爭等〔註 6〕，皆一再粉碎了有志文人士夫的政治理想。萬曆年間湯顯祖（1550～1616）便曾嘆到：「上有疾雷，下有崩湍，即不此去，能有幾餘〔註 7〕？」他在遂昌知縣任滿之後，於萬曆二十六年（1598）年即毅然歸鄉。沈璟（1553～1610）爲官正直無私，但仕途屢遭挫折，深感政壇黑暗，以「身之察察」不願受世之汶汶者的心態，毅然決定永絕宦途，選擇恬淡閒適的鄉居生活，在二十年家居生活中，潛心詞曲研究。正是這種惡劣的政治環境下，促使部分文人退出政壇，託身於文苑藝壇，造就了一批明代戲曲大家。

明代演劇活動的盛況，可以說是舉國如狂，上至帝王〔註 8〕，下至平民百姓，無不沉酣於演劇活動。王驥德《曲律》謂：「今則自縉紳、青襟，以迨山人、墨客，染翰爲新聲者，不可勝紀〔註 9〕。」演劇活動在士大夫、文人聚會酒席中，是十分常見的娛樂，文士貴胄尤多喜蓄家樂，或用以自娛，或用以交際，或用以其進行戲曲藝術實踐。萬曆年間的曲家，如沈璟、顧大典、屠隆等便是著名的戲曲家兼蓄家班者〔註 10〕。而每年月半虎丘千人石上的歌唱大會，便是群眾風靡戲曲活動的最好例證之一。如呂天成《曲品》載卜世臣《冬青記》曾對虎丘山千人演出，「觀者萬人，多泣下者〔註 11〕」，可見其場

〔註 6〕參見〔清〕谷應泰：《明史紀事本末》，卷 43《劉謹用事》，卷 50《大禮議》，卷 61《江陵柄政》，收於王雲五主編《叢書集成初編》（臺北：臺灣商務，民國 54 年），第六冊，頁 45～65、第七冊，頁 47～69、第九冊，頁 25。

〔註 7〕〔明〕湯顯祖：〈答郭明龍〉，徐朔方箋校：《湯顯祖全集》（北京：古籍出版社，2001），卷 44，頁 1300。

〔註 8〕明代宮廷演劇的紀錄可以參見陳芳英：《明代劇學研究》（臺灣大學中文所博士論文，張敬先生指導，1983 年），頁 102～105；趙山林：《中國戲曲觀眾學》（上海：華東師範大學出版社，1990），頁 116～120。

〔註 9〕〔明〕王驥德：《曲律・雜論第三十九下》，《中國古典戲曲論著集成》第四冊，頁 167。

〔註 10〕關於明代戲班與家樂的情形可參考張發穎：《中國戲班史》（北京：學苑出版社，2004 年 1 月北京第 2 版第 2 刷）；徐子方：〈家樂——明代特有的演出場所〉，《戲劇》，2002 年第 2 期，頁 133～137；齊森華：〈試論明代家樂勃興及其對戲劇發展的作用〉，《社會科學戰線》，2000 年第 1 期，頁 115～123；劉水云：〈簡論明清家樂對戲劇發展的影響〉，《上海戲劇學院學報》，2004 年第 4 期，頁 75～86；劉水云：〈家樂騰踴——明清戲劇興盛的隱性背景〉，《文藝研究》，2003 年第 1 期，頁 94～103。

〔註 11〕〔明〕呂天成：《曲品》，《中國古典戲曲論著集成》第六冊，頁 233。

面浩大。又如袁宏道〈虎丘山記〉〔註 12〕、張岱〈虎丘中秋夜〉〔註 13〕也都記述了此大會熱鬧非凡的盛況。

此外，印刷術的空前發達與藏書風氣的興盛，也爲戲曲的廣泛流傳提供條件。江浙的藏書風氣在中國歷代藏書史上非常著名，藏書樓之多，令人驚嘆。江浙的刻書業也非常發達，胡應麟曾云：「凡刻之地有三：吳也、越也、閩也。蜀本宋最稱善，近世甚稀。燕、粵、秦、楚，今皆有刻類，自可觀而不若三方之盛，其精，吳爲最，其多，閩爲最，越皆次之，其直重，吳爲最，其直輕，閩爲最，越皆次之〔註 14〕。」南京刻書業十分發達，《曲律》載呂天成《曲品》曾於南京刊刻〔註 15〕，造就了呂氏《曲品》的風行，影響所及，到祁彪佳仍深受《曲品》感染，而作《遠山堂曲品、劇品》以承其志。劇本被大量地刊刻和出版，使劇論家們蒐集劇本極爲方便。孫楷第〈也是園古今雜劇考・自序〉中便指出：明萬曆年間著名的金、元雜劇收藏家，有湯顯祖、孫鑛（呂天成舅祖）、祁承㸁（祁彪佳之父）、沈璟、毛以燧等，私人藏曲多至千數種，少亦數百種，蔚爲可觀〔註 16〕。有如此有利的藏書環境，故而呂天成得以「每入市見傳奇，必挾之歸。笥漸滿〔註 17〕。」

### （二）心學思潮

明王朝初立，爲實現長久統治，以「存天理、去人欲」的程朱理學作爲統治思想，並實施以八股取士的科舉制度，以箝制知識份子的思想。在戲曲活動上，明太祖鼓勵教化之作。洪武三十年制定的《御制大明律》中規定：「凡樂人搬作雜劇戲文，不許粧扮歷代帝王后妃、忠臣烈士、先聖先賢神像，違者杖一百。官民之家容令粧扮者，與同罪。其神仙道扮及義夫節婦、孝子賢孫、勸人爲善者，不在禁限〔註 18〕。」故而明太祖將《琵琶記》與「四書五

〔註 12〕〔明〕袁宏道：《袁中郎全集》卷八「記述」〈遊記〉（臺北：偉文，1976），頁 429～432。

〔註 13〕〔明〕張岱：《陶庵夢憶》（成都市：四川人民，1998），卷五，頁 33～34。

〔註 14〕〔明〕胡應麟：《少室山房筆叢》卷四《經籍會通四》，《文淵閣四庫全書・子部》，第 886 冊（臺北：臺灣商務印書館出版，1983），頁 208。

〔註 15〕〔明〕王驥德：《曲律・雜論第三十九下》，《中國古典戲曲論著集成》第四冊，頁 169。

〔註 16〕孫楷第：〈也是園古今雜劇考・自序〉，見蔡毅：《中國古典戲曲序跋彙編》（濟南：齊魯出版社，1989），頁 326～327。

〔註 17〕〔明〕呂天成：《曲品》，《中國古典戲曲論著集成》第六冊，頁 207。

〔註 18〕〔明〕劉惟謙等撰：《大明律・刑律九・搬做雜劇》，《續修四庫全書・史部・政書類 862》（上海：上海古籍，1995），卷 26，頁 601。

經」並提，鼓勵「不關風化體，縱好也徒然」的創作思想，那些寓聖賢之言的戲曲作品便成為正統。邱濬《五倫全備記》、邵燦的《香囊記》便是此風氣下的代表作。

明代中葉以後，政治腐敗，世局混亂，加以經濟發展，市民階級壯大，使得社會生活發生重大變化，帶動了意識型態的變革。束縛人心的程朱理學漸漸引起人們的不滿，王陽明（1472～1529）心學乃應運而生。程朱理學將天理與人欲截然劃分，主張以天理制約人心，而陽明心學則提倡「良知」，主張「心即理」。晚明新思潮由王陽明啓動，隨著其弟子王艮創泰州學派而普及，心學成為明中葉以後主流哲學思潮，王世貞（1526～1590）就說：「今天下之好稱守仁者十七八也〔註 19〕」。心學思潮肯定人欲，衝破程朱理學的束縛，追求個性解放，人們得以自由發展，追求物質生活與精神生活的滿足，使戲曲得以在自由的環境中充分發展。

心學肯定自然人性，強調人的主體性的精神，也滲透到各種藝術領域。不論在文學、繪畫等各種藝術方面都可見到這種還歸本我，復歸情感，走向世俗的藝術精神與人文觀念。而晚明戲曲創作與批評，在心學思想的薰陶下，也染上其濃厚的思想色彩，如徐渭「本色論」、李贄「童心說」、湯顯祖「主情說」等。徐渭（1521～1593）是王陽明的再傳弟子，從王陽明弟子王畿為學，其曲論標舉「本色」，以「眞」為核心。身兼王學左派思想家的李贄（1527～1602），以「童心說」作為其文藝思想核心。就哲學本質而言，「童心說」乃源於王陽明的良知說；就文藝創作美學而言，「童心」即「眞心」，即強調文藝創作須出於眞心，才能寫出至情眞文。其以「童心說」為思想底蘊的「化工說」，對其後戲曲批評界產生極大影響。王陽明心學對明代戲曲創作影響最大的，可謂為湯顯祖（1550～1616）。湯顯祖師承泰州學派領袖王艮的三傳弟子羅汝芳。這一思想主導了湯顯祖的哲學思想與文藝創作觀念，促成湯顯祖填詞「尚眞色」、以「情」為核心，重視創作主體精神的的創作理念。而徐渭、李贄、湯顯祖三者皆以其深刻的戲曲美學思想對明代劇壇產生深遠的影響，由此可見劇壇受到心學的浸潤之深。

### （三）文學思潮

中國傳統文學觀視詩文為正統，以詞曲為小道，而小說、戲曲等俗文學

〔註 19〕〔明〕王世貞撰，董復表編：《弇州史料・前集》，卷 25，國立中央圖書館藏，明萬曆甲寅（42 年，1614）楊鶴雲間刊本，頁 41。

更受輕視，難登大雅之堂。晚明心學思潮的昂揚，帶動了文學思潮的轉變，這種「以詞曲爲小道」的觀念也逐漸被顚覆了。心學肯定了人們的慾望，追求個性解放，反對封建禮教的束縛，文學觀念也與此相應，強調文學是作者主觀意識的產物，是感情自然流露的表現，重視靈感與才情在創作中的作用，推崇自然之美，反對虛僞矯飾。並進一步打破傳統，從抒發眞情、藝術感染力、社會作用等角度，充分肯定了小說、戲曲等俗文學的文學價值和地位。

李贄（1527～1602）首先提出「童心說」，主張「天下之至文」皆出於「童心」〔註 20〕，由此而肯定戲曲小說的地位，把小說、傳奇、院本、雜劇，皆稱爲「古今至文」，而認爲《六經》、《論語》、《孟子》乃爲「道學之口實，假學之淵藪〔註 21〕」，將小說、戲曲地位置於聖賢經典之上。其後袁宏道（1560～1600）在「童心說」的基礎上，提出「性靈說」，強調人的自然本性與眞實情感，體現於文學作品上，則是表現日常的韻和趣，可說是晚明文學思潮之理論核心。在這種重視眞實情感的文學觀念下，袁宏道進一步抬高俗文學的價值，把詞曲與《莊》、《騷》、《史》、《漢》並提，將《金瓶梅》、《水滸傳》稱爲「逸典〔註 22〕」。與「性靈說」和「童心說」相呼應，湯顯祖（1550～1616）提出「因情成夢，因夢成戲〔註 23〕」的「主情說」，由此而重視戲曲的地位與價值。他在〈宜黃縣清源師廟記〉中說：

> 人生而有情。思歡怒愁，感於幽微，流乎嘯歌，行諸動搖。或一往而盡，或積日而不能自休。……（雜劇傳奇）長者折至半百，短者折才四耳。生天生地，生鬼生神，極人物之萬途，攢古今之千變。……使天下人無故而喜，無故而悲。或語或嘿，或鼓或疲，或端冕而聽，或側弁而咍，或窺觀而笑，或市湧而排。乃至貴倨弛傲，貧嗇爭施。瞽者欲玩，聾者欲聽，啞者欲嘆，跛者欲起。無情者可使有情，無聲者可使有聲。……可以合君臣之節，可以浹父子之恩，可以增長幼之睦，可以動夫婦之歡，可以發賓友之儀，可以釋怨毒之結，可以已愁憒之疾，可以渾庸鄙之好。然則斯道也，孝子以事其親，敬

〔註 20〕〔明〕李贄：《焚書‧雜述》卷三〈童心說〉（臺北市：河洛書局，民國 63 年），頁 98。

〔註 21〕同前註，頁 99。

〔註 22〕〔明〕袁宏道：《袁中郎全集》卷十四〈觴政〉「十之掌故」（臺北：偉文，1976），頁 710。

〔註 23〕〔明〕湯顯祖：〈復甘義麓〉，見徐朔方箋校：《湯顯祖全集》，卷 47，頁 1464。

長而娛死；仁人以此奉其尊，享帝而事鬼；老者以此終，少者以此長。外户可以不閉，嗜欲可以少營。人有此聲，家有此道，疫癘不作，天下和平。豈非以人情之大竇，爲名教之至樂也哉〔註24〕！

湯顯祖將戲曲產生歸源爲「人生而有情」，由於戲曲可以充分表現出人們的理想、願望與思想情感，正是在情感共通的基礎上，使得人們能對其產生共鳴，進一步受到啓迪與感化，故謂之「以人情之大竇，爲名教之至樂」。他們都是站在小說戲曲抒發人們眞實情感的基礎上，肯定戲曲的感化作用和社會功能。

晚明崇尚自然美的思潮對劇壇的影響，還表現在「本色論」的提出。針對明代劇壇瀰漫駢儷風與時文風，徐渭提出「本色論」，他說：

世間莫不有本色，有相色。本色，猶俗言正身也；相色，替身也。替身者，即書評中「婢作夫人終絕羞」之謂也。婢作夫人者，欲塗抹成主母，而多插帶，反掩其素之也。故余於此本中賤相色，貴本色，眾人嘖嘖者，我呴呴也，豈惟劇哉？凡作者莫不如此〔註25〕。

徐渭所謂「本色」就是崇尚眞實情感，要求作品眞摯自然，反對矯飾造作。而其弟子王驥德標舉「動吾天機」、「不知所以然而然」的「風神說」，更是淋漓盡致地發揚了這種自然美的美學主張。

承襲心學所強調的「心即理」，晚明文學思潮追求個性解放，肯定人情，突破傳統禮教的束縛，強調作品要表現自然之美與眞實情感。故而傳統文論所賦予文學的教化功能，轉化爲以眞實情感爲基礎，透過情感的共鳴，進而對於人民產生教化作用。禮義之道不是從經典中尋求，文學也不再是宣揚教化的工具。禮義之道實寓於人們眞實情感之中，而小說戲曲是最能表現人民眞實情感的文體，因此受到晚明文學家的普遍重視。

### （四）南戲經過「北曲化、文士化、崑曲化」蛻變為傳奇

除了上述經濟、社會、政治背景的支撐，心學與文學思潮爲其提供有利的發展環境外，戲曲文體在晚明發展蛻變爲精緻的傳奇，進而成爲劇壇主流，也是晚明劇壇繁榮的主因。曾師永義認爲，南戲蛻變成爲傳奇經過「三化」，

---

〔註24〕〔明〕湯顯祖：〈宜黃縣清源師廟記〉，徐朔方箋校：《湯顯祖全集》，卷34，頁1188。

〔註25〕〔明〕徐渭：〈西廂記・自序〉，見蔡毅：《中國古典戲曲序跋彙編》，頁647～648。

即「北曲化」、「文士化」、「崑曲化」〔註 26〕，經過這三化之後，乃集南北之長、提升文學價值、增進歌唱藝術，進而成爲精緻的文學與藝術，使得士大夫趨之若鶩，在晚明劇壇上蔚爲大國。

首先是南戲在元代已有「北曲化」的現象，《永樂大典》戲文三種的《小孫屠》可以爲證，其後明正德以前《趙氏孤兒記》、《尋親記》、《琵琶記》、《香囊記》、《三元記》等僅用北隻曲，《精忠記》、《繡襦記》已見合套，《千金記》、《投筆記》則已見北套。及至所謂傳奇成立，以南曲爲主而雜入北隻曲、合腔，或合套、北曲獨立成出便成爲「體製規律」。

其次是南戲在元末明初的《琵琶記》已有「文士化」現象。到了明代，戲曲創作落入文人手中，戲曲創作與審美觀乃深深地受到文士審美觀的浸淫。根據徐渭《南詞敘錄》所載，「以時文爲南曲」起於邵燦《香囊記》，而「三吳俗子」紛紛群起效尤，如沈采、鄭若庸、陸采等皆踵繼其風，在曲壇上掀起了駢儷風潮〔註 27〕。崑腔劇本既已駢綺化，則腔調自然也往優雅境地去調適，給魏良輔等人改良崑山腔工程作了非常好的準備功夫。李昌集在《中國古代曲學史》中指出：南曲興盛之因，除了經濟、社會、娛樂風氣之外，根本因素是文人介入了南曲〔註 28〕。陸萼庭《崑劇演出史稿》也認爲社會上盛行演戲，知識份子酷愛崑腔而重視戲曲是直接促成崑劇大量出現的原因〔註 29〕。可見文士的推動與扶植對於南曲興盛有決定性的影響，在文士的審美觀主導下，「流麗悠遠」的崑山腔因其清柔而婉折的藝術格調，符合文人審美趣味，符合時代文藝思潮，有利於文人抒發細膩蘊藉的藝術情感和幽深的內心世界，自然從諸腔競奏中脫穎而出〔註 30〕。

---

〔註 26〕以下關於「三化說」，參考曾師永義：〈論說「戲曲劇種」〉，收於《論說戲曲》（臺北：聯經，民國 86 年），頁 255～259；關於南戲蛻變爲傳奇的過程，請參考曾師永義：〈也談「南戲」的名稱、淵源、形成與流播〉，收於《戲曲源流新論》（臺北：立緒，民國 89 年），頁 116～183、曾師永義：〈再探戲文和傳奇的分野及其質變過程〉，收於《戲曲與歌劇》（臺北：國家出版社，2004 年 10 月），頁 79～133。（原載於《臺大中文學報》第二十期，2004 年 6 月，頁 87～130。）

〔註 27〕〔明〕徐渭：《南詞敘錄》，《中國古典戲曲論著集成》第三冊，頁 243。

〔註 28〕李昌集：《中國古代曲學史》（上海：華東師範大學出版社，1997），頁 224。

〔註 29〕陸萼庭：《崑劇演出史稿「修訂本」》（臺北：國家出版社，2002），頁 88。

〔註 30〕根據〔明〕徐渭《南詞敘錄》（作於 1559 年，嘉靖 38 年）所載：「今唱家『弋陽腔』，則出於江西，南京、湖南、閩、廣用之；稱『餘姚腔』者，出於會稽，常、潤、池、太、陽、徐用之；稱『海鹽腔』者，嘉、湖、溫、臺用之。惟

明世宗嘉靖晚葉（1559～1566），魏良輔等人將崑山腔改良成崑山水磨調，梁辰魚則將崑山水磨調搬上戲曲舞台。經過「北曲化」、「文士化」後之南戲，用「崑山水磨調」演唱，「崑山水磨調」一般仍被稱爲崑山腔，是爲「崑腔化」，南戲經此三化，無論體制規律、音樂藝術都更加嚴謹和提升。就腔調劇種而言，是爲「崑劇」；就體制劇種而言是爲「傳奇」，即呂天成所謂「新傳奇」。根據曾師永義的看法，《曲品》「新舊傳奇」的分野，是以「舊傳奇」屬明初以來「崑山腔」所歌者〔註31〕，以「新傳奇」屬魏良輔「崑山水磨調」所歌者。呂天成所錄「舊傳奇」估計當是嘉靖三十八年（1559）之前的作品，而嘉靖三十八年前後正是魏良輔「立崑之宗」的時候，呂氏所錄「新傳奇」之作品，自然應當在此之後，那麼「新傳奇」的最初成立，也應當在嘉靖四十年（1561）前後這幾年，而一旦《浣紗記》出現，則風靡遐邇，步趨者漸多，終於蔚成大國。呂氏「新傳奇」所錄作品集約有一百九十六種之多，則此「新傳奇」於嘉隆間實已爲劇壇之盟主〔註32〕。而呂氏所謂的「新

---

『崑山腔』止行於吳中，流麗悠遠，出於三腔之上，聽之最足蕩人；妓女尤妙此。」《南詞敘錄》作於世宗嘉靖三十八年（1559）夏，可知崑山腔在世宗嘉靖三十八年以前已與餘姚腔、海鹽腔、弋陽腔並列爲四大聲腔。見《中國古典戲曲論著集成》第三冊，頁242。

〔註31〕曾師永義在《從腔調說到崑劇》中指出：《曲品》卷上開頭說：「先輩鉅公，多能諷詠；吳下俳優，尤喜掇串。余雖不遵古而卑今，然必須溯源而得委，倣之《畫史》，略加詮次，作《舊傳奇品》。」既然是吳下俳優，則焉能不屬於崑腔劇目？舊傳奇二十七種中可證爲崑山腔演唱之劇目有沈壽卿之作品，根據《曲品》評語所載：「沈壽卿蔚以名流，確乎老學。語或嫌於湊插，事每近於迂拘。然吳優多肯演行，吾輩亦不厭棄。」且根據其他史料與地方志，可考其在明武宗正德年間、孝宗弘治年間以崑山家班頗著於鄉里，其所撰傳奇自然以崑山腔演唱。而《舊傳奇品》中所載李開先《寶劍記》，根據王世貞《曲藻》的記述（見《中國古典戲曲論著集成》第四冊，頁36），可知其作亦要用崑山腔來演唱。詳見曾師永義：《從腔調說到崑劇》（臺北：國家出版社，2002年），頁212～216。

〔註32〕根據曾師永義在〈再探戲文和傳奇的分野及其質變過程〉一文中推測：呂氏其「舊傳奇」中著錄有李開先《寶劍記》。李開先字伯華，號中麓，山東章邱人。嘉靖八年（西元一五二九年）進士，生於明孝宗弘治十四年（西元一五〇一年），卒於穆宗隆慶二年（西元一五六八年），官至太常少卿。其《寶劍記》有明嘉靖二十八年（西元一五四九年）原刻本。首載「嘉靖丁未歲（二十六年，西元一五四七年）八月念五日雪簑漁者漫題」之〈寶劍記序〉，卷末有「嘉靖丁未閏九月同邑松澗姜大成序」之〈寶劍記後序〉，又有「嘉靖己酉（二十八年，一五四九年）秋九月九日渼陂八十二山人王九思書」之〈書寶劍記後〉。而〈新傳奇品〉中載梁辰魚《浣紗記》，已據《崑劇發展史》推想此記當作於嘉靖四十五年（西元一五六六年）之後；所以呂天成所錄「舊傳奇」估計當

傳奇」也正是我們今日學術上於戲曲史所要說的繼戲文之後的新體製劇種「傳奇」，但也因爲它必用崑山水磨調來演唱，所以就腔調劇種而言，它自然也是崑劇〔註 33〕。因此呂氏所謂「新傳奇」便與「舊傳奇」在體製格律上有諸多差異，且比起舊傳奇作品數量之稀少，新傳奇則作家輩出，作品如林。因此就戲曲發展史的觀點，戲曲體製劇種所謂的「傳奇」，至此方才眞正成立。也就是說，南戲是經過「北曲化」、「文士化」和「崑腔化」才蛻變爲傳奇的。

由以上歸納可見，晚明既以其有利的政治社會環境爲背景，又有強大的經濟力量作後盾，舉國上下沈酣戲曲搬演，加上戲曲在文學上的價值和地位又受到肯定，而南戲歷經北曲化、文士化、崑腔化蛻變完成傳奇，以其細膩精緻的文學與藝術，深受文人的青睞，故造成晚明劇壇上，作家輩出，作品如林，進而帶動了戲曲批評的蜂起，呂天成《曲品》亦由此應運而生。

## 二、戲曲理論的蜂起

明初期到嘉靖、隆慶以前，由於劇壇的沈寂，戲曲理論著作寥寥無幾。此期重要的戲曲理論著作以朱權《太和正音譜》爲代表。其特色主要在於將雜劇內容進行分類，又有根據作品語言風格進行體式的劃分。該書《古今群英樂府格勢》著錄元至明初的曲家，只對其中元代一百八十七人和國朝（明代）一十六人進行簡短評論，其評論標準主要著眼於語言風格。趙山林認爲《正音譜》雖總體而言是一部曲譜，但《古今群英樂府格勢》卻可說是最早的曲品〔註 34〕。李昌集《中國古代曲學史》也認爲它是是曲學史上第一個大規模而具有體系的曲家風格論〔註 35〕，開啓了明代曲品的品評形式。然事實

是嘉靖三十八年（西元一五五九年）之前的作品。見曾師永義：〈再探戲文和傳奇的分野及其質變過程〉，《戲曲與歌劇》，頁 132～133。

〔註 33〕曾師永義〈再探戲文和傳奇的分野及其質變過程〉一文中認爲：「傳奇」之所以不能作爲「弋陽戲」或「海鹽戲」、「餘姚戲」，緣故是：一方面是海鹽腔在萬曆後即已消失，二方面是弋陽腔和餘姚腔傳世之本很少，其可歌者但爲體製劇種之戲文，而戲文之體製規律非但沒有因之演進而且逐漸被破壞，終至破解曲牌體爲板腔體，既違物理進化之道，自不能冒稱傳奇之名，何況明清學者，從未有視弋陽腔、餘姚腔可以歌唱萬曆以後極具謹嚴體製之劇種之所謂新「傳奇」者。詳見曾師永義：〈再探戲文和傳奇的分野及其質變過程〉，同前註，頁 130。

〔註 34〕趙山林：《中國戲劇學通論》（合肥：安徽教育出版社，1995），頁 798。

〔註 35〕李昌集：《中國古代曲學史》，頁 261。

上，此部分不僅缺乏完整而系統的分類，評論也僅侷限於語言風格，評論文字亦稍嫌簡略，且抽象而籠統，故筆者以爲，稱得上是第一部有系統的曲品專著仍屬呂天成《曲品》。又從曲學史的角度來講，明初曲論尚只是元代曲論的延伸，而呂天成《曲品》實突破元代曲論侷限，以嶄新面貌樹立傳奇批評美學。

到了明世宗嘉靖晚葉（1559～1566），魏良輔等人改良的水磨調風行後，傳奇作品大量湧現，促成了戲曲理論的崛起。此期戲曲理論以魏良輔《曲律》、李開先《詞謔》、何良俊《四友齋叢說》、王世貞《曲藻》、徐渭《南詞敘錄》、李贄的戲曲批評爲代表。何良俊「本色論」與「寧聲協而詞不工，無寧辭工而聲不協」的主張、徐渭的「本色論」、李贄的「童心說」與「化工說」、王世貞與何良俊對於《琵琶》、《拜月》高下的論爭等，漸漸開拓出屬於明代曲學的道路，並爲萬曆曲論的勃興奠定了基礎。

到了萬曆年間，戲曲作品大量湧現，促進戲劇理論的發展，而戲劇學本身的發展，也爲萬曆時期戲劇學研究的高潮提供了可能性。萬曆時期的戲劇學乃嘉靖、隆慶年間戲劇理論的繼承與發展。葉長海指出：萬曆時期的戲劇學，其特點是研究家多、著作多、理論性強、氣派大〔註 36〕。如湯顯祖、沈璟、潘之恆、王驥德、臧懋循、呂天成等中國古代戲劇名家都出現在這一時期。著名的《曲律》、《曲品》成爲中國戲劇學著作的「雙璧」。這個時期的戲曲理論一方面踵繼嘉靖、隆慶時期的劇論焦點，一方面又開展出新的理論視野。此期戲曲批評界關注焦點主要有以下幾點，這些都和呂天成的戲曲理論有密切關聯：

### （一）《西廂記》、《琵琶記》、《拜月亭》高下之爭

《西廂記》、《琵琶記》、《拜月亭》皆以其極高的藝術價值爲戲曲發展做出極大的貢獻，堪爲戲曲史上的典範之作。自明代起，劇壇復興，作家與作品蜂湧而出，曲論家也紛紛標舉理想的典範之作，以作爲戲曲創作的最高典範。由於他們所持的審美標準各不相同，對於此三部名作有不同的評價，故而引起了一場《西廂》、《琵琶》、《拜月》高下之論爭。

這場論爭以何良俊開其端。他論曲標舉「本色當行」，尤其重視戲曲音律，主張「寧聲協而詞不工，無寧辭工而聲不協」。他從塡詞是否合乎「本色當行」的角度來評價此三部作品，認爲《拜月亭》「高出於《琵琶記》遠甚」，因爲

〔註 36〕葉長海：《中國戲劇學史稿》（板橋市：駱駝出版社，民國 76 年 8 月），頁 171。

「才藻雖不及高，然終是當行〔註37〕」，贊《拜月亭》語言：「敘情說事，婉轉詳盡，全不費詞，可謂妙絕〔註38〕。」又指出「《西廂》全帶脂粉，《琵琶》專弄學問，其本色語少。蓋塡詞須用本色語，方是作家〔註39〕」。

王世貞（1526～1590）對何良俊的意見極不贊同，他認爲：「北曲故當以《西廂》壓卷〔註40〕。」他極力推崇《西廂記》的詞采之美，並且認爲《琵琶》當在《拜月》之上。他指出《拜月》有三短：「無詞家大學問，一短也；既無風情，又無裨風教，二短也；歌演終場，不能使人墮淚，三短也〔註41〕。」何良俊論曲以音律爲重，王世貞則不然，他認爲《琵琶記》的成就在於「體貼人情，委曲必盡；描寫物態，彷彿如生；問答之際，了不見扭造」，不可以其「腔調微有未諧」來責求之，否則便是犯了「執末以議本」的毛病〔註42〕。可見王世貞以辭工爲本，以音律爲末，與何良俊大異其趣。

李贄（1527～1602）在「童心說」的基礎上，提出「化工說〔註43〕」，認爲《西廂記》和《拜月亭》乃「化工」之作，而《琵琶記》則只能稱得上是「畫工」之作。因爲前者自然天成，不露斧鑿痕跡，而後者窮工極巧，刻意雕琢，只能說是人工之美。

萬曆年間的曲家，以爲《拜月》高於《西廂》、《琵琶》的有沈德符（1578～1642）、徐復祚（1560～1623）等。徐復祚贊同何良俊的看法，他認爲「《拜月亭》宮調極明，平仄極協，自始至終，無一板一折非當行本色語，此非深於是道者不能解也〔註44〕」。他從音律謹嚴方面來肯定《拜月亭》的價值，並且駁斥了王世貞「《拜月》三短」的意見，其云：

> 弇州乃以「無大學問」爲一短，不知聲律家正不取於弘詞博學也；又以「無風情、無裨風教」爲二短，不知《拜月》風情本自不乏，而風教當就道學先生講求，不當責之騷人墨士也。……又以「歌演終場不能使人墮淚」爲三短，不知酒以合歡，歌演以佐酒〔註45〕。

---

〔註37〕〔明〕何良俊：《曲論》，《中國古典戲曲論著集成》第四冊，頁12。
〔註38〕同前註。
〔註39〕同前註，頁6。
〔註40〕〔明〕王世貞：《曲藻》，《中國古典戲曲論著集成》第四冊，頁29。
〔註41〕同前註，頁34。
〔註42〕〔明〕王世貞：《曲藻》，《中國古典戲曲論著集成》第四冊，頁33。
〔註43〕〔明〕李贄：《焚書》卷三〈雜述・雜說〉（臺北市：河洛書局，民國63年），頁96～97。
〔註44〕〔明〕徐復祚：《曲論》，《中國古典戲曲論著集成》第四冊，頁235～236。
〔註45〕同前註，頁236。

徐復祚站在站在騷人墨士的立場上，強調戲曲抒發人情，及其音樂性、舞台性、娛樂性，駁斥王世貞一味以辭工爲本，囿於道學士夫之氣的立場。

沈德符亦贊同何良俊而批評王世貞識見不足。他認爲《琵琶記》「無論襲舊太多，與《西廂》同病，且其曲無一句可入絃索者」，而《拜月》「則字字穩貼，與彈撥膠黏，蓋南詞全本可上絃索者惟此耳〔註 46〕。」他又從語言的自然生動、活脫逼眞，來評斷《拜月》之高於《琵琶》〔註 47〕。而《西廂記》雖「才華富贍」，然終是「肉勝於骨，所以讓《拜月》一頭地〔註 48〕。」可見沈德符與何良俊意見相近，皆從戲曲音樂性和舞台性出發，反對賣弄文藻，主張塡詞講求自然本色，並強調合律問題。

至於以《西廂》、《琵琶》高於《拜月》者有王驥德（1560～1623）與呂天成（1580～1618），但二氏意見有所不同。王驥德不贊同何良俊「《西廂》全帶脂粉，《琵琶》專弄學問，殊寡本色」的說法，而認爲二劇當「離爲雙美，不得合爲聯璧」、「《西廂》組豔，《琵琶》修質，其體固然〔註 49〕」。這是因爲作家應各適其體而運用不同語言風格的結果，故各有妙處。並評論三劇：

> 《西廂》如正旦，色聲俱絕，不可思議；《琵琶》如正生，或峨冠博帶，或敝巾敗衫，俱嘖嘖動人；《拜月》如小丑，時得一二調笑語，令人絕倒〔註 50〕。

他又評《拜月亭》曰：

> 《拜月》語似草草，然時露機趣；以望《琵琶》，尚隔兩塵；元朗以爲勝之，亦非公論〔註 51〕。

王驥德以爲《琵琶》勝於《拜月》。他又曾明言「古戲必以《西廂》、《琵琶》稱首」，但《琵琶》「以法讓《西廂》〔註 52〕」。王驥德心中最高的作品典範稱

〔註 46〕〔明〕沈德符：《顧曲雜言》，《中國古典戲曲論著集成》第四冊，頁 210。

〔註 47〕〔明〕沈德符：《顧曲雜言》云：「至於〈走雨〉、〈錯認〉、〈拜月〉諸折，俱問答往來，不用賓白，固爲高手；即旦兒【髻雲堆】小曲，模擬閨秀嬌憨情態，活脫逼眞，《琵琶》〈咽糠〉、〈描眞〉亦佳，終不及也。」同前註。

〔註 48〕〔明〕沈德符：《顧曲雜言》，《中國古典戲曲論著集成》第四冊，頁 210。

〔註 49〕〔明〕王驥德：《曲律・雜論第三十九上》，《中國古典戲曲論著集成》第四冊，頁 149。

〔註 50〕〔明〕王驥德：《曲律・雜論第三十九下》，《中國古典戲曲論著集成》第四冊，頁 159。

〔註 51〕〔明〕王驥德：《曲律・雜論第三十九上》，《中國古典戲曲論著集成》第四冊，頁 149。

〔註 52〕同前註。

爲「神品」，他認爲《西廂》可當之，他說：

> 夫曰「神品」，必法與詞兩擅其極，惟實甫《西廂》可當之耳。《琵琶》尚多拗字類句，可列「妙品」；《拜月》稍見俊語，原非大家，可列「能品」，不得言神〔註53〕。

這是針對呂天成《曲品·舊傳奇品》中「神、妙、能、具」四品而提出的修正。可見王驥德明確標示三劇成就依序爲「《西廂》＞《琵琶》＞《拜月》」。而呂天成則以《琵琶記》爲「神品第一」，贊其「化工之肖物無心，大冶之鑄金有式」，「勿亞於北劇之《西廂》，且壓乎南聲之《拜月》〔註54〕。」呂天成認爲《琵琶記》詞法兩擅，故足以與北劇《西廂記》對峙，而《拜月亭》則次於《琵琶記》，列爲「神品第二」。

以上關於《西廂記》、《琵琶記》、《拜月亭》高下的爭論，歸結起來，約有四種意見，列表如下〔註55〕：

| 意　見 | 代表曲論家 |
|---|---|
| 《拜月》＞《西廂》、《琵琶》 | 何良俊、沈德符、徐復祚 |
| 《西廂》、《琵琶》＞《拜月》 | 王世貞、呂天成 |
| 《西廂》＞《琵琶》＞《拜月》 | 王驥德 |
| 《西廂》、《拜月》＞《琵琶》 | 李贄 |

（「＞」表示高「評價高於」的意思）

配合以上概述，可知儘管同一類曲家對於三劇高下排列有相似的結果，但卻不代表其所持的標準是一樣的。

### （二）湯沈之爭

呂天成著名的「雙美說」是在湯沈之爭的劇壇環境中應運而生的。戲曲是結合音樂性與文學性的綜合文學與藝術。到了晚明傳奇勃興，爲了提升藝術層次，在音樂上講求審音協律，發展出戲曲音律之學，呂天成於《新傳奇品》序言中便述及：

> 進而有宮調之學，類以相從，聲中緩急之節；紛以錯出，詞多礙戾

〔註53〕〔明〕王驥德：《曲律·雜論第三十九下》，《中國古典戲曲論著集成》第四冊，頁172。

〔註54〕〔明〕呂天成：《曲品》，《中國古典戲曲論著集成》第六冊，頁210。

〔註55〕此表參照王書珮：《明代戲曲理論的對峙與合流》而略有所增補，（中興大學中文所碩士論文，顏天佑先生指導，1996年），頁67。

之音。難欺師曠之聰，莫招公瑾之顧。按譜取給，故自無難；逐套註明，方爲有緒。又進而有音韻平仄之學，句必一韻而始協，聲必迭置而後諧。響落梁塵，歌翻扇底。昧者不少，解者漸多。又進而有八聲陰陽之學，吹以天籟，協乎元聲，律呂所以相宣，神人用以允翕。抑揚高下，發調俱圓；清濁宮商，辨音最妙。此韻學之缺典，曲部之秘傳，柳城啓其端，方諸闡其教。必究斯義，厥道乃精；考之今人，褎如充耳〔註56〕。

由此可見晚明戲曲音律之學發展的盛況。沈璟以蔣孝舊輯《南九宮十三調譜》爲藍本，結合崑腔演唱實踐，從宮調、曲牌、句式、音韻、聲律、板眼諸方面作出嚴格規定，於萬曆二十八年至三十四年間撰成《南九宮十三調曲譜》，後人尊稱爲「詞林指南車〔註57〕」，促成傳奇音樂體製規律的規整與傳奇繁榮。另一方面，在文學藝術上則追求審美趣味，致力於提高戲曲語言藝術。然而朝著這兩種方向去努力的曲家，往往顧此而失彼，要合乎音律，又要在法度之中運以麗詞，其實是難以兼顧的，故而漸漸產生文律上的分歧。湯顯祖和沈璟的主張正代表當時「詞重於律」與「律重於詞」兩種戲曲創作傾向，也暴露出戲曲藝術文學性與音樂性的衝突問題。沈璟繼承了何良俊「寧聲協而詞不工，無寧辭工而聲不協」的主張，湯顯祖繼承了王世貞「不當執末以議本」，即以辭爲本的主張，並進一步標舉文以「意趣神色」爲主。當音律與文詞發生衝突時，沈璟先音律而後文詞，湯顯祖則先文詞而後音律。由於湯顯祖的《牡丹亭》將戲曲語言藝術發展到最高極致，風靡天下；沈璟則建立南曲曲學規範，效尤者多，影響極大，二人並重於一時，可謂明代傳奇作家之雙璧，故而晚明曲論家乃環繞著湯沈之間的分歧，並深化了其論爭的對立點，展開了一場後世學者所謂的「湯沈之爭」。

萬曆時期的曲論家有的崇湯抑沈，有的崇沈抑湯，有的則認爲各有得失。如臧懋循批評湯顯祖「學未窺音律，豔往哲之聲名，逞汗漫之詞藻〔註58〕」。沈德符讚賞湯顯祖「才情自足不朽」，批評其「不諳曲譜，用韻多任意處」；而讚美沈璟「獨恪守詞家三尺」，「可稱度曲申、韓」，批其「詞之堪入選者殊

〔註56〕〔明〕呂天成：《曲品》，《中國古典戲曲論著集成》第六冊，頁212。
〔註57〕〔明〕徐復祚：《曲論》，《中國古典戲曲論著集成》第四冊，頁240。
〔註58〕〔明〕臧懋循：〈玉茗堂傳奇引〉，《負苞堂文選》，收於《續修四庫全書・集部・別集類1361》（上海：上海古籍出版社，2002年），卷三，頁89。

拗〔註 59〕」。凌濛初批評湯氏「才足以逞而律實未諳」，批評沈氏「審於律而短於才〔註 60〕」。王驥德則認爲「吳江守法，斤斤三尺，不欲令一字乖律，而毫鋒殊拙；臨川尚趣，直是橫行，組織之工，幾與天孫爭巧，而屈曲聱牙，多令歌者齚舌〔註 61〕。」王驥德的主張爲呂天成所接受，呂天成更進一步標舉「守詞隱先生之矩矱，而運以清遠道人之才情」的「雙美說〔註 62〕」，指導了明晚葉以後的戲曲創作與戲曲理論的走向。關於此，請詳見第四章〈當行本色論與雙美說〉。

### （三）本色當行論

元劇與宋元南戲的作者大多是書會才人或下層文人、藝人，他們的作品原是爲了供應舞台演出而作，故而作品皆具天然質樸之本色，宜於搬演諷詠。而自明以降，一方面戲曲體製產生變化，傳奇興起，文人成爲主要創作階層，而戲曲創作也就從大眾化而走向文士化，表現爲道學氣、駢儷化，漸漸失去戲曲原有的本色。由於戲曲創作出現脫離舞台性，走向案頭的情況，曲家紛紛對此現象提出針對反省與思考，「本色」、「當行」也就廣泛地被用作戲曲批評的標準。

嘉靖、隆慶年間，李開先（1502～1568）首先提出「用本色者爲詞人之詞，否則爲文人之詞矣〔註 63〕」，標舉「金元風格」爲典範。何良俊（1506～1573）主張「塡詞須用本色語，方是作家〔註 64〕」，並推崇《拜月亭》，以其爲「當行」之作。

隆慶到萬曆年間，徐渭（1521～1593）針對「以時文爲南曲」的風氣大加撻伐，並提出以「眞」爲核心之「本色論」，崇尚自然天成之妙。

明萬曆以後，傳奇蔚爲大國，由於劇作的大量湧現，創作問題乃日趨明顯，而各家對於「本色」、「當行」的論點也隨之而更加深刻而豐富。臧懋循、沈璟、王驥德、徐復祚、馮夢龍、呂天成、沈德符等，皆紛紛投入「本色」、

〔註 59〕〔明〕沈德符：《顧曲雜言》，《中國古典戲曲論著集成》第四冊，頁 206。
〔註 60〕〔明〕凌濛初：《譚曲雜劄》，《中國古典戲曲論著集成》第四冊，頁 254。
〔註 61〕〔明〕王驥德：《曲律・雜論第三十九下》，《中國古典戲曲論著集成》第四冊，頁 165。
〔註 62〕〔明〕呂天成：《曲品》，《中國古典戲曲論著集成》第六冊，頁 213。
〔註 63〕〔明〕李開先：〈西野春游詞序〉，《李中麓閒居集》，見《四庫全書存目叢書・集部・別集類》第九十二冊（臺南：莊嚴文化，1997），頁 596。
〔註 64〕〔明〕何良俊：《曲論》，《中國古典戲曲論著集成》第四冊，頁 6。

「當行」之議，本色當行論也因此呈現眾說紛紜的現象。如臧懋循（1550～1620）認爲「曲上乘首曰『當行』」，指能掌握「情詞穩稱之難」、「關目緊湊之難」、「音律諧協之難」三難者〔註 65〕。沈璟（1553～1610）則以「細講音律」爲當行〔註 66〕，以質樸淺俚的語言爲「本色」。王驥德（1557～1623）則以爲「本色之弊，易流俚腐；文詞之病，每苦太文〔註 67〕」，故認只有在「才情在淺深、濃淡、雅俗之間〔註 68〕」的湯顯祖獨得本色三昧。馮夢龍（1574～1646）則認爲：「詞家有當行、本色二種。當行者，組織藻繪而不涉於詩賦；本色者，常談口語而不涉於粗俗〔註 69〕。」以當行與本色爲語言風格的雅俗之別。

「本色」、「當行」之論雖被曲家廣泛運用爲評曲標準，然卻眾說紛紜，故呂天成在嘆道「當行之手多不遇，本色之義未講明」之餘，重新賦予「本色」與「當行」明確的界義，並以此爲《曲品》品曲標準的出發點。關於此，請詳見第四章〈當行本色論與雙美說〉。

## 三、吳越曲家群的醞釀

明萬曆以後劇壇繁榮的狀況，在呂天成《曲品》中便述及：「博觀傳奇，近時爲盛。大江左右，騷、雅沸騰；吳、浙之間，風流掩泱〔註 70〕。」祁彪佳《遠山堂曲品》中也說：「作者如林，大江以南，尤標赤幟〔註 71〕。」大江以南，作家蜂起，佳作如林，湧現出具有地域特色的戲曲作家群，其中尤以吳江和越中地區（今江浙一帶）最爲突出。根據李昌集《中國古代曲學史》的統計，明代從嘉靖（1522～1566）起，文化界重要的人物多爲南方人，嘉靖中期到明末，吳越（即今江浙一帶）人尤爲主體。文化中心的南移爲南方文人南曲文學創作和曲學提供了一個極好的文化氛圍，故而曲壇狀況也以吳

〔註 65〕〔明〕臧懋循：《元曲選・序二》（臺北：正文書局，民國 88 年），頁 2。
〔註 66〕〔明〕沈璟：〈商調【二郎神】論曲〉，見徐朔方輯校《沈璟集》（上海：古籍出版社，1991 年 12 月），頁 849～850。
〔註 67〕〔明〕王驥德：《曲律・論家數第十四》，《中國古典戲曲論著集成》第四冊，頁 122。
〔註 68〕〔明〕王驥德：《曲律・雜論第三十九下》，《中國古典戲曲論著集成》第四冊，頁 170。
〔註 69〕《太霞新奏》批語，引自葉長海：《中國戲劇學史稿》，頁 302。
〔註 70〕〔明〕呂天成：《曲品》，《中國古典戲曲論著集成》第六冊，頁 211。
〔註 71〕〔明〕祁彪佳：《遠山堂曲品》，《中國古典戲曲論著集成》第六冊，頁 8。

越作家為劇壇主流〔註72〕。王國維也指出:「至明中葉以後,製傳奇者,以江浙人居十之七八;而江浙人中,又以江之蘇州,浙之紹興居十之七八〔註73〕。」根據林師鶴宜〈從劇作家看晚明劇壇〉一文的統計,晚明(約萬曆至明亡,1571～1644)劇作家籍貫可考者,傳奇、戲文、雜劇作家合計約兩百三十人。其籍貫分佈依照依照作家多寡排列為浙江、江蘇、安徽、江西、湖南、湖北、河北、河南、陝西、山西、山東、廣東、福建十三個省分。其中以浙江九十六人,江蘇九十二人,安徽則降至十四人,其餘各省作家皆為個位數〔註74〕。可見吳越地區乃曲壇重鎮。

除了經濟因素的支持、文化中心的南移外,越中同時也是王陽明心學的發源地,這些都為吳越曲學提供有利於發展的物質、思想與文化環境。此外,吳越地區有一群共同切磋,坦誠相見的曲家群,更是晚明吳越地區曲學興盛的主因之一。

戲曲作為一種俗文學,本身就有很強的地域性。戲曲創作與戲曲理論自然會呈現地域特徵。作為明代劇壇重鎮的吳越地區,自然有其地域性的戲曲創作與理論特色〔註75〕。吳江與越中也各自呈現不同的地域特徵。徐渭《南詞敘錄》云:「以時文為南曲,元末、國初未有也,其弊起於《香囊記》〔註76〕。」又說:「《香囊》如教坊雷大使舞,終非本色,……至於效顰《香囊》而作者,一味孜孜汲汲,無一句非前場語,無一句無故事,無復毛髮宋、元之舊。三吳俗子,以為文雅,翕然以教其奴婢,遂至盛行。南戲之厄,莫甚於今〔註77〕。」吳中創作風氣可見一斑。王世貞《曲藻》亦記載:

> 吾吳中以南曲名者:祝京兆希哲、唐解元伯虎、鄭山人若庸。希哲能為大套,富才情,而多駁雜。伯虎小詞翩翩有致。鄭所作《玉玦記》最佳,它未稱是。《明珠記》即《無雙傳》,陸天池采所成者,

〔註72〕李昌集:《中國古代曲學史》,頁227～230。

〔註73〕王國維:《錄曲餘談》,收於《王國維戲曲論文集》(《王國維戲曲論文集——〈宋元戲曲考〉及其他》(臺北:里仁書局,民國94年10月25日初版三刷),頁311。

〔註74〕林師鶴宜:〈從劇作家看晚明劇壇〉,收於林師鶴宜:《晚明戲曲劇種及聲腔研究》附錄中(臺北:學海,民國83年),頁267～279。

〔註75〕楊豔琪:《祁彪佳及其〈遠山堂曲品、劇品〉研究》(上海:復旦大學,中國語言文學研究所博士論文,黃霖先生指導,2003年4月28日),頁85～87。

〔註76〕〔明〕徐渭:《南詞敘錄》,《中國古典戲曲論著集成》第三冊,頁243。

〔註77〕〔明〕徐渭:《南詞敘錄》,《中國古典戲曲論著集成》第三冊,頁243。

> 乃兄浚明給事助之，亦未盡善。張伯起《紅拂記》潔而俊，失在輕弱。梁伯龍《吳越春秋》，滿而妥，間流冗長〔註78〕。

由上可見吳中地區的創作風氣傾向駢儷。身爲越人的王驥德，也曾指出家鄉越中地區的戲劇創作盛況，他說：「吾越故有詞派。」然後追溯到古代作《鄂君》的越人，以至宋代陸游，元代楊鐵崖，並指出當代越中曲家：

> 近則謝泰興海門之《四喜》，陳山人鳴野之《息柯餘韻》，皆入逸品。至吾師徐天池先生所爲《四聲猿》，而高華爽俊，穠麗奇偉，無所不有，稱詞人極則，追躅元人。今則自縉紳、青襟，以迨山人、墨客，染翰爲新聲者，不可勝紀。以余所善，史叔考撰《合紗》、《櫻桃》、……，凡十二種；王澹翁撰《雙合》、……，凡六種。二君皆自能度品登場，體調流麗，優人便之，一出而搬演幾遍國中。姚江有葉美度進士者，工雋摹古，撰《玉麟》、《雙卿》、……，以及諸雜劇，共十餘種。同舍有呂公子勤之，曰鬱藍生者，從髫年便解摛掞，如《神女》、《金合》……，以迨小劇，共二三十種。……自餘獨本單行，如錢海屋輩，不下一二十人。一時風尚，槩可見矣〔註79〕。

可見越中地區曲風盛行之圖貌。由以上敘述亦可見明代曲論家已有地域流派觀念，特別看重當地具有影響力與藝術成就的曲家。關於越中曲家群的狀況，譚坤《晚明越中曲家群體研究》〔註80〕一書中有詳盡的論述，可備參考，資不贅述。

明萬曆以後，吳越曲家交往跨越地域界限，其理論也逐漸融會兩地的特色。萬曆年間著名的曲論家，如沈璟、臧懋循、呂天成、王驥德、馮夢龍等都是吳中或越中人，彼此之間也有交往。尤其是越中劇壇在戲曲理論方面有卓越建樹，著名戲曲理論著作有王驥德的《曲律》、呂天成的《曲品》、祁彪佳的《遠山堂曲品》與《遠山堂劇品》等。

王驥德（1560～1623），浙江紹興人，早年拜師徐渭（1521～1593，浙江紹興人），故其曲學受徐渭影響很大。而王氏與其「曲學四友」——沈璟（1553～1610，吳江人）、孫鑛（1542～1613，浙江餘姚人）、孫如法（浙江餘姚人）、呂天成（1580～1618，浙江餘姚人）之間的往來商榷，堪稱爲曲壇佳話。王、

〔註78〕〔明〕王世貞：《曲藻》，《中國古典戲曲論著集成》第四冊，頁37。

〔註79〕〔明〕王驥德：《曲律・雜論第三十九下》，《中國古典戲曲論著集成》第四冊，頁167。

〔註80〕譚坤：《晚明越中曲家群體研究》（上海：上海三聯書店，2005年7月初版）。

沈二人雖曲學意見不同，但卻是至誠相交的密友。王氏認爲沈璟乃「詞林之哲匠，後學之師模〔註81〕」。沈璟對王驥德曲學以極爲佩服，毛以燧（字允遂）〈曲律跋〉云：「吾邑詞隱先生，爲詞壇盟主，持法之嚴，鮮所當意，獨服膺先生（王驥德），謂有冥契；諸所著撰，往來商榷〔註82〕。」而另一益友孫如法（呂天成表伯父）則「自經史諸子而外，尤加意聲律〔註83〕」。如法聲律之學乃得之於叔父孫月峰（呂天成舅祖）。孫氏叔姪交友甚多，其中爲戲曲名家者有沈璟、顧大典、湯顯祖、王驥德等。王驥德與呂天成的友情更爲眞摯密切。此外，王驥德與顧大典、史槃、葉憲祖、王澹等皆有交往。

湯顯祖（1550～1616），江西臨川人，與吳越曲家群亦關係密切，湯氏與呂玉繩（呂天成之父）、孫如法與爲同年友（萬曆十一年同科進士）。湯顯祖與呂玉繩交往密切，透過呂玉繩的傳達，湯顯祖得以與沈璟發生曲學論爭。根據王驥德《曲律》記載，湯顯祖曾經向孫如法詢問王驥德對於其《紫簫記》的意見，孫如法告之曰：「嘗聞伯良豔稱公才，而略短公法。」湯顯祖則深表贊許之意，並曰：「吾茲以報滿抵會城，當邀此君共削正之〔註84〕。」不過湯顯祖與沈、王二氏始終未曾謀面。

吳中地區作家備出，以沈璟（1553～1610）爲代表，他是明代最重要的曲學家之一，是晚明南曲形式規範化的領導者。其建立南曲音律規範、先音律後文詞、重視「當行」與「本色」的曲學觀念，在曲學史影響極大。根據王驥德《曲律》敘述：「自詞隱作詞語，而海內斐然向風。衣缽相承，尺尺寸寸守其榘矱者二人：曰吾越鬱藍生（浙江餘姚人），曰檇李（今屬浙江嘉興縣）大荒逋客。鬱藍《神劍》、《二媱》等記，並其科段轉折似之；而大荒《乞麾》至終帙不用上去疊字，然其境益苦而不甘矣〔註85〕。」又呂天成《曲品》載葉憲祖（1566～1641，浙江餘姚人）「守韻調甚嚴，當是詞隱高足〔註86〕」，陳所聞（上元人，今江蘇南京市）「嚴守松陵之法程〔註87〕」，馮夢龍（1574

〔註81〕〔明〕王驥德：《曲律・雜論第三十九下》，《中國古典戲曲論著集成》第四冊，頁164。

〔註82〕〔明〕毛以燧：《曲律・跋》，《中國古典戲曲論著集成》第四冊，頁184。

〔註83〕〔明〕王驥德：《曲律・雜論第三十九下》，《中國古典戲曲論著集成》第四冊，頁171。

〔註84〕同前註。

〔註85〕〔明〕王驥德：《曲律・雜論第三十九下》，《中國古典戲曲論著集成》第四冊，頁165。

〔註86〕〔明〕呂天成：《曲品》，《中國古典戲曲論著集成》第六冊，頁234。

〔註87〕〔明〕呂天成著，吳書蔭校註：《曲品校註》，頁279。《集成》本無此條。

～1646，江蘇蘇州人）「能恪守詞隱先生功令，亦持教之杰〔註 88〕」，而馮夢龍譯自謂：「余早歲曾以《雙雄》戲筆，售知於詞隱先生。先生丹頭秘訣，傾懷指授，而更諄諄爲余言王君伯良也〔註 89〕。」可見馮夢龍與呂天成爲沈璟同一輩之弟子。由此可見，沈璟可謂晚明曲學重鎮，吳越地區的曲家皆深受其影響。

馮夢龍（1574～1646，江蘇蘇州人），交遊頗廣，前輩沈璟、王驥德爲其師友，同輩中則與毛允遂友善，而毛允遂曾得王驥德指導曲學。毛允遂又是臧懋循（？～1621，浙江長興人）的好友。而臧懋循又與湯顯祖、王世貞等相友善。徐復祚（1560～1630，江蘇常熟人），與吳下著名曲家，如梁辰魚、張鳳翼、梅鼎祚、沈璟、顧大典等皆有交往。

由此可見，吳越曲家乃爲一個交遊密切的藝術團體，曲學的建樹已不是一種單純的個人行爲，而是一種群體性的文化事業〔註 90〕。他們彼此之間互相切磋，互相討論商榷，孕育出許多曲學史上著名的劇作家與曲論家。而呂天成在吳越曲家團體中亦爲重要的活躍成員之一，尤其他和沈璟、王驥德二位大家關係更是密切。他拜沈璟爲師，沈璟的曲學自然對他產生莫大的影響。而其與王驥德更爲摯友，《曲律》、《曲學》就是在他們把酒商榷中產生的。

## 第二節　呂天成生平

有關呂天成傳記資料極少，近人對於呂成生平事跡的考察，以王淑芬《呂天成〈曲品〉戲曲觀之研究》〔註 91〕最爲詳盡。該書以吳書蔭〈呂天成和他的作品考〉〔註 92〕爲基礎，參以與呂天成相關的文獻紀錄，對其家世、生平、交遊、著作都有頗爲詳盡的考述。由於本文的著眼點主要在於呂天成戲曲理論，且王淑芬論文已對其家世、生平、交遊、著作有詳盡的考述，故本文只作簡要的介紹，並略陳己見。

〔註 88〕〔明〕呂天成：《曲品》，《中國古典戲曲論著集成》第六冊，頁 237。

〔註 89〕〔明〕馮夢龍：《曲律・敘》，《中國古典戲曲論著集成》第四冊，頁 47。

〔註 90〕李昌集：《中國古代曲學史》，頁 239。

〔註 91〕王淑芬：《呂天成〈曲品〉戲曲觀之研究》（政治大學中文所碩士論文，李殿魁先生指導，1994 年 6 月）。

〔註 92〕吳書蔭：〈呂天成和他的作品考〉，《戲劇學習》，1982 年第 4 期。又收於吳書蔭：《曲品校註》，頁 422～439。

## 一、家　世

呂天成出身官宦世家，他之所以喜好戲曲，與其家庭的薰陶有密切關係。根據王世貞〈太傅呂文安公傳〉的記載〔註93〕，呂氏家族祖先乃爲姜太公的分支，到了宋高宗偏安江南，因重新更定版籍，故訛爲李氏，直到呂天成曾祖父呂本才恢復呂姓。曾祖呂本（即《明史》載李本），字汝立，號南渠。生於明弘治十七年（1504），卒於明萬曆十五年（1587），呂本於嘉靖二十八年（1549）入閣，官至少保兼太子太傅、禮部尚書、武英殿大學士〔註94〕，謚文安。因爲他的地位相當於丞相，廣受天下人尊敬，所以沈璟〈仙呂入雙調【江頭金桂】寄鬱藍生〉稱呂天成能「守相國傳家風教〔註95〕」。

祖父呂兌，字通逋，號柏楊。生於明嘉靖十九年（1540），卒年不詳。以父蔭授中書舍人，歷禮部精膳主事。祖母孫鐶，是南京禮部尚書孫昇的女兒。孫鐶之弟孫鑛〈壽伯姊呂太恭七十序〉有云：「姊自髫年習書，常憶昔先夫人教姊爲詩，鑛從傍聽，雖不解音律，而稍知其意，姊啓鑛良多。又姊好觀史籍，從諸嫂侍先夫人商論古今豪傑事，甚有丈夫之概。〔註96〕」她不僅能寫詩讀書，且「好儲書，於古今劇戲，靡不購存，故勤之汎瀾極博〔註97〕」。在

〔註93〕〔明〕王世貞：《弇州山人續稿卷七十一・太傅呂文安公傳》，見沈雲龍主編《明人文集叢刊》（臺北：文海出版社，民國59年），頁3489～3510；呂本事蹟亦可參見〔明〕焦竑《國朝獻徵錄》卷十六汪道昆：〈太傅呂文安本傳〉，收於周駿富輯：《明代傳記叢刊・綜錄類36》（臺北市：明文書局，民國80年初版），頁589～593；〔明〕過庭訓纂集：《明分省人物考》卷五十一「呂本」條，收於周駿富輯：《明代傳記叢刊・綜錄類36》，頁176～178。

〔註94〕《明史・表第十一・宰輔年表二》記載李本（即呂本）授職官位如下：明世宗嘉靖二十八年己酉，二月，李本少詹士兼學士入。嘉靖二十九年庚戌，八月，李本晉吏部右侍郎兼東閣大學士。嘉靖三十年辛亥，十一月，李本晉禮部尚書。嘉靖三十三年甲寅，八月，李本晉太子太保文淵閣大學士。嘉靖三十五年丙辰，二月，李本命暫管吏部事。三月，晉少保兼武英殿大學士。嘉靖三十六年丁巳，七月，李本晉柱國。八月，加太子太傅。嘉靖三十九年庚申，八月，李本晉少傅。明世宗嘉靖四十四年辛酉，五月，李本丁憂。參見《明史》（北京：中華書局，1991年12月第四次印刷），頁3358～3361。亦可參見〔明〕焦竑《國朝獻徵錄》卷十六汪道昆：〈太傅呂文安本傳〉，收於周駿富輯：《明代傳記叢刊・綜錄類36》，頁589～593。

〔註95〕〔明〕沈璟著，徐朔方輯校：《沈璟集》（上海：上海古籍出版社，1991年12月初版），頁873。

〔註96〕見〔明〕孫鑛：《月峰先生居業次編》卷之二（明萬曆四十年呂胤筠刻本，北京圖書館藏），收於四庫禁燬叢刊編纂委員會編：《四庫禁燬叢刊》（北京：北京出版社，2000）126集，頁188。。

〔註97〕〔明〕王驥德：《曲律・雜論第三十九下》，《中國古典戲曲論著集成》第四冊，

祖母的薰陶下，呂天成對於戲曲產生濃厚的興趣，並得以博覽各種劇本，進而繼承祖母的雅好，終其一生致力於收藏戲曲劇本。

父胤昌，字玉繩。又字麟趾，號姜山。生於明嘉靖三十九年（1560），卒年不詳。他與湯顯祖、孫如法等，都是萬曆十一年（1583）同科進士。官宣城司理、吏部主事和河南參議。他也是嗜書成癖，曾與孫鑛討論詩文與小說的問題〔註 98〕。他對戲曲也頗有研究，王驥德《曲律》中記載呂玉繩曾經將沈璟改易《還魂記》中字句不協的本子送給湯顯祖，引起湯顯祖的不滿〔註 99〕。湯顯祖也曾寫信給呂玉繩說：

> 寄吳中曲論良是。唱曲當知，作曲不盡當知也，此語大可軒渠。凡文以意趣神色爲主。四者到時，或有麗詞俊音可用。爾時能一一顧九宮四聲否〔註 100〕？

可見呂玉繩與沈璟、湯顯祖兩位戲曲大家各有交往，在湯、沈之間曾扮演著傳達者的腳色。此外，他同萬曆劇壇上重要的劇作家張鳳翼、汪道昆、屠隆、梅鼎祚以及龍膺等均有交往。呂天成早年劇作「始工綺麗，才藻燁然〔註 101〕」，可能有受到屠隆、梅鼎祚等駢儷曲風的影響。

除了祖母與父親的薰陶，呂天成曲學更得力於舅祖孫鑛與表伯父孫如法的指授。舅祖孫鑛，字文融，號月峰，生於明嘉靖二十二年（1543）年，卒於明萬曆四十一年（1613）年。萬曆甲戌（1574）年進士，宦徒經歷頗豐〔註 102〕，官至南京兵部尚書，故人稱司馬。於萬曆三十七年致仕。他是當時的古文家，以評點經史而著稱，黃宗羲稱他「喜讀書，六經子史，字櫛句比，丹鉛數遍，莫不各出新意〔註 103〕」。他對呂天成期望很高，從其往來書牘中，可知其苦心

---

頁 172。

〔註 98〕〔明〕孫鑛：〈與玉繩甥論小說家書〉，同註 96，頁 213、〈與呂甥玉繩論詩文書〉，頁 213～214、〈玉繩答論詩文書〉，頁 221～222。

〔註 99〕〔明〕王驥德：《曲律·雜論第三十九下》，《中國古典戲曲論著集成》第四冊，頁 165。

〔註 100〕〔明〕湯顯祖：〈答呂姜山〉，徐朔方箋校：《湯顯祖全集》，卷 44，頁 1302。

〔註 101〕〔明〕王驥德：《曲律·雜論第三十九下》，《中國古典戲曲論著集成》第四冊，頁 172。

〔註 102〕〔明〕過庭訓纂集：《明分省人物考》卷 51「孫鑛」條說孫月峰「授兵部主事、調禮部、尋調吏部，歷稽勳、封考功、文選官內外大計，區別精詳，輿情貼服。」收於周駿富輯：《明代傳記叢刊·綜錄類 36》（臺北：明文書局，1991），頁 177～178。

〔註 103〕〔清〕黃宗羲：《姚江逸詩》卷十二，《四庫全書存目叢書·集部·總集類 400》

指授呂天成讀書爲文爲之法，並期勉呂天成以舉業爲目標。他說：

> 勤學以俟時，自是正理。須致力本業，不可復玩愒時日；須日有程，月有計乃可。若文藝果精純而勁快，投之無不如意，即是運通時矣〔註 104〕。
>
> 四書義作得熟，巧妙自出，精刻不晦澀，疏蕩而不緩散，即佳境也。秋試在目前，努力專一，作中式之文，不作刻窗稿之文，此是直截功夫。念之！念之〔註 105〕！

又曾以〈贈呂甥孫天成秋試〉期勉他「崢嶸軒冕冑，卓犖瑚璉器〔註 106〕」，爲秋試一舉成名。此皆一再流露出其對呂天成舉業成名的殷切期望。呂天成雖未達成孫鑛的期望，但孫鑛卻對於呂天成曲學影響頗深。

孫鑛喜詞曲，幼年得睹曲家陳鳴野風采，後在京師曾與徐渭交遊〔註 107〕。家中曲藏豐富，《曲律》中記載其藏金元雜劇三百種〔註 108〕，且對其對戲曲頗有研究，尤工戲曲音韻之學。如果說沈璟曲學側重釐定聲之平仄，則孫鑛則注重於析字之陰陽〔註 109〕。他曾經與沈璟通信談論韻學〔註 110〕，在信中論述天地之間原有六聲，「總論則止三聲，平側入是也；析論則平有陰陽，側有上去，入有抑揚。」指出北曲無入聲字，南曲卻有入聲，故不可從北。因此「凡揭起調，皆宜陰、宜去、宜揚，納下調，皆宜陽、宜上、宜抑。」強調詞曲

---

（臺南縣：莊嚴文化，1997），頁 174。孫鑛事蹟又可參見〔明〕過庭訓纂集：《明分省人物考》卷 51，收於周駿富輯《明代傳記叢刊．綜錄類 36》，頁 310；〔清〕邵友濂修、孫德祖等纂《餘姚縣志》卷二十三，光緒二十五年刊本，收於《中國方志叢書》（臺北：成文出版社，1983），頁 623～624；〔明〕張岱：《明越人三不朽圖贊．立言．博學類》，收於〔明〕張大復撰，〔清〕方惟一輯：《吳郡人物志》（臺北市：明文，民國 80 年），頁 727～728；而《明史》孫鑛無傳，《明史．孫鑨傳》說「鑛自有傳」，未免疏漏。王鴻緒《明史稿》將孫鑛附於〈石星傳〉，而《明史》不爲孫鑛立傳，可能是因此而將孫鑛遺漏了。

〔註 104〕〔明〕孫鑛：〈與呂甥孫天成書牘〉，同註 96，卷之三，頁 226。

〔註 105〕〔明〕孫鑛：〈與呂甥孫天成書牘〉，同前註，卷之三，頁 226～227。

〔註 106〕〔明〕孫鑛：〈贈呂甥孫天成秋試〉，同前註，卷之一，頁 112。

〔註 107〕〔明〕孫鑛：〈樵史序〉，同前註，卷之二，頁 159。

〔註 108〕〔明〕王驥德《曲律．雜論第三十九下》云：「金、元雜劇甚多，《輟耕錄》載七百餘種，《錄鬼簿》及《太和正音譜》載六百餘種。康太史謂於館閣中見幾千百種，何元朗謂家藏三百種，今吾姚孫司馬家藏亦三百種。」見《中國古典戲曲論著集成》第四冊，頁 169。

〔註 109〕同前註，頁 171。

〔註 110〕〔明〕孫鑛：〈與沈伯英論韻學書〉，同註 96，卷之三，頁 193。

當辨明此六聲，不可相混。孫鑛的意見在一定程度上指引了南曲演唱的咬字發聲規則。此外，孫鑛更以其精闢而深刻的戲曲理論，給予呂天成《曲品》很大的啓發，《曲品》中引錄其說孫鑛之「南戲十要」曰：

> 第一要事佳，第二要關目好，第三要搬出來好，第四要按宮調、協音律，第五要使人易曉，第六要詞采；第七要善敷衍——淡處作得濃，閑處作得熱鬧；第八要各角色派得匀妥；第九要脱套；第十要合世情、關風化。持此十要以衡傳奇，靡不當矣〔註 111〕。

呂天成在《曲品》卷下品評作品前的說明，便引用此段話以爲評論標準。故孫鑛的戲曲理論可以說對呂天成啓發很深，在某種程度上可稱成爲《曲品》寫作的指南車。

表伯父孫如法〔註 112〕，字世行，號俟居，別號柳城。生於明嘉靖三十八年（1559），卒於明萬曆四十三年（1615）。與湯顯祖、呂玉繩爲萬曆十一年（1583）同科進士。官刑部主事時，鄭貴妃專寵，萬曆十四年，生子，皇上欲冊立皇貴妃，沈璟等上疏請立皇長子母王恭妃，結果被貶官〔註 113〕。其後孫如法亦上疏請建皇太子和冊立皇貴妃事，並請皇上復召沈璟等，因而被貶爲潮陽典史，隱居柳城別墅，閉門不出，別號柳城。由於叔父孫鑛的影響，他少年時就頗解詞曲，貶官後更寄情詞曲，尤精音律之學。沈璟與其遭遇相似，又皆愛好詞曲之學，兩人相交甚厚，孫如法推服沈璟所著論詞、曲譜等書，還曾爲沈璟傳奇改正韻句。王驥德《曲律》亦記載：

> 孫比部諱如法……自經史諸子而外，尤加意聲律。詞曲一道，詞隱專釐平仄；而陰陽之辨，則先生諸父大司馬月峰公始抉其竅，已授先生，益加精覈。嘗悉取新舊傳奇，爲更正其韻之訛者，平仄之舛者，與陰陽之乖錯者，可數十種，藏於家塾。……先生自謫歸，人士罕見其面，獨時招余及鬱藍生，把酒商榷詞學，娓娓不倦。嘗慫恿余作《曲律》及南韻，曰：「此絕學，非君其誰任之」。頃余考注

〔註 111〕〔明〕呂天成：《曲品》，《中國古典戲曲論著集成》第六冊，頁 223。

〔註 112〕孫如法生平事蹟可參見《明史》卷 224；〔明〕過庭訓纂集《明分省人物考》卷五十一；〔清〕邵友濂修、孫德祖等纂《餘姚縣志》卷二十三，光緒二十五年刊本，收於《中國方志叢書》（臺北：成文出版社，1983 年），頁 626；〔清〕李亨特總裁，平恕等修《紹興府志》卷四十九〈鄉賢〉（臺北市：成文，1975），頁 1183～1184。

〔註 113〕〔明〕朱國禎：《皇明大事記》卷四十，《四庫禁燬書叢刊・史部》第 28 冊（北京市：北京出版社，2000），頁 42。

《西廂》，相與訂定疑實，往復手札，蓋盈笥篋。……余於陰、陽二字之旨，實大司馬暨先生指授爲多〔註114〕。

孫如法擅長析字之陰陽，實得之於諸父孫鑛，其隱居後獨招王驥德和呂天成商榷詞學，對王、呂二氏曲學啓發良多，並促成王驥德《曲律》的寫作。

由上可知，呂天成生長在雅好詞曲的家庭中，引發其對於戲曲產生濃厚興趣，並得以博覽各種劇本，進而繼承祖母、父親的雅好，秉承舅祖孫鑛與表伯父孫如法的曲學，終其一生致力於劇本的收藏與曲學的開拓。

## 二、生平及創作生涯

呂天成，字勤之，別號棘津，別署鬱藍生、竹痴居士，浙江餘姚人。《曲律》中記載其「爲諸生，有名，兼工古文詞〔註115〕」，也是當時有名的戲曲家。由於呂天成終其一身並未爲官，有關他的生平事蹟記載很少，且其流傳下來的著作極少，因此生平難以查考，而近代研究者對於其生卒年亦眾說紛紜〔註116〕。根據王淑芬考述整理的結果，呂天成生於萬曆八年（1580），卒於萬曆四十六年（1618）〔註117〕，較爲可信。

〔註114〕〔明〕王驥德：《曲律·雜論第三十九下》，《中國古典戲曲論著集成》第四冊，頁171。

〔註115〕同前註，頁172。

〔註116〕傅惜華《明代雜劇全目》、葉德均〈曲品考〉均推測呂天成生於明萬曆五年（1577），卒年則前者主張在萬曆四十一年（1613）以後，後者說在萬曆四十二年（1614）。分別參見《明代傳奇雜劇》（北京：作家出版社，1958），頁121和《戲曲小說叢考》（北京：中華書局，2004年12月第二版），頁150～151。羅錦堂《明代劇作家考略》採用傅惜華之說（見頁27）（香港：龍門書店，1966），陳芳英《明代劇學研究》採用葉德均之說；曾師永義《明雜劇概論》呂氏約生於萬曆五年（1577），卒於萬曆四十二年（頁387～389）；葉長海《中國戲劇學史稿》主張呂氏生於萬曆八年（1580），至於卒年則只說「年未四十而卒」，未做論斷。李師惠綿《王驥德曲論研究》則以爲呂氏生卒年是西元1517（？）～1616（？）年，持保留態度（頁66），而在附錄一的〈王驥德年表初編〉中則推測呂氏卒年1616～1623年之間，生年在1577～1584年之間。（頁229）；趙景深〈增補本《曲品》的發現〉主張呂氏生於萬曆八年，至遲於萬曆四十六年去世（《曲論初探》，上海：上海藝文出版社，1980年，頁93～94）；吳書蔭〈呂天成和他的作品考〉推測呂氏生於1580，卒於1618（《曲品校註》，頁422～423）。

〔註117〕可參考王淑芬：《呂天成〈曲品〉戲曲觀之研究》，頁22～26。根據北京大學圖書館藏清乾隆辛亥季冬迦蟬楊志鴻鈔本《曲品》抄本中附有沈璟所寫〈仙呂入雙調【江頭金桂】寄鬱藍生〉，沈璟自注「癸卯春作」，即萬曆三十一年（1603），此套曲其中的【園林帶僥僥】寫道「想著高密封侯方年少，與公瑾

呂天成〈曲品自序〉自謂：「予舞象時即嗜曲，弱冠好塡詞〔註 118〕。」《曲律》也說他「從髫年便解摛掞」、「童年便有聲律之嗜」〔註 119〕，可知呂天成成童之年（約十五歲）始嗜曲，到了二十歲即好塡詞。平生致力於戲曲的收藏，曾自述「每入市見傳奇，必挾之歸。笥漸滿〔註 120〕」。沈璟在〈仙呂入雙調【江頭金桂】寄鬱藍生〉中亦寫道：「禹穴是藏書壺奧，纔弱冠已冥搜旁討〔註 121〕。」其詞學頗有淵源，他不僅承襲了祖母、父親、孫鑛藏書的雅好，尤其對於戲曲創作更有一股無法遏止的熱誠。在曲學上一方面得自舅祖孫鑛與表伯父孫如法的指授，一方面又與一群志同道合的曲友們互相切磋，他拜沈璟爲師、與王驥德訂交，而沈、王皆是當時的曲學大家，因其有如此深厚的曲學淵源，故造就了他的不朽之作——《曲品》。

然而，呂天成出身於顯宦世家，曾祖父呂本官位有如宰相，祖母孫鐶亦出身名門世家，父親呂玉繩、舅祖孫鑛與表伯父孫如法皆曾在朝爲官，故而呂天成亦以舉業爲志，期能崢嶸軒冕。從其與舅祖孫鑛往來的書牘中可知，孫鑛諄諄教誨呂天成，授之讀書爲文之法與舉業之方，期勉其留心時藝。呂天成每每寄其詩文習作給孫鑛，孫鑛皆細細閱讀品賞並回信給予意見。故呂天成詩文受孫鑛指授良多。孫鑛在信中指導呂天成寫作之法時說：

> 甥孫才甚高，爲文閎暢有餘，然微未切實，亦不甚工鍊，若以《左傳》濟之，亦是對證藥也〔註 122〕。

---

論交如飲醪」下面自注：「鄧禹二十四歲封高密侯，周瑜二十四歲破曹，呂君之年如之。」故知萬曆三十一年時，呂天成二十四歲，由此推知呂氏當生於萬曆八年（1580）。《曲律》中提到：「人咸謂勤之風貌玉立，才名籍甚，青雲在襟袖間，而如此人，曾不得四十，一夕溘先，風流頓盡，悲夫！」而馮夢龍於《太霞新奏》卷五收王驥德〈哭呂勤之〉套曲並注解道：「勤之未四十而夭。」可見其未滿四十而卒。王驥德〈哭呂勤之〉套曲中【古輪臺】中寫道：「到長安，三年雲樹隔稽山。」這三年中王、呂之間仍有書信往來。呂天成〈紅青絕句題詞〉自署丙辰春日作，即萬曆四十四年，爲其與王驥德應和之作。從「吾友方諸生自燕邸寄兩折來」可知王氏於萬曆四十四年以前入京，根據張慧劍《明清江蘇文人年表》，王驥德於萬曆四十三遊江蘇通州，應是經由此入京，時爲萬曆四十三年，故〈哭呂勤之〉當作於萬曆四十六年，呂天成去世當在此年，享年三十九歲。與王驥德與馮夢龍謂其不滿四十而卒相符。

〔註 118〕〔明〕呂天成：《曲品》，《中國古典戲曲論著集成》第六冊，頁 207。

〔註 119〕〔明〕王驥德：《曲律‧雜論第三十九下》，《中國古典戲曲論著集成》第四冊，頁 167、172。

〔註 120〕〔明〕呂天成：《曲品》，《中國古典戲曲論著集成》第六冊，頁 207。

〔註 121〕〔明〕沈璟著，徐朔方輯校：《沈璟集》，頁 873。

〔註 122〕〔明〕孫鑛：〈與呂甥孫天成書牘〉，同註 96，卷之三，頁 225。

沈璟於〈仙呂入雙調【江頭金桂】寄鬱藍生〉中寫道「春歸早，擬秋闈奪錦袍〔註123〕」，沈璟自注此爲癸卯春作，故知呂天成於萬曆三十一年參加鄉試。呂天成這次雖落第，然成績尚可，孫鑛鼓勵他說：

> 秋闈獎賞是來科大捷之兆，愚聞亦稍喜慰。甥孫才素高。今若沈潛於經術，取青紫如拾芥耳〔註124〕！

可知呂天成蔚有才情，雖然其後功名屢遭挫折，未曾中舉，然其才情在戲曲創作中卻得到發揮。他曾經十分熱衷於戲曲的創作與劇本的收藏，且於二十三歲（萬曆三十年）那年作《曲品》初稿〔註125〕。然由於功名未遂，曾在《曲品》自序中嘆曰：「十餘年來，頗爲此道所誤，深悔之，謝絕詞曲，技不復癢〔註126〕。」故遲至萬曆三十八年才歸檢舊槁，從事改訂《曲品》的工作。

呂天成喜好蒐羅戲曲劇本，曲藏豐富，其後祁彪佳作《遠山堂曲品、劇品》不僅從呂天成《曲品》中受益匪淺，還曾致書給呂天成後人，借閱傳奇與雜劇劇本。祁氏曾寫信給呂氏後人曰：「尊公老親翁著作甚富，海內但得紙片便爲至寶，獨不孝寡昧，第窺一斑，諸傳奇中惟得《神劍》、《三星》、《戒珠》，諸劇作惟得《勝山》、《耍風情》、《纏夜帳》、《海濱樂》數種耳。其他記劇乞老姨丈啓琅函，盡以惠教。如未刻者乞借原本一錄完即緘奉，不敢浮沈也。尊公老親翁所藏之曲并願垂視一目，使不孝得作江海一大觀。內有手校之《殺狗》，尤爲珍重，乞先慨擲幸甚，望甚。《曲律》二本及沈詞隱諸本索之大宗兄處，俱璧上鄴架。惟《結髮》、《分柑》二本，王伯彭謀付之劂剞，容稍遲奉返也〔註127〕。」又云：「尚有《雙修》、《李丹》、《鸞□》三記，容稍遲錄完上之鄴架。更有數本，皆《曲品》者，欲皆一閱〔註128〕。」又云：「及他明劇弟不及劍者甚多，倘得俱擲下，俾錄出置之笥中，……全記有十數種欲借閱，恐多則有遺失，今止借《殺狗》、《嬌紅》、《龍泉》、《大節》四古記及所藏諸明人雜劇〔註129〕。」可見祁彪佳很注意從《曲品》中汲取營養，並

〔註123〕〔明〕沈璟著，徐朔方輯校：《沈璟集》，頁873。
〔註124〕同註122，頁226。
〔註125〕〔明〕呂天成：《曲品》，《中國古典戲曲論著集成》第六冊，頁207。
〔註126〕同前註。
〔註127〕祁彪佳抄本《遠山堂尺牘・與呂》己巳年，1629。（國內查無）轉引自楊豔琪：《祁彪佳及其〈遠山堂曲品、劇品〉研究》（上海：復旦大學，中國語言文學研究所博士論文，黃森先生指導，2003年4月28日），頁54。
〔註128〕同前註，頁54～55。
〔註129〕同前註，頁55。

從呂氏藏曲中蒐羅寫作的材料。呂天成不僅藏曲豐富，其家也有刻印能力，得以刊刻曲本。《曲律》載：「詞隱生平著述，悉授勤之，並爲刻播，可謂尊信之極，不負相知耳〔註130〕。」其後祁彪佳曾借其刻板付印。他曾寫信給呂天成後人說：「弟欲借大刻之板，沈詞隱《合衫》之板，遣印匠備紙張至宅上，求每記印四五冊〔註131〕。」

呂天成戲曲作品很多，在當時可謂多產作家。沈璟〈致鬱藍生書〉載有十種〔註132〕，計有《神女》、《戒珠》、《金合》、《三星》、《神鏡》、《四相》、《雙棲》、《四元》、《二婬》、《神劍》；王驥德《曲律》〔註133〕於此十種之外又多出《雙閣》〔註134〕；晚於《曲品》二、三十年的祁彪佳《遠山堂曲品》（崇禎十三年，西元1640年完稿）則著錄呂天成作品有傳奇十種：比《曲律》載多了《藍橋》、《李丹》，少了《雙閣》（又稱《畫扇記》或《雙閣畫扇記》）〔註135〕、《四相》、《四元》。但其中著錄汪昌朝《二閣》時提及：「鬱藍生傳此爲《畫

〔註130〕〔明〕王驥德：《曲律・雜論第三十九下》，《中國古典戲曲論著集成》第四冊，頁172。《曲律》又載：「詞隱所著散曲《情癡寱語》及《詞隱新詞》各一卷，大都法勝於詞。《曲海青冰》二卷，易北爲南，用工良苦。前二種，呂勤之已爲刻行；後一種，勤之既逝，不知流落何處，惜哉！」見《中國古典戲曲論著集成》第四冊，頁166。

〔註131〕同註128，頁57。

〔註132〕〔明〕沈璟著，徐朔方輯校：《沈璟集》，頁899。

〔註133〕〈曲品自序〉：「今年春，與吾友方諸生劇談詞學，窮工極變，予興復不淺，遂趣生撰《曲律》既成，功令條教，臚列具備，眞可謂起八代之衰，厥功偉矣！」萬曆三十八年通行本《曲品》自序中，呂天成自署作於庚戌嘉平日，即萬曆三十八年十二月，而序中又提及「今年春」云云，可知《曲律》約萬曆三十八年春始作，《曲律自敍》則自署萬曆庚戌冬至作後四日作，可能是初稿完成的日期，葉長海《曲律研究》亦推測《曲律》作於萬曆三十八年（1610），並指出王驥德於晚年又有所增補，至臨終前始定稿。（王驥德卒於天啓三年，1623）。詳見葉長海《曲律研究》，收於《曲律與曲學》（臺北：學海出版社，民國82年5月），頁31～32。

〔註134〕〔明〕王驥德《曲律》云：「《神女》、《金合》、《戒珠》、《神鏡》、《三星》、《雙棲》、《雙閣》、《四相》、《四元》、《二婬》、《神劍》，以迨小劇，共二三十種」，〔明〕王驥德：《曲律・雜論第三十九下》，《中國古典戲曲論著集成》第四冊，頁167。

〔註135〕呂天成《曲品》著錄汪昌朝《二閣》：「予曾爲《雙閣畫扇記》，即此朱生事也，不意君亦爲之。予雜取紈袴子半入之，此則惟詠梅雪，更覺條暢。」見吳書蔭：《曲品校註》，頁265；又祁彪佳《遠山堂曲品》著錄汪昌朝《二閣》，亦云：「鬱藍生傳此爲《畫扇》，翩翩逸韻，是少年場中得意之語。」見《中國古典戲曲論著集成》第六冊，頁35。

扇》，翩翩逸邁韻，是少年場中得意之語〔註136〕。」可能祁彪佳當時未見此記，故闕而不錄，也有可能是因爲《遠山堂曲品》部分散佚的緣故。傅惜華《明代傳奇全目》〔註137〕和羅錦堂《明代劇作家考略》〔註138〕合沈、王、祁三者著錄，計有：《神女》、《戒珠》、《金合》、《三星》、《神鏡》、《四相》、《雙棲》、《四元》、《二婬》、《神劍》、《雙閣畫扇》、《李丹》、《藍橋》，共十三種〔註139〕。

至於其雜劇作品，王驥德《曲律》則於著錄呂氏十一種傳奇之後言：「以迨小劇，共二三十種〔註140〕。」意指傳奇和雜劇作品共二三十種，故知雜劇作品可能有達九至十九種之間。而祁彪佳《遠山堂曲品》則著錄呂氏雜劇八種，計有《秀才送妾》、《兒女債》、《勝山大會》、《夫人大》、《耍風情》、《纏夜帳》、《海濱樂》（即《齊東絕倒》）、《姻緣帳》。

從清乾隆辛亥迦蟬楊志鴻抄本《曲品》〔註141〕中可發現他校正過二十八種傳奇，計有：《拜月》、《荊釵》、《牧羊》、《白兔》、《殺狗》、《千金》、《雙忠》、《香囊》、《紫釵》、《還魂》、《南柯》、《邯鄲》、《明珠》、《紅拂》、《祝髮》、《竊符》、《虎符》、《灌園》、《扊扅》、《浣紗》、《彈鋏》、《五鼎》、《椒觴》、《分鞋》、《存孤》、《忠節》、《合鏡》，以及沈璟《義俠記》刊行時，也由他擔任校訂工作，並爲其作序〔註142〕。

祁彪佳十分佩服呂氏校正之功，他曾說：「《殺狗記》內有圈者是從《九宮譜》內對出，余訛甚多，竟不可讀，倘得鬱藍生校正之本，刻之必大行〔註143〕。」

---

〔註136〕〔明〕祁彪佳：《中國古典戲曲論著集成》第六冊，頁35。

〔註137〕傅惜華：《明代傳奇全目》（北京：人民文學出版社，1959年12月），頁167～173。

〔註138〕羅錦堂編：《明代劇作家考略》（香港：龍門書店，1966），頁68～69。

〔註139〕《傳奇彙考標目》於此十三種外另外著錄《玉符》、《金谷》、《碎琴》，傅惜華《明代傳奇全目》和羅錦堂《明代劇作家考略》對於此三記持存疑態度。王淑芬指出《曲品》「奇貨」條評語：「予擬作《玉符記》，未果。」可見《玉符記》只是擬作，並未成功。而趙景深〈增補本《曲品》的發現〉中指出《金谷記》則是《金合記》的誤寫。（見趙景深：《曲論初探》，頁68～82。）《碎琴記》則未見他書著錄，難以斷定是否爲呂氏之作，故存疑。（請詳參王淑芬《呂天成〈曲品〉戲曲觀之研究》，頁44～45）。

〔註140〕〔明〕王驥德：《曲律·雜論第三十九下》，《中國古典戲曲論著集成》第四冊，頁167。

〔註141〕參見吳書蔭：《曲品校註》附錄三〈呂天成和他的作品考〉，頁437。

〔註142〕呂天成〈義俠記序〉：「今予任校讎之役，愧不能精閱。」見蔡毅《中國古典戲曲序跋彙編》，頁1206。

〔註143〕祁彪佳：抄本《遠山堂尺牘·與陳太乙舅》，己巳年，1629年。（國內查無）

從《曲品》評語中可知呂天成擬作《玉符記》〔註 144〕，及譜岳飛直擣黃龍〔註 145〕與潘用中事〔註 146〕，均未果。此外，沈璟的《結髮記》乃呂氏作傳，而沈璟譜之〔註 147〕。

除此之外，《曲律》還說呂天成「摹寫麗情褻語，尤稱絕技〔註 148〕」，著有麗情小說《繡榻野史》〔註 149〕、《閒情別傳》，「皆其少年游戲之筆〔註 150〕」。

徐朔方根據龍膺重刊綸有文集卷二十四〈答呂麟趾太僕〉〔註 151〕，指出呂天成寄請沈璟指正的十種傳奇中，至少《神女》、《金合》、《戒珠》是其父親之作，或者其父親原作，而由呂天成潤飾。而《繡榻野史》的成書也可能如此，可能是呂玉繩怕影響官聲，當呂玉繩被舅公吏部尙書孫鑨罷免主事之職時已引起一次小小的糾紛，故才把作品掛在兒子名下，一方面避嫌，一方面爲其帶來文名。也有可能是一人創作，而一人加以潤飾〔註 152〕。筆者認爲根據呂天成老師沈璟與至交王驥德的敘述，皆肯定三記出於呂天成之手，則《神女》、《金合》、《戒珠》即使原出於父親之手，也可能到呂天成手中改作或潤飾才完成。這種情況在明代傳奇作品中已有先例，如王驥德《題紅記》乃秉父命爲其祖父《紅葉記》改作，題爲《題紅記》。

根據林師鶴宜〈從劇作家看晚明劇壇〉一文中第三節〈從劇作家創作及留存數量看晚明劇壇〉的統計〔註 153〕，晚明（約萬曆至明亡，1571～1644）

轉引自楊豔琪：《祁彪佳及其〈遠山堂曲品、劇品〉研究》，頁 56。

〔註 144〕《曲品》卷下《奇貨》條，見《中國古典戲曲論著集成》第六冊，頁 247。

〔註 145〕《曲品》卷下《精忠》條，同前註，頁 227。

〔註 146〕《曲品》卷下《投桃》條，同前註，頁 235。

〔註 147〕《曲品》卷下《結髮》條，同前註，頁 230。

〔註 148〕〔明〕王驥德：《曲律‧雜論第三十九下》，《中國古典戲曲論著集成》第四冊，頁 172。

〔註 149〕孫楷第《日本東京所見小說》著錄《繡榻野史》四卷，有萬曆刻本。《紅青絕句》一卷，今存明刊本，原爲西諦先生所藏，現歸北京圖書館。該書有作者《題詞》，自署「丙辰春日」，丙辰爲萬曆四十四年（1616），當作於是年。（參見吳書蔭《曲品校註》附錄三〈呂天成和他的作品考〉，頁 438。）

〔註 150〕〔明〕王驥德：《曲律‧雜論第三十九下》，《中國古典戲曲論著集成》第四冊，頁 172。

〔註 151〕〔明〕龍膺〈答呂麟趾太僕〉：「特附一帙請教，乃足下《神女》一記，……才情富麗，大是合作，可必其傳。……聞復有《戒珠》、《玉合》二記，竝稱絕倫，皆江左盛事。」見《龍太常全集‧綸冇文集》卷二十四（清光緒十三年〔1887〕龍氏家刊本，現藏於傅斯年圖書館），頁 20。

〔註 152〕徐朔方：〈王驥德呂天成年譜引論〉，《藝術百家》（1991 年 2 月），頁 81。

〔註 153〕林師鶴宜：〈從劇作家看晚明劇壇〉，收於《晚明戲曲劇種及聲腔研究》附錄，

戲文、傳奇作家三百五十八人中，一生中只有一兩部著作的多達兩百八十八人之多。由此可見，在當時，作家以戲曲創作爲詩詞創作餘暇之事，並未視爲一生專意致力的目標。呂天成一生在短短三十九年的歲月中傳奇作品即有十三種之多〔註 154〕，排名第六。而晚明雜劇作家九十三人，一生中只有一兩部著作品有六十四人之多，呂天成則有八種之多，也排名第六〔註 155〕。由此可知，呂天成在當時可算是多產作家，然其傳奇作品今皆不傳，而雜劇也僅存一種。

根據沈璟〈致鬱藍生書〉〔註 156〕，《神女》、《戒珠》、《金合》三記爲呂天成「弱冠時筆」，即二十歲（1599）時作。又沈璟在作於萬曆三十一年（1603）的〈仙呂入雙調【江頭金桂】寄鬱藍生〉〔註 157〕中提及《四相》、《神鏡》、《戒珠》、《神女》、《金合》、《三星》六種〔註 158〕。記中載呂天成時年二十四歲，故知《四相》、《神鏡》、《三星》可能是二十一歲至二十四歲之間（萬曆二十八年到萬曆三十一年，1600～1603）的作品。沈璟《致鬱藍生書》除了上述六種之外，在這六種以下還提到《雙棲》（即《神女》改本）、《四元》、《二婬》、《神劍》四種。由於沈璟卒於萬曆三十八年（1610）正月十六日，此信當作於萬曆三十八年以前，故保守估計的話，《雙棲》、《四元》、《二婬》、《神劍》約作於萬曆三十一年到萬曆三十八年之間（1603～1610），即作於呂氏二十四歲至三十一歲之間；而大膽估計的話，則可如吳書蔭的推算，約萬曆三十一年到萬曆三十七年之間〔註 159〕。

《曲律》載呂天成傳奇：「始工綺麗，才藻燁然；後最服膺詞隱，改轍從之〔註 160〕。」又曰：「自詞隱作詞語，而海內斐然向風。衣缽相承，尺尺寸寸

頁 300～306。

〔註 154〕林師鶴宜〈從劇作家看晚明劇壇〉則載呂天成傳奇十五種，排名第六。同前註，見頁 303。

〔註 155〕同前註，頁 304。

〔註 156〕〔明〕沈璟著，徐朔方輯校：《沈璟集》，頁 899。

〔註 157〕沈璟自注「癸卯春作」，見〔明〕沈璟著，徐朔方輯校：《沈璟集》，頁 873。

〔註 158〕沈璟把呂天成劇作巧妙地塡入〈仙呂入雙調【江頭金桂】寄鬱藍生〉中：「【玉山供】……四相名重在揮毫，隱娘仙俠更逍遙。【玉交枝帶六么】安石逸少，戒珠兒倏然解弢。巫陽神女下山樹，金花合，玉龍膏。狀元心字三星照，狀元心字三星照。」〔明〕呂天成：《曲品》，《中國古典戲曲論著集成》第六冊，頁 407。

〔註 159〕吳書蔭認爲沈璟既卒於萬曆三十八年（1609）正月十六日，則〈致鬱藍生書〉中所言《雙棲》、《四元》、《二婬》、《神劍》四季，應是 1603 至 1609 之間的作品。見吳書蔭：〈呂天成和他的作品考〉，收於《曲品校註》附錄三，頁 435。

〔註 160〕〔明〕王驥德：《曲律‧雜論第三十九下》，《中國古典戲曲論著集成》第四冊，

守其榘矱者二人：曰吾越鬱藍生，……。鬱藍《神劍》、《二婬》等記，並其科段轉折似之〔註 161〕。」對照此兩段話可確知，《神劍》、《二婬》的確是呂天成拜師沈璟後的作品。而呂氏二十四歲時收到沈璟〈仙呂入雙調【江頭金桂】寄鬱藍生〉中，沈璟寫道：「我欲向詞場解贈虔刀〔註 162〕。」推知呂氏約於二十四歲前後拜沈璟爲師，故其後《雙棲》、《二淫》、《神劍》等劇作風格產生轉變。

至於《雙閣畫扇》、《藍橋》、《李丹》究竟作於何時？趙景深根據清乾隆辛亥迦蟬楊志鴻抄本《曲品》（萬曆四十一年，1613 年）載沈璟〈致鬱藍生書〉中並未提及《藍橋》、《李丹》、《雙閣畫扇》，故推斷三記大約是 1613 年以後的作品〔註 163〕。吳書蔭則根據萬曆三十八年（1610）通行本《曲品》中已提及《雙閣畫扇記》，而主張《雙閣畫扇》應作於萬曆三十八年（1610）以前〔註 164〕，又於「呂天成生平繫年表〔註 165〕」中標示其應爲萬曆三十一年到萬曆三十七年（1603～1609）之間。至於《藍橋》、《李丹》的創作時間，吳氏認爲沈璟〈致鬱藍生書〉作於萬曆三十八年以前，故未見信中提及的《藍橋》、《李丹》，應作於爲萬曆三十八年至呂氏去世以前，即萬曆三十八年到萬曆四十六年（1610～1618）〔註 166〕。王淑芬《呂天成〈曲品〉戲曲觀之研究》從吳書蔭之說〔註 167〕。

筆者認各家推論《雙閣畫扇》、《藍橋》、《李丹》的創作年代，證據仍嫌薄弱，故仍須持保留態度。原因如下：其一，沈璟〈致鬱藍生書〉中，載呂天成交給沈璟的十種傳奇，也許未必是當時他所有的傳奇作品，也有可能經過篩選，故趙景深只據此便推斷三記作於萬曆三十八年以後，稍嫌武斷。其二，《雙閣畫扇》見諸《曲品》、《曲律》、《遠山堂曲品》記載，呂天成《曲品》萬曆三十八年（1610）通刊本也已記載，又《遠山堂曲品》也評此記：「翩翩逸韻，是少年場中得意之語〔註 168〕。」既謂之爲「少年」之作，則此記作於

頁 172。

〔註 161〕〔明〕王驥德：《曲律．雜論第三十九下》，《中國古典戲曲論著集成》第四冊，頁 165。

〔註 162〕〔明〕沈璟著，徐朔方輯校：《沈璟集》，頁 874。

〔註 163〕趙景深：〈增補本《曲品》的發現〉，《曲論初探》，頁 70。

〔註 164〕吳書蔭：〈呂天成和他的作品考〉，收於《曲品校註》附錄三，頁 435。

〔註 165〕同前註，頁 438。

〔註 166〕同前註，頁 439。

〔註 167〕王淑芬：《呂天成〈曲品〉戲曲觀之研究》，頁 28。

〔註 168〕〔明〕祁彪佳：《遠山堂曲品》，《中國古典戲曲論著集成》第六冊，頁 35。

萬曆三十八年（1610 年，呂氏三十一歲）以前爲可信，然其上限是否爲萬曆三十一年（1603 年，呂氏二十四歲），則未曾有較爲可靠的線索，故吳書蔭論斷其爲萬曆三十一年到萬曆三十七年（1603～1609）之間，證據稍嫌薄弱。其三，呂氏《曲品》評論汪廷訥《二閣》云：「予曾爲《雙閣畫扇記》，即此朱生事也，不意君亦爲之。予雜取紈袴子半入之，汪則惟詠梅、雪，更覺條暢〔註 169〕。」呂天成自認爲己作成就不如汪廷訥，有可能因此而不刊行或者刊行甚少，而王驥德乃爲其摯友，故得以窺知而著錄。此記於現存祁彪佳《遠山堂曲品》中未見著錄，但其於「能品」評汪廷訥《二閣》時有云：「鬱藍生傳此爲《畫扇》，翩翩逸韻，是少年場中得意之語〔註 170〕。」祁彪佳的口氣似乎是看過《雙閣畫扇記》，《遠山堂曲品》也許有著錄，但無旁證，且因現存《遠山堂曲品》仍有缺漏，故難以斷定祁氏否曾見過此記。其四，《藍橋》和《李丹》的創作年代，吳書蔭以爲卒於萬曆三十八年的沈璟之書信、始作於萬曆三十八年之《曲律》、萬曆三十八年通行本《曲品》、增補本《曲品》中均未見提及，只見祁彪佳《遠山堂曲品》著錄，則推斷其年代爲萬曆三十八年以後，似乎言之成理。然《遠山堂曲品》將《藍橋》列爲「豔品」，與呂天成後期創作風格不符，故筆者認爲應持保留態度。

呂氏作品創作年代雖無法一一確認，但更值得注意是，呂氏創作生涯的轉變過程及其作品藝術特色，我們可以從王驥德、沈璟、祁彪佳等的記載中略窺。其中沈璟、祁彪佳對於呂天成劇作有作各別的評語，茲列表如下：〔註 171〕

| 劇　目 | 祁彪佳《遠山堂曲品、劇品》 | 沈璟〈致鬱藍生書〉〔註 172〕 |
|---|---|---|
| 神女 | 「豔品」<br>此勤之未解音律時之作。沈詞隱評之，謂：「東鄰客舍，曲有情境，而音律尙墮時趨。」乃其才情富麗，每一詞如萬綉齊張，亦堪配《騷》，亦堪佐《史》〔註 173〕。 | 東鄰客舍，曲有情境，而音律尙墮時趨。 |

〔註 169〕〔明〕呂天成：《曲品》，《中國古典戲曲論著集成》第六冊，頁 235。

〔註 170〕〔明〕祁彪佳：《遠山堂曲品》，《中國古典戲曲論著集成》第六冊，頁 35。

〔註 171〕呂天成所作傳奇劇目排列順序乃依照前文推斷之創作時間先後，然《藍橋》、《畫扇》、《李丹》三記的創作時間存疑，故暫列於後。至於其雜劇作品順序則依照祁彪佳《遠山堂劇品》次序，然此順序不見得與創作時間先後有關。

〔註 172〕〔明〕沈璟著，徐朔方輯校：《沈璟集》，頁 899。

〔註 173〕〔明〕祁彪佳：《遠山堂曲品》，《中國古典戲曲論著集成》第六冊，頁 19。

| | | |
|---|---|---|
| 戒珠 | 「豔品」<br>勤之每下筆，藻采飈發，傾倒胸中二酉。如此記王、謝風流，收羅一部《晉史》。語以駢偶見工，局以熱艷取勝〔註 174〕。 | 王謝風流，足以揮灑，而詞白工整，局勢未圓。 |
| 金合 | 「豔品」<br>盧子良薄神仙而欲作人間宰相，卒不免風雪長安。以此爲張無頗遊仙對證，名根得安不淡！「水晶宮」一段，光景奇幻，閱之令人目眩〔註 175〕。 | 載張無頗事。兼及盧杞。富貴神仙，醒世之顛倒，而猶覺未罄。此（《神女》、《戒珠》、《金合》）皆世丈弱冠時筆也。 |
| 三星 | 「豔品」<br>煙鬟閣主人，色天散聖也。此記以自寫其壯懷，備極嫵婉歡之境；而赤虹、紫電，噴薄紙上，自是詞場大觀〔註 176〕。 | 自寫壯懷，極工極麗。 |
| 神鏡 | 「雅品」<br>劍俠特盛於唐，而所載紅線、隱娘尤奇秘可喜。至金生以神鏡合隱娘，正是天然傳奇。此記作得靈怪，又能於場上見搆局之佳。曲白流暢，是鬱藍另一作法。險韻亦不重押，十九韻內而陳（？）明又即用前韻所未及押者，更別闢法門〔註 177〕。 | 劍俠聶隱娘事，奇秘可喜。 |
| 四相 | | 揚厲世德，日月爭光。 |
| 雙棲 | 「雅品」<br>此《神女》改本也。與前絕不同。以《騷》、《雅》供其筆端。覺汨羅江畔，暗雨淒風，黃陵廟前，暮色斜照，恍忽如見矣〔註 178〕。 | 即《神女》改本，然與前絕不同；高唐之夢，玉（王？）夢也，何不改正之？ |
| 四元 | | 倫氏科名之盛，而警戒貪淫，大裨風教。 |
| 二婬 | 「逸品」<br>不知者謂呂君作此，實以導淫，非也。暴二嬙之私，乃以使人恥，恥則思懲矣。搆局攢簇，一部《左》史，供其謔浪，而以淺近之白，雅質之詞度之。此鬱藍遊戲之筆〔註 179〕。 | 縱述穢褻，足壓王、關，似一幅白描春意圖，眞堪不朽。 |

〔註 174〕同前註，頁 18。
〔註 175〕同前註，頁 19。
〔註 176〕同前註，頁 18。
〔註 177〕〔明〕祁彪佳：《遠山堂曲品》，《中國古典戲曲論著集成》第六冊，頁 130。
〔註 178〕同前註，頁 131。
〔註 179〕同前註，頁 9～10。

| | | |
|---|---|---|
| 神劍 | 「雅品」<br>以王文成公道德事功，譜之聲歌，令瞶笑皆若識公之面，可佐傳史所不及。曲白工麗，情境宛轉〔註180〕。 | 爲新建發蘊，可令道學解嘲。 |
| 藍橋 | 「豔品」<br>於離合悲歡、插科打諢之外。一以綺麗見奇。字字皆翠琬金鏤，丹文綠牒，洵爲吉光片羽，支機七襄也。直堪對壘《曇花》；且能壓倒《玉玦》〔註181〕。<br>又於「能品」評楊文炯《玉杵》中云：「文彩翩翩，是詞壇流美之筆。惜尚少伐膚見髓語，而用韻亦雜。若與鬱藍之《藍橋》較才情，此曲當退三舍；然律以場上之體裁，吾未敢盡爲《藍橋》許也〔註182〕。」 | |
| 畫扇 | 未著錄，但於「能品」評汪廷訥《二閣》時有云：「鬱藍生傳此爲《畫扇》，翩翩逸韻，是少年場中得意之語〔註183〕。」 | |
| 李丹 | 「雅品」<br>劉慈水閱擲李事，寄之屬鬱藍生作記，二十日而成，鬱藍尙自遜爲握管未疾也〔註184〕。 | |
| 秀才送妾（南八折） | 「雅品」<br>《輟耕錄》載：「維揚秀士爲部主事致一妾，自邗關達於燕邸。時天漸暄，多蟲蚋，乃納之帳中。部主事初疑之，既而謝曰：『君眞長者也！』相與痛飲盡歡而散。」劇中水仙作合，以配於焉支公主，則勤之增之。以爲柳下、叔子之輩，必獲美報若斯耳〔註185〕。 | 諸小劇各具景趣，數語含姿，片言生態，是稱簇錦綴珠，令人徬徨追賞。 |
| 兒女債（南北四折） | 「雅品」<br>向見有傳子平二折，第碌碌完兒女債耳，閱之殊悶。勤之盡易前二折之詞，而於禽子夏北調，大闡玄機，有眼空一世之想。 | |

〔註180〕〔明〕祁彪佳：《遠山堂曲品》，《中國古典戲曲論著集成》第六冊，頁131。
〔註181〕同前註，頁19。
〔註182〕同前註，頁56。
〔註183〕同前註，頁35。
〔註184〕同前註，頁130。
〔註185〕〔明〕祁彪佳：《遠山堂劇品》，《中國古典戲曲論著集成》第六冊，頁162～163。

| | | |
|---|---|---|
| | 末折變幻，尤足令癡人警醒。乃知向所見，非全劇也〔註 186〕。 | |
| 勝山大會（南北四折） | 「雅品」<br>此必實有其事。鬱藍以險韻譜之，意想無出人頭地；若詞之瑩潤，則非作家不能〔註 187〕。 | |
| 夫人大（南北四折） | 「雅品」<br>此勤之初筆也。塡實梁冀、孫壽事，及友通期冥訴。而冀、壽卒無恙，何耶？詞惟濃整而已〔註 188〕。 | |
| 耍風情（南北四折） | 「逸品」<br>傳婢僕之私，取境未甚佳，而描寫已逼肖矣。披襟讀之，良爲一快〔註 189〕。 | |
| 纏夜帳（南四折） | 「逸品」<br>以俊僕狎小鬟，生出許多情致。寫至刻露之極，無乃傷雅？然境不刻不現，詞不刻不爽，難與俗筆道也〔註 190〕。 | |
| 海濱樂（即《齊東絕倒》南北四折） | 「逸品」<br>傳虞舜竊負瞽瞍，爲桃應實謊，爲咸丘蒙附會，錯綜唐、虞人物事蹟，盡供文人玩弄。大奇！大奇〔註 191〕！ | |
| 姻緣帳（南北四折） | 「逸品」<br>瑤霎仙何預人事，而喋喋爲閨閣饒舌？疎者令之親，懼者動以怒；畢竟疎者不終疎，懼者乃終懼，兒女之情，固如是耳。瑤霎仙何事而饒舌哉〔註 192〕？ | |
| 傳奇、小劇作品總評 | | 總之，音律精嚴，才情秀爽，眞不佞所心服而不能及者。 |

從上表中可知，祁彪佳將呂天成二十四歲以前的作品，計有《神女》、《戒珠》、《金合》、《三星》、《神鏡》、《四相》六種，除了《神鏡》入「雅品」以

〔註 186〕同前註，頁 163。

〔註 187〕同前註。

〔註 188〕〔明〕祁彪佳：《遠山堂劇品》，《中國古典戲曲論著集成》第六冊，頁 163。

〔註 189〕〔明〕祁彪佳：《遠山堂劇品》，《中國古典戲曲論著集成》第六冊，頁 168。

〔註 190〕同前註，頁 169。

〔註 191〕同前註。

〔註 192〕同前註。

外，皆歸入「豔品」，其餘作品，除了《藍橋記》入「豔品」外，皆歸入「雅品」、「逸品」。可知呂氏作品風格從「豔」轉向「雅」、「逸」。由早期馳騁才情，工於藻麗，追新逐奇的風格，轉向雅質秀逸。此可與王驥德《曲律》所言互相呼應，王氏評呂作云：「所著傳奇，始工綺麗，才藻燁然；後最服膺詞隱，改轍從之，稍流質易，然宮調、字句、平仄，兢兢毖眘，不少假借〔註193〕。」呂氏才思敏捷，藻采飈發，自謂早年「兒女情多，差能解人意〔註194〕」，故早期作品一方面才性使然，一方面又受駢儷文風的影響，「音律尚墮時趨」，流於案頭之作，如《神女記》「才情富麗」、《戒珠記》「語以駢偶見工，局以熱艷取勝」、《金合記》「光景奇幻，閱之令人目眩」、《三星記》「極工極麗」。自《神鏡記》以後，受到沈璟影響，風格轉變，作品內容反道學風，重視風教功能，風格一反駢儷氣，重視場上舞台性。《神鏡記》精審音律，重視搆局之妙、故事與情節之奇，曲白講求流暢；《四相》「揚厲世德，日月爭光」；《四元》「警戒貪淫，大禆風教」；《二婬記》「以淺近之白，雅質之詞度之」；《神劍記》「爲新建發蘊，可令道學解嘲」、「曲白工麗，情境宛轉」。最後沈璟以「音律精嚴，才情秀爽」總評其作，這大概符合《曲品》中主張才情音律合之「雙美」的要求。故葉長海認爲呂天成的創作生涯，大致上經歷了「文采——＞格律——＞雙美〔註195〕」三個階段。

呂天成的傳奇十三種已全部散佚，而祁彪佳所載八部雜劇也只存《海濱樂》（又名《齊東絕倒》）一種。此劇以《孟子・盡心上》〔註196〕和《萬章上》〔註197〕桃應與咸丘蒙問孟子有關堯舜之事爲材料，寫舜父瞽瞍犯殺人罪，舜爲維護自己大孝之名，背父潛逃海濱。該劇運用了高超的喜劇手法，表現了深刻的諷刺之意。姚華盛譽其爲「滑稽之雄〔註198〕」。祁彪佳將八部雜劇列入「雅品」與「逸品」，足見其雜劇語言風格的典雅工整與俊逸秀爽，而在內容上又能寓滑稽詼諧，故沈璟贊諸小劇「各具景趣，數語含姿，片言生態」。

〔註193〕〔明〕王驥德：《曲律・雜論第三十九下》，《中國古典戲曲論著集成》第四冊，頁172。

〔註194〕收於吳書蔭：《曲品校註》，頁398～399。

〔註195〕葉長海：《中國戲劇學史稿》，頁245。

〔註196〕《孟子》第13卷〈盡心上〉，見〔清〕阮元：《十三經注疏》（臺北：藝文印書館，民國44年），頁240。

〔註197〕同前註，第9卷〈萬章上〉，頁163。

〔註198〕姚華的喜劇論，見於1913年發表的《菉漪室曲話》卷二，收於任中敏編《新曲苑》（三）第三十三種（臺灣：中華書局，1970），頁535。

此外，從呂天成作於萬曆四十四年（1616，時年37歲）的〈紅青絕句題詞〉，其內容提及好友王驥德寄來《紅閨麗事》與《青樓豔語》二百題，欲賦之而不能成文，感嘆道：「因憶二十年前，兒女情多，差能解人意，今澹然入道，若元亮之賦《閑情》〔註199〕。」可知呂天成從早年兒女情多，到了中年以後則澹然入道，其文詞亦從早年豔逸俊爽，終歸閑正澹泊。

根據〈曲品自序〉，呂氏早在二十三歲（萬曆三十年，1602）即著《曲品》，然自嘆各條評語語意未盡，多不恰當，尋棄之。從此年開始到呂氏三十一歲（萬曆三十八年，1610）這段期間，呂天成曾於二十四歲參加鄉試落第後，此後想必受孫鑛的鼓勵，又陸續參加考試，卻不見喜訊，因而曾有段時間深感爲此道所誤，謝絕詞曲，技不復癢。到了萬曆三十八年春，與王驥德暢談詞學，促成《曲律》的寫作，其後與王氏商榷詞學，才決定著手進行改訂《曲品》舊稿，並予以刊行〔註200〕。此後又陸續進行增補，到了萬曆四十一年又刊行增補本《曲品》。

綜上所述，略爲歸納呂天成的生平繫年，列表如下〔註201〕：

| 萬曆 | 西元 | 歲數 | 生平 |
|---|---|---|---|
| 8庚辰 | 1580 | 1 | ▲生。<br>案：生年據沈璟〈仙呂入雙調【江頭金桂】寄鬱藍生〉自注逆推。沈璟自注「癸卯春作」，即萬曆三十一年（1603），其中【園林帶僥僥】寫道：「想著高密封侯方年少，與公瑾論交如飲醪。」下面自注：「鄧禹二十四歲封高密侯，周瑜二十四歲破曹，呂君之年如之。」 |
| 22甲午 | 1594 | 15 | ▲始嗜曲。<br>案：〈曲品自序〉：「予舞象即嗜曲。」 |
| 24丙申 | 1596 | 17 | ▲呂天成始爲沈璟所知。<br>案：沈璟〈仙呂入雙調【江頭金桂】寄鬱藍生〉【五馬江兒水】云：「自西歸十載，東風傳報，有英髦，出自申公後。」沈璟越游在萬曆十四年。 |

〔註199〕收於吳書蔭：《曲品校註》，頁398～399。

〔註200〕王驥德：《曲律・雜論第三十九下》載：「頃南戲鬱藍生已作《曲品》，行之金陵，散曲尚未及耳。」可見《曲品》當時已有刊本印行。〔明〕王驥德：《曲律・雜論第三十九下》，《中國古典戲曲論著集成》第四冊，頁169。

〔註201〕此表參閱吳書蔭〈呂天成和他的作品考〉、徐朔方〈王驥德呂天成年譜〉（收於徐朔方：《晚明曲家年譜》，杭州市：浙江古籍古出版社，1993年，頁237～289。）及文獻資料加以比對整理。

| | | | |
|---|---|---|---|
| 26 戊戌 | 1598 | 19 | ▲同王驥德訂交。<br>案：《太霞新奏》卷五王驥德〈中呂榴花泣・哭呂勤之〉序云：「與予交近二十年。」呂天成卒於萬曆四十六年，兩人交誼當始於今或略后。 |
| 27 己亥 | 1599 | 20 | 好塡詞。<br>案：〈曲品自序〉：「弱冠好塡詞。」<br>作傳奇《神女》、《戒珠》、《金合》。<br>案：據沈璟〈仙呂入雙調【江頭金桂】寄鬱藍生〉、王驥德〈中呂榴花泣・哭呂勤之〉【纏綿道】云：「記髫年，賦他神女便負情瀾。」龍膺〈答呂麟趾太僕〉：「特附一帙請教，乃足下《神女》一記，……才情富麗，大是合作，可必其傳。……聞復有《戒珠》、《玉合》二記，竝稱絕倫，皆江左盛事。」據此，三記可能是父呂玉繩作，子呂天成改作或潤飾。<br>今年前後作小說《繡榻野史》、《閒情別傳》。<br>案：王驥德《曲律・雜論第三十九下》云：「世所傳《繡榻野史》、《閒情別傳》，皆其少年游戲之筆。」 |
| 30 壬寅 | 1602 | 23 | 作《曲品》初稿。<br>案：據〈曲品自序〉。 |
| 31 癸卯 | 1603 | 24 | ▲鄉試落第。<br>案：見孫鑛〈贈呂甥孫天成秋試〉、沈璟〈仙呂入雙調【江頭金桂】寄鬱藍生〉【撥棹入江水】云：「春歸早，擬秋闈奪錦袍。」<br>▲1600 到此年之間作《三星》、《神鏡》、《四相》。<br>案：據沈璟〈仙呂入雙調【江頭金桂】寄鬱藍生〉、沈璟〈致鬱藍生書〉推算。<br>▲1603 年前後從沈璟學曲。<br>案：沈璟〈仙呂入雙調【江頭金桂】寄鬱藍生〉【尾聲】：「我欲向詞場解贈虔刀。」 |
| 35 丁未 | 1607 | 28 | ▲校訂沈璟《義俠記》，於中秋日爲之作序。 |
| 37 己酉 | 1609 | 30 | ▲1603 到此年之間作《雙棲》、《四元》、《二淫》、《神劍》 |
| 38 庚戌 | 1610 | 31 | ▲沈璟卒於正月十六日。<br>▲春，與王驥德談詞學，遂趣生撰《曲律》，《曲律》初稿既成，交與呂天成閱，引發呂天成歸檢《曲品》舊稿的動機。<br>▲改訂《曲品》成，於嘉平日（12 月）作序，並刊行。<br>案：據〈曲品自序〉。 |
| 41 癸丑 | 1613 | 34 | ▲增補《曲品》成，於清明日作序，並刊行。<br>▲孫月峰卒。 |

| | | | |
|---|---|---|---|
| 43 乙卯 | 1615 | 36 | ▲孫如法卒。 |
| 44 丙辰 | 1616 | 37 | 收到王驥德從燕都寄來的《紅閨麗事》與《青樓豔語》二百題，因作〈紅青絕句〉，並作〈紅青絕句題詞〉。 |
| 46 戊午 | 1618 | 39 | 呂天成卒。<br>案：《曲律・雜論第三十九下》：「人咸謂勤之風貌玉立，才名籍甚，青雲在襟袖間，而如此人，曾不得四十，一夕溘先，風流頓盡，悲夫！」馮夢龍《太霞新奏》卷五收王驥德〈哭呂勤之〉套曲並注解道：「勤之未四十而夭」。王驥德〈哭呂勤之〉套曲中【古輪臺】中寫道：「到長安，三年雲樹隔稽山。」呂天成〈紅青絕句題詞〉自署丙辰春日作，即萬曆四十四年，爲其與王驥德應和之作。從「吾友方諸生自燕邸寄兩折來」可知王氏於萬曆四十四年以前入京，根據張慧劍《明清江蘇文人年表》，王驥德於萬曆四十三遊江蘇通州，應是經由此入京，時爲萬曆四十三年，故〈哭呂勤之〉當作於萬曆四十六年，呂天成去世當在此年，享年三十九歲。 |

## 三、師承友朋

如前所述，吳越曲家群互相切磋，商榷詞學的風氣，造就了劇壇上創作與理論的繁榮。呂天成在戲曲創作和戲曲理論方面的成就，和他平日往來、互相切磋的師友自有密切關係。呂天成的師承友朋中，對於呂天成曲學影響最大的有：孫鑛、孫如法、沈璟、王驥德四位。而孫鑛、孫如法、沈璟、呂天成四位也正是影響王驥德最大的「詞學麗澤〔註 202〕」。五者之間的交往造就了明代曲論雙璧——《曲品》與《曲律》。

呂天成舅祖孫鑛與表伯父孫如法對他的影響，前文已介紹過，茲不贅述。他們啓發了呂天成戲曲音律之學與戲曲批評觀念。尤其孫鑛「南戲十要」更爲呂天成奉爲《曲品》中評曲的十大準則，而沈璟和王驥德對呂天成影響尤大。

沈璟，字伯英，號寧庵，別署詞隱生，生於明世宗嘉靖三十二年（1553），卒於明萬曆三十八年（1610），江蘇吳江人。萬曆二年中進士，歷任兵部、禮部、吏部諸司主事、員外郎。因仕途挫折，三十七歲（萬曆十七年）即告病還鄉，其後便「屏跡郊居，放情詞曲，精心考索者垂三十年。雅善歌。與

〔註 202〕〔明〕王驥德：《曲律・雜論第三十九下》，《中國古典戲曲論著集成》第四冊，頁 172。

同里顧學憲道行先生，並畜聲伎，爲香山、洛社之游〔註 203〕」，沈酣於戲曲創作及研究。著有傳奇十七種，合稱《屬玉堂傳奇》〔註 204〕。又改編了《牡丹亭》爲《同夢記》，改《紫釵記》爲《新釵記》，並考訂了《琵琶記》。曲論、曲譜著作亦甚豐，今存有《南九宮十三調曲譜》（又稱《南曲譜》或《南詞全譜》）〔註 205〕。王驥德《曲律》贊其爲「詞林之哲匠，後學之師模〔註 206〕」。

沈璟爲呂天成的老師，呂天成對他十分崇仰，於《曲品》中言詞曲之道「賴以中興，吾黨甘爲北面〔註 207〕」，又說「不有光祿，詞硎不新〔註 208〕」，並將其作擢置於「上上品」，且首沈而次湯，在在顯示出其對沈璟的敬重。呂天成曾經將傳奇十種與諸小劇請沈璟賜教，沈璟於〈致鬱藍生書〉中回信予以評點，信中亦流露出對於呂氏藝術造詣的佩服，且言道：「虞生不云乎，有一知己，死無恨。良然！良然！不敢匿醜，謹以未行稿本馳上，幸教之評之，勿阿好也〔註 209〕。」沈璟不僅傾囊相授，也將自己的作品寄給呂天成請他賜教。《曲律》載：「詞隱生平著述，悉授勤之，並爲刻播，可謂尊信之極，不負相知耳〔註 210〕。」又言：「未刻者，存吾友鬱藍生處〔註 211〕。」與此信中所謂「以未行稿本馳上，幸教之評之」，可互相參證。沈璟深信呂氏，以其著述悉授之，呂氏爲之刻播，其已刊成者，今確知有《情痴寱語》、《詞隱新詞》〔註 212〕兩種及其《合衫記》〔註 213〕。根據《曲律》中載，呂天成認爲沈璟《墜

---

〔註 203〕〔明〕王驥德：《曲律・雜論第三十九下》，《中國古典戲曲論著集成》第四冊，頁 164。

〔註 204〕〔明〕王驥德《曲律・雜論三十九下》：「（沈璟）所著詞曲甚富，有《紅蕖》、《分錢》、《埋劍》、《十孝》、《雙魚》、《合衫》、《義俠》、《分柑》、《鴛衾》、《桃符》、《珠串》、《奇節》、《鑿井》、《四異》、《結髮》、《墜釵》、《博笑》等十七記。」同前註。

〔註 205〕沈璟生平參見《明史》卷 206〈列傳 94・沈漢傳〉，頁 5432、〔清〕朱彝尊：《明詩綜》卷 57，收於《景印摛藻堂四庫全書薈要・集部》第 145 冊（臺北：世界，1980），頁 622、乾隆刻本《吳江縣志》卷二十八〈名臣傳〉（臺北市：成文，民國 64 年），頁 854。

〔註 206〕〔明〕王驥德：《曲律・雜論第三十九下》，《中國古典戲曲論著集成》第四冊，頁 164。

〔註 207〕〔明〕呂天成：《曲品》，《中國古典戲曲論著集成》第六冊，頁 212。

〔註 208〕同前註，頁 213。

〔註 209〕〔明〕沈璟：〈致鬱藍生書〉，見徐朔方輯校：《沈璟集》，頁 900。

〔註 210〕〔明〕王驥德：《曲律・雜論第三十九下》，《中國古典戲曲論著集成》第四冊，頁 172。

〔註 211〕同前註，頁 164。

〔註 212〕〔明〕王驥德：《曲律・雜論第三十九下》，《中國古典戲曲論著集成》第四冊，

釵記》中有缺乏針線之處，請王驥德「爲補又二十七盧二舅指點脩煉一折，使覺完全〔註214〕」。而沈璟《結髮記》實乃呂氏作傳，沈璟譜之〔註215〕。可見沈、呂二人可以說是亦師亦友。

在曲學和創作上，呂天成深受沈璟影響。《曲律》中說呂氏早期工於藻麗，「後最服膺詞隱，改轍從之，稍流質易，然宮調、字句、平仄，兢兢毖眘，不少假借〔註216〕」。《曲律》又載：

> 自詞隱作詞譜，而海內斐然向風。衣缽相承，尺尺寸寸守其榘矱者二人：曰吾越鬱藍生，曰檇李大荒逋客。鬱藍《神劍》、《二婬》等記，並其科段轉折似之〔註217〕。

前文根據沈璟〈仙呂入雙調【江頭金桂】寄鬱藍生〉和〈致鬱藍生書〉的內容及比對，推知呂氏約於二十四歲前後拜沈璟爲師，故其後作品《神劍》、《二婬》等記皆謹守沈璟之教，無論音律、科諢、局段安排、情節轉折皆深受沈璟影響。沈璟修正了呂氏早期雕琢鮮華的偏軌，使其走向音樂性與舞台性的正路。由於經歷了這兩種不同路數的創作經驗，使得呂氏得以從中反省，才得以醞釀出「雙美說」。

王驥德，字伯良，號方諸生、玉陽生，別署秦樓外史、方諸僊史、玉陽僊史。浙江會稽（今浙江紹興）人。約生於嘉靖三十九年（1560）〔註218〕，卒於明熹宗天啓三年（西元1623年）。他出生於一個破落的書香家庭，祖、父兩輩皆無功名可傳，然家藏卻有元人雜劇數百種〔註219〕。祖父王爐峰甚

---

頁166。

〔註213〕〔明〕呂天成《曲品》卷下《合衫》條：「余特爲先生梓行於世。」見《中國古典戲曲論著集成》第六冊，頁229。

〔註214〕〔明〕王驥德《曲律・雜論三十九下》云：「詞隱《墜釵記》，蓋因《牡丹亭記》而興起者，中轉折儘佳，特何興娘鬼魂別後，更不一見，至末折忽以成仙會合，似缺鍼線。余嘗因鬱藍之請，爲補又二十七盧二舅指點脩煉一折，始覺完全。今金陵已補刻。」見《中國古典戲曲論著集成》第四冊，頁166。

〔註215〕〔明〕呂天成：《曲品》，《中國古典戲曲論著集成》第六冊，頁230。

〔註216〕〔明〕王驥德：《曲律・雜論第三十九下》，《中國古典戲曲論著集成》第四冊，頁172。

〔註217〕同前註，頁165。

〔註218〕李師惠綿：《王驥德曲論研究》，附錄壹「王驥德年表初編」（臺灣大學中文所碩士論文，曾師永義指導，1988年6月），頁222。

〔註219〕〔明〕王驥德〈新校注古本西廂記自序〉：「余家藏元人雜劇可數百種許。」見蔡毅：《中國古典戲曲序跋彙編》（濟南：齊魯出版社，1989），頁657。又《曲律・雜論三十九下》云：「余家舊藏，及見沈光祿、毛孝廉所，可二三百

有才學，少負盛名，曾著有《紅葉記》，遺命秘不可傳。王驥德由於家學淵源，自幼嗜曲，早年盛負才子之名，弱冠即奉父命改寫祖父王爐峰《紅葉記》爲《題紅記》，傳播久遠。又曾作雜劇五種，祁彪佳《遠山堂劇品》將其悉入「雅品」，計有《男王后》、《倩女離魂》、《兩旦雙鬟》、《棄官救友》、《金屋招魂》〔註 220〕。伯良生性多才多情，雖才學兼備，然仕途頗不得意。一生書劍飄零，行蹤無定。一生結交許多不達文人（呂天成、王澹、史槃、毛以燧等）或棄官世子（沈璟、孫如法、顧大典、葉憲祖、屠隆等），又曾師事同里徐渭，徐氏對他的曲學影響甚大。伯良又曾曰：「余所恃爲詞學麗澤者四人，謂詞隱先生、孫大司馬、比部俟居及勤之，而勤之尤密邇旦夕，方以千秋交勗〔註 221〕。」呂天成與王驥德二人性情、際遇、雅好相似，故兩人文字交垂二十年，「每抵掌談詞，日昃不休〔註 222〕」，有著惺惺相惜的深厚友誼。是以勤之去世後，王驥德作〈哭呂勤之〉套曲，哭道：「鍾期已逝，有指不須彈。嗟流水共高山，破青琴只合付潺湲，料知音再覓應難〔註 223〕。」詞中字字血淚，使人不禁爲之動容。王驥德《曲律》的寫作，實由孫如法與呂天成促成。《曲律》載孫如法嘗聳恿其作《曲律》與南韻，並曰：「此絕學，非君其誰任之〔註 224〕！」又據呂天成於〈曲品自序〉中載，萬曆三十八年春，「與吾友方諸生劇談詞學，窮工極變，予興復不淺，遂趣生撰《曲律》〔註 225〕」。而呂天成《曲品》的寫成亦受到《曲律》的刺激，詳見下節。

此外，呂天成與卜大荒、葉憲祖亦有交往。卜大荒（1572～1645），字孝裔，一字大匡，別號藍水，又號大荒逋客；秀水（今浙江嘉興）人〔註 226〕。卜、沈兩家世代聯姻，又與呂天成同爲沈璟嫡傳弟子。傳奇作品有《冬青記》、

---

種。」見《中國古典戲曲論著集成》第四冊，頁 169。

〔註 220〕〔明〕王驥德：《曲律・雜論三十九下》云：「余昔譜《男后》劇，曲用北調，而白不純用北體，爲南人設也。已爲《離魂》，並用南調。鬱藍生謂：『自爾作祖，當一變劇體。既遂有相繼以南詞作劇者。』後爲穆考功作《救友》，又於燕中作《雙鬟》及《招魂》二劇，悉用南體，知北劇之不復行於今日也。」見《中國古典戲曲論著集成》第四冊，頁 179。

〔註 221〕同前註，頁 172。

〔註 222〕同前註。

〔註 223〕〔明〕馮夢龍：《太霞新奏》卷五，見俞爲民校點：《馮夢龍全集》（北京市：江蘇古籍出版社，1993 年 4 月初版），頁 71。

〔註 224〕〔明〕王驥德：《曲律・雜論第三十九下》，《中國古典戲曲論著集成》第四冊，頁 171。

〔註 225〕〔明〕呂天成：《曲品》，《中國古典戲曲論著集成》第六冊，頁 207。

〔註 226〕卜大荒生平可參《嘉興府志》（臺北：成文，1970），卷 53，頁 1456。

《乞麾記》和《雙串記》。《曲律》載「衣缽相承，尺尺寸寸守其矩矱者二人」，除了呂天成外，另一個就是卜大荒。由於深受沈璟影響，卜大荒《乞麾》斤斤守律，「至終帙不用上去疊字，然其境益苦而不甘矣〔註227〕」。呂天成《曲品》列之爲「上之中」，贊其「博雅名儒，端醇古士」、「按律蔚稱詞匠〔註228〕」，評其《冬青記》「音律精工，情景眞切〔註229〕」，並贊許王驥德評《乞麾記》之言，其云：「終卷無上去疊聲，直是竿頭撒手，苦心哉〔註230〕！」

葉憲祖（1594～1619），字美度，一字相攸，號桐柏，又號六桐，別署檞園居士、檞園道史、紫金道人；浙江餘姚人。劇作甚多，計有傳奇七種，雜劇二十四種。葉憲祖與王驥德、呂天成、王澹、吳炳、袁于令等曲家交誼甚厚。《曲律》載葉憲祖曾「取古樂府中所列百餘題，盡易今調，爲各譜一曲〔註231〕」，呂天成爲之刊行。呂天成對葉憲祖藝術造詣讚譽有加，《曲品》中列其爲「上之中」。呂氏評葉氏《雙卿記》云：

> 本傳雖俗，而事奇，予極賞之，貽書美度度以新聲，浹日而成。景趣新逸，且守韻調甚嚴，當是詞隱高足〔註232〕。

呂、葉之間魚雁往返，彼此鼓勵作劇的情況，可見一斑。呂天成對於葉氏才情頗爲佩服，於《曲品》評語中每每流露。呂氏認爲美度不僅「詞致秀爽〔註233〕」（評《玉麟記》），兼能守韻，目之爲「詞隱高足」。

呂天成廣交戲曲同好，拜師吳江曲學大家沈璟，又與名曲學家王驥德爲莫逆之交，其曲學頗有淵源，故得成《曲品》之不朽。

## 第三節　《曲品》的寫作動機及其體例

呂天成十五歲即嗜曲，弱冠好塡詞，由於家學淵源，祖母、父親皆有藏書之好，呂天成亦嗜書成癖，尤其對於戲曲劇本更愛不釋手，自述：「每入市

〔註227〕〔明〕王驥德：《曲律·雜論第三十九下》，《中國古典戲曲論著集成》第四冊，頁165。
〔註228〕〔明〕呂天成：《曲品》，《中國古典戲曲論著集成》第六冊，頁214。
〔註229〕同前註，頁233。
〔註230〕同前註。
〔註231〕〔明〕王驥德：《曲律·雜論第三十九下》，《中國古典戲曲論著集成》第四冊，頁180。
〔註232〕〔明〕呂天成：《曲品》，《中國古典戲曲論著集成》第六冊，頁234。
〔註233〕〔明〕呂天成：《曲品》，《中國古典戲曲論著集成》第六冊，頁234。

見傳奇，必挾之歸。笥漸滿〔註 234〕。」上節曾提及，呂天成早年懷有立曲藏做江海大觀之志，然一來礙於傳奇作品多不勝收，二來發現蒐羅到的作品未必是佳作，有感當代劇作黃鐘瓦缶雜陳之情形，故經過一番篩選與整理，於二十三歲草創《曲品》。但由於深感各條傳奇品評語意不盡，多有不當之處，故擱置不顧。於二十四歲（萬曆三十一年）參加鄉試落第後，便一度放棄此志趣。

後來呂天成於萬曆三十八年春與王驥德「劇談詞學，窮工極變」，重新燃起對詞曲的興趣，遂慫恿王驥德作《曲律》〔註 235〕。自署作於萬曆庚戌（三十八年）冬的〈曲律自敘〉提及成書動機，也曾經談及此事：

> 友人孫比部夙傳家學，同舍鬱藍生蚤擅慧腸，並工《風》、《雅》之脩，兼妙聲律之度。塤篪謬合，臭味略同。日於坐間，舉白譚詞，明星錯於尊俎；抽黃指疚，清吹發於櫚楹。曰：「與其秘爲帳中，毋寧公之海內。曷其制律，用作懸書〔註 236〕。」

萬曆三十八年，孫如法與呂天成促成了王驥德《曲律》的寫作，《曲律》完成後，王驥德交與呂天成閱之，呂天成贊其「功令條教，臚列具備，眞可謂起八代之衰〔註 237〕」，然卻興起了一個疑問，〈曲品自序〉載：

> 予謂（王驥德）曰：「曷不舉今昔傳奇而甲乙焉？」生曰：「褒之則吾愛吾寶，貶之則府怨。且時俗好憎難齊，吾懼以不當之故而累全律，故今《曲律》中略舉一二而已。」予曰：「傳奇侈盛，作者爭衡，從無操柄而進退之者。矧今詞學大明，妍媸畢照，黃鐘、瓦缶，不容溷陳；《白雪》、《巴人》，奈何混進？子慎名器，予且作糊塗試官，冬烘頭腦，於曲場張曲榜，以快予意，何如？」生笑曰：「此段科場，讓子作主司也。」歸檢舊稿猶在，遂更定之〔註 238〕。

從這段記載可知，王驥德《曲律》的寫成刺激了呂天成，王驥德認爲對於品評劇作難以客觀公允，且容易得罪諸家，故在理論中以作品爲例證，只是爲了說明某一問題，而不是對於作品作整體的評價。由於《曲律》中未對當代傳奇予以整理品評，故而激發呂天成寫作《曲品》以補其不足的念頭。呂天成與王驥德態度顯然不同，他更具有戲曲評論家的責任感，自覺地挑起批評

---

〔註 234〕同前註，頁 207。
〔註 235〕同前註。
〔註 236〕〔明〕王驥德：《曲律・自序》，《中國古典戲曲論著集成》第四冊，頁 50。
〔註 237〕〔明〕呂天成：《曲品》，《中國古典戲曲論著集成》第六冊，頁 207。
〔註 238〕同前註，頁 208。。

家的擔子，勇氣可嘉〔註 239〕。而這也是呂氏八年前未成的志願，在經歷八年的沈潛醞釀，又加以好友的鼓勵，呂天成遂能繼續《曲品》的寫作。然而，誠如呂天成所言：「古本多湮，時作紛出，管窺蠡測，何能周知〔註 240〕？」由於古劇往往散佚難尋，而時作又紛紛推陳出新，《曲品》中所搜羅的劇作不可能是完整無遺的，故呂天成希望「同調者出家藏示茂製以啓予〔註 241〕」。到了萬曆四十一年，呂天成對又再度對《曲品》進行增補的工作。

自呂天成《曲品》刊行後，即流傳不衰，到了清代仍爲學界所重視，著名經學家凌廷堪曾於乾隆辛亥（1791）年所寫的《論曲絕句三十二首》中歌詠呂天成：「即空三籟訂南聲，騷隱吳隱亦有情。更與殷情編《曲品》，羡他東海鬱藍生〔註 242〕。」

關於《曲品》的版本，王淑芬《呂天成〈曲品〉戲曲觀之研究》第四章第三節「曲品流傳的版本」中有詳盡的考述〔註 243〕，茲不贅述，只稍記其概並略作補充。今所能見到的版本有以下幾種：

（一）暖紅室刻本。清末民初的初印本，後收入《暖紅室彙刻傳奇》，1935 年上海來清閣重印本。1959 年，中華書局上海編輯所出版的《錄鬼簿》（外四種）所收錄的《曲品》，就是據此本重印。

（二）吳梅校本。1918 年 11 月，北京大學出版部初版，1922 年再版。

（三）《曲苑》初編本（又稱《曲苑》石印本）。陳乃乾編輯，1921 年影石印金箱本，古書流通處印。

（四）《重訂曲苑》本（又稱《重訂曲苑》石印本）。陳乃乾編輯，1925 年影石印金箱本，古書流通處印。

（五）《增訂曲苑》本（又稱《增補曲苑》排印本）。上海聖湖正音學會增校，1932 年上海六藝書局刊行，實即新華書局所印。

（六）《中國古典戲曲論著集成》本。傅惜華、杜穎陶校訂，收入北京中國戲曲研究院所編《中國古典戲曲論著集成》第六集，1959 年初

〔註 239〕王安葵、何玉人：《崑曲創作與理論》（瀋陽：春風文藝出版社，2005 年 2 月初版），頁 71～72。

〔註 240〕〔明〕呂天成：《曲品》，《中國古典戲曲論著集成》第六冊，頁 208。

〔註 241〕同前註。

〔註 242〕〔清〕凌廷堪：《校禮堂詩集》卷二，《續修四庫全書・集部・別集類 1480》（上海市：上海古籍，2002），頁 24。

〔註 243〕王淑芬：《呂天成〈曲品〉戲曲觀之研究》，頁 120～132。

版，1980年再版；民國63年，台灣鼎文書局影印出版，改題爲《歷代詩史長編二輯》。

（七）清河郡鈔本（或稱清初鈔本）。北京大學圖書館善本室藏，因書口有「清河郡」三字，故稱。

（八）乾隆楊志鴻鈔本。乾隆辛亥年（即乾隆五十六年，西元1791年）迦蟬楊志鴻鈔本《曲品》，本藏於杭州楊文瑩豐華堂，1929年歸北京清華大學，今藏於北京清華大學圖書館。

（九）吳書蔭《曲品校註》本，中華書局，1990年8月初版，1994年3月重印初版則訂正了訛誤與錯字。

（十）王卓校釋本，北方文藝出版社，2005年7月。

（一）至（五）本爲早期通行本，葉德均〈曲品考〉〔註244〕中仔細比對了這五種版本的異同、增訂及修補，考之甚詳。這五本陸續經過了劉世珩、王國維、吳梅等人的增訂校補，面目失眞。而（七）清河郡鈔本，經過吳書蔭比勘的結果，與三種曲苑本頗爲相似。而（六）《論著集成》本則將劉、王、吳三家的訂本與同一類型「清河郡」抄本綜合匯訂，用力甚勤。可惜校例不一，一會兒以劉本作爲底本，一會兒又以「清河郡」本作底本，使讀者無所適從，頗有遺失〔註245〕。自1959年吳曉鈴等發表〈十年來的古典文學研究與整理工作〉〔註246〕一文中揭示了乾隆楊志鴻鈔本《曲品》後，引起學者們的注意，吳新雷和趙景深相繼撰文肯定此乃近乎《曲品》原作的增補本〔註247〕。吳書蔭《曲品校註》以乾隆楊志鴻鈔本《曲品》爲底本，校以中華書局圖書

〔註244〕葉德均：〈曲品考〉，《戲曲小說叢考》，頁149～186。

〔註245〕吳新雷〈曲品眞本的考見〉：「過去流傳幾本抄本均出自暖紅室傳鈔曾習經所見舊抄本。後經劉世珩、王國維、吳梅等各據己見增訂校補，輾轉翻印，以致面目失眞。葉德均曾著《曲品考》一文辨之甚詳。戲曲研究院編《中國古典戲曲論著集成》時，曾將劉、王、吳三家的訂本與同一類型『清河郡』鈔本綜合匯訂，用力甚勤。可惜校例不一，一會兒以劉本作爲底本，一會兒又以「清河郡」本作底本，使讀者無所適從，頗有遺失。」吳新雷認爲清華大學圖書館藏，卷尾署名「乾隆辛亥（五十六年）迦蟬楊志鴻錄」，此本爲呂氏原著眞本。見吳新雷：《中國戲曲史論》（南京：江蘇教育出版社，1996年），頁187～188。

〔註246〕吳曉鈴、胡念貽、曹道衡、鄧紹基等〈十年來的古典文學研究與整理工作〉，《文學評論》，1959年第1期，頁40。

〔註247〕吳新雷：〈曲品眞本的考見〉，載於《文匯報》1962年4月20日第3版，收於《中國戲曲史論》，頁187～191；趙景深：〈增補本《曲品》的發現〉，《曲論初探》，頁68～82。

館所藏清初抄本、北京大學圖書館藏清河郡鈔本、暖紅室刻本、吳梅校本、曲苑本，以及《中國古典戲曲論著集成》第六集所收本，並參閱祁彪佳《遠山堂曲品》等，並加以校勘與箋註。由於《曲品》中保存許多明代曲家和劇目的資料，故其註釋則側重於作家與作品的箋證。書後並附有關於呂天成和《曲品》的研究資料，分別是〈呂天成和他的作品考〉和〈從《曲品》看呂天成的戲曲理論〉兩篇論文。王卓校釋《曲品》中還有鍾嗣成《錄鬼簿》、王驥德《曲律》、李漁《閒情偶寄》、李調元《雨村曲話》、梁廷枏《曲話》、吳梅《中國戲曲概論》等書的節選。而呂天成《曲品》是該書惟一全選之著作，註釋部分也較爲詳細。其所根據的底本以《中國古典戲曲論著集成》本爲主。吳書蔭校註本參酌各本校訂誤字漏句，增補條目，是上述諸家中條目較爲完備的本子，然由於《曲品》版本本身就零亂繁瑣，雖經過其重印校補，難免還是有可疑之處。而《論著集成》本則是較爲通行的本子，普遍爲研究曲論者所引用，故本論文即以《論著集成》本爲主，以吳書蔭校註本爲輔，作爲研究與引用的依據。

《曲品》分成上、下兩卷，〈曲品自序〉中有言：

> 倣鍾嶸《詩品》、庾肩吾《書品》，謝赫《畫品》例，各著論評，析爲上、下二卷，上卷品作舊傳奇者及作新傳奇者，下卷品各傳奇。其未攷姓氏者，且以傳奇附；其不入格者，擯不錄〔註248〕。

〔梁〕鍾嶸《詩品》以上、中、下三品品評詩人。〔梁〕庾肩吾《書品》則專門品評書法家，分上、中、下三品，每個等品第又分上中下三等。南齊．謝赫《古畫品錄》則分成第一品到第六品六個不同品次，其序云：「畫有六法，罕能盡該，而自古及今各善一節。六法者何？一氣韻生動是也；二骨法用筆是也；三應物象形是也；四隨類賦彩是也；五經營位置是也；六傳移模寫是也〔註249〕。」《曲品》仿古代詩品、畫品、書品等藝術藝術品評形式，這種品評形式源自品評人物，東漢班固《漢書．古今人表》將古人分爲九品，即上上、上中、上下、中上、中中、中下、下上、下中、下下。其後劉劭《人物志》專論品人，曹魏建立「九品中正制」，以品人的方式來作爲選拔官員的依據。六朝品評人物之風更延續到各種藝術領域與文學批評。呂天成可說是第一個繼承中國傳統品評精神，將文藝品鑑精神與模式引入戲曲領域，並使之

〔註248〕〔明〕呂天成：《曲品》，《中國古典戲曲論著集成》第六冊，頁207～208。
〔註249〕南齊．謝赫：《古畫品錄》，見《四庫藝術叢書》（上海市：上海古籍，1991），頁3。

有系統而具體展現的開創者。

由於舊傳奇數量不多，只有作家八人，作品二十九種，僅分成神、妙、能、具四品。這些大約是嘉靖三十八年以前的作品。嘉靖三十八年以後到萬曆年間的作品則列於《新傳奇品》，由於作家眾多，佳作如林，在經由一番篩選後，僭分九等，即上上、上中、上下、中上、中中、中下、下上、下中、下下九品。根據吳書蔭的考證，《新傳奇品》共有傳奇作家八十七人（加〈補遺〉共九十六人），作品約有一百九十六種。《曲品》分成上、下兩卷，上卷則依照以上分品依次評論作家，又於卷上末附論「不作傳奇而作南劇者」徐渭、汪道昆二人，以及「不作傳奇而作散曲者」周憲王等二十五人，皆略作品評，均列爲「上品」。而卷下則依照以上分品專論作品，於卷下末又附「新傳奇」中「作者姓名無可考」之作，亦標注品第。

茲以圖表明其體例：(版本根據吳書蔭《曲品校註》)

| 類　　別 | 品　　第 | 作家人數（卷上） | 劇作數量（卷下） |
|---|---|---|---|
| 舊傳奇 | 神品 | 1（有名氏） | 2 |
|  | 妙品 | 2（有名氏） | 7 |
|  | 能品 | 2（有名氏） | 11 |
|  | 具品 | 3（有名氏） | 9 |
| 總計（舊傳奇） |  |  | 29 |
| 新傳奇 | 上上 | 2 | 22 |
|  | 上中 | 9 | 25+1＝26 |
|  | 上下 | 9〔註250〕 | 31+1＝32 |
|  | 中上 | 8+1＝9 | 10+3＝13 |
|  | 中中 | 12+3＝15 | 17+8＝25 |
|  | 中下 | 11+2＝13 | 13+6＝19 |
|  | 下上 | 14+3＝17 | 15+5＝20 |
|  | 下中 | 12 | 13+5＝18 |
|  | 下下 | 10 | 21 |
| 總計（新傳奇） |  | 96 | 196 |
| 不作傳奇而作南劇者 | 上品 | 2 |  |
| 不作傳奇而作散曲者 | 上品 | 25 |  |
| 備註 | 〈補遺〉中「龍門山人」一條，只列作者，未列等第與劇作 |  |  |

（「+」後面表示加上〈補遺〉和〈作者姓名無可考〉的部分）

〔註250〕《曲品》原文載九人，而趙景深在〈增補本曲品的發現〉中考訂爽鳩文孫與陽初子爲同一人，即徐復祚。見趙景深：《曲論初探》，頁75～76。

# 第二章　品評標準與批評角度

論呂天成的戲曲理論時，首先必將其《曲品》的品評標準與批評角度作一概觀。筆者認爲呂天成對於戲曲發展史與戲曲流派承傳的觀念，與其品評標準之間有密切關係。故首先明其對於戲曲發展史與戲曲流派承傳的觀念，再從其實際品評中歸納其品評標準，凸顯其品評標準的原則與特徵。由此而延伸論述呂氏對戲曲功能與創作思想的看法，並指出其重視作家與作品的關係，以及《曲品》中的觀眾、讀者位置。

## 第一節　戲曲發展史與流派觀念

本節首先討論呂天成對於戲曲發展史的觀念，繼而指出呂氏「溯源得委」的品評態度，梳理其流派觀念，奠基於此，則更能明瞭呂氏區分「舊傳奇」與「新傳奇」的意義。

### 一、戲曲發展史的觀念

呂天成對戲曲發展史的觀念與其品評標準有密切關係。《曲品》卷上開頭爲《舊傳奇品》所作的序言中說道：

> 自昔伶人傳習，樂府遞興。爨段初翻，院本繼出，金、元創名雜劇，國初演作傳奇。雜劇北音，傳奇南調。雜劇折惟四，唱惟一人；傳奇折數多，唱必匀派。雜劇但摭一事顚末，其境促；傳奇備述一人始終，其味長。無雜劇則孰開傳奇之門？非傳奇則未暢雜劇之趣也。傳奇既盛，雜劇寢衰，北里之管絃播而不遠，南方之鼓吹簇而彌喧

〔註 1〕。

此段論述透露幾個訊息：其一，對戲曲發展史的簡述：追溯中國戲曲表演藝術的源流，簡述金元以來每個時代戲曲體製劇種的盛衰狀況，並特別著眼於雜劇與傳奇之間的消長。曾師永義在《明雜劇概論》中指出：明初，潛伏在民間的南戲已逐漸抬頭，與北劇同時流行，但北雜劇勢力仍舊凌駕於戲文之上〔註 2〕。《永樂大典》卷五十四二質韻著錄雜劇劇目共一百一十本，卷三十七三未韻著錄南戲才三十四本。故呂天成《曲品》收錄「舊傳奇」的數量才二十九種，而「新傳奇」則約有一百九十六種。呂氏在《新傳奇品》開頭中說「博觀傳奇，近時爲盛〔註 3〕」，可見傳奇到呂天成時代才大盛，眞正取代北雜劇地位。而《曲品》的創作旨意是以此種取代北雜劇的「新傳奇」爲主角。其二，比較元劇與傳奇之不同：分別從體製（內部內容結構和外部形式規範）、音樂、劇場藝術表演與藝術審美特徵來分辨元劇和傳奇。呂天成說：「雜劇但摭一事顚末，其境促；傳奇備述一人始終，其味長。」指出了體製結構與審美趣味的關係。雜劇一本四折，由一人獨唱到底，關目的安排便形成了起、承、轉、合的刻板模式，故元雜劇講求戲劇性，重視思想內容的爆發性與擴張性，給人凝聚緊湊的感覺，因此評其「境促」；明傳奇的體製龐大，內容則重在表現人情，備述人生的悲歡離合，加上文人趣味的影響，形成了委婉、奇巧、曲折的美學風致，因此說它「味長」。如呂天成批評沈采《四節記》「意味不長〔註 4〕」，又批評顧大典《風教編》云：「一記分四段，仿《四節》體。趣味不長〔註 5〕。」此二劇其實都是雜劇的合集〔註 6〕。可見戲曲之情境與趣味和體製結構密切相關。其三，呂天成肯定了元雜劇與明傳奇彼此的開創與繼承發展之關係，及其藝術成就與價值意義。可知呂天成秉持進步的戲曲發展史觀，而不是尊古卑今。呂氏戲曲審美觀不是走向復古，不是以元劇爲標準，而是正視傳奇這個體製劇種本身的藝術規律，並欲建立屬於傳

〔註 1〕〔明〕呂天成《曲品》，《中國古典戲曲論著集成》第六冊（北京：中國戲劇出版社，1959 年初版，1980 年第二刷），頁 209。

〔註 2〕曾師永義：《明雜劇概論》（臺北：學海出版社，1999 年 4 月二版），頁 105。

〔註 3〕〔明〕呂天成《曲品》，《中國古典戲曲論著集成》第六冊，頁 211。

〔註 4〕同前註，頁 226。

〔註 5〕同前註，頁 232。

〔註 6〕曾師永義認爲沈采《四節記》和顧大典《風教編》二記是雜劇的合集。同註 2，頁 47～48。

奇該體製劇種的戲曲藝術審美觀，這正是《曲品》的寫作目的。

## 二、戲曲流派觀念

呂天成把明代傳奇分成「舊傳奇」與「新傳奇」。根據其所收錄的作品年代，可知嘉靖三十八年以前爲「舊傳奇」，嘉靖三十八年以後爲「新傳奇」〔註7〕。呂天成自謂《曲品》體例是：「倣鍾嶸《詩品》、庾肩吾《書品》，謝赫《畫品》例，各著論評，析爲上、下二卷，上卷品作舊傳奇者及作新傳奇者，下卷品各傳奇〔註8〕。」又曰：「余雖不遵古而卑今，然必須溯源而得委，倣之《詩品》，略加詮次，作《舊傳奇品》〔註9〕。」可知《舊傳奇品》的意義在於「溯源得委」，爲「新傳奇」追溯源流，而「新傳奇」作品才是《曲品》眞正著力的重點所在。換言之，《曲品》的評論重心在於當代傳奇作品。章學誠《文史通義》卷五《詩話》在比較《文心雕龍》和《詩品》時指出：「《詩品》之於論詩，視《文心雕龍》之於論文，皆專門名家，勒爲名書之初祖也，《文心》體大而慮周，《詩品》思深而意遠。蓋《文心》籠罩群言，而《詩品》深從六藝溯別也〔註10〕。」中國古代學術重視「辨章學術，考鏡源流〔註11〕」，呂天成仿鍾嶸《詩品》，在方法論上不無受其影響。鍾嶸《詩品》把自漢迄梁的詩人分爲上、中、下三品，他對這些詩人其及作品的成就高下、藝術風貌特徵均進行了總體性的評論，並區分流派，追尋各自的淵源關係。呂天成《曲品》則爲「舊傳奇」與「新傳奇」追溯源流，並爲戲曲作家與作品追溯藝術流派，重視歷代劇作之間的繼承與發展的關係，在一定程度上借鑑於鍾嶸《詩品》。從《曲品》以下幾條評論資料可窺知：

〔註7〕曾師永義指出：「新傳奇」品中所載《浣紗記》根據胡忌、劉致中《崑劇發展史》推知此記作於嘉靖45年（1566）前後，所以呂天成所錄舊傳奇當是嘉靖三十八年（1559）之前的作品，而嘉靖三十八年前後正是魏良輔「立崑之宗」的時候，則呂天成所錄新傳奇作品當在此之後，那麼「新傳奇」初步成立，也應當在嘉靖四十年（1561）前後這幾年，而一旦《浣紗記》出現，則風靡遐邇，步趨者漸多，終於蔚爲大國，呂氏新傳奇所錄165種之多（筆者案：當約有196種），則此新傳奇於嘉靖隆慶間實已爲劇壇之盟主。見曾師永義：《從腔調說到崑劇》（臺北：國家出版社，2002年12月初版），頁250～253。

〔註8〕〔明〕呂天成《曲品》，《中國古典戲曲論著集成》第六冊，頁207。

〔註9〕同前註，頁209。

〔註10〕〔清〕章學誠著，葉之英校著：《文史通義校著》卷五《詩話》（臺北：里仁，民國73年），頁559。

〔註11〕同前註，頁945。

邵燦《香囊》：詞工，白整。儘填學問。此派從《琶琶》來，是前輩最佳傳奇也〔註12〕。（妙品）

鄭虛舟《玉玦》：典雅工麗，可咏可歌，開後人駢綺之派〔註13〕。（上中品）

梅禹金《玉合》：詞調組詩而成，從《玉玦》派來，大有色澤〔註14〕。（上中品）

戴金蟾《青蓮》：《彩毫》雖詞藻較勝，而節奏合拍，此爲擅場，派從《玉玦》來〔註15〕。（下上品）

沈璟《分錢》：全效《琵琶》，神色逼似〔註16〕。（上上品）

葉憲祖《雙卿》：景趣新逸。且守韻調甚嚴，當是詞隱高足〔註17〕。（上中品）

馮夢龍《雙雄》：事雖卑瑣，而能恪守詞隱先生功令，亦持教之杰也〔註18〕。（上下品）

陳所聞《金門大隱》：蘿月道人諸傳，嚴守松陵之法程，而布局摛詞盡脫俗套，予心賞之〔註19〕。（上下品）

《拜月》：元人詞手，製爲南詞，天然本色之句，往往見寶，遂開臨川玉茗之派。何元朗絕賞之，以爲勝《琵琶》，而《談詞定論》則謂次之而已〔註20〕。（神品）

湯顯祖：熟捻元劇，故琢調之妍媚賞心〔註21〕。（上上品）

鄭之文《芍藥》：詞多俊語，海若甚賞之〔註22〕。（上下品）

蘇漢英《夢境》：此傳洞賓事，比《長生》簡淨，而筆亦俏。頗得清遠、豹先之致〔註23〕。（中上品）

---

〔註12〕〔明〕呂天成《曲品》，《中國古典戲曲論著集成》第六冊，頁224。

〔註13〕同前註，頁232。

〔註14〕同前註，頁233。

〔註15〕同前註，頁237。

〔註16〕同前註，頁229。

〔註17〕同前註，頁234。

〔註18〕同前註，頁237。

〔註19〕吳書蔭：《曲品校註》，頁279。《中國古典戲曲論著集成》無此條。

〔註20〕〔明〕呂天成《曲品》，《中國古典戲曲論著集成》第六冊，頁224。

〔註21〕同前註，頁213。

〔註22〕同前註，頁236。

〔註23〕吳書蔭：《曲品校註》，頁294。《中國古典戲曲論著集成》無此條。此條亦見

根據這幾條資料，可以歸納成以下簡圖：

《琵琶》
- 塡詞：邵燦《香囊》－＞鄭若庸《玉玦》（開駢綺之派）
  －＞梅鼎祚《玉合》、載金蟾《青蓮》
- 音律：沈璟《分錢》－＞葉憲祖《雙卿》、馮夢龍《雙雄》、
  陳所聞《金門大隱》

元劇－＞《拜月》－＞湯顯祖－＞鄭之文《芍藥》－＞蘇漢英《夢境》

呂天成認爲「新傳奇」的源流有二：一是《琵琶記》的支派，開啓專尚塡詞的駢綺派與重視音律的沈璟之派；二是直承元劇精神風致的《拜月亭》，開啓玉茗臨川之派。明代曲論家認爲《香囊記》是明傳奇駢儷派的先聲。如徐渭曰：「以時文爲南曲，元末、國初未有也，其弊起於《香囊記》〔註24〕。」王驥德《曲律》云：「曲之始，止本色一家，觀元劇及《琵琶》、《拜月》二記可見。自《香囊記》以儒門手腳爲之，遂濫觴而有文詞家一體〔註25〕。」徐復祚也說：「《香囊》以詩語作曲，處處如煙花風柳……麗語藻句，刺眼奪魄。然愈藻麗，愈遠本色〔註26〕。」自《琵琶記》開始，傳奇語言已有文人化的趨向。呂天成指出《香囊記》「詞工白整，儘塡學問」的特點，正是承接《琵琶記》以來文人化的潮流發展。而到了鄭若庸《玉玦記》則正式開後人駢綺之派。徐復祚也說：「鄭虛舟（若庸），余見其所作《玉玦記》手筆，凡用僻事，往往自爲拈出，……。此記極爲今學士所賞，佳句固自不乏，……堪與《香囊記》伯仲。……獨其好塡塞故事，未免開飣餖之門，闢堆垛之境，不復知詞中本色爲何物，是虛舟實爲之濫觴矣〔註27〕。」此後梅鼎祚和戴金蟾的作品，也都繼承《玉玦》的藻麗文風。這一條發展脈絡是將《琵琶記》文辭典雅藻麗的一面發展到極致。而《琵琶記》的另一面則爲沈璟所發展。呂天成指出沈璟《分錢記》：「全效《琵琶》，神色逼似。」《分錢記》今無傳本。祁彪佳《遠山堂曲品》「雅品」著錄《分錢記》，評之曰：「楊廣文之【雁魚錦】，賈氏之【四朝元】，楊長文之【入破】、【出破】，皆先生倣《琶琶》

於清初鈔本，他本均無。

〔註24〕〔明〕徐渭：《南詞敘錄》，《古典戲曲論著集成》第三冊，頁243。

〔註25〕〔明〕王驥德：《曲律・論家數第十四》，《中國古典戲曲論著集成》第四冊，頁121～122。

〔註26〕〔明〕徐復祚：《曲論》，《古典戲曲論著集成》第四冊，頁236。

〔註27〕同前註，頁237。

處，蓋欲人審韻諧音，極力返於當行本色耳〔註 28〕。」《分錢記》今不見傳本，我們只能從祁氏的評語中得知，沈璟重視《琵琶記》審韻諧音、當行本色的一面，從呂天成評《琵琶記》引用沈璟之語：「東嘉妙處，全在調中平、上、去聲字用得變化，唱來和協。至於調之不倫，韻之太雜，則彼已自言，不必尋數矣〔註 29〕。」即可證之。又呂天成在〈義俠記序〉中曾指出沈璟曾經著有《考訂琵琶》，可見沈璟十分重視《琵琶記》，並以之爲師法對象。呂天成也指出葉憲祖、馮夢龍、陳所聞等人的作品皆受沈璟審音協律的影響。另外一個脈絡是繼承元劇精神風致的《拜月亭》。《拜月亭》繼承元劇的天然本色，進一步開啓了臨川玉茗之派。湯顯祖酷嗜元劇，凌濛初在《譚曲雜劄》中稱他：「頗能模倣元人，運以俏思，儘有酷肖處〔註 30〕。」湯顯祖在元劇的基礎之上，揉和本色與麗語，開展出「淺深、雅俗、濃淡之間〔註 31〕」的語言風格，故呂天成稱其：「熟捻元劇，故琢調之妍媚賞心。」而鄭之文、蘇漢英頗得湯顯祖的精神風致。

此外，《曲品》中又可窺知呂氏對某一地域之曲派的概念，如評論朱鼎曰：「此君與二顧同盟，而才不逮〔註 32〕。」朱鼎與顧懋仁、顧懋儉兄弟同盟，三人都爲崑山人，而二顧與梁辰魚、梅鼎祚等曲佳往來密切，呂天成把這幾位曲家放在一起談論，可見其可能已意識到當時有一個崑山曲派。他又曾明確指出「上虞有曲派〔註 33〕」，從《曲品》著錄來看，謝讜、車仁遠、朱期、趙於禮等諸位作家皆爲上虞人，推測此曲派可能包括謝讜、車仁遠、朱期、趙於禮等諸位作家，以謝讜成就最高，可以爲代表〔註 34〕。

## 三、「舊傳奇」與「新傳奇」之區分

呂天成的戲曲發展史概念與其對於「舊傳奇」與「新傳奇」藝術特徵的

---

〔註 28〕〔明〕祁彪佳：《遠山堂曲品》，《中國古典戲曲論著集成》第六冊，頁 126。

〔註 29〕〔明〕呂天成《曲品》，《中國古典戲曲論著集成》第六冊，頁 224。

〔註 30〕〔明〕凌濛初：《譚曲雜劄》，收於《中國古典戲曲論著集成》第四冊，頁 254。

〔註 31〕〔明〕王驥德：《曲律・雜論第三十九下》，《中國古典戲曲論著集成》第四冊，頁 170。

〔註 32〕〔明〕呂天成《曲品》，《中國古典戲曲論著集成》第六冊，《玉鏡臺》條，頁 243。

〔註 33〕同前註，《四喜》條，頁 239。

〔註 34〕譚坤認爲呂天成已有崑山曲派與上虞曲派的概念。見譚坤：《晚明越中曲家群體研究》，（上海：上海三聯書店，2005 年），頁 147～148。

體認有關，他指出「舊傳奇」與「新傳奇」藝術特徵的不同，並從戲曲藝術發展史的角度來分別鑑賞之。郭英德認爲呂天成從文體特點上明確區分「舊傳奇」與「新傳奇」，顯示出其對於文體變遷的理論自覺〔註 35〕。《曲品》卷〈舊傳奇品序〉曰：

> 國初名流，曲識甚高，作手獨異，造曲腔之名目，不下數百；定曲板之長短，不淆二三。乍見寧不駭疑，習久自當遵服。所謂「規矩設矣，方圓因之」。數其人，有大家、名家之別；按其帙，有極老、半舊之分。賞其絕技，則描畫世情，或悲或笑；存其古風，則湊拍常語，易曉易聞。有意架虛，不必與實事合；有意近俗，不必作綺麗觀。不尋宮數調，而自解其弢；不就拍選聲，而自鳴其籟。質僕而不以爲俚，膚淺而不以爲疎。商彝、周鼎，古色照人，玄酒、太羹，眞味沁齒。先輩鉅公，多能諷詠；吳下俳優，尤喜掇串〔註 36〕。

呂天成指出明初舊傳奇作家造曲腔、定曲板，爲傳奇的曲律立下法度規範。指出舊傳奇藝術特徵在擅於描畫世態人情，語言易曉，故事架虛之巧，古質近俗風格，不受格律束縛，富有古色眞味的藝術審美價值，並且指出其適合場上演出的舞台性價值。郭英德指出：「文體」一詞指稱文本的話語系統和結構體式，文體的基本結構應由體製、語體、體式、體性四個由內而外依次地進層次構成。體製指文體外在的形狀、面貌、架構，語體指文體的語言系統、語言修辭和語言風格，體式指文體的表現方式，體性指文體的表現對象和審美精神〔註 37〕。如果以郭氏文體概念論之，就體製而言，舊傳奇體製規律初設，故其宮調尚未嚴密；就語體而言，表現「湊拍常語，易曉易聞」、「有意近俗，不必作綺麗觀」、「質僕而不以爲俚，膚淺而不以爲疎」的古樸之風；就體式而言，則「有意架虛，不必與實事合」，以藝術虛構爲表現方式；就體性而言，「描畫世情，或悲或笑」，以人物爲中心，重在描畫人物之情，表現人生。

至於「新傳奇」的文體特徵，《曲品》卷上〈新傳奇品序〉云：

> 博觀傳奇，近時爲盛。大江左右，騷、雅沸騰；吳、浙之間，風流掩映。第當行之手多不遇，本色之義未講明。當行兼論作法，本色

〔註 35〕郭英德：《明清傳奇戲曲文體研究》（北京：商務印書館，2004 年 7 月），頁 14。

〔註 36〕〔明〕呂天成《曲品》，《中國古典戲曲論著集成》第六冊，頁 209。

〔註 37〕郭英德：〈中國古代文體型態學略論〉，《求索》，2001 年第 5 期，頁 137～142。

> 只指塡詞。當行不在組織餖飣學問，此中自有關節局概，一毫增損不得；若組織，正以蠹當行。本色不在摹勒家常語言，此中別有機神情趣，一毫妝點不來；若摹勒，正以蝕本色。今人不能融會此旨，傳奇之派，遂判而爲二：一則工藻繢少擬當行；一則襲樸淡以充本色。甲鄙乙爲寡文，此嗤彼爲喪質。殊不知果屬當行，則句調必多本色；果其本色，則境態必是當行。今人竊其似而相敵也，而吾則兩收之。即不當行，其華可擷；即不本色，其樸可風。進而有宮調之學，類以相從，聲中緩急之節；紛以錯出，詞多礅戾之音。難欺師曠之聰，莫招公瑾之顧。按譜取給，故自無難；逐套畫註明，方爲有緒。又進而有音韻平仄之學，句必一韻而始協，聲必迭置而後諧。響落梁塵，歌翻扇底。昧者不少，解者漸多。又進而有八聲陰陽之學。吹以天籟，協乎元聲。律呂所以相宣，神人用以允龠。抑揚高下，發調俱圓；清濁宮商，辨音最妙。此韻學之鉅典，曲部之秘傳，柳城啓其端，方諸闡其教。必究斯義，厥道乃精；考之今人，褎如充耳。《廣陵散》已落人間，《霓裳曲》重翻天上。後有作者，不易吾言矣〔註38〕。

有別於「舊傳奇」質僕的「古色眞味」與「不尋宮數調」的天籟之音。「新傳奇」的體製規律趨於嚴密，在文人字斟句酌、精心布局、細按宮商之中，影響了其審美特徵，使其與「舊傳奇」呈現不同的文體特徵。在音律方面，趨於規範化與細緻化，講究宮調格律、音韻平仄、八聲陰陽之學；在戲曲作法方面，講究關節局概的串插安排；在塡詞方面，新傳奇作家因不解本色當行之義而分爲「工藻繢」與「襲樸淡」兩派，呂氏認爲二派皆各有所長，進而標舉以表現「機神情趣」的本色之風爲最高審美追求。由於「新傳奇」與「舊傳奇」文體特徵的不同，故呂氏標舉的品評標準也不同。由此段資料可知，其對於「新傳奇」品評標準的總綱領有三：一是塡詞（句調）本色，二是作法（境態）當行，三是音律。

呂氏所謂的「舊傳奇」與「新傳奇」，正是曾師永義所謂的「新南戲」與「狹義的傳奇」，曾師永義曾言：

> 如果要問什麼才叫做「傳奇」？那麼自呂天成以後的明清人，大抵以明代以來的長篇戲曲應之。然而若就學術而言，實應以呂氏所謂

〔註38〕〔明〕呂天成《曲品》，《中國古典戲曲論著集成》第六冊，頁211～212。

> 之「新傳奇」，亦即用崑山水磨調演唱的「傳奇」才算眞正的傳奇，因爲這樣在體製格律上才眞正由南戲蛻變完成一新劇種，而「舊傳奇」……不過是南戲過渡到傳奇的產物，體製格律未臻完整，且作品數量有限，本身未完成氣候。因之，所謂「傳奇」，如就廣義而言，可包括呂氏之「舊傳奇」與「新傳奇」及其後晚明和清代的傳奇作品；如就狹義而言，則止限於呂氏之「新傳奇」及其後晚明和清代的傳奇作品〔註 39〕。

曾師永義還提出了「三化說」，即「北曲化」、「文士化」、「崑曲化」，具體地說明了「舊傳奇」（曾師永義所謂「新南戲」）蛻變爲「新傳奇」（曾師永義所謂「狹義的傳奇」）的過程，他說：

> 南宋滅亡至元朝滅亡（1279～1368）南曲戲文與北曲雜劇交化，就南戲而言爲「北曲化」：元末至明武宗正德年間（1368～1521）南戲北曲化之外，又趨向駢雅，是爲「文士化」；明世宗嘉靖晚葉（1559～1566）魏良輔、梁辰魚等人改良崑山腔爲水磨調，經過「北曲化」、「文士化」後之南戲用崑山水磨調演唱，是爲「崑腔化」，南戲經此三化，無論體製規律、音樂藝術都更加嚴謹和提升，就腔調劇種而言，是爲「崑劇」，就體製劇種而言是爲「傳奇」，（呂天成稱作「新傳奇」）〔註 40〕。

呂天成對於「南戲」和「傳奇」的觀念雖尚未明確區隔，如呂天成所舉其舅祖孫鑛所謂「南戲十要」，這裡的「南戲」所指的即是曾師永義所謂「廣義的傳奇」，但呂天成已經明確意識到「舊傳奇」與「新傳奇」的分野了，他認爲「舊傳奇」與「新傳奇」分野有三：一是時間：根據「舊傳奇」與「新傳奇」所收錄的作品創作時間，可推測嘉靖三十八年以前爲「舊傳奇」，嘉靖

---

〔註 39〕曾師永義：〈論說「戲曲劇種」〉，見《論說戲曲》（臺北：聯經，民國 86 年），頁 267。

〔註 40〕曾師永義：〈從崑腔說到崑劇〉，發表於 2001 年 11 月「臺靜農先生百歲冥誕學術研討會」，收入《臺靜農先生百歲冥誕學術研討會論文集》（臺北：國立臺灣大學中國文學系，2001 年），後收入曾師永義：《從腔調說到崑劇》（臺北：國家出版社，2002 年），頁 258。關於以上見解，亦可參考曾師永義：〈論說「戲曲劇種」〉，收於《論說戲曲》（臺北：聯經，民國 86 年），頁 239～285。曾師永義：〈也談「南戲」的名稱、淵源、形成與流播〉，收於《戲曲源流新論》（臺北：立緒，民國 89 年），頁 116～183、曾師永義：〈再探戲文和傳奇的分野及其質變過程〉，《戲曲與歌劇》（臺北：國家出版社，2004 年 10 月初版），頁 79～133。（原載於《臺大中文學報》第二十期，2004 年 6 月，頁 87～130）。

三十八年以後為「新傳奇」〔註41〕。二是體製規律：「舊傳奇」是「不尋宮數調，而自解其弢；不就拍選聲，而自鳴其籟」；而「新傳奇」則講求宮調格律、音韻平仄、八聲陰陽之學。換言之，「新傳奇」的音樂體製已趨於規律化；在戲曲作法方面，「新傳奇」較講究關節局概的串插安排。三是藝術審美特徵：「舊傳奇」的特徵是「古色眞味」與「本色當行」，「新傳奇」則在文人追求本色與當行的過程中，誤入歧途而剖判為「藻繢」與「樸淡」二種風格。呂天成對於「舊傳奇」與「新傳奇」的藝術特質之認識，顯示其對明代傳奇史的發展觀念，這種觀念同時也表現在品評標準上，由於「舊傳奇」和「新傳奇」由於戲曲藝術發展的結果，各有不同的藝術體製規律與審美特徵，故而品評標準是有所區別的。呂天成以戲曲發展史觀為基礎，認為一代有一代之戲曲，一代有一代之特色，建構了不同階段的審美眼光與態度，既能溯源得委，又能以歷史的眼光品鑑之，力避以今律古或遵古卑今之弊。

## 第二節　品評標準

李昌集在《中國古代曲學史》中認為朱權《太和正音譜‧古今群英樂府

〔註41〕根據曾師永義〈從崑腔說到崑劇〉考證：若據呂天成《曲品》「新舊傳奇」的分野，則是以「舊傳奇」屬明初以來「崑山腔」所歌者，以「新傳奇」屬魏良輔「崑山水磨調」所歌者，而其「舊傳奇」中著錄有李開先《寶劍記》。李開先字伯華，號中麓，山東章邱人。嘉靖八年（一五二九）進士，生於明孝宗弘治十四年（一五〇一），卒於穆宗隆慶二年（一五六八），官至太常少卿。其《寶劍記》有明嘉靖二十八年（一五四九）原刻本。首載「嘉靖丁未歲（二十六年，一五四七）八月念五日雪簑漁者漫題之〈寶劍記序〉」，卷末有「嘉靖己酉（二十八年，一五四九年）秋九月九日同邑松澗姜大成序之〈寶劍繼後序〉」，又有「嘉靖己酉秋九月九日渼陂八十二山人王九思書之〈書寶劍記後〉」。而〈新傳奇品〉中載梁辰魚《浣紗記》，已據《崑劇發展史》推想此記當作於嘉靖四十五年（一五六六）之後；所以呂天成所錄「舊傳奇」估計當是嘉靖三十八年（一五五九）之前的作品，而嘉靖三十八年前後正是魏良輔「立崑之宗」的時候，呂氏所錄「新傳奇」之作品，自然應當在此之後，那麼「新傳奇」的最初成立，也應當在嘉靖四十年（一五六一）前後這幾年，而一旦《浣紗記》出現，則風靡遐邇，步趨者漸多，終於蔚成大國，呂氏「新傳奇」所錄作品集有一百六十五種（應為一百九十六種）之多，則此「新傳奇」於嘉隆間實已為劇壇之盟主矣。曾師永義：〈從崑腔說到崑劇〉，發表於 2001 年 11 月「臺靜農先生百歲冥誕學術研討會」，收入《臺靜農先生百歲冥誕學術研討會論文集》（臺北：國立臺灣大學中國文學系，2001 年），後收入曾師永義：《從腔調說到崑劇》，頁 249～253。

格勢》是曲學史上第一個大規模而具有某種體系化的曲家風格論，並開啓了明代曲品的品評形式。其形象比喻式的風格論提供一種會意性的境界，但把此種風格論落實到對於作品內容與表現手法，欲作具體性的理解時，則會產生語態的模糊，導致千差萬別的不同理解〔註 42〕。故王驥德《曲律》批評其曰：「《正音譜》中所列元人，各有品目，然不足憑。涵虛子於文理原不甚通，其評語多足付笑。又前八十二人有評，後一百五人漫無可否，筆力竭耳，非眞有所甄別其間也〔註 43〕。」李師惠綿指出《太和正音譜》中的批評言語和文詞審美觀是使北曲進入文人律曲品曲的典型〔註 44〕。朱權的品曲文字仍受傳統詩品象喻式的品評模式影響，帶有相當濃厚的文人品味。而呂天成《曲品》則脫離了這種語意不清的象喻模式，具體地運用知人論世的品評方法，且從劇本各種藝術層面落實具體批評，不作模糊而會意性的文字。相對於朱權，可謂其帶有較爲濃厚的劇人品味色彩。

在品評態度上，從〈曲品自序〉、卷上《舊傳奇品》與《新傳奇品》的序言，以及卷下開頭的序言，可知呂天成作《曲品》乃欲試圖區分新、舊傳奇作品中的「黃鐘、瓦缶」、「《白雪》、《巴人》」，分判其高下優劣。其作《舊傳奇品》乃欲「溯源而得委」，且因舊傳奇作品與作家不多，故只有「略加權次」，僅分成「神、妙、能、具」四品；而新傳奇作品才是《曲品》眞正著力的重點所在，呂天成說新傳奇「才豪如雨，持論不得太苛」，顯然其品評態度是較爲寬鬆的。又「曲廣如林，掄收何忍過隘〔註 45〕？」此時新傳奇作品大量地湧現，因而呂天成博收佳曲，細分九等。呂氏本身是個多產的戲曲創作家，深刻體認戲曲作品在實際創作上，難以兼顧各種層面之難處，又欲提倡戲曲之道，故而在品鑑上呈現寬容態度。

在品評標準方面，從呂天成對於新、舊傳奇藝術特徵的認識與辨析中，可知其重視戲曲發展過程中藝術規律與特徵的變化。他認爲「舊傳奇」的特點在於其寫世態人情之肖，語言的古質易曉，題材的虛實結合，故進而標舉

---

〔註 42〕李昌集：《中國古代曲學史》（上海：華東師範大學出版社，1997），頁 261～266。

〔註 43〕〔明〕王驥德：《曲律・雜論第三十九上》，《中國古典戲曲論著集成》第四冊，頁 147。

〔註 44〕李師惠綿：〈明代戲曲文律論之展開演變〉，《臺大中文學報》，第二十期（2004年 6 月），頁 13。

〔註 45〕〔明〕呂天成《曲品》，《中國古典戲曲論著集成》第六冊，頁 212。

「古色眞味」的審美品味。而新傳奇作家在創作過程中，逐漸偏離了本色當行之本旨。他在《新傳奇品》的序言中闡述其對於本色與當行的獨特見解，具有現實針對性。他認爲本色指塡詞，當行則指選題、結構、鍊局、音律、文采等一切有關戲曲創作的作法問題。而後更指出了當時宮調、音韻平仄、八聲陰陽之學的發展，爲戲曲創作立定了曲律規範。他特別標舉本色、當行、音律三者爲新傳奇的批評綱領。在《曲品》卷下敘言中更舉出其舅祖孫鑛的「南戲十要」以爲具體的品評標準：「第一要事佳，第二要關目好，第三要搬出來好，第四要按宮調、協音律，第五要使人易曉，第六要詞采；第七要善敷衍——淡處作得濃，閑處作得熱鬧；第八要各角色派得匀妥；第九要脫套；第十要合世情、關風化〔註46〕。」「十要」既是傳奇的審美觀，又是創作論，包括故事題材、情節結構、音樂文詞、場上安排、思想內容與創作主旨。其中第一、二、三、四、五、七、八等都是對於戲曲舞台性的要求，顯示其已突破過去侷限於「曲」的概念，進一步體認到「劇」的觀念。我們再進一步對照，可知「十要」可用呂氏所謂的「當行」與「本色」概括，即「塡詞」與「作法」。戲曲是綜合藝術，評價一部作品必須要考量各種不同的面向，盡量力求全面衡量，呂天成也試圖在兼顧戲曲藝術文學性與舞台性的整體性觀照下，對作品做出一個恰如其份的評價。

趙景深根據《曲品》中各劇的評語，歸納分類，列成一個表格，茲引錄如下：

| | 事佳 | 關目 | 搬演 | 音律 | 易曉 | 詞采 | 敷衍 | 腳色匀 | 脫套 | 禪寺 | 風化 |
|---|---|---|---|---|---|---|---|---|---|---|---|
| 優點 | 25 | 12 | 3 | 15 | 0 | 25 | 3 | 1 | 0 | 0 | 9 |
| 缺點 | 2 | 14 | 0 | 4 | 4 | 14 | 0 | 0 | 8 | 4 | 0 |

趙氏從此表推論，呂天成比較注重獎掖，多從事（情節）、音律、詞采、風化等加以稱許。他認爲「禪寺」也是屬於「脫套」的這一類，因爲這一方面的傳奇比較多，所以單獨列爲一類，大概是以「禪寺」爲悲歡離合的關鍵〔註47〕。筆者認爲趙氏觀點有幾個問題：其一，「十要」中既然將「事」與「關目」（情節）分開而論，則「事」與「情節」的意義有別，《曲品》中的「事」大多指故事題材而言，但趙氏卻把二者混淆，則其「事佳」與「關目」

〔註46〕〔明〕呂天成：《曲品》，收於《中國古典戲曲論著集成》第六冊，頁223。
〔註47〕趙景深：〈呂天成《曲品》〉，《曲論初探》（上海：上海藝文出版社，1980），頁36。

二項的統計數據不知何據。其二，趙氏認爲「禪寺」屬於「脫套」這一類，但其實亦與情節關目的安排有關，又「禪寺」這種關目的安排，乃戲曲中喜以佛殿、禪寺作爲男女主腳相遇之處，或遇難與分離失散時的寄身之所，藉以觸發、推展、轉折劇情，或爲結局鋪墊，構成劇情的轉機，爲古典戲曲關目情節之俗套。這在《曲品》多達二百二十五條劇目評語中僅僅出現四次，且可以歸入「關目」或「脫套」一類，實在沒有必要單獨列爲一類。其三，統計數據的問題。趙氏各項統計數據頗有問題，由於沒有明確數據的根據是哪幾條評語，令人茫然。其四，「十要」有的其實是可以互相涵蓋的，趙氏這個數據並沒有明確指出是哪幾條評語，則每個人的觀點不同，歸納出的結果必有出入，且趙氏此割裂了「十要」，將「十要」變成各自獨立的十種標準，這並不符合呂氏戲曲批評的實際狀況。比如「第三要搬出來好」，討論一部劇作是否適合搬演，或與「事」有關：

> 《孤兒》：事佳，搬演亦可〔註48〕。（妙品）
>
> 《望雲》：載狄梁公事，俱核，詞亦斐然。吾越金叟亦有《望雲》一記，詞雖不佳，而中有二張召幸、對博賭裘、懷義爭道、三思遇妖諸事，演之可觀〔註49〕。（程叔子作，中下品）
>
> 《望雲》：然其紀狄公妙事殆進（應作「盡」），演甚好〔註50〕。（金懷玉作，下下品）

或與詞采有關：

> 《紫簫》：琢調鮮美，鍊白駢麗。……覺太曼衍，留此清唱可耳〔註51〕。（上上品）
>
> 《紅蕖》：著意著詞，曲白工美。……先生自謂：字雕句鏤，正供案頭耳〔註52〕。（上上品）

或與音律有關：

> 《玉玦》：典雅工麗，可咏可歌，開後人駢綺之派。每折一調，每調一韻，尤爲先獲我心〔註53〕。（上中品）

---

〔註48〕〔明〕呂天成：《曲品》，收於《中國古典戲曲論著集成》第六冊，頁225。
〔註49〕〔明〕呂天成：《曲品》，收於《中國古典戲曲論著集成》第六冊，頁241。
〔註50〕同前註，頁248。
〔註51〕同前註，頁230。
〔註52〕同前註，頁229。
〔註53〕同前註，頁232。

或與局段有關：

《鸚鵡洲》：第局段甚雜，演之覺懈〔註54〕。（中中品）

《蕉帕》：傳龍生遇狐事。此係撰出，而情節局段能於舊處翻新，板處作活，眞擅巧思而新人耳目者。演行甚廣，……〔註55〕。（上中品）

或關涉兩種以上之因素：

《合劍記》：唐太宗晉陽倡義，傳二降王及喋血禁門事，俱有境。隋煬帝之淫奢，亦多奇。此記才情豐溢，演之必壯觀〔註56〕。（泰華山人作，中中品）

《冬青》：悲憤激烈，誰誚腐儒酸也，音律精工，情景眞切。吾友張望侯云：「……觀者萬人，多泣下者〔註57〕。」（上中品）

陳竹也認爲趙氏將「十要」割裂分類的機械方法違背了呂氏視戲劇爲綜合藝術的辯證思維，他指出呂氏「十要」是辯證的統一，而絕非孤立單項因素的拼湊〔註58〕。換言之，「十要」是可以互相涵蓋，互相補充，有密切關係的，不可分割而論。

就其品評作品的評語來分析，呂天成品評標準，依照出現次數的多寡排列，把次數相近的列爲一組，依次有以下幾點：

1. 詞采、事佳
2. 局段、情節
3. 音律、敘事手法
4. 情境、情景、情致趣味
5. 搬演效果、腳色或人物的安排、脫套
6. 風化範世
7. 反道學氣

根據筆者統計（據吳書蔭校註本），呂天成十分重視詞采，約有一百零七處，數量上可說是所有品評標準之冠。論事也約有一百零五處，論情節、局段、音律、敘事能力則各有二十幾處，可見呂天成兼重文學性與舞台性。若單就

〔註54〕同前註，頁239。
〔註55〕吳書蔭：《曲品校註》，頁254。此條見於清初鈔本，《集成》本無。
〔註56〕同前註，頁389。《集成》本無。
〔註57〕〔明〕呂天成：《曲品》，收於《中國古典戲曲論著集成》第六冊，頁233。
〔註58〕陳竹：《中國古代劇作學史》（湖北：武漢出版社，1999年9月初版），頁290。

其上卷品評作者的藝術成就來看，他所關注的焦點是作者在詞采、音律、採事選題的藝術修養。其他則偶爾提及鍊局、鍊境、敘事能力、作品搬演效果。

在品第方面，各品特徵如下：

《舊傳奇品》中收錄可考姓名之作家八人，作品二十九種（包括無名氏作品）。分爲神、妙、能、具四品。「舊傳奇」總體的審美標準，重在欣賞其質樸的「古色眞味」。

「神品」有二，一爲《琵琶》，一爲《拜月》，而以《琵琶》爲首。《琵琶》爲南戲文士化之開端，開明初以學問塡詞之風，影響「妙品」邵燦《香囊記》，爲後世駢綺派開先聲。在鍊詞方面，達到「志在筆先，片言宛然代舌；情從境轉，一段眞堪斷腸〔註59〕」之宛肖逼眞的「化工」境界；在鍊局方面，「串插甚合局段，苦樂相錯，具見體裁〔註60〕」；在音律方面又有「創調編曲之功」，曲牌聯套爲後人所師法，又善於運用聲調變化，使曲調唱來和協。其藝術造詣達到「化工之肖物無心，大冶之鑄金有式〔註61〕」之境。呂天成認爲《琵琶記》「關風教特其粗耳，諷友人夫豈信然〔註62〕？」他強調其藝術內涵與價值，而非高明所強調的風教觀，故亦不必尋數其「調之不倫，韻之太雜」。《拜月亭》則繼承元劇精神風致，開臨川玉茗之派。《琵琶》與《拜月》高下之爭，是明代曲壇關注焦點之一。呂天成顯然置《琵琶》於《拜月》之上。他推崇《琵琶》在文詞、布局、音律的藝術造詣，認爲其爲「新傳奇」的語言藝術風格、曲調音律、構局之法立下了典範。呂天成以《琵琶記》爲典範，置於保留了元人天然本色的藝術風格，且較無文士化之跡的《拜月》之上。這一方面顯示了呂天成以「詞法」爲首的鑑賞態度；一方面呂天成置此二劇同爲「神品」之列，則又表現了其兼容並蓄的態度。以下的各品亦呈現此種兼容並蓄的品鑑色彩。要之，「神品」的藝術審美特徵在於「化工之肖物無心」。夏文彥論畫曰：「氣韻生動，出於天成，人莫窺其巧者，謂之神品〔註63〕。」《琵琶記》藝術造詣高，達到文學性與舞台性並美的完美之境，有如一個美

〔註59〕〔明〕呂天成：《曲品》，收於《中國古典戲曲論著集成》第六冊，頁210。吳書蔭校註本作：「意在筆先……情同境轉。」

〔註60〕同前註，頁224。

〔註61〕同前註，頁210。

〔註62〕同前註。

〔註63〕〔元〕夏文彥：《圖繪寶鑑》卷一，見《畫史叢書》第二冊（臺北：文史哲，1974年），頁673。

姿容而又裝扮搭配得宜的女子；《拜月》則天然本色，有如一個天生麗質而不施脂粉的美人。

「妙品」中多半只指出其優點，七種作品中有指出其缺失的只有兩種。大體上有兩類風格：一類是《荊釵》、《牧羊》、《孤兒》、《金印》，分別置於第一、二、四、五。其特色是眞切古質，於俚俗中俱見其古色古態，能曲盡世態人情，且搬出甚佳，能打動人心，接近《拜月亭》天然本色之風。他指出《孤兒記》〔註64〕雖然「其詞太質」，但其事佳、適合搬演、且懂得安排「戲局」，故列於第四，置於《香囊記》之後，王濟《連環記》之前。另一類是邵燦《香囊》、王濟《連環》，分別置於第三與第六，特徵是精通鍊局琢句之方，詞白工整，佳句頗多，繼承《琵琶記》之風格。可見其品鑑態度從宏觀角度衡量作品整體藝術價值。即使《孤兒記》其文太質，但合乎戲曲藝術的情節構局美學的要求，又適合舞台演出，故列於精通鍊局琢句之方的王濟《連環記》之前。總之，呂天成所謂的「妙品」，表現在兩個方面，一種是眞切古質，天然本色之妙；一種是鍊局琢句之妙。

「能品」是四品中作品最多的品類，十一種作品中直指其缺點的有四種。

第一、二、三爲《白兔》、《殺狗》、《教子》，呂天成稱讚其詞古質，敘事手法直寫透徹，不落惡腐之境，及其眞切動人之情境。第四到七的《綵樓》、《四節》、《千金》、《還帶》皆分別有些缺失。《綵樓記》〔註65〕「作手平平，稍入酸境，且事全不核實」；《四節記》〔註66〕「賦景多屬牽強」，又「置晉於唐後」，顚倒了歷史時間，敘事手法上只略點大概，意味不長；《千金記》〔註67〕則是腳色和人物身份安排不當。其缺點大多是在敘事手法上出了問題，但呂氏同時也指出了其寫人記事之優點。第八到第十一則沒有指出其缺失，大多強調其動人的劇場效果，或詞采與音律方面的優點。在呂天成寬厚的鑑賞態度下，雖然在評語上並沒有指出其缺失，但在品第次序上已明顯寓有褒貶之意。要之，「能品」的品評態度是既能指出其缺失，又能讚揚其優點，褒多過貶，表現其寬容的品評態度。其品評標準則廣泛地從各種不同的角度切入，舉凡詞采、音律、情境、敘事手法、題材處理、情節安排、腳色

〔註64〕〔明〕呂天成：《曲品》，收於《中國古典戲曲論著集成》第六冊，頁225。

〔註65〕同前註，頁226。吳書蔭校註本作「事」，清初鈔本同之。他本均作「是」。筆者以爲當作「事」較爲合理。

〔註66〕同前註。

〔註67〕同前註。

安排、劇場效果等，皆在其關注之列。

列入「具品」的作品則有九種，其中約有八種被直指其缺失，其缺失有幾點：在詞采與音律者，如《寶劍》不協音律〔註68〕、《投筆》「詞平常，音不協〔註69〕」、《嬌紅》才情不足〔註70〕；在題材與情節處理上「事俚瑣」（《銀瓶》〔註71〕）、「失其故」（《三元》〔註72〕），在布局結構上「局不緊」（《龍泉》〔註73〕）；在創作思想上有「道學先生口氣」（《龍泉》〔註74〕）與迂腐之氣（《五倫》〔註75〕）。優點則分別是在選事方面「事佳」（《寶劍》、《投筆》〔註76〕）、「事眞」（《舉鼎》〔註77〕），「事亦可觀」（《羅囊》〔註78〕），或「事有致」（《三元》〔註79〕）；在搬演方面「歌者盛傳之」（《羅囊》〔註80〕）、「歌者習之」（《五倫》〔註81〕）、「吳下盛演之」（《銀瓶》〔註82〕）；在音律方面也有足以「正今曲之誤」（《銀瓶》〔註83〕）的佳調，另外還有「詞、意俱可觀」（《嬌紅》〔註84〕）、「情節闊大」（《龍泉》〔註85〕）等優點。要之，其品評標準亦呈現多元、多角度的色彩。李開先的《寶劍記》之所以列爲「具品」，是因爲其熟騰北曲，但對南曲音律不熟，以此作南曲難免生扭吳中之拍，不合音律，自然不適合場上演出。然李開先才情敏贍，傳林沖事亦有佳處，故拔爲具品第一。而第二《銀瓶記》則是事過於俚瑣，情節安排失當，但吳優盛演之，又有一調本被誤爲北腔，此作南調可正今曲之誤。第三、四、五爲

〔註68〕〔明〕呂天成：《曲品》，收於《中國古典戲曲論著集成》第六冊，頁227。
〔註69〕同前註，頁228。
〔註70〕同前註。吳書蔭校註本補末句：「安得清遠道人傳此，以極情之必至乎？」清初抄本同，他本均無。
〔註71〕同前註，頁227。
〔註72〕同前註，頁228。
〔註73〕同前註。
〔註74〕同前註，頁195。
〔註75〕同前註，頁200。
〔註76〕同前註。
〔註77〕吳書蔭：《曲品校註》，頁198。此條他本無，係新增補。
〔註78〕同前註，頁199。此條他本無，係新增補。
〔註79〕〔明〕呂天成：《曲品》，收於《中國古典戲曲論著集成》第六冊，頁228。
〔註80〕同註78。
〔註81〕〔明〕呂天成：《曲品》，收於《中國古典戲曲論著集成》第六冊，頁228。
〔註82〕同前註，頁227。
〔註83〕同前註。
〔註84〕同前註，頁228。
〔註85〕同前註。

沈壽卿湊插迂拘道學口氣之作，然吳優多肯演。而第六、七、八則以其事佳、事眞、事可觀。第六《投筆記》則音律不協，腳色安排不當。第九則爲邱濬迂腐之作，其中有佳調歌者習之。由此可知，呂天成重視才情、音律、內容、場上安排、搬演效果等，且尤不喜道學迂腐之氣。

綜觀舊傳奇四品，可知越後面的品類缺點越多，整體藝術成就便越低。而其批評標準則是多元角度切入，重視戲曲藝術的舞台性與文學性的整體表現。

《新傳奇品》下面有注明：「每一人以所作先後爲次，非有所甲乙也〔註 86〕。」故《新傳奇品》僅排列作者高下，而同一人之作品則依照創作時間先後排之。《新傳奇品》細分爲九等，皆從作家的整體成就綜合觀之，並從各種角度品評作品，每一品的每個作家各有不同成就，同一個作家的各種作品也呈現不同的風貌，因而並非同一品類即呈現同一種風貌，大抵上越高的品類缺點越少。茲分析各品的品評情況如下：

「上上品」肯定沈璟對於曲學的貢獻，也欣賞湯顯祖的文采才情與獨創精神，但爲挽時之弊，故首沈而次湯，具有現實針對性。呂天成以「雙美說」樹立了新傳奇藝術審美標準，總結了湯沈之爭，主張傳奇既要能表現才情，講求詞采，又要能遵守曲律之矩矱。

「上中品」作家有的善於才情，有的善於音律。善於音律者有顧大典、梁辰魚、鄭若庸、卜世臣、葉憲祖、單本。善於才情，但音律不協者有陸采、張鳳翼、梅鼎祚。此品的共同特點是選事佳、才情詞采佳，或有兼擅於音律者，而其缺點並不多，但偶有音律不協，或情節布局安排失當之作。

「上下品」則突出於詞采的表現，詞采呈現各種不同的風貌，如詞華、葩藻、富足、琢麗、秀爽簡潔、秀美、俊語、工雅有致、詞調俱工等。其中亦有從文學性與舞台性兩方面作整體的觀照。

呂天成標舉「雙美說」以爲「新傳奇」藝術審美觀的總綱，但爲何在具體品評時，似乎更多注意力集中在文詞方面，其中原因大概如祁彪佳《遠山堂曲品・凡例》中所說：「音律之道甚精，解者不易。自東嘉決《中州韻》之藩，而雜韻出矣。自人誤認《中州韻》之分三聲，而南調亦以入聲代上去矣。才如玉茗，尙有拗嗓，況其他乎？故求詞於詞章，十得一二；求詞於音律，百得一二耳〔註 87〕。」其實南戲一開始都是依照當時的腔調與方言，無所謂

〔註 86〕〔明〕呂天成：《曲品》，收於《中國古典戲曲論著集成》第六冊，頁 228。
〔註 87〕〔明〕祁彪佳：《遠山堂曲品》，《中國古典戲曲論著集成》第六冊，頁 7～8。

以中州韻〔註 88〕爲主。而崑劇在明代獨霸劇壇，自然慢慢往官話靠攏，故明代曲家如沈璟等往往以中州韻爲曲韻之標準。是以祁彪佳拿中州韻來衡量《琵琶記》的音律，自然是有待商榷的，而呂天成深受其師沈璟的影響，自然也拿中州韻來衡傳奇作品的音律。這便犯了以今律古的毛病，故而守律之作自然是「百得一二」了。呂天成評祝長生《紅葉》說：「韓夫人事，千古奇之。此記狀之得情，且能守韻，可謂空谷足音〔註 89〕。」可見守律之難，故對於守律的佳作，呂氏、祁氏二人往往特別予以指出〔註 90〕。另一方面則是呂天成的品評態度多爲隱惡揚善，故在詞采方面的優點則與以指出，而不合音律之作品不勝枚舉，只大略點點而已。

以下的中品與下品的作品，亦秉持著多重視角的品評態度，對作品的整體藝術成就給予評價與等第，同一個品類都不見得有共同的特徵與趨向，若逐條指出，則稍嫌繁雜，茲不贅述。要之，越後面的品類缺點越多，整體藝術成就便越低。中品作家皆有才情學識，作品可詠可歌；而下品則褒貶參半，各有片長，但在整體藝術風貌上呈現比較庸俗、淺陋、粗糙，有些則「近套」或襲用他人之詞，或缺乏獨創性，整體表現較爲平庸。

## 第三節　論戲曲功能與創作思想

戲曲功能論與創作思想主旨密切相關，本節主要是在討論呂天成對於戲曲內容的關注，進而闡述其戲曲功能論的內涵。一些學者指出呂天成忽略作品思想內容的重要性，而專注於藝術形式，如藍凡〈呂天成品評戲劇作品的

〔註 88〕所謂「中州韻」，吳新雷《崑劇大辭典》中釋義爲：「指崑曲咬字吐音的音韻。蓋自洛陽成爲漢唐東都，汴京（今河南開封）成爲宋都以來，中原中州地區的語音就逐漸成爲天下的通語。元泰定元年（1324）周德清作《中原音韻》以後，元順帝至正十年（1350）卓從之又編成《中州樂府音韻類編》，通稱「中州韻」。崑曲興起後，以蘇州爲根據地向南北各地傳播，爲了使全國的觀眾都能聽得懂，其唱念口法並非只使用吳音，而是採用了官話系統中的中州音，押中州韻，說白念韻白。……魏良輔在創造（筆者案：當作「改良」）水磨調時，就把中州韻引爲崑腔語音，要求習曲者字字句句都要依據中州韻。所以明萬曆年間稱崑腔爲『官腔』，崑曲發展爲全國性劇種。到了明代後期，范善溱爲南曲作《中州全韻》，直接爲崑曲界所尊奉。」（南京市：南京大學出版社，2002 年 5 月），頁 510。

〔註 89〕〔明〕呂天成：《曲品》，收於《中國古典戲曲論著集成》第六冊，頁 238。

〔註 90〕譚坤：《晚明越中曲家群體研究》（上海：上海三聯書店，2005），頁 138。

美學標準〉〔註 91〕、吳書蔭〈從《曲品》看呂天成的戲曲理論〉〔註 92〕等專論都持有此種看法。但筆者認爲其實不然，呂天成考察作品本事，源自於其對作品思想內容的關心，且從《曲品》中的評論文字更可尋繹出其對戲曲思想、內容、主旨及創作動機的關注。王淑芬《呂天成〈曲品〉戲曲觀之研究》其中有一章專論《曲品》的風教觀〔註 93〕，此文從《拜月亭》和《琵琶記》的高下之爭衍生出戲曲應表現「風情」還是宣揚「風教」此一問題出發，探討呂天成對於劇作思想的見解。筆者認爲其說雖然深入揭示呂天成的戲曲風教觀，然只觸及其中一面，未得全盤。另外，從《琵琶記》與《拜月亭》的高下評定論其風教觀，筆者認爲其中頗有問題，有待商榷。關於這些問題，且待下文一一論述。

「言志」與「緣情」是中國文學兩大傳統，深深影響歷代文人的文學創作觀念。先秦的「詩言志」、漢代的「詩教」、儒家的文學觀深刻地影響中國文學的審美精神，形成了文學與政治教化緊密結合的傳統，文學創作便總是承載著對於社會群體的關懷。換言之，藝術欣賞不單是個人的活動，它在本質上是社會性的活動。「緣情說」是在「詩言志」的土壤中發展出來的，「詩言志」雖然並不同於後來的詩「緣情說」，但由於中國古代最發達的藝術是抒情性較強的詩、樂、舞等藝術形式，故「言志說」同時很強調情感對於詩歌創作的重要性。如《禮記・樂記》:「凡音之起，由人心生也。人心之動，物使之然也。感於物而動，故形於聲；聲相應，故生變；變成方，謂之音；……樂者，音之所由生也；其本在人心之感於物也〔註 94〕。」又曰:「凡音者，生人心者也。情動於中，故形於聲，聲成文，謂之音〔註 95〕。」再如《毛詩・序》強調「詩者，志之所之也」，同時又指出:「在心爲志，發言爲詩。情動於中而形於言。」又曰:「情發於聲，聲成文謂之音〔註 96〕。」魏晉時期，文

---

〔註 91〕藍凡:〈呂天成品評戲劇作品的美學標準〉,《古代文學理論研究》第八輯（上海古籍出版社，1979），頁 212。

〔註 92〕吳書蔭:〈從《曲品》看呂天成的戲曲理論〉，收於吳書蔭校註:《曲品校註》，頁 461。

〔註 93〕王淑芬:《呂天成〈曲品〉戲曲觀之研究》第七章〈《曲品》的風教觀〉（政治大學中文所碩士論文，李殿魁先生指導，1994 年 6 月），頁 211～222。

〔註 94〕《禮記・樂記》，見〔清〕阮元:《十三經注疏》（臺北：藝文印書館，民國 44 年），第十九卷，頁 662。

〔註 95〕同前註，頁 663。

〔註 96〕《毛詩・序》，同前註，頁 13。

學進入了自覺的時代，抒情性更強的五言詩之蓬勃發展，使人們對文學藝術的特點和規律有了進一步的認識，於是許多作家便自覺地強調情感對於詩歌創作的重要性。這兩條傳統成爲中國文藝理論的血脈。「言志說」在內容方面重視群體的共同情志以及作家個人以天下爲己任的胸懷，在文學功能方面強調風教作用，對社會群體起著一種感化作用，如唐宋以來「文以載道」的觀念便是承襲此說的發展。「緣情說」則強調作家個人內在情感在文學創作中的重要地位，這種情感不僅是文學創作的原動力，更是文學藝術魅力的主要來源。而這兩大傳統亦深深地滲透到文人戲曲創作觀與戲曲理論中。

戲曲創作從元代書會才人的手中，到了明代落入文人手中，明傳奇便染上了一股濃厚的文人色彩，文人傳統的文藝創作觀亦隨之注入於戲曲創作之中，深深地影響作品的內容與形式。有關文學內容與功能的探討，是歷代文論的主要論題之一，到了明代，隨著戲曲地位的提升，文人自覺地意識到戲曲內容與功能的重要性。此時戲曲理論一方面吸收傳統文藝觀，同時又受到時代思潮的影響，加以戲曲文體本身不同於其他文體的特殊性，使之既能涵容傳統又能展現新的理論內涵。在明代，關於戲曲功能與內容的探討，表現在兩個突出的論題上，一個是風化說，一個是主情說，這兩者在戲曲理論中是不相斥的，而是相輔相成的。

戲曲風化說早在元代已有，元代曲論從戲曲思想內容來肯定元雜劇的價值，如周德清（1277～1365）《中原音韻・序》云：「自關、鄭、白、馬一新製作，……觀其所述，曰忠，曰孝，有補於世〔註 97〕。」夏庭芝（1316～？）《青樓集》說：「院本大率不過謔浪調笑，雜劇則不然……皆可以厚人倫，美風化。又非唐之『傳奇』，宋之『戲文』，金之『院本』，所可以同日語矣〔註 98〕。」皆強調戲曲思想內容的風化範世功能。胡祇遹〈贈宋氏序〉：「樂者與政通，而伎劇隨時尚而變。近代教坊院本之外，再變而爲雜劇。既謂之『雜』，上則朝廷君臣政治之得失，下則閭里、市井、父子、兄弟、夫婦、朋友之厚薄，以至醫藥、卜筮、釋道、商賈之人情物理，殊方異域風俗語言之不同，無一物不得其情，不得其態〔註 99〕。」顯示文人從「風教」觀點，將原本「謔浪調笑」，僅供耳目之娛的娛樂表演，賦予其與詩文相同的價值

〔註 97〕〔元〕周德清：《中原音韻・序》，《中國古典戲曲論著集成》第一冊，頁 175。
〔註 98〕〔元〕夏庭芝：《青樓集》，《中國古典戲曲論著集成》第二冊，頁 7。
〔註 99〕〔元〕胡祇遹：〈贈宋氏序〉，收於程炳達、王衛民：《中國歷代曲論釋評》（北京：民族出版社，2000 年 11 月），頁 11。

功能。王瓊玲便指出：「風教觀的評量，其實是從戲曲在中國被接納作爲性質上與詩文相近的藝術表現的重要一步〔註 100〕。」

明代戲曲風化說昂揚的原因，除了繼承前代戲曲觀念外，還有兩點重要因素：一是明太祖建朝以來，爲了鞏固統治地位，宣揚道學名教觀念，將戲曲作爲宣揚教化的工具。二是由於文士介入傳奇創作，文人把其根深蒂固的社會責任意識帶入戲曲，注入了「詩言志」、儒家文藝觀與「詩教」傳統，豐富了戲曲理論，並藉此提高戲曲的地位與品格。三是明代理學思潮的浸淫，表現爲戲曲的載道意識，主張戲曲的內容當以倫理道德爲本位，透過戲曲表演使民心得到教育感化。元末明初高明所標舉的「不關風化體，縱好也徒然〔註 101〕」，深深地影響了明代戲曲審美價值觀，如明初邱濬（1421～1495）《伍倫全備記》「若於倫理無關緊，縱是新奇不足傳〔註 102〕」、「備他時事曲，寓我聖賢言〔註 103〕」；邵燦（生卒年不詳）《香囊記》「傳奇未作尋常看，識義由來可立身〔註 104〕」的創作思想更是深受其影響。此種背負著淑世責任感的戲曲觀，一再爲明代戲曲作家與曲論家所強調，如李開先（1502～1568）〈改訂元賢傳奇後序〉說：

> 傳奇凡十二科，以神仙道化居首，而隱居樂道次之。忠臣烈士，逐臣孤子又次之，終之以神佛、煙花粉黛。要之激動人心，感移風化，非徒作，非苟作，非無益而作之者。今所選傳奇，取其辭意高古，音調協和，與人心風教俱有激勸感移之功〔註 105〕。

李開先強調傳奇創作目的要爲有益而作，目的在於「激勸人心，感移風化」，起著風教作用，並藉此以肯定戲曲的地位。

主張「童心說」，反對假道學的李贄（1527～1602）在《焚書》卷四〈雜

---

〔註 100〕王瓊玲：〈晚明清初戲曲審美意識中情理觀念之轉化及其意義〉，《晚明清初戲曲之審美構思與其藝術呈現》（臺北：中央研究院中國文哲研究所，2005 年 12 月初版），頁 34。

〔註 101〕〔元〕高明：《琵琶記．第一出》，錢南揚校注：《元本琵琶記校注》（上海：上海古籍，1980），頁 1。

〔註 102〕〔明〕邱濬：《伍倫全備忠孝記．副末開場》，收入林侑蒔主編：《全明傳奇》（臺北：天一出版社，1985 年），頁 1。

〔註 103〕同前註。

〔註 104〕〔明〕邵燦：《香囊記．家門第一》，收入毛晉：《六十種曲》（北京：中華書局，1958 年），第一冊，頁 341。

〔註 105〕〔明〕李開先：〈改訂元賢傳奇後序〉，《李中麓閒居集》，見《四庫全書存目叢書．集部．別集類》第九十二冊（臺南：莊嚴文化，1997），頁 573。

述〉亦曾評論《紅拂記》說：

> 此記關目好，曲好，白好，事好。樂昌破鏡重合，紅拂智眼無雙，虬髯棄家入海，越公並遣雙妓，皆可師可法，可敬可羨。孰謂傳奇不可以興，不可以觀，不可以群，不可以怨乎？飲食宴樂之間，起義動慨多矣〔註106〕。

又王驥德（1560～1623）《曲律・雜論第三十九下》也說：

> 古人往矣，吾取古事，麗今聲，華袞其賢者，粉墨其慝者，奏之場上，令觀者藉爲勸懲興起，甚或扼腕裂眥，涕泗交下而不能已，此方爲有關世教文字。若徒取漫言，既已造化在手，而又未必其新奇可喜，亦何貴漫言爲耶？此非腐談，要是確論。故不關風化，縱好徒然，此《琵琶》持大頭惱處，《拜月》只是宣淫，端士所不與也〔註107〕。

即便是「主情說」的代表人物湯顯祖（1550～1616）在〈宜黃縣戲神清源師廟記〉中也說：

> （雜劇傳奇）長者折至半百，短者折才四耳。生天生地，生鬼生神，極人物之萬途，攢古今之千變。……可以合君臣之節，可以浹父子之恩，可以增長幼之睦，可以動夫婦之歡，可以發賓友之儀，可以釋怨毒之結，可以已愁憒之疾，可以譁庸鄙之好。然則斯道也，孝子以事其親，敬長而娭死；仁人以此奉其尊，享帝而事鬼；老者以此終，少者以此長。外户可以不閉，嗜欲可以少營。人有此聲，家有此道，疫癘不作，天下和平。豈非以人情之大竇，爲名教之至樂也哉〔註108〕！

李贄提出戲曲可以「興、觀、群、怨」，有積極的社會功能。王驥德從戲曲創作角度與戲曲功能價值立論，認爲戲曲創作內容應該要有關風化，對觀者起著勸懲作用，甚或使之「扼腕裂眥，涕泗交下」。湯顯祖所謂「以人情之大竇，爲名教之至樂」，以「人情」爲本，以「名教」爲用，溝通了「人情」與「名

〔註106〕〔明〕李贄：《焚書》卷四〈雜述・紅拂〉（臺北市：河洛書局，民國63年），頁196。

〔註107〕〔明〕王驥德：《曲律・雜論第三十九下》，《中國古典戲曲論著集成》第四冊，頁160。

〔註108〕〔明〕湯顯祖：〈宜黃縣清源師廟記〉，徐朔方箋校：《湯顯祖全集》（北京：古籍出版社，2001），卷34，頁1188。

教」，藉此以極度抬高戲曲功能價值，認爲戲曲可以「生天生地，生鬼生神，極人物之萬途，攢古今之千變」。肯定了戲曲內容表現人生，反應歷史，涵容宇宙萬物的價值，其感化力量之大，可以輔名教，甚至可以使社會國家實現大同之治的理想。由此可知，晚明戲曲家衝破了明初以戲曲爲名教工具的觀念，進而將人情與名教作進一步的溝通，建立以「人情」爲本，以「名教」爲用的戲曲價值觀。

孫鑛「南戲十要」中第十要即「合世情、關風化」，呂天成也從風教角度肯定戲曲的內容與功能，並一再流露出對於戲曲風化功能的關注。如在戲曲選事方面，盛讚邵燦《香囊》「採事尤正〔註 109〕」，在命意方面，呂天成在〈義俠記序〉中說沈璟作品：「命意皆主風世〔註 110〕。」他強調戲曲對於世俗起著感化教育的社會作用，如以下幾則：

> 《四賢記》：內配最賢，可以風世〔註 111〕。（下上品）
>
> 《忠孝完節》：以《龍圖公案》所載忠孝事，最能動俗也。……雖未必盡核，頗足維風〔註 112〕。（上下品）
>
> 《蛟虎》：周孝侯除三害，甚奇，可以範俗〔註 113〕。（中中品）
>
> 《風教編》：趣味不長，然取其範世〔註 114〕。（上中品）
>
> 《三祝》：范文正父子事，可以訓俗〔註 115〕。（上下品）
>
> 《香毬》：狀敗家子處，堪儆俗。詞則不可道也〔註 116〕。（下下品）

這幾則評語強調了戲曲功能要能「風世」、「動俗」、「範俗」、「範世」、「訓俗」、「儆俗」，而能達到這種風化效果的，內容多爲「忠孝節義」，呂天成歸納傳奇內容有六類：「一曰忠孝，一曰節義，一曰風情，一曰豪俠，一曰功名，一曰仙佛。元劇門類甚多，南戲止此矣〔註 117〕。」以忠孝、節義兩類爲先，顯示其重視戲曲宣揚風化的功能及表現深刻的內容思想，如上述汪昌朝《忠孝完節》、《三祝》、黃伯羽《蛟虎》等。另一方面，呂天成也看到戲曲反映人生，

〔註 109〕〔明〕呂天成：《曲品》，收於《中國古典戲曲論著集成》第六冊，頁 210。
〔註 110〕蔡毅：《中國古典戲曲序跋彙編》（濟南：齊魯出版社，1989），頁 1207。
〔註 111〕吳書蔭：《曲品校註》，頁 392。《集成》本無。
〔註 112〕吳書蔭：《曲品校註》，頁 271。《集成》本無。
〔註 113〕〔明〕呂天成：《曲品》，收於《中國古典戲曲論著集成》第六冊，頁 238。
〔註 114〕同前註，頁 232。
〔註 115〕同前註，頁 236。
〔註 116〕同前註，頁 248。
〔註 117〕同前註，頁 223。

啓發世人的一面，如評湯顯祖《南柯夢》云：「酒色武夫，迺從夢境證佛，此先生妙旨也〔註 118〕。」又評《邯鄲夢》云：「窮士得意，興盡可仙。先生提醒普天下措大，功德不淺。即夢中苦樂之致，猶令觀者神搖，莫能自主〔註 119〕。」都顯示了其重視戲曲的醒世作用。

王淑芬《呂天成〈曲品〉戲曲觀之研究》認爲呂天成有意輕輕帶過《琵琶記》「調之不倫，韻之太雜」，而盛讚其所標舉的風教觀〔註 120〕。筆者認爲這應是一種誤讀，試看呂天成對於高明的評論如下：

> 永嘉高則誠，能作爲聖，莫知乃神。特創調名，功同倉頡之造字；細編曲拍，才如后夔之典音。志在筆先，片言宛然代舌；情從境轉，一段眞堪斷腸。化工之肖物無心，大冶之鑄金有式。關風教特其粗耳，諷友人夫豈信然？勿亞於北劇之《西廂》，且壓乎南聲之《拜月》〔註 121〕。

姚文放在《中國戲劇美學的文化闡釋》第二十章〈呂天成與萊辛的戲劇批評之比較〉解釋此資料時指出：

> 從審美、藝術的角度來看，《琵琶記》所倡言的「風教」只不過是皮相的、外在的粗略之處，該劇的「意在筆先」、「情同境轉」才是本質的、內在的精微之處，而該劇的意境創造如化工造物，自然天成，則是上超越了精粗的拘限，而上升到更高的境界。這就是說，戲劇的道德教化功用必須以意境的經營爲本位、爲依托，必須通過意境的創造才能充份實現。……呂天成主張將戲劇的道德教化作用與戲劇的審美特質有機地融合起來，反對道學家、文詞家取消戲劇的審美特質，將戲劇變成圖解「忠孝節義」、「三鋼五常」之類的封建倫理概念的工具，顯然受到晚明浪漫思潮的感召，他對李贄、徐渭、湯顯祖等晚明浪漫思潮主將的的思想觀點和文章風範常懷感佩之情。例如他在〈義俠記序〉稱贊李贄〈忠義水滸傳序〉爲「快論」，

〔註 118〕〔明〕呂天成：《曲品》，收於《中國古典戲曲論著集成》第六冊，頁 230～231。

〔註 119〕同前註，頁 231。

〔註 120〕王淑芬：《呂天成〈曲品〉戲曲觀之研究》第七章〈《曲品》的風教觀〉，頁 212～213。

〔註 121〕〔明〕呂天成：《曲品》，收於《中國古典戲曲論著集成》第六冊，頁 210。吳書蔭校註本作「志在筆先……情同境轉」。

> 因《水滸傳》乃發憤之作。《水滸傳》的道德教化是通過作者情感的抒發和表現而實現的〔註122〕。

姚氏所言甚是，筆者認爲從呂天成評價高明的這段文字，可知其較重視劇本的藝術內涵與藝術生命力，其風教功用只是「特其粗耳」，而「志在筆先，片言宛然代舌；情從境轉，一段眞堪斷腸」的藝術感人魅力，才是其戲曲藝術最終的審美要求。呂天成深刻地揭示了戲曲抒情本質、動人的藝術魅力及藝術欣賞的審美心裡，強調劇作家要「有感而作〔註123〕」、「有爲而作〔註124〕」，「以眞切之調，寫眞切之情〔註125〕」，要求戲曲作品要兼具眞切而深厚的思想情感與高超的藝術成就，道德教化作用必須建立在動人的藝術魅力上。高明所謂「論傳奇，樂人易，動人難〔註126〕」，就是說《琵琶記》唯有在打動人心的基礎下，才能進一步達到風化作用。而明代戲曲卻多有片面繼承高明「不關風化體，縱好也徒然」的創作內容主旨，忽略了高明對於「動人」的強調，將戲曲變成宣揚道德的工具，如此不免落入迂腐之弊。呂天成針對這種創作盲點，予以嚴厲批評，如評邱濬《五倫》云：「大老鉅筆，稍近腐〔註127〕。」評沈壽卿云：「事每近於迂拘〔註128〕。」並評沈作《龍泉》云：「情節闊大，而局不緊，是道學先生口氣〔註129〕。」呂天成反對道學腐氣，認爲戲曲內容當有眞切情感，才能產生動人的力量，而不該是聖賢之言的圖解，如評論卜大荒《冬青》：「悲憤激烈，誰誚腐儒酸也〔註130〕？」又評汪昌朝《義烈》云：「此以張儉爲生，備寫陳、竇之厄。黨錮之禍，讀之令人且悲且恨〔註131〕。」都是在強調作品眞切動人的藝術感染力。

晚明「主情說」興起，衝破了道學束縛下的戲曲觀念，進而站在戲曲抒

---

〔註122〕姚文放：《中國戲劇美學的文化闡釋》（北京：中國人民大學，1997），頁379、381。

〔註123〕〔明〕呂天成：《曲品》，《中國古典戲曲論著集成》第六冊，《椒觴》條，頁237。

〔註124〕同前註，《葛衣》條，頁232。

〔註125〕同前註，《荊釵》條，頁224。

〔註126〕〔元〕高明：《琵琶記・第一出》，錢南揚校注：《元本琵琶記校注》（上海：上海古籍，1980），頁1。

〔註127〕〔明〕呂天成：《曲品》，收於《中國古典戲曲論著集成》第六冊，頁228。

〔註128〕同前註，頁211。

〔註129〕同前註，頁228。

〔註130〕同前註，頁233。

〔註131〕吳書蔭《曲品校註》，頁267。《集成》本無。

發人們眞實情感的基礎上，肯定戲曲的感化作用和社會功能，致力於建立溝通人情與名教的橋樑。戲曲「主情說」在明代興盛之因有幾點：一是「緣情說」傳統的浸染，二是明代思想解放與對道學反動的結果，三是戲曲本身不同於其他文體的性質，戲曲兼具案頭場上的特質，與讀者觀眾關係密切，而「情」正是溝通作者、作品、演員、欣賞者（包括讀者與觀眾）、評論家的紐帶。

「主情說」者認爲，作家的內在情感是戲曲創作的原動力，李贄提出「童心說」，主張以「童心」爲心作文。「童心」就是「眞心」，李贄認爲只有源自童心的文學才是眞文學，否則就是假文學。此種觀念衝破了理學制約下的文學創作觀，開啓了明清劇作學新思潮。其後與其神交的湯顯祖，更爲「主情說」最具代表性的人物。湯顯祖說：「世總爲情，情生詩歌，而行於神〔註 132〕。」又說：「人生而有情，思歡怒愁，感於幽微，流乎嘯歌，行諸動搖〔註 133〕。」他認爲人類有抒發情感的需要，藝術創作是爲情所使，他的《四夢》，都是「因情成夢，因夢成戲〔註 134〕」的產物。呂天成認爲戲曲創作常出乎作者「有感而作」、「有爲而作」，如評顧道行《葛衣》云：「此有爲而作，感慨交情，令人嗚咽〔註 135〕。」評鄭豹先《芍藥》云：「盧儲文爲妻所賞，閨閣人具隻眼，可敬可羨。鄭公恨不遇耳〔註 136〕。」又評「文士而抱坎凜之悲，書生而具英雄之概〔註 137〕」的顧懋儉所作的《椒觴》，乃爲「有感而作〔註 138〕」之作。呂天成認爲作者感慨自身命運與遭遇，可藉由戲曲創作寄託與抒發其「不平之鳴」。

在戲曲的內容方面，明代主情說者認爲戲曲內容要能夠表現人情。王驥德說：

> 吾謂：詩不如詞，詞不如曲，故是漸近人情。夫詩之限於律與絕也，即不盡於意，欲爲一字之益，不可得也。詞之限於調也，即不盡於

〔註 132〕〔明〕湯顯祖：〈耳伯麻姑游詩序〉，徐朔方箋校：《湯顯祖全集》，卷 31，頁 1110。

〔註 133〕〔明〕湯顯祖：〈宜黃縣清源師廟記〉，同前註，卷 34，頁 1188。

〔註 134〕〔明〕湯顯祖〈復甘義麓〉，同前註，卷 47，頁 1464。

〔註 135〕〔明〕呂天成：《曲品》，收於《中國古典戲曲論著集成》第六冊，頁 232。

〔註 136〕同前註，頁 236。吳書蔭校註本作「盧儲文爲妻所賞，閨閣人具隻眼」，《集成》本作「盧儲文爲賞閨閣」，疑爲脫誤，故從吳書蔭校註本。

〔註 137〕同前註，頁 216。

〔註 138〕同前註，《椒觴》條，頁 237。

> 吻，欲為一語之益，不可得也。若曲，則調可累用，字可襯增。詩與詞，不得以諧語方言入，而曲則惟吾意之欲至，口之欲宣，縱橫出入，無之而無不可也。故吾謂：快人情者，要毋過於曲也〔註 139〕。

王驥德從詩詞曲的規律與形式說明曲最為「近人情」、「快人情」，陳繼儒也說：「夫曲者，謂其曲近人情也〔註 140〕。」陸采常自詡曰：「天與丹青手，畫出人間萬種情〔註 141〕。」無論男女之情、人倫之情、世態人情等，都是戲曲表現「情」的範疇。呂天成十分重視戲曲內容能否刻畫人情，如贊《紫釵記》「描寫閨婦怨夫之情，備極嬌苦，直堪下淚，眞絕技也〔註 142〕」、《埋劍記》「描寫交情，悲歌慷慨〔註 143〕」、《牡丹亭》「而著意發揮，懷春慕色之情，驚心動魄〔註 144〕」、《四艷記》寫「密約幽情，宛宛如見〔註 145〕」、《霞箋記》「搬出甚激切，想見鍾情之苦〔註 146〕」、《金印記》「寫世態炎涼曲盡，眞足令人感喟發憤〔註 147〕」。戲曲作品中的眞情、至情，正是其藝術魅力的主要來源，因為情是聯繫人與作品的橋樑，沒有眞情，戲曲藝術便會失去感染力與生命力。前文引到王驥德在《曲律》中的一段文字：「古人往矣，吾取古事，麗今聲，華袞其賢者，粉墨其慝者，奏之場上，令觀者籍為勸懲興起，甚或扼腕裂眥，涕泗交下而不能已，此方為有關世教文字〔註 148〕。」不僅強調了戲曲風教功能，更指出了情感因素對讀者、觀眾的強烈感染作用。換言之，戲曲作品要先能以眞情動人，才能有進一步達到風化作用的可能。袁于令〈玉茗堂批評焚香記序〉說：

> 劇場即一世界，世界只一情人。以劇場假而情眞，不知當場者有情人也。顧曲者尤屬有情人也；即從旁之堵牆而觀聽者，若童子、若

〔註 139〕〔明〕王驥德：《曲律・雜論第三十九下》，《中國古典戲曲論著集成》第四冊，頁 160。

〔註 140〕陳繼儒：〈秋水庵花影集敘〉，見陳芾、吳毓華：《古典戲曲美學戲曲資料集》（北京：文化藝術出版社，1992），頁 156。

〔註 141〕〔明〕呂天成：《曲品》，收於《中國古典戲曲論著集成》第六冊，《南西廂》條，頁 231。

〔註 142〕同前註，頁 230。

〔註 143〕同前註，頁 229。

〔註 144〕同前註，頁 230。

〔註 145〕同前註，頁 234。

〔註 146〕吳書蔭：《曲品校註》，頁 373。《集成》本無。

〔註 147〕〔明〕呂天成：《曲品》，收於《中國古典戲曲論著集成》第六冊，頁 225。

〔註 148〕〔明〕王驥德：《曲律・雜論第三十九下》，《中國古典戲曲論著集成》第四冊，頁 160。

瞽叟、若村媼，無非有情人也。倘演者不真，則觀者之精神不動；然作者不真，則演者之精神亦不靈〔註 149〕。

戲曲作品必須要出自作者眞情，唯有眞情才能打動觀眾。演員、作家、觀眾三者的溝通必須要以「情」爲基礎。李漁《閒情偶記》也指出：「傳奇無冷、熱，只怕不合人情。如其離、合、悲、歡，皆爲人情所必至，能使人哭，能使人笑，能使人怒髮衝冠，能使人驚魂欲絕；即使鼓板不動，場上寂然，而觀者叫絕之聲，反能震天動地〔註 150〕。」呂天成不僅重視戲曲內容的逼眞情感色彩，亦強調這種眞情至性使人墮淚斷腸的巨大藝術感染力，如評高則誠「志在筆先，片言宛然代舌；情從境轉，一段眞堪斷腸〔註 151〕」，又評卜大荒《冬青》「悲憤激烈」，令「觀者萬人，多泣下者〔註 152〕」，又贊湯顯祖《還魂》中杜麗娘懷春之情，使人「驚心動魄〔註 153〕」，又評《金印》「寫世態炎涼曲盡，眞足令人感喟發憤〔註 154〕」。

由以上可知，戲曲主情說與風化說並非互相排斥，而是相輔相成的。比如李贄既主張戲曲具有興、觀、群、怨的功能，又提倡出自眞心的眞情至文；湯顯祖既主張戲曲「可以合君臣之節，可以浹父子之恩，可以增長幼之睦，可以動夫婦之歡，可以發賓友之儀」，具有人倫教化之功，其所謂「以人情之大竇，爲名教之至樂也〔註 155〕」，乃將人情與名教溝通起來。

李昌集《中國古代曲學史》中指出：晚明戲曲「風化說」並非對於傳統風化簡單的認同，湯顯祖等皆在尋找「人欲」與「風化」的連接點。在以情反理的《牡丹亭》中，杜麗娘在超越現實的鬼的世界裡，與柳夢梅結合，原本可以不顧現實世界中「禮」的規範，但最後卻安排其落實到現實世界中，其結合的合法性最終由聖上確認，這正是風化觀的反映。晚明的「風化體」說，乃是將人欲規定在一定的道德範圍之內，其說的實質在於提倡道德化的

〔註 149〕〔明〕袁于令：〈玉茗堂批評焚香記序〉，見陳多、葉長海：《中國歷代劇論選註》（湖南：文藝出版社，1987），頁 229。

〔註 150〕〔清〕李漁：《閒情偶記．演習部．選劇第一》「劑冷熱」條，《中國古典戲曲論著集成》第七冊，頁 76。

〔註 151〕〔明〕呂天成：《曲品》，收於《中國古典戲曲論著集成》第六冊，頁 210。

〔註 152〕同前註，頁 233。

〔註 153〕同前註，頁 230。

〔註 154〕同前註，頁 225。

〔註 155〕〔明〕湯顯祖：〈宜黃縣清源師廟記〉，徐朔方箋校：《湯顯祖全集》，卷 34，頁 1188。

人欲和人欲的道德化，王陽明所謂戲曲功效在於「無意中感激他良知起來〔註 156〕」，其意義正在此〔註 157〕。李昌集認爲晚明人將「情」視爲人的形上本體，故晚明的「風化說」乃是「情本論」的一種延伸，只有「發乎情」才能「成乎禮」。宋儒的存天理滅人欲被重新倒置，情感與道德獲得了重新統一。晚明的情本論與風化體是互相補充的統一命題〔註 158〕。換言之，戲曲「主情說」與「風化說」的交融，是以「情」爲「禮義」的基礎，以「情」架接文人淑世的責任感、個人感慨與觀眾情感之間的橋樑，戲曲內容便不再只是對於風教倫理觀的圖解，而是要以眞摯之情爲基礎，以眞情作爲溝通作者思想、作品本身與觀眾、讀者的橋樑。戲曲作品不僅背負著文人個人情懷與對群體的關懷，更要以其豐富而深厚的藝術手法，傳達出眞切而動人的情感給觀眾。在「動人」的基礎下，才能完成對於觀眾情感與道德修養的陶冶與感化，正如李調元《雨村曲話》中所謂：「夫曲之爲道也，達乎情而止乎禮義者也〔註 159〕。」

## 第四節　作者論

呂天成《曲品》與祁彪佳《遠山堂曲品、劇品》是明代中晚期兩大「以品論曲」的著作。前者是第一個有系統的爲戲曲作家與劇作品評等第的開創之作，而後者雖有意追隨前者的腳步，但二人品評形式則頗有差異。祁彪佳《遠山堂曲品・凡例》云：「文人善變，要不能以設一格以待之。有自濃而歸淡，自俗而趨雅，自奔逸而就規矩。如湯清遠他作入『妙』，《紫釵》獨以『豔』稱；沈詞隱他作入『雅』，《四異》獨以『逸』稱。必使作者之神情，與評者之藻鑑，相遇而成莫遁之面目耳〔註 160〕。」祁彪佳把戲曲作品區分爲「妙、雅、逸、豔、能、具」六品，其中「妙、雅、逸、豔」四品是以「作品風格」爲主要分判標準，這六種品第的排序，則表示品第高下之分，呈現出祁彪佳對於作品風格的喜好。祁彪佳品曲的特點，在於他注意到劇作家在不同時期作品風貌的轉變與差異，故而針對不同作品給予不同的品第。相對

〔註 156〕陳榮捷：《王陽明傳習錄詳註集評》，第 297 條（臺北：學生書局，1998 年 2 月修訂版三刷），頁 346。

〔註 157〕李昌集：《中國古代曲學史》，頁 483～486。

〔註 158〕同前註，頁 493。

〔註 159〕〔清〕李調元：《雨村曲話・序》，《中國古典戲曲論著集成》第八冊，頁 5。

〔註 160〕〔明〕祁彪佳：《遠山堂曲品》，《中國古典戲曲論著集成》第六冊，頁 7。

而言，呂天成品曲形式受到傳統品畫、品詩等文藝批評的影響，而以作家爲主，只區分作家品第，把同一位作家所有的作品統歸爲一個等第，確實忽視了同一個劇作家不同作品之間藝術成就的差異。

然而，呂天成把同一個作家的作品全部歸入同一品，確實有其體例上的需要性，亦不無長處。祁彪佳分品是分別針對作品而論，並沒有別立一卷專論作家，其論作家則散見於各篇劇作評論中。呂天成分品並非以作品風格區分，而以卷上作者分品爲經，以下卷論作品爲緯，在其經緯分明的勾勒下，作家的風貌栩栩如生，其身世學歷、個性愛好、才學與藝術成就各方面一覽無遺。雖然對同一作者各種作品之間的高下並沒有嚴格區分，但卻反映了其重視該作家整體表現的評騭態度。

以下則分點論述呂天成評論劇作家的觀點與態度：

## 一、知人論世

呂天成以卷上探討作者，卷下探討作品，其所運用的方法，正是中國古代文論的「知人論世」原則。「知人論世」之說起於孟子。《孟子・萬章下》云：「頌其詩，讀其書，不知其人，可乎？是以論其世也，是尙友也〔註161〕。」涉及到作家與作品的關係，影響後代文藝批評理論。要對作品全面而深入的評鑑，除「以意逆志〔註162〕」以外，還必須要對作者所生活的歷史背景、社會環境，以及作者個人的身世、生平、思想、經歷、性格、志趣有所掌握，並進一步探討寫作動機及作者寫作時的社會背景及個人遭遇，如此才能眞正進入作品的世界。呂天成品評作者的面向極廣，至少包括才情、藝術成就（包括詞采、音律、採事選題、練局、敘事能力）、生平遭遇、個性、志趣、經歷、學識、家世背景、戲曲生活、胸懷品德、藝術主張等。

## 二、論詞才、詞學，而歸之詞品

### （一）論詞品

祁彪佳《遠山堂曲品》「能品」評吳鵬《金魚記》說：「此記傳韓君平非

〔註161〕《孟子》第10卷〈萬章下〉，見〔清〕阮元：《十三經注疏》，頁188。

〔註162〕朱自清：《詩言志辨》指出：「以意逆志」是以己意己志推作詩之志。孟子「知人論世」原意並非說詩的方法，而是修身的方法，後人誤將此與頌詩讀書牽合，並將「以意逆志」看作「以詩合意」。朱自清《詩言志辨》（廣西桂林：廣西師範大學出版社，2004），頁19。

不了徹，但其氣格未高，轉入庸境。......鬱藍生論詞才、詞學，而歸之詞品，信然〔註163〕。」祁彪佳特別標舉出「詞才」與「詞學」的根基是「詞品」，並認爲這是呂天成品曲的基本態度。「詞品」即祁彪佳所謂的「氣格」，「氣格」一詞含有作者品格與作品格調的雙重意義。就作者品格而言，「氣格」即作者人格，其中蘊含剛正不阿的氣概，以及悲天憫人的情懷，是劇作的精神靈魂所在。就作品的呈現方面而言，則是顯示作品的格調高低，若作者的人格修養有剛正不阿的特質，則作品格調則將不會有媚世、奉承等卑下的格調出現。如祁彪佳《遠山堂劇品》評「具品」樵風《劍俠完貞》云：「作者氣格卑下，焉得有佳詞乎〔註164〕？」換言之，作品是作者人格具體化的呈現，二者關係密切〔註165〕。如呂天成評「上上品」的沈湯二氏，沈璟「束髮入朝而忠鯁，壯年解組而孤高〔註166〕」，湯顯祖「周旋狂杜，坎坷宦途。雷陽之謫初還，彭澤之腰乍折〔註167〕」。因二人孤高的人格與坎坷的仕宦生涯，才能激發出其高妙的藝術創造力。而「上中品」「博雅名儒，端醇古士〔註168〕」的卜大荒，才能做出「悲憤激烈」、令「觀者萬人，多泣下者〔註169〕」的《冬青記》。又「中上品」的顧懋儉，因爲「文士而抱坎凜之悲，書生而具英雄之概〔註170〕」，「有感而作〔註171〕」《椒觴記》，藉陳亮事已抒發憤懣。

重視作家人格在呈現在作品中的格調，乃中國古典文學批評的傳統，所謂「文如其人」，作者胸懷、個性、人格所呈現的獨特風采與作品整體風貌有密切關係，呂天成評曲之法，乃繼承傳統文藝理論「文品」與「人品」合一的原則，對作家與作品進行全面的批評。

### （二）論詞才與詞學

劉勰在《文心雕龍・體性》中指出：「故辭理庸雋，莫能翻其才；風趣剛

〔註163〕〔明〕祁彪佳：《遠山堂曲品》，《中國古典戲曲論著集成》第六冊，頁52。

〔註164〕〔明〕祁彪佳：《遠山堂劇品》，收於《中國古典戲曲論著集成》第六冊，頁193。

〔註165〕邱瓊慧：《祁彪佳戲曲理論研究》（政治大學中文所碩士論文，洪惟助先生指導，1992），頁112。

〔註166〕〔明〕呂天成：《曲品》，收於《中國古典戲曲論著集成》第六冊，頁212。

〔註167〕同前註，頁213。《集成》本中「雷陽」作「當陽」，當爲形誤。

〔註168〕同前註，頁214。《集成》本中「古士」作「吉士」，當爲形誤。

〔註169〕同前註，頁233。

〔註170〕同前註，頁216。

〔註171〕同前註，頁237。

柔，寧或改其氣；事義淺深，未聞乖其學；體式雅鄭，鮮有反其習：各師成心，其異如面〔註 172〕。」作家之才、氣、學、習直接影響了作品的風格特徵，才是指作家的才能，氣是指作家氣質與個性特徵，這兩者是先天的，而學與習則是作家自己的努力與他所生活的社會環境之影響〔註 173〕。

正如劉勰所謂「辭理庸雋，莫能翻其才」，呂天成亦認爲戲曲作品辭理庸雋與作者個人之才情高低有很大的關係，如評朱永懷《玉鏡臺》云：「此君與二顧同盟，而才不逮〔註 174〕。」評金懷玉《摘星記》云：「霍仲孺事佳，而才不逮〔註 175〕。」評無名氏之《霞箋記》：「但覺草草，以才不長故〔註 176〕。」又呂天成喜以「奇才」、「逸才」、「異才」評作家，如湯顯祖爲「奇才〔註 177〕」，顧大典、屠隆、蘇漢英、袁中道等爲「逸才〔註 178〕」，評「不作傳奇而作散曲」的楊愼爲「美才〔註 179〕」。他在評論湯顯祖時說：「原非學力所及，洵是天資不凡〔註 180〕。」可見得呂天成認爲湯顯祖成就並非後天努力所能達成的。另一方面，呂天成也注意到先天的氣質個性與作品的關係，如評「上上品」的湯顯祖「周旋狂杜」、「情痴一種，固屬天生；才思萬端，似挾靈氣〔註 181〕」。指出由於湯顯祖「狂」的性格、天生的情痴與靈氣，故其藝術想像力奔放自由，藝術創造力新奇悅目，使其作品「驚心動魄」、「巧妙疊出，無境不新」、「眞堪千古〔註 182〕」。又評「上中品」的張鳳翼由於「烈腸慕俠，……汪洋挹叔度之波，軒爽驚孟公之座〔註 183〕」的個性，才能寫出「俠氣辟易」的《紅拂》〔註 184〕與「節俠具在」的《灌園》〔註 185〕。又「上下品」的屠隆由於有

〔註 172〕〔梁〕劉勰：《文心雕龍・體性》，見范文瀾：《文心雕龍注》卷六（臺北：臺灣開明書店，民國 82 年臺 17 版），頁 8。

〔註 173〕張少康：《文心雕龍新探》（臺北：文史哲出版社，民國 80 年），頁 107。

〔註 174〕〔明〕呂天成：《曲品》，收於《中國古典戲曲論著集成》第六冊，頁 243。

〔註 175〕同前註，頁 248。

〔註 176〕同前註，頁 249。

〔註 177〕同前註，頁 213。

〔註 178〕評顧大典、屠隆見《中國古典戲曲論著集成》第六冊，頁 214、215；評蘇漢英、袁中道《集成》本無，見吳書蔭校註本，頁 88、157。

〔註 179〕《中國古典戲曲論著集成》本作「美才」（頁 222）；吳書蔭校註本作「異才」（頁 157）。

〔註 180〕〔明〕呂天成：《曲品》，收於《中國古典戲曲論著集成》第六冊，頁 213。

〔註 181〕同前註。

〔註 182〕同前註，頁 230。

〔註 183〕〔明〕呂天成：《曲品》，收於《中國古典戲曲論著集成》第六冊，頁 214。

〔註 184〕同前註，頁 231。

「逸才慢世〔註186〕」的個性，才能有以李白自況的《彩毫》〔註187〕。而「上下品」鄭之文由於「風流雅格」，且具「一片烈腸〔註188〕」，故而有「曲多豪爽」的《旗亭記》〔註189〕。

但呂天成並非片面強調先天才氣的重要，而是主張「詞才」與「詞學」並重，一方面強調天資與才情，一方面又強調詞學的重要。如評沈璟云：「嗟曲流之汎濫，表音韻以立防；痛詞法之蓁蕪，訂全譜以闢路。……運斤成風，樂府之匠石；遊刃餘地，詞壇之庖丁。此道賴以中興，吾黨甘爲北面〔註190〕。」評湯顯祖「絕代奇才，冠世博學〔註191〕」，主張「倘能守詞隱先生之矩矱，而運以清遠道人之才情，豈非合之雙美者乎〔註192〕？」沈、湯之所以列爲「上上品」，乃因二人皆才學兼備，尤其湯顯祖更爲「絕代奇才」，而沈璟則爲中興詞學之功臣。此外，呂天成又注意到邱濬、沈壽卿等腐儒，受到當時道學風氣的影響，其作品亦沾染道學迂腐之習氣。

## 三、詞人與才人之別

呂天成把作家區分成「詞人」與「才人」。如評謝廷諒《紈扇記》云：「才人筆，自綺麗。……。局段未見謹嚴〔註193〕。」又評陳與郊《鸚鵡洲》：「詞多綺麗。第局段甚雜，演之覺懈。是才人語，非詞人手〔註194〕。」何謂「詞人」？何謂「才人」？在呂天成之前的李開先即指出：

> 詞與詩，意同而體異，詩宜悠遠而有餘味，詞宜明白而不難知。以詞爲詩，詩斯劣矣；以詩爲詞，詞斯乖矣……傳奇戲文，難分南北，套詞、小令，雖有短長，其微妙則一而已。悟入之功，存乎作者之天資學力耳。……國初如劉東生、王子一、李直夫諸名家，尚有金元風格，乃後分而兩之，用本色者爲詞人之詞，否則爲文人之詞矣

〔註185〕同前註，頁232。
〔註186〕同前註，頁215。
〔註187〕同前註，頁235。
〔註188〕同前註，頁215。
〔註189〕同前註，頁236。
〔註190〕同前註，頁212。
〔註191〕同前註，頁213。
〔註192〕同前註。
〔註193〕同前註，頁239。
〔註194〕同前註。

〔註 195〕。

這裡的「詞」，指的就是「曲」。李開先強調作曲時須注意曲不同於詩的形式特點，指出其「明白而不難知」的語言特色，把明初以後的戲曲語言分爲「詞人之詞」與「文人之詞」，前者指本色之詞，即通俗明白的語言，後者乃非本色之詞。李開先所謂「文人之詞」與「詞人之詞」是就曲詞創作而言。而呂天成所謂「詞人」與「才人」的分別則是就劇作整體創作而言，除了曲詞，至少還包含局段的安排。呂氏認爲「才人語」乃是綺麗的文人作曲風格，其著力於斟字酌句，而忽略了戲曲的局段情節之安排，故「演之覺懈」。換言之，「詞人手」指的是「當行本色」之手，而「才人語」的語言風格便是李開先所謂的「文人之詞」，其不明局段安排之理，忽略了戲曲舞台性，流於案頭之作，不適合觀眾欣賞。

綜上所述，呂天成運用「知人論世」的品評方法，使作家的風貌栩栩如生，其身世、學歷、個性、愛好、才學與藝術成就各方面表露無遺。並藉由此而推求作者的創作動機與主旨。他重視作家個人品德襟懷與其「才、氣、學、習」，主張「詞學」、「詞才」兼備，而以「詞品」爲根基。又根據戲曲文體不同於其他文體的特質，即其兼具文學性與舞台性的特質，把作者又區分成「詞人」與「才人」，「詞人」指的是「當行本色」之手，其作品適合觀眾欣賞，「才人」指的是以詩詞作曲，不明「當行本色」之理的案頭作家。呂天成論述作者的角度，從作者本身出發，涉及「作者——作品——觀眾（讀者）」之間的關係，對於劇作家本身的觀照可謂深入而全面。

## 第五節　《曲品》中的觀衆、讀者位置

觀眾與讀者是戲曲的欣賞者，在讀者與觀眾心理的影響下，中國戲曲逐漸形成了特殊的審美品格。明代王驥德曾說戲曲當「可演可傳，上之上也〔註 196〕」，一方面表現其高度重視觀眾與讀者的位置，一方面也顯示其文學性與舞台性並重的審美品味。到了清代李漁則提出「塡詞之設，專爲登場〔註 197〕」，將觀眾地位抬到最高，顯示其特別重視戲曲的舞台效果。

---

〔註 195〕〔明〕李開先：〈西野春游詞序〉，同註 105，頁 596。

〔註 196〕〔明〕王驥德：《曲律・論劇戲第三十》，《中國古典戲曲論著集成》第四冊，頁 137。

〔註 197〕〔清〕李漁：《閒情偶記・演習部・選劇第一》，《中國古典戲曲論著集成》第

呂天成秉承舅祖孫鑛「南戲十要」來品評劇作，「十要」其實皆與觀眾、讀者角度息息相關。以下分別論之：

「第一要事佳」，就是要使劇本題材爲觀眾或讀者感興趣。如《曲品》評邵燦云：「採事尤正，亦嘉客所賞心〔註198〕。」評泰華山人《合劍記》：「煬帝之淫奢，娘子軍之戰功，俱可觀〔註199〕。」

「第二要關目好」，就是講求情節的安排，使觀眾或讀者能充分掌握劇情並隨之而或悲或喜。如《曲品》評單本《蕉帕記》云：「情節局段能於舊處翻新，板處作活，眞擅巧思而新人耳目者〔註200〕。」

「第三要搬出來好」，就是要求戲曲的舞台性與可演性，要有良好的演出效果，能激起廣大觀眾的迴響。如《曲品》評《牧羊記》曰：「梨園演之，最可玩〔註201〕。」評沈璟《義俠記》云：「激劍悲壯，具英雄氣色。……已梓，吳下競演之矣〔註202〕。」

「第四要按宮調、協音律」，就是要使詞曲可詠可歌，以收動聽之效。如《曲品》評邵燦云：「選聲儘工，宜騷人之傾耳〔註203〕。」

「第五要使人易曉」，就是強調戲曲語言要明白流暢，雅俗共賞，適合各階層的人閱讀或觀賞。如《曲品》評「舊傳奇」「湊拍常語，易曉易聞」，推崇「舊傳奇」質樸之古色眞味，贊《牧羊記》曰：「此詞亦古質可喜，令人想念子卿之節〔註204〕。」又贊黃伯羽《蛟虎記》云：「詞亦近人〔註205〕。」除了要求戲曲賓白曲詞要明白曉暢，在關節局段的安排上也要講求清晰明瞭，避免龐雜，令人摸不著頭緒。

「第六要詞采」，就是要講究語言藝術之美，使之可讀可傳。如《曲品》評秋閣居士《奪解記》：「詞采亦可觀〔註206〕。」評黃惟楫《龍綃記》：「詞亦可觀〔註207〕。」批邱瑞梧《合釵記》曰：「詞不足。內〈遊月宮〉一齣，

---

七冊，頁73。

〔註198〕〔明〕呂天成：《曲品》，收於《中國古典戲曲論著集成》第六冊，頁210。

〔註199〕同前註，頁245。

〔註200〕《集成》本無，見吳書蔭校註本，頁254。

〔註201〕〔明〕呂天成：《曲品》，收於《中國古典戲曲論著集成》第六冊，頁224。

〔註202〕〔明〕呂天成：《曲品》，收於《中國古典戲曲論著集成》第六冊，頁229。

〔註203〕同前註，頁210。

〔註204〕同前註，頁224。

〔註205〕同前註，頁238。

〔註206〕同前註，頁242。

〔註207〕同前註，頁244。

全鈔《彩毫記》，可笑〔註 208〕。」批朱從龍《牡丹記》：「詞、白膚陋，止宜俗眼〔註 209〕。」

「第七要善敷衍——淡處作得濃，閑處作得熱鬧」，就是要使劇情富有節奏感，乃鋪敘情節、布置章法、渲染與調節戲劇氣氛的美學原則。即布置情節與格局當動與靜、冷與熱、淡與濃等對比場面交錯穿插，使戲劇節奏能錯落有致，藉由對照反襯的節奏性以調節氣氛，使情緒的緊張與鬆弛都能既能形成對比又能互相調節，並且透過有序的組織，成爲具有表現力的戲劇節奏，以增強劇情張力與搬演效果。如《曲品》評《琵琶記》云：「串插甚合局段，苦樂相錯，具見體裁〔註 210〕。」又評王濟曰：「頗知鍊局之法，半寂半喧〔註 211〕。」

「第八要各角色派得匀妥」，就是要指的是適當地配置人物腳色與調節演員勞逸。好的劇本也要靠演員的表現才能有精彩的演出效果，故能適當地分配腳色，才能有利於整體演出的表現。如《曲品》批評盧鶴江《禁烟記》：「介之推忠而隱者，人品最高。此記摹寫俱備，但摭晉重耳事甚詳，嫌賓太盛耳〔註 212〕。」此劇便是題材剪裁與情節安排處理不當，導致腳色勞逸分配失當，使得賓奪主位。呂氏又評鹿陽外史《雙環記》云：「此木蘭從軍事，今增出婦翁及夫婿，串插可觀。此是傳奇法〔註 213〕。」此劇將木蘭故事改編，腳色增出婦翁及夫婿，可豐富劇情，又能收局段串插可觀之效，使劇情富有波瀾起伏之妙。

「第九要脫套」，就是要擺脫尋常俗套，給讀者或觀眾新鮮感。如《曲品》贊沈璟《結髮記》云：「情景曲折，便覺一新〔註 214〕。」贊單本《蕉帕記》云：「情節局段能於舊處翻新，板處作活，眞擅巧思而新人耳目者。演行甚廣〔註 215〕。」又贊陳所聞《詩扇記》云：「木生拾扇而得佳偶，其事固奇。海上遇仙，玉壺起死，尤出人意想之外〔註 216〕。」而批評沈璟《合衫

〔註 208〕同前註，頁 247。
〔註 209〕同前註，頁 248。
〔註 210〕同前註，頁 224。
〔註 211〕〔明〕呂天成：《曲品》，收於《中國古典戲曲論著集成》第六冊，頁 210。
〔註 212〕同前註，頁 242。
〔註 213〕同前註，頁 243。
〔註 214〕同前註，頁 230。
〔註 215〕吳書蔭：《曲品校註》，頁 254。《集成》本無。
〔註 216〕吳書蔭：《曲品校註》，頁 280。《集成》本無。

記》曰：「第不新人耳目耳〔註 217〕。」又批評湯賓陽《玉魚》曰：「前半摹倣《琵琶》，近套，可厭；後半皆實錄也〔註 218〕。」

「第十要合世情、關風化」，是劇作思想主旨對於讀者或觀眾的感染力。呂天成認爲戲曲作品要先能以眞情動人，才能有進一步達到風化作用的可能。他主張要在「感人」、「快人」的基礎上「化人」。《曲品》極力推崇「以眞切之調，寫眞切之情〔註 219〕」的感人之劇。如評《金印記》云：「寫世態炎涼曲盡，眞足令人感喟發憤〔註 220〕。」贊《教子記》曰：「眞情苦境，亦甚可觀〔註 221〕。」贊《金丸記》曰：「此詞出在成化年，曾感動宮闈。內有佳處，可觀〔註 222〕。」評《精忠記》云：「演此令人眥裂〔註 223〕。」評沈璟《雙魚記》云：「書生坎坷之狀，令人慘動〔註 224〕。」贊湯顯祖《紫釵記》云：「描寫閨婦怨夫之情，備極嬌苦，直堪下淚〔註 225〕。」又評其《還魂記》曰：「懷春慕色之情，驚心動魄〔註 226〕。」評顧大典《葛衣記》：曰「感慨交情，令人嗚咽〔註 227〕。」評卜世臣《冬青記》〔註 228〕本事「極慷慨淋漓，可爲墮淚」，卜世臣寫來「悲憤激烈」、「情景眞切」，故能深深感動廣大的觀眾。呂天成認爲戲曲要能合乎世情，順應人心，即能大快人意，是爲「快人」之劇。如評沈璟《十孝記》云：「有關風化，……末段徐庶返漢，曹操被擒，大快人意〔註 229〕。」又評沈璟《四異》云：「舊傳吳下有嫂奸事，今演之，快然〔註 230〕。」評全無垢《呼盧記》云：「劉寄奴事，眞人傑，蹤跡果奇。此記據實敷衍，亦快人意〔註 231〕。」在眞切感人與順應世情的前提下，才能進一步使人觀戲後「見賢思齊，見不賢而內自省」，從而達到移風化俗之

〔註 217〕〔明〕呂天成：《曲品》，收於《中國古典戲曲論著集成》第六冊，頁 229。
〔註 218〕同前註，頁 242。
〔註 219〕〔明〕呂天成：《曲品》，收於《中國古典戲曲論著集成》第六冊，頁 224。
〔註 220〕同前註，頁 225。
〔註 221〕同前註，頁 226。
〔註 222〕同前註，頁 227。
〔註 223〕同前註。
〔註 224〕同前註，頁 229。
〔註 225〕同前註，頁 230。
〔註 226〕同前註。
〔註 227〕同前註，頁 232。
〔註 228〕同前註，頁 233。
〔註 229〕同前註，頁 229。
〔註 230〕同前註。
〔註 231〕同前註，頁 241。

效。呂天成〈義俠記序〉云：

> 今度曲登場，使奸夫、淫婦、強徒、暴吏種種之情形意態，宛然畢陳。而熱心烈膽之夫，必且號哭流涕，搔首瞋目，思嘗一嘗以自逞，即肝腦塗地而弗顧者。以之風世，豈不溥哉〔註232〕？

能感人之深，才能對廣大群眾產生移風化俗之效。

以上十個要求都是爲了一個目的——使戲曲能可演可傳，且能深深地感動讀者與觀眾。前文提及，「十要」可以呂氏所謂的「當行」與「本色」概括，即「填詞」與「作法」。故所謂「當行」與「本色」，其實就是站在戲曲可演可傳的角度上論戲曲作法與填詞，目的在於要吸引觀眾與讀者，以收良好的演出與欣賞效果。什麼是良好的演出與欣賞效果？除了耳目之娛，呂氏特別強調了戲曲的動人和感人作用，認爲作品當和讀者、觀眾情緒有所溝通交流，並進一步影響觀眾或讀者的道德情操，達到風化的理想。

總和以上五節，可知呂天成品評標準共有幾項原則與特徵：

**1、戲曲藝術整體觀**

文學性與舞台性並重是呂天成品評的總原則。呂天成自謂：「律以一法，則吐棄者多；收以歧途，則闌入者雜。其難其愼，此道亦然〔註233〕。」故而尋繹《曲品》中各品的評語，將會發現其所品賞的標準並不以某一因素爲決定要素，如其標舉文詞音律雙美，而以詞律爲先，但「上品」中有許多作品都是不合律的，卻擺在合律的作品之上。可知他有意秉持著客觀而多角度的鑑賞態度，而是從各種角度，對作品進行多元綜合的評鑑，進而歸納作各種作品的總體藝術成就與價值，以判定品高下。

**2、包容性**

《琵琶記》是南戲之祖，南戲從它以後開始文士化，呂天成置其爲「神品第一」，表現出其文士審美觀。但他又不以此爲唯一準則，也推崇本色質樸的《拜月亭》，置於「神品第二」，故《舊傳奇品》兼收本色與文采兩種風貌的作品。而《新傳奇品》則藻繢、樸淡兩收之，因爲「即不當行，其華可擷；即不本色，其樸可風〔註234〕」。其戲曲理論呈現出兼容並蓄的色彩。又如其論詞采，雖不免流露出欣賞駢綺之風的文士品味，但他既能欣賞雅麗之詞，又

---

〔註232〕蔡毅：《中國古典戲曲序跋彙編》，頁1206～1207。

〔註233〕〔明〕呂天成：《曲品》，收於《中國古典戲曲論著集成》第六冊，頁223。

〔註234〕〔明〕呂天成：《曲品》，收於《中國古典戲曲論著集成》第六冊，頁211～212。

能推崇天然本色之句，包容各種不同風格的作品。又其論敘事，則既能讚賞簡淨不繁之敘事手法，又能欣賞曲折畢盡之妙，在在顯示其曲論廣大的包容性。

3、現實針對性

呂天成論曲固然以多元、綜合、整體爲原則，但針對現實，則有其先後性，這種精神表現在論音律與文詞上，雖標舉雙美爲理想，但爲挽時之弊，故首沈而次湯。

4、重視戲曲內涵與思想主旨

呂天成重視劇本的藝術內涵與藝術生命力，認爲戲曲不應只是圖解倫理道德的工具。因此，他標舉《琵琶記》「志在筆先，片言宛然代舌；情從境轉，一段眞堪斷腸」的藝術感人魅力，才是其戲曲藝術最終的審美要求，呂天成深刻地揭示了戲曲抒情本質、動人的藝術魅力及藝術欣賞的審美心裡，強調劇作家要「有感而作」、「有爲而作」，「以眞切之調，寫眞切之情」，要求戲曲作品要兼具眞切而深厚的思想情感與高超的藝術成就，道德教化作用必須建立在感人動人的藝術魅力上。

5、重視作家、作品、欣賞者（讀者或觀眾）、演員、劇場之間的關係

呂天成身兼創作者、批評者、觀眾、讀者等腳色，能深刻了解作家、作品、欣賞者（讀者或觀眾）、演員、劇場之間的關係，故其從各種角度進行批評，表現多元立場與位置。他能探討作家本身的生平、志趣、思想、才學等與作品的關係，從作品本身觀察其藝術價值，從讀者與觀眾角度考慮其作品對於欣賞者的影響，又能觸及劇本是否適合演員演出與傳唱的狀況，亦能從劇場搬演論作品的演出效果。這種從各種角度品評作品藝術價值的方式，顯示其對戲曲這個綜合文學與藝術有整體的認識。

# 第三章　論故事、題材、情節、布局與結構

上章曾提及，呂天成《曲品》論「事」約有一百零五處，論情節、局段、敘事能力則各有二十幾處，在其品評條目中佔有有重要的份量。本章重點即在論述《曲品》中的敘事理論，指出故事、題材、情節、布局、結構概念的差異，並分析《曲品》中的故事題材論、情節論、布局論與結構論。期能對呂天成的戲曲敘事理論有全盤的掌握。

## 第一節　戲曲故事題材論

曾師永義曾給中國古典戲劇下了這樣的定義：

> 中國古典戲劇是在搬演故事，以詩歌爲本質，密切結合音樂和舞蹈，加上雜技，而以講唱文學的敘述方式，通過俳優充任腳色，妝扮人物，運用代言體，在狹隘的劇場上所表現出來的綜合文學和藝術〔註1〕。

成熟的戲曲藝術是由故事、詩歌、音樂、舞蹈、雜技、講唱文學、俳優裝扮、代言體、狹隘的劇場等九個因素構成的。所謂「故事」，就是戲曲所要表述的內容，就劇本文學而言，是一個透過敘事文本所體現出來的整體樣貌；就戲曲舞台藝術而言，戲曲舞台表演乃爲演述此一故事而設。

〔註1〕「通過俳優充任腳色，妝扮人物」一句原文本作「通過俳優妝扮」，曾師永義認爲當改作「充任腳色，妝扮人物」較爲完整。曾師永義：〈中國古典戲劇的形成〉，《詩歌與戲曲》（臺北：聯經，1988年），頁80。

曾師永義認爲：中國古典戲劇的演進，由西漢角牴「東海黃公」的萌芽，唐戲弄「踏謠娘」的成熟，宋雜劇、金院本的發展，皆屬於「小戲」系統，因其形製、內容、藝術簡單短小。而南戲、北劇都屬於「大戲」系統，因爲他們的形製、內容和藝術都已不再短小簡單。講唱文學的注入，給予南戲北劇在樂曲和題材直接的影響和豐富的滋養，是中國戲曲由「小戲」壯大而成爲「大戲」的主要因素〔註 2〕。元代以前，無論是唐代的參軍戲、歌舞小戲，還是宋代雜劇等，戲劇表演多半屬於即興式的，戲劇所表現的故事，是處於一種不固定的狀態之中，正如王驥德所說：「古之優人，第以諧謔滑稽供人主喜笑，未有並曲與白而歌舞登場如今之戲子者；又皆優人自造科套，非如今日習現成本子，俟主人揀擇，而日日此伎倆也〔註 3〕。」直到南戲北劇這種「大戲」系統成熟後，戲曲藝術就不單只有重視場上表演，同時重視劇本文學創作，關切場上藝術與案頭劇本的關係。

從戲曲理論發展史來看，元代以前戲曲批評理論，由於戲劇處於尚未成熟的階段，比較重視即興表演，而不大重視劇本的創作，因此戲劇相關論著皆關注於技藝表演或戲劇活動的記載上，而以雜技舞蹈爲審美重點，如崔令欽《教坊記》、杜佑《通典》、段安節《樂府雜錄》，這些都是唐代記載早期戲劇活動較多的著作。宋代戲曲相關著作亦多偏於表演藝術和劇場活動紀錄，如孟元老《東京夢華錄》、耐德翁《都城紀勝》、周密《武林舊事》等。至元代，其相關戲劇專著亦有反映演唱活動及演員生活的史料性論述，如夏庭芝《青樓集》評述戲曲演員的表演藝術，燕南芝庵《唱論》專論演唱。由於元雜劇劇本創作的迅速發展，於是出現了鍾嗣成《錄鬼簿》，爲雜劇諸作家立傳，記載了劇作家之作品及創作特色；也出現了周德清《中原音韻》這樣的曲論專著，專論戲曲創作的方法，開啓了中國傳統曲學研究，但其所關注焦點集中在曲的音律和文辭，可以說只是論「曲的藝術」。到了明初，由於朝廷的干預，理學對思想文化的滲透，八股取士對知識份子的束縛，文人普遍鄙視戲曲創作，不僅少有優良的劇作出現，戲曲理論也隨之沉寂。此期戲曲理論以朱權的《太和正音譜》爲代表，其對於中國古代戲曲體製、流派、風格、製曲方法、聲樂理論有所建樹，然其關注焦點依然延續元代曲學眼光。

---

〔註 2〕 曾師永義：〈中國古典戲劇的形成〉，《詩歌與戲曲》，頁 79～113。

〔註 3〕 〔明〕王驥德：《曲律・雜論三十九上》，收於《中國古典戲曲論著集成》第四冊（北京：中國戲劇出版社，1982），頁 150。

而到了明代嘉靖、隆慶以後，社會經濟與文化思想的轉折，文人戲劇活動得到復蘇，帶動了戲曲批評的興起，由於李開先、王世貞、何良俊、徐渭、李贄等的努力，爲明代後期創作與批評的高峰開啓先聲。到了明萬曆以後，傳奇蔚爲大國，曲論家逐漸全面擴展其關注視角，體認到戲曲爲「綜合文學和藝術」，從文學性和舞台性來全面樹立戲曲理論，關注文學性與舞台性兩者之間的關係。

換言之，明代中葉以後的劇論家，從以往以「曲」爲本位的眼光，進一步擴展到對於戲曲的敘事性與表演性的關注。戲曲藝術的敘事性進入了理論家的思維之中，他們體認到戲曲是「演故事」的敘事文體，這種敘事視角的強化在李贄的評點中已經悄然發生。第二章曾引李贄《焚書》卷四〈雜述〉評論《紅拂記》〔註4〕之語。張鳳翼《紅拂記》乃根據唐人小說《虬髯客傳》與孟棨《本事詩》中所記樂昌公主破鏡重圓的故事合編創作而成。故事主旨在表現女性的堅貞不移、慧眼獨具，以及英雄的胸襟氣度。李贄標舉「關目」、「曲」、「白」、「事」四項爲評賞《紅拂記》的標準，則「關目」與「事」所指涉的概念必有所不同，「關目」指的是「情節」或「關鍵情節」，而「事」指的便是劇作中的事件，乃作者根據自己所要傳達的意旨，選用適當的故事題材，並予以剪裁提煉，因此「事好」指的是劇作中的故事主體之佳。張鳳翼懷才不遇，藉此故事以發揮自己對社會人生的深刻感悟，因此李贄說傳奇可以「興、觀、群、怨」，即作者可藉由作品中的故事內容來寄託和表達自己對社會與人生的思考，使得傳奇作品內容具有一定的社會功能與積極的現實意義。可見「事好」與作者寫作緣由及其所要表達的主題思想有關，而以能否藉此以達到「興、觀、群、怨」的功能爲標準。

到了呂天成舅祖孫鑛（1543～1613）提出的「南戲十要」，其理論視角之廣，兼顧戲曲文學性與舞台性，已充分體現了戲曲爲一種「綜合文學和藝術」的概念，而其首項便是「事佳」。呂天成更進一步將孫鑛「事佳」的理論，大量地具體運用在「舊傳奇」與「新傳奇」的品評中。其實運用「事」這種戲曲題材概念去批評戲曲的，在當時已經散見於各家評論資料中，如沈璟（1533～1610）在〈致鬱藍生書〉中評論呂天成的作品《金合記》說：「載張無頗事，兼及盧杞富貴神仙，醒世之顛倒，而覺猶未㫜。」又評其《神鏡

〔註4〕〔明〕李贄：《焚書》卷四〈雜述・紅拂〉（臺北市：河洛書局，民國63年），頁196。

記》曰:「劍俠聶筆隱娘事,奇秘可喜〔註5〕。」又屠隆(1543~1605)也曾評論王驥德《題紅記》曰:「事固奇矣,詞亦斐然〔註6〕。」然而,要稱得上是大量而具體地運用「事佳」的觀念於戲曲批評中的曲論家,呂天成可說是第一個。其後有意繼承呂天成《曲品》之志的祁彪佳,受到呂天成的影響,也大量運用「事」的觀念對戲曲作品進行實際品評,他在《遠山堂曲品・敘》中說:「韻失矣,進而求其調;調譌矣,進而求其詞;詞陋矣,又進而求其事。或調有合於韻律,或詞有當於本色,或事有關於風教,苟片善之可稱,亦無微而不錄〔註7〕。」可見「事」的好壞與否已經成爲戲曲批評標準之一,且躍升到重要地位。

呂天成體認到演述故事的敘事性,是構成戲曲的必要因素之一,由敘事角度切入,從探討故事題材之來源,到經過作者的「再創造」後,所完成的故事模型,這些過程,皆在其品評眼光的關注之下。《曲品》的評語中,一開頭便指出其「事」之好壞的評語,超過百條,可見其批評眼光與孫鑛相近,也是把「事佳」的審美標準列爲首位,這種標準,就是以戲曲中所演述的「故事」爲焦點來進行品評。《曲品》中使用「事」一詞來評論劇作時,其切入點有二:

其一,從劇作故事主體切入,「事」有兩種意義:一是指戲曲作品所依據的故事,即「題材」。《曲品》中「摭事」、「採事」、「選事」之用語即爲此意。如評《櫻桃夢》「摭青衣櫻桃事〔註8〕」、評《金蓮記》「摭三蘇事〔註9〕」、評《竊符記》「選事極佳〔註10〕」、評《玉杵記》:「選事頗佳〔註11〕」、評邵燦之作「採事尤正〔註12〕」,指的就是採選某古事或傳聞以爲故事題材,此時「事」就是指「題材」。另一是指劇作形成之後的「故事」,即作品所呈現出來的事件之整體樣貌。西方文學理論家佛斯特(Edward Morgan Forster)說:「『故事』是一些按時間順序排列的事件的敘述〔註13〕。」如呂氏評《殺

〔註5〕〔明〕沈璟:〈致鬱藍生書〉,見徐朔方輯校:《沈璟集》,頁899。
〔註6〕〔明〕徐復祚:《曲論》,《中國古典戲曲論著集成》第四冊,頁238。
〔註7〕〔明〕祁彪佳:《遠山堂曲品》,《中國古典戲曲論著集成》第六冊,頁5。
〔註8〕吳書蔭:《曲品校註》,頁305。集成本無。
〔註9〕〔明〕呂天成:《曲品》,《中國古典戲曲論著集成》第六冊,頁239。
〔註10〕吳書蔭:《曲品校註》,頁230。集成本脫誤。
〔註11〕〔明〕呂天成:《曲品》,《中國古典戲曲論著集成》第六冊,頁246。
〔註12〕同前註,頁210。
〔註13〕李文彬譯、佛斯特著:《小說面面觀》(臺北:志文出版社,1973年9月初版,

狗記》「事俚〔註 14〕」、評《鑿井記》「事奇〔註 15〕」、評《牡丹亭》「杜麗娘事，甚奇〔註 16〕」等。簡而言之，就劇作故事整體而言，「事」就是作品的「本事」，即劇作故事或其所依據的故事。

其二，就局部而言，指局部的事件與情節。如評《天函記》:「先生選舉一段，事甚奇，模甚眞〔註 17〕。」這裡的「事」就是指劇作中局部事件與情節。

《曲品》中評「事」的角度以第一種爲多，而第二種角度則已跨入情節論的範疇，這類評語頗少，因此本節的討論仍以第一種角度爲重點。王淑芬於民國八十二年（1993）碩論《呂天成〈曲品〉戲曲觀之研究》中將「事」的概念歸諸「情節結構論」，而其後於民國九十二年（2003）年作〈呂天成《曲品》題材論探析〉一文，將原本碩論中討論「事」的部分獨立爲「題材論」〔註 18〕。足見其已體認《曲品》中「事」的概念實主要著眼於「題材論」而言。

《曲品》著眼於劇作故事或其所依據的故事，並非只是針對本事的考索，其所眞正關注的是劇本故事本身的題材來源以及劇本所呈現出來的故事樣貌的優劣與否，並以此爲審美標準。呂天成對於各種劇本的本事之審美特質十分有興趣，筆者歸納呂天成所論關於故事題材的審美要求，其論有四：其一，事佳。其二，事奇與事新。其三，事眞。其四，論題材的處理——虛與實的活用。以下分別說明之。

## 一、事　佳

「事佳」一詞在《曲品》中經常被用來批評各種傳奇。這些稱得上是「事佳」的作品，其故事內容有的是値得稱頌千古佳話，有的是可歌可泣的事蹟，有的是奇人異事，或者故事本身非常有趣新鮮，能夠引起觀眾讀者的興趣。呂天成認爲《投筆記》雖然「詞平常，音不協」，但卻「以事佳而傳〔註 19〕」，

1990 年 5 月再版），頁 23。

〔註 14〕〔明〕呂天成：《曲品》，《中國古典戲曲論著集成》第六冊，頁 225。

〔註 15〕同前註，頁 230。

〔註 16〕同前註。

〔註 17〕吳書蔭：《曲品校註》，頁 292。《集成》本無。

〔註 18〕王淑芬：〈呂天成《曲品》題材論探析〉，《親民學報》，第 8 期（民國 92 年 10 月），頁 233～242。

〔註 19〕〔明〕呂天成：《曲品》，《中國古典戲曲論著集成》第六冊，頁 228。

可見「事佳」的重要性。

呂天成把舊、新傳奇分成六大門類，分別是：「一曰忠孝，一曰節義，一曰風情，一曰豪俠，一曰功名，一曰仙佛〔註20〕。」其劃分依據是故事內容、題材與主題思想，並謂：「元劇門類甚多，南戲止此矣〔註21〕。」元胡祇遹在〈贈宗氏序〉文中指出，元雜劇「既謂之『雜』，上則朝廷君臣政治之得失，下則閭里、市井、父子、兄弟、夫婦、朋友之厚薄，以至醫藥、卜筮、釋道、商賈之人情物理，殊方異域風俗語言之不同，無一物不得其情，不得其態〔註22〕」，可見元雜劇題材廣闊性。夏庭芝《青樓集‧誌》則明確指出雜劇有「駕頭、閨怨、鴇兒、花旦、披秉、破衫兒、綠林、公吏、神仙道化、家長裡短〔註23〕」十類，乃根據人物類型、行當和題材三概念區分，標準不一致。到了明代朱權則將雜劇故事題材內容細分爲十二種：「一曰神仙道化，二曰隱居樂道（又曰「林泉丘壑)」，三曰披袍秉笏（即「君臣」雜劇)，四曰忠臣烈士，五曰孝義廉節，六曰叱奸罵讒，七曰逐臣孤子，八曰鏺刀趕棒（即「脫膊」雜劇)，九曰風花雪月，十曰悲歡離合，十一曰烟花粉黛（即「花旦」雜劇)，十二曰神頭鬼面（即「神佛」雜劇）〔註24〕」，相對於雜劇題材內容的多元，傳奇的故事題材有集中傾向，呂天成認爲其集中在六大故事題材上，而每種類別的劇作都有能稱得上「事佳」的代表作，茲將呂天成「事佳」的評語依照呂天成的傳奇六大門類區分，由於「忠孝」與「節義」二類往往在故事內容中兼而有之，難以劃分，故筆者將他們合爲「忠孝節義」類，並一一列舉說明如下：

### （一）忠孝節義

這類劇作是以歷史故事中忠孝節義的人物故事爲題材，充滿傳統倫理思想，具有「厚人倫，美風化」的教化作用。茲列舉如下：

《孤兒》：事佳，……即以趙武爲岸賈子，正是戲局〔註25〕。（妙品）

《還帶》：裴晉公事，佳〔註26〕。（能品）

〔註20〕同前註，頁223。

〔註21〕同前註。

〔註22〕〔元〕胡祇遹：〈贈宗氏序〉，見程炳達、王衛民：《中國歷代曲論釋評》（北京：民族出版社，2000年11月），頁11。

〔註23〕〔元〕夏庭芝：《青樓集‧誌》，《中國古典戲曲論著集成》第二冊，頁7。

〔註24〕〔明〕朱權：《太和正音譜》，《中國古典戲曲論著集成》第三冊，頁25。

〔註25〕〔明〕呂天成：《曲品》，《中國古典戲曲論著集成》第六冊，頁225。

《寶劍》：傳林冲事，亦有佳處〔註27〕。（具品）

《符節》：汲黯人品好，使事亦佳。描寫田、竇炎涼態，曲折畢盡，的是名筆〔註28〕。（中中品）

《節孝》：陶潛之《歸去》，李密之《陳情》，事佳〔註29〕。（中下品）

《金臺》：樂毅事佳〔註30〕。（下中品）

《靖虜》：祖生擊楫事佳〔註31〕。（下下品）

李開先《寶劍記》根據《水滸傳》中林冲故事改編，將原作中的林冲與高俅的私人恩怨改爲權臣奸相與忠臣義士的對峙，寄託對政治的批判，藉以諷刺嘉靖皇帝的昏庸以及嚴嵩一黨的暴虐統治。如上述李贄評論《紅拂記》「事佳」，認爲傳奇可以「興、觀、群、怨」，具有一定的社會功能與積極的現實意義。呂天成也經常以此概念來批評，他認爲「正史中忠孝事，宜傳〔註32〕」（評《奇節》），因爲「忠孝事，最能動俗〔註33〕」（評《忠孝完節》），強調戲曲故事內容有關風教的重要性。

### （二）風　情

此類是以男女愛情婚姻爲主題的劇作。風情劇在明代傳奇佔有很大的比例，由於時代思潮的解放，陽明心學的興起，肯定了人欲，一股與此思潮相呼應的「主情」文藝思想席捲文壇，對於人的自然情慾的肯定，激發了愛情劇的創作潮流。以湯顯祖《牡丹亭》爲代表，其選事之佳，寫情之致，被呂天成譽爲「眞堪千古」的不朽之作。男女之間動人的愛情故事是自古流傳的佳話，也是很好的寫作題材，如以下各條評語：

《離魂》：倩女事佳〔註34〕。（下中品）

《驚鴻》：楊、梅二妃相妬事，佳〔註35〕。（中下品）

《玉杵》：此合裴航、崔護。選事頗佳〔註36〕。（下中品）

---

〔註26〕同前註，頁226。

〔註27〕同前註，頁227。

〔註28〕同前註，頁240。

〔註29〕同前註。

〔註30〕同前註，頁250。

〔註31〕同前註，頁247。

〔註32〕同前註，頁230。

〔註33〕吳書蔭：《曲品校註》，頁271。《集成》本無。

〔註34〕吳書蔭：《曲品校註》，頁377。《集成》本無。

〔註35〕〔明〕呂天成：《曲品》，《中國古典戲曲論著集成》第六冊，頁241。

其中楊貴妃情事每為歷代劇作家所取材，如元劇有白樸《唐明皇秋夜梧桐語》，明傳奇有屠隆隆《彩毫記》傳奇、吳世美《驚鴻記》傳奇、無名氏《磨塵鑒》傳奇，清代有洪昇《長生殿》傳奇，京劇有《百花亭》、《貴妃醉酒》、《太眞外傳》、《馬嵬坡》等，其他地方劇種也有許多敷衍楊貴妃情事，可謂不勝枚舉。

### （三）豪　俠

此類內容主要在演述英雄豪傑與俠義之士的傳奇故事。呂天成認為「節俠丈夫事，不可不傳〔註37〕」（評《玉合》）。在評論張鳳翼《虎符記》時亦云：「女俠如此，固當傳〔註38〕。」《虎符記》劇中敷衍花雲被擒，妻子郜氏走散，其侍妾孫氏毅然保護花雲子煒，歷經艱難，逃出虎口，確實是女中豪傑。呂天成認為這些俠義之士或英雄豪傑的故事實在可歌可泣，値得傳寫。如以下幾條評語：

《赤松》：留侯事絕佳〔註39〕。（下中品）

《金印》：季子事，佳〔註40〕。（妙品）

《千金》：韓信事，佳〔註41〕。（能品）

《投筆》：詞平常，音不協，俱以事佳而傳耳〔註42〕。（具品）

《霄光》：傳衛青事佳〔註43〕。（上下品）

《綈袍》：應侯事佳〔註44〕。（下中品）

《三晉》：趙簡子事佳，亦恨不得名筆〔註45〕。（下下品）

《白璧》：張儀事佳〔註46〕。（下下品）

《奇貨》：呂不韋事佳，恨不得名筆一描寫之〔註47〕。（下下品）

---

〔註36〕同前註，頁246。

〔註37〕同前註，頁233。

〔註38〕同前註，頁231。吳書蔭指出各本均因傳鈔錯簡作「竊符」。

〔註39〕同前註，頁249。

〔註40〕同前註，頁225。

〔註41〕〔明〕呂天成：《曲品》，《中國古典戲曲論著集成》第六冊，頁226。

〔註42〕同前註，頁228。

〔註43〕吳書蔭：《曲品校註》，頁284。《集成本》無。

〔註44〕同前註，頁250。

〔註45〕同前註，頁247。

〔註46〕同前註。

〔註47〕同前註。

《旗亭》：董元卿遇俠事佳〔註48〕。（上下品）

《竊符》：選事極佳〔註49〕。（上中品）

以上的例子分別有寫英雄豪傑的人物事蹟者，如寫蘇秦、張儀、范睢、呂不韋、張良、韓信等，都是自古流傳有名的傳奇人物，其故事富有傳奇性而爲人津津樂道，是很好的劇作題材。而另外一類有寫俠義之士者，如《旗亭記》寫董元卿棄官潛歸故里，途中遭胡金之亂，隱姓埋名，與山東俠士之妹隱娘結合。但思鄉心切，被隱娘發現，隱娘贈以藏有金箔之衲袍，並使其兄護送董元卿南歸，其重情重義的豪俠本色，令人動容。

### （四）功　名

明人傳奇多半出自文人之手，功名類的作品乃與文人作家的理想抱負有關。如以下幾條評語：

《四喜》：二宋事佳〔註50〕。（中中品）

《摘星》：霍仲孺事佳〔註51〕。（下下品）

《杖策》：鄧禹年少封侯，千古快事〔註52〕。（下中品）

此三劇的故事主人翁二宋（宋郊、宋祁）、霍仲孺父子、鄧禹皆爲史書上記載功成名就之人物，其故事爲人人津津樂道之千古佳話。《四喜記》本之《宋史・宋庠傳》。俗傳四喜詩曰：「久旱逢甘雨。他鄉遇故知。洞房花燭夜。金榜掛名時。」士人登第即第四喜，可知此劇藉二宋佳事以寄託功名思想。又金懷玉《摘星記》演霍仲孺、霍去病、霍光父子事，其事載於《漢書・霍光傳》，此劇今已無傳本。祁彪佳《遠山堂曲品》「具品」著錄，認爲金懷玉此記倣校汪廷訥《種玉記》〔註53〕。汪廷訥《種玉記》則將《漢書・霍光傳》中相關史實加以改動，敷衍霍仲孺一家團圓、福錄壽三全之好之結局，藉由霍仲孺事表達作者個人理想。歷史上的霍仲孺，所生二子霍去病與霍光，一將一相，滿門光榮，名震天下，其事的確令人羨煞，是很好的劇本題材。《杖策記》寫「鄧禹杖策謁光武，爲中興名佐，封侯時方二十四歲〔註54〕」的事蹟，也是

〔註48〕同前註，頁236。

〔註49〕吳書蔭：《曲品校註》，頁230。《集成本》無。

〔註50〕〔明〕呂天成：《曲品》，《中國古典戲曲論著集成》第六冊，頁239。

〔註51〕〔明〕呂天成：《曲品》，《中國古典戲曲論著集成》第六冊，頁248。

〔註52〕同前註，頁245。

〔註53〕〔明〕祁彪佳：《遠山堂曲品》，《中國古典戲曲論著集成》第六冊，頁107。

〔註54〕同前註，頁54。

文人追求功名抱負的理想典範。

### （五）仙　佛

仙佛類就是以神佛或鬼怪爲題材之劇作。呂天成認爲這類劇作並非只是爲了追求離奇怪誕，更重要的是要寄托寓意以諷刺世道人心。如以下此條評語：

> 《南柯夢》：酒色武夫，迺從夢境證佛，此先生妙旨也〔註55〕。（上上品）
>
> 《邯鄲夢》：窮士得意，興盡可仙。先生提醒普天下措大，功德不淺〔註56〕。（上上品）
>
> 《龍綃》：此柳毅傳書事。事佳〔註57〕。（下上品）

湯顯祖《南柯夢》與《邯鄲夢》藉夢境反映現實人世，以神佛爲題，發揮了醒世勸世的積極作用，故呂氏盛贊其爲「妙旨」、「提醒普天下措大，功德不淺」。《龍綃記》本事出於李朝威《柳毅傳》（亦見太平廣記卷四一九引《異聞記》），故事大意是：唐代落第書生柳毅路經涇陽時，偶遇洞庭龍君之女，自訴嫁與涇河之子後，受盡欺淩，請他傳書洞庭龍君搭救。不負所托，柳毅傳書洞庭龍君，救出龍女。於是龍女之恩圖報，幾經波折，最後二人終於結爲夫妻。故事本身雖寫神怪異事，但卻充滿人性的光彩，值得傳頌，因此謂之「事佳」。

傳奇第一出按例爲「副末開場」，念詞兩闋，首闋爲作者抒發題旨，是爲「虛籠大意」；次闋說明劇情概要，是爲「檃括本事」。作者要創作劇本故事以前，心中已經有所意屬，然後根據其寫作緣由與意旨，選用適當表現的題材，再對題材加以提煉組織，才能變成劇本中所要演述的故事，而此故事正是其傳達作者思想與情感的載體。傅謹先生在《中國戲劇藝術論》中便指出：中國戲曲繼承詩歌抒情傳統的特質，其目的並不在事件本身，而是以它爲手段，表現作者因此而發的情感。故而呂天成的「事佳」指的並不是對於戲劇主要情節的重視，而是指一個感人至深的事由，即作者寫戲之緣由，他們所重視的不在戲曲情節本身，而在於以此爲手段，強烈表現出作者以此而發的情感。而戲劇情節的進展速度則是按照情感表達的速度來推展的〔註58〕。又

〔註55〕〔明〕呂天成：《曲品》，《中國古典戲曲論著集成》第六冊，頁230。
〔註56〕同前註，頁231。
〔註57〕同前註，頁244。
〔註58〕傅謹：《中國戲劇藝術論》（太原：山西教育出版社，2000年8月初版），頁

譚帆、夏煒在《中國古典戲劇理論史》也中指出：

> 中國古典戲劇的故事情節是以「曲」體來表現和敷衍的，這就使得戲劇的故事性染上了濃烈的主體性特徵。一方面是戲劇故事創作者的主觀意圖非常強烈，而戲劇故事本身的客體性邏輯則相對淡漠；另一方面，在戲劇創作中，對戲劇故事道德價值和情感宣洩價值的要求遠勝於對戲劇性的重視。且這種境況在中國古代戲劇藝術的發展中是始終如一的。總之，中國古典戲劇的故事性以能否充份表現劇作者的內在情志爲其第一要義〔註59〕。

故知，呂天成所謂的「事佳」，並不只是從敘事角度來看戲曲故事，還和戲曲抒情性的特質有關。換言之，「事佳」與否與抒情主體的寫作緣由與創作主旨有密切關係。如《曲品》評邵燦劇作「採事尤正〔註60〕」，這裡的「事」指的是題材，其所以選擇題材之「正」，乃由於作者立意之正。又批評張鳳翼《平播記》乃總兵李應祥厚禮求作，作意不佳，事頗誇張不實，評曰：「似受債帥金錢，聊塞白雲耳〔註61〕。」呂天成認爲作者作劇當「有感而作」、「有爲而作」，有好的創作動機與目的，進而再選用適合表現的故事題材。易言之，就是劇作本事要能傳達作者深刻的思想情感與理念，才能產生巨大的藝術感染力，對觀眾和讀者的思想與情緒產生影響。

從呂天成「事佳」的評語中可知，「事佳」主要是指好的故事或題材，值得傳寫的故事而言。傳奇就是要「事佳而傳〔註62〕」（評《投筆》）。這些稱得上是「事佳」的作品，其故事內容有的是可以訓俗的忠孝節義故事，有的是寄托深刻寓意的仙佛故事，有的是寄託文人理想的功名之事，有的是頌揚英雄豪傑與俠義之士的傳奇故事，有的是描述男女追求愛情婚姻的佳話。其所以爲佳，是因爲故事內容所傳達的正面訊息。呂天成「事佳」的品評觀點，除了如傅謹先生所揭示的作者主題思想與情感的抒情性外，還與戲曲的社會功能有關。呂天成認爲傳奇應具有一定的社會功能與積極的現實意義，而其後的祁彪佳也受其影響，在〈遠山堂曲品敘〉中說：「或調有合於韻律，或詞

---

117～126。

〔註59〕譚帆、夏煒：《中國古典戲劇理論史》（北京：中國社會科學出版社，1993），頁30。

〔註60〕〔明〕呂天成：《曲品》，《中國古典戲曲論著集成》第六冊，頁210。

〔註61〕同前註，頁232。

〔註62〕同前註，頁228。

有當於本色，或事有關於風教，苟片善之可稱，亦無微而不錄〔註 63〕。」他強調了戲曲故事內容中「有關風教」的重要性，這種主張更體現在其〈孟子塞五種曲序〉中：

> 子曰：「詩可以興，可以觀，可以群、可以怨。」……嗚呼，今天下之可興、可觀、可群、可怨者，其孰過於曲哉？蓋詩以道性情，而能道性情者，莫如曲，曲之中有言夫忠孝節義、可忻可敬之事焉，則雖呆童愚婦見之，無不擊節而忭舞；有言夫奸邪淫慝、可怒可殺之事焉，則雖呆童愚婦見之，無不恥笑兒唾詈。自古感人之深而動人之切，無過於曲者也〔註 64〕。

由於戲曲的故事中所述的「忠孝節義、可興可敬之事」，使之產生廣大的感人動人力量，達到可興、可觀、可群、可怨社會功能。這也就是孫鑛所謂的南戲第十要「合世情、關風化」。

## 二、事奇與事新

### （一）事　奇

清代李漁曾曰：「有奇事，方有奇文。未有命題不佳，而能出其錦心，揚爲綉口者也〔註 65〕。」以「奇」爲戲曲故事與題材的審美要求，一方面是中國傳統敘事文學觀念的延伸，一方面的是曲論家對於戲曲故事與題材審美特質的認識。就前者而言，可從「傳奇」這一詞的名義來看，根據吳新雷的說法，「傳奇」的名義總共有七變，依時間先後有有唐代短篇文言小說、宋代話本、宋金諸宮調、北曲雜劇、宋元南戲、明代崑劇，以及清人所編的目錄中，把元明清的長篇劇本，無論北曲雜劇還是南曲戲文，也不分崑山水磨調興起前後的南曲劇作，皆統稱爲「傳奇」〔註 66〕。在每個時代，「傳奇」一詞雖有不同的指涉，但都指向具有敘事性的小說、說唱文學以及戲曲，而這些敘事

---

〔註 63〕〔明〕祁彪佳：《遠山堂曲品》，《中國古典戲曲論著集成》第六冊，頁 5。

〔註 64〕陳多、葉長海：《中國歷代劇論選註》（長沙：湖南文藝出版社，1987），頁 240。

〔註 65〕〔清〕李漁：《閒情偶記・詞曲部・結構第一》，《中國古典戲曲論著集成》第七冊，頁 10。

〔註 66〕王國維《錄曲餘談》和《宋元戲曲考》曾指出傳奇四變，吳新雷認爲不只四變，而是多達七變。參見吳新雷〈論宋元南戲與明清傳奇的界說〉一文中「傳奇七變」的部份，《中國戲曲史論》（南京：江蘇教育出版社，1996），頁 36～38。

文體都具有「事奇則傳」的特點，故而人們每以「傳奇」稱之。換言之，「傳奇」名義雖有許多變化，但都強調了其故事內容尚「奇」的特點。專就戲曲而言，「奇」的審美特點與美學要求則更爲突出。如現存最早的戲文劇本《張協狀元》，其第二出【燭影搖紅】詞寫到：

精奇古怪事堪觀，編撰於中美〔註67〕。

此從觀眾審美心理的角度，來強調戲曲崇尚「精奇古怪」的審美觀。又如明茅暎（生卒年不詳，1630年前後在世）〈題牡丹亭記〉云：

第曰傳奇者，事不奇幻不傳，辭不奇艷不傳〔註68〕。

削仙□（姓名、生卒不詳）爲陳與郊《鸚鵡洲》作序亦云：

傳奇，傳奇也。不過演奇事，暢奇情〔註69〕。

倪倬（生卒年不詳，1630年前後在世）爲《二奇緣》作小引也說：

傳奇，紀異之書也。無奇不傳，無傳不奇〔註70〕。

又清代李漁（1610～1680）《閒情偶記・詞曲部・結構第一》「脫窠臼」條云：

古人呼劇本爲「傳奇」者，因其事甚奇特，未經人見而傳之，是以得名。可見非奇不傳〔註71〕。

又孔尚任《桃花扇・小識》也提到：

傳奇者，傳其事之奇焉者也，事不奇則不傳〔註72〕。

以上引文皆解釋了「傳奇」此一名稱的命意，從戲曲的故事內容與「可演可傳」的審美要求，強調了「奇」的重要性。而呂天成在評論戲曲故事內容與題材時，亦以「奇」審美標準之一。呂天成強調要「事奇」，除了和傳奇藝術特質有關外，也是針對戲曲創作之窘境而發。呂天成的至交王驥德《曲律》提到：

元人雜劇，其體變幻者固多，一涉麗情，便關節大略相同，亦是一短。又古新奇事跡，皆爲人做過。今日欲作一傳奇，毋論好手難遇，

---

〔註67〕錢南揚：《永樂大典戲文三種校注・張協狀元》（臺北：華正書局，民國92年5月），頁13。

〔註68〕蔡毅：《中國古典戲曲序跋彙編》（濟南：齊魯出版社，1989），頁1224。

〔註69〕同前註，頁1275。

〔註70〕同前註，頁1383。

〔註71〕〔清〕李漁：《閒情偶記・詞曲部・結構第一》，《中國古典戲曲論著集成》第七冊，頁15。

〔註72〕蔡毅：《中國古典戲曲序跋彙編》，頁1602。

即求一點故新采可動人者，正亦不易得耳〔註73〕。

馮夢龍亦指出此弊端，他說：「數十年來，此風忽熾，人翻窠臼，家畫葫蘆，傳奇不奇，散套成套〔註 74〕。」可見劇作因襲成套已成普遍惡習，欲求新采動人之作實難。

《曲品》中論「事奇」有兩種形式，一種是直指「某人物」故事之奇，茲引錄《曲品》論「事奇」之相關評語如下：

《紅蕖》：鄭德璘事固奇，無端巧合，結撰更宜〔註75〕。（上上品）

《墜釵》：興、慶事，甚奇〔註76〕。（上上品）

《還魂》：杜麗娘事，甚奇〔註77〕。（上上品）

《明珠》：無雙事，奇〔註78〕。（上中品）

《紅葉》：韓夫人事，千古奇之〔註79〕。（中上品）

《存孤》：李文姬、王成事甚奇〔註80〕。（中中品）

《量江》：樊若水事，奇〔註81〕。（上下品）

《埋劍》：郭飛卿事奇。描寫交情，悲歌慷慨〔註82〕。（上上品）

《呼盧》：劉寄奴事，眞人傑，踪跡果奇〔註83〕。（中下品）

《歌風》：高帝微時，甚奇〔註84〕。（中下品）

《飛魚》：金三以病棄之，身獲八人簆，而重與妻遇，事奇〔註85〕。（上下品）

《詩扇》：木生拾扇而得佳偶，其事固奇〔註86〕。（上下品）

《蛟虎》：周孝侯除三害事，甚奇〔註87〕。（中中品）

---

〔註73〕〔明〕王驥德：《曲律・雜論三十九上》，收於《中國古典戲曲論著集成》第四冊，頁148。

〔註74〕〔明〕馮夢龍：《曲律・敘》，《中國古典戲曲論著集成》第四冊，頁47。

〔註75〕〔明〕呂天成：《曲品》，《中國古典戲曲論著集成》第六冊，頁229。

〔註76〕同前註，頁230。

〔註77〕同前註。

〔註78〕同前註，頁231。

〔註79〕同前註，頁238。

〔註80〕同前註。

〔註81〕同前註，頁236。

〔註82〕同前註，頁229。

〔註83〕同前註，頁241。

〔註84〕同前註，頁242。

〔註85〕吳書蔭：《曲品校註》，頁269。《集成》本無。

〔註86〕同前註，頁280。《集成》本無。

《藍田》：此楊伯雍種玉事，事甚奇〔註 88〕。（下下品）

這些劇作，或寫男女相戀過程之奇，或寫友情深刻動人之奇，或寫人物生平之奇遇，或寫英雄豪傑奇士之故事，故事內容與題材莫不奇特可喜，引人入勝。由此可知，「事奇」的美學內涵是指指故事的新穎獨到，引人入勝，即其並非平常一般之事，而是使人出乎意料的奇異之事。如陸采《無雙記》記述劉無雙的奇異命運，其本事出自唐代薛調的短篇小說《無雙傳》。薛調《無雙傳》大意是：無雙父親劉震本爲朝廷高官，因附從叛逆朱泚而論罪處死。無雙失去父母且淪爲宮婢，又被發配陵園，命運悽慘。但其戀人王仙客一直在尋覓其消息，派僕人去驛館打探，無雙終於能夠透過僕人傳達書信，並託付王仙客尋訪古押衙相救，最後古押衙果以奇計將其救出，並以死相報，無雙重獲自由與愛情，與王仙客共度幸福的生活。這的確是結合愛情與俠義，富有傳奇色彩的奇人奇事。而陸采《明珠記》的故事模式大體依循薛調的《無雙傳》，並根據自己的思想與情感對故事情節有所改動和增修，如把無雙父親劉震的獲罪緣由改爲遭盧杞誣告陷入政治冤獄，使得王仙客與劉無雙不只是爲了愛情而奮鬥，還有一起對抗政治迫害，比薛調的《無雙傳》多了積極的社會意義。又如湯顯祖《還魂記》寫杜麗娘人鬼相戀的故事。杜麗娘爲夢中之情而死，死後依然追求愛情，爲了愛情死而復生，終於與柳夢梅結爲人間夫妻。其故事參考了魏晉筆記小說李仲文女、馮孝將子、談生的故事，並且承繼明代話本《杜麗娘慕色還魂》的故事雛型，在此基礎上進行藝術加工，並賦予其深刻的思想性與社會意義，表達作者「情至」觀與對當代社會價值觀的深刻諷刺。無論是故事內容或主題思想都可說是新奇獨特，呂天成評其：「懷春慕色之情，驚心動魄。且巧妙疊出，無境不新，眞堪千古矣〔註 89〕。」作品中描寫人物情感之深刻，令人「驚心動魄」，其藝術構思之豐富奇特，使戲曲情境變換無窮，層層翻新，可說是極奇之致。

呂天成認爲傳奇是「備述一人始終〔註 90〕」，所以在選事方面，是選擇某人物故事，藉其故事爲作者傳達其思想與情感。李漁《閒情偶寄・詞曲部・結構第一》「立主腦」條有言：

〔註 87〕〔明〕呂天成：《曲品》，《中國古典戲曲論著集成》第六冊，頁 238。

〔註 88〕同前註，頁 248。《集成》本作「楊雍伯」，吳書蔭據《搜神記》卷十一《楊伯雍》正之。

〔註 89〕〔明〕呂天成：《曲品》，《中國古典戲曲論著集成》第六冊，頁 230。

〔註 90〕同前註，頁 209。

> 古人作文一篇，定有一篇之主腦。主腦非他，即作者立言之本意也。傳奇亦然。一本戲中，有無數人名，究竟俱屬陪賓；原其初心，止爲一人而設。即此一人之身，自始至終，離、合、悲、歡，中具無限情由，無窮關目，究竟俱屬衍文；原其初心，又止爲一事而設。此一人一事，即作傳奇之主腦也。然必此一人一事，果然奇特，實在可傳，而後傳之，則不媿傳奇之目，而其人、其事與作者姓名，皆千古矣。如一部《琵琶》，止爲蔡伯喈一人；而蔡伯喈一人，又止爲重婚牛府一事。其餘枝節，皆從此一事而生——二親之遭凶，五娘之盡孝，拐兒之騙財、匿書，張大公之疎財、仗義，皆由於此。是「重婚牛府」四字，即作《琵琶記》之主腦也〔註91〕。

李漁認爲一本傳奇中所有的人物與事件，只爲「一人一事」而設，此「一人一事」，即劇作中的「主腦」，即全劇樞紐，也就是「作者立言之本意」（即「初心」）。這引發作者創作「初心」的人物與事件，就是「主腦」。「一人」指的就是中心人物，而「一事」指的就是中心事件，如《琵琶記》的中心人物就是蔡伯喈，而中心事件則爲「重婚牛府」一事，劇中「無限情由，無窮關目」皆緣此而生。李漁認爲此「一人一事」必須要「果然奇特，實在可傳，而後傳之，則不媿傳奇之目，而其人其事與作者姓名，皆千古矣」。此與呂天成強調「事奇」可互相闡發。然須明辨的是，李漁在這裡所謂的「一人一事」，與呂天成所關注的某中心人物之「事」有所不同，李漁很明確地舉例說明，可推知李漁這裡的「事」指向「中心事件」，也就是全劇情節關目的樞紐帶，而孫鑛與呂天成所論的「事佳」、「事奇」所指的涵義是比較廣的，多指劇本中的故事，或者劇中所依據的故事。事實上，凡指故事或事件的，呂天成都稱之爲「事」，就劇本整體而言，指涉故事與題材，就局部而論，也有就某一情節而論事者。而本節所定義的「事佳」的內涵，著眼在整體而論的前者，若就局部而論，則歸諸「情節」的範圍，相關論述請見本章第二節。換言之，李漁所謂「一人一事」（「即主腦」）中的「事」是指關鍵情節，而呂天成的「事佳」、「事奇」是就全劇的故事主體或其題材而言。

《曲品》有時候評「事奇」並不直指「某人物」故事之奇，而直接使用

---

〔註91〕〔清〕李漁：《閒情偶記・詞曲部・結構第一》，《中國古典戲曲論著集成》第七冊，頁14。

「事奇」一詞評論劇本，如以下幾則評語：

《鑿井》：事奇，湊拍更好〔註92〕。（上上品）

《雙卿》：本傳雖俗，而事奇，予極賞之。貽書美度度以新聲，浹日而成。景趣新逸〔註93〕。（上中品）

評《鑿井記》的「事奇」，是指劇本故事或其所依據的故事之奇，而評葉憲祖的《雙卿記》，其所謂「本傳雖俗而事奇」，明顯是其所依據故事之奇，此故事是尚未經由作者加工的故事原初模型。

總結以上，可知呂氏論「事奇」包含兩種切入角度，一種是劇本完成後，劇中所述故事整體之奇，一種是故事所依據題材之奇。劇中故事之奇特與否，與取材之奇密不可分，而呂天成在其評語中有時是混用的，並無明確地去區分此兩種角度。

呂天成認為「奇」源自於作家內在情感與思想的併發。他激賞湯顯祖作品之「新」與「奇」的美學特徵，贊湯顯祖云：

絕代奇才，冠世博學。周旋狂杜，坎坷宦途。雷陽之謫初還，彭澤之腰乍折。情痴一種，固屬天生；才思萬端，似挾靈氣。搜奇《八索》，字抽鬼泣之文；摘艷六朝，句疊花翻之韻。紅泉秘館，春風檀板敲聲，玉茗華堂，夜月湘簾飄馥。麗藻憑巧腸而濬發，幽情逐彩筆以紛飛。蘧然破噩夢於仙禪，皭矣銷塵情於酒色。熟拈元劇，故琢調之妍媚賞心；妙選生題，致賦景之新奇悅目。不事刁斗，飛將軍之用兵；亂墜天花，老生公之說法。原非學力所及，洵是天資不凡〔註94〕。

可見「奇」源自於作家內在情感與思想的併發，與作家個人生平遭遇、個性、思想、天生才情與後天學力有關。

誠如譚帆、陸煒《中國古典戲劇裡論史》中所言：「奇」不是一種由技巧形式所構築的審美表象，而是融激越之情與奇特手法為一體的審美型態〔註95〕。呂天成「事奇」的美學意涵，一方面是指劇本故事或題材具有新奇、獨特、幻異、誇誕的審美特徵；一方面又源自作者個人思想情感的併發，有作家思想情感之奇，才有故事題材之奇與藝術結撰構思之奇。能如此，「事

---

〔註92〕〔明〕呂天成：《曲品》，《中國古典戲曲論著集成》第六冊，頁230。

〔註93〕同前註，頁234。

〔註94〕同前註，頁213。

〔註95〕譚帆、夏煒：《中國古典戲劇理論史》，頁193。

奇」才能有巨大的感染力強，能夠吸引與感動觀眾和讀者。

### （二）事新與脫套

「事奇」的審美重點在於人物故事具有新奇、獨特、幻異、怪誕之特徵，使故事富有傳奇色彩，引人入勝。而「事新」與「脫套」重點在擺脫尋常俗套，追求別出心裁，寫人所未聞，言人所未能言之事，出人意想之外，令人耳目一新。周貽白在〈中國戲劇本事取材之沿襲〉一文中指出指出：中國戲劇的取材，多數跳不出歷史故事的範圍，很少專爲戲劇這一體製聯繫到舞台表演而獨出新裁來獨運機構。甚至同一個故事，作了又作，不惜重翻就案，蹈襲前人。如「柳毅傳書」事，南戲有《柳毅洞庭龍女》；元劇有尚仲賢之《洞庭湖柳毅傳書》；明傳奇有黃惟楫《龍綃記》、許自昌《橘浦記》；清劇有李漁《蜃中樓》、何墉《乘龍佳話》，共六種。其他同一題材而作幾種形式呈現出來的，更是數見不鮮。根據周貽白歸納的表格，古今戲劇取材相同或因襲者多達三百餘種〔註 96〕。中國戲曲多半藉著歷史故事或見諸記載的傳聞來藏褒寓貶，而故事中的人物形象走向定型，故事的情節發展也已形成固定的套式，使故事內容與情節皆在觀眾與讀者意想之中，了無新意，自然不能吸引觀眾與讀者。李漁在《閒情偶記‧詞曲部‧結構第一》之「脫窠臼」條便指出擺脫前人熟套的重要性，他說：

> 古人呼劇本爲「傳奇」者，因其事甚奇特，未經人見而傳之，是以得名，可見非奇不傳。新，即奇之別名也。若此等情節，業已見之戲場，則千人共見，萬人共見，絕無奇矣，焉用傳之？是以填詞之家，務解「傳奇」二字。欲爲此劇，先問古今院本中曾有此等情節與否，如其未有，則急急傳之。否則枉費辛勤，徒作效顰之婦。東施之貌，未必醜於西施，止爲效顰於人，遂蒙千古之誚。使當日逆料至此，即勸之捧心，知不屑矣。吾謂：填詞之難，莫難於洗滌窠臼；而填詞之陋，亦莫陋於盜襲窠臼〔註 97〕。

李漁認爲所謂「傳奇」，就是以其「事奇而傳」，而「新」就是「奇」的別名，要使其故事奇特，則必須在故事情節上要力求新穎。而要求別出心裁，則必

〔註 96〕周貽白：〈中國戲劇本事取材之沿襲〉，《周貽白戲劇論文選》，（湖南：湖南人民初版社，1982 年 5 月初版），頁 245～246。

〔註 97〕〔清〕李漁：《閒情偶記‧詞曲部‧結構第一》，《中國古典戲曲論著集成》第七冊，頁 15。

須要擺脫前人作劇之窠臼，此即孫鑛所謂「脫套」。李漁認爲「盜襲窠臼」的劇本有如「老僧碎補之衲衣，醫士合成之湯藥〔註98〕」，這種劇本的作法就是「取眾劇之所有，彼割一段，此割一段，合而成之〔註99〕」，而所成之故事則「有耳所未聞之姓名，從無目不經見之事實〔註100〕」，了無新意可言。可見「新」、「奇」與「脫套」是一組息息相關的戲曲批評概念。

李漁的「脫窠臼」旨在強調故事內容之新與奇，此建立在情節安排之脫套的基礎之上。呂天成論「事新」與「脫套」也已可看出情節與題材的關係。以下引錄《曲品》相關評語：

> 《練囊》：亦賦章臺柳也。……事未脫套〔註101〕。（下上品）
>
> 《犀合》：內弟與姊夫之姦通，而謀殺姐夫及姊，可畏哉！事新〔註102〕。（下中品）
>
> 《紫環》：事亦佳，尚未脫套〔註103〕。（中中品）
>
> 《玉魚》：郭汾陽宜譜曲。此記著意鋪張，甚長。但前半摹倣《琵琶》，近套，可厭；後半皆實錄也〔註104〕。（下上品）
>
> 《合衫》：苦楚境界，大約雜摹古傳奇。此乃元人《公孫合汗衫》事，……第不新人耳目耳〔註105〕。（上上品）
>
> 《鮫綃》：魏必簡事似有之。……臥草中而相士至，幸以解難，亦新〔註106〕。（中中品）
>
> 《狐裘》：此孟嘗君事，敘得暢，但不能脫套耳〔註107〕。（下下品）

由以上引文可知，呂天成使用「事新」與「脫套」的批評術語時，其實有的有的已經不是只針對故事或題材而言，還與戲曲情節理論有關。如《練囊記》寫韓翃與柳氏悲歡離合的愛情故事，其本事出於孟棨《本事詩・情感第一》的〈韓翃〉一則與唐人許堯佐傳奇小說〈章臺柳傳〉（見《太平廣記》卷458）。

---

〔註98〕同前註。
〔註99〕同前註。
〔註100〕同前註。
〔註101〕〔明〕呂天成：《曲品》，《中國古典戲曲論著集成》第六冊，頁243。
〔註102〕同前註，頁250。
〔註103〕同前註，頁239。
〔註104〕同前註，頁242。
〔註105〕同前註，頁229。
〔註106〕〔明〕呂天成：《曲品》，《中國古典戲曲論著集成》第六冊，頁238。
〔註107〕同前註，頁247。

其故事富有傳奇性，每爲歷代作家所取材，元雜劇、戲文、傳奇，均有以此爲題材者。以此故事爲題材的明傳奇就有梅鼎祚《玉合記》、張四維《章台柳》與吳鵬《金魚記》。呂天成、祁彪佳皆云《玉合記》一出而諸本無色〔註108〕，而《練囊記》與其相比遜色許多，祁彪佳評其云：

傳章臺柳。插入紅線，與《金魚》若出一手。自《玉合》成而二記無色矣〔註109〕。

在明代幾個描寫韓、柳故事的作品中，《練囊》與《金魚》情節相仿，竟如出一手，故呂天成評其「事未脫套」。梅鼎祚《玉合記》則在故事情節安排上下了很大的功夫，全劇可分成兩個部分，從第一出到第十八出寫韓、柳二人愛情與婚姻的美滿，將劇作推向圓滿熱鬧的頂點。然隨著安史之亂的爆發，韓翃被召爲參軍，鴛鴦分離，其後半部鋪敘了柳氏入寺爲尼，以避動亂。不料在安史之亂平定後，柳氏爲蕃將沙吒利所劫。柳氏雖以節自守，然終究難與韓翃團圓。韓翃與同僚飲酒時透露此事，坐中許俊仗義相救，二人得以團圓。其主題思想明確，針線綿密，故事情節波瀾起伏，人物形象成功，是在眾多寫章臺柳故事的作品中較高的。又如《玉魚記》寫郭子儀故事，郭子儀乃唐代忠義之將，其故事富有英雄人物之傳奇性，此題材固好，但劇本前半故事情節卻模仿《琵琶》，因襲前人熟套，沒有創新精神，讀之令人生厭。又如《鮫綃記》寫魏必簡故事，其中某段寫解差受人賄賂與指使，欲於押行途中殺魏，作者安排其與相士相遇，言必簡當大貴，解差因而放了他，刹時化解了危機，出人意想之外。

不論題材是否沿襲前人，題材本身要富有傳奇性固然重要，但如何處理題材，安排故事情節，無疑是使作品更新穎獨特的重要關鍵。中國戲劇本事一向喜歡因襲前人，同一個故事題材一再爲作家所取，要使得故事具有令人耳目一新的審美效果，必須要善於處理題材與安排情節，擺脫尋常熟套，追求創新。

### （三）事忌鄙俚與迂拘酸腐

中國美學「崇雅」、「尚雅」，以「雅」爲人格修養和文藝創作的最高境界。而「俗」並非只是「雅」的對立面，在中國審美觀念中，「雅」與「俗」兩種

〔註108〕同前註，《金魚》條，頁243；〔明〕祁彪佳：《遠山堂曲品》，《中國古典戲曲論著集成》第六冊，《練囊》條，頁52。

〔註109〕〔明〕祁彪佳：《遠山堂曲品》，《中國古典戲曲論著集成》第六冊，頁52。

審美觀是可以互相溝通、互相轉化與互相構成的，所謂「雅俗相和」，「化俗爲雅」〔註 110〕。這種雅俗相通的審美觀念，在戲曲中表現更爲明顯。戲曲是用來演出的，其觀眾上至天子與王公貴冑，下至平民百姓，故更當融合雅俗，才能爲廣大群眾所接受。呂氏雖反對戲曲故事取材的鄙俚不堪，但認爲若作者能巧妙地進行藝術加工，便能「化俗爲雅」。如以下幾條《曲品》中的評語：

《殺狗》：事俚，詞質。舊存惡本，予爲校正。詞多有味，此眞寫事透澈，不落惡腐，所以爲佳〔註 111〕。（能品）

《銀瓶》：事以俚瑣，而吳下盛演之，內【二犯江兒水】作南詞，最是，可以正今曲之誤也。鄭清之訓理宗於藩邸，有功，此事宜入〔註 112〕。（具品）

《鞦韆》：事鄙俚，而以秀調發之，迥然絕塵〔註 113〕。（中上品）

《雙雄》：聞姑蘇有是事。此記似爲人洩憤耳。事雖卑瑣，而能恪守詞隱先生功令，亦持教之杰也〔註 114〕。（上下品）

《殺狗》、《銀瓶》、《鞦韆》三劇雖然故事題材是十分鄙俚的，但經過作者的巧妙的藝術經營，而成爲可演可傳之劇。如《殺狗記》故事在描述孫華、孫榮兄弟原本和睦，但由於孫華後來結交柳龍卿、胡子傳兩位損友，聽信二人饞言，把弟孫榮趕出家門，孫華妻子楊氏以殺狗之計，來幫助兄弟和好，而柳、胡二人則被信棄義，去官府告孫華殺人，楊氏出面澄清。眞相大白，孫家團圓和睦，並受到褒揚。全劇藉由社會家庭事件，來宣揚作者維護傳統倫理道德，宣揚三高綱五常的思想，充斥濃厚的說教氣息。雖然本事俚俗，但在敘事手法上，卻能夠透徹地敘述事件，刻畫人物，在藝術構思上頗有長處，故呂天成評其「不落惡腐境」。又《銀瓶記》事雖俚瑣，然「吳下盛演之」，可見其搬演可觀。而《鞦韆記》事雖「鄙俚」，卻能以「秀調」寫之，以優雅的詞曲譜之，便足以使此劇「迥然絕塵」。而馮夢龍《雙雄記》寫丹三木陷害其姪丹信事，亦屬家庭卑瑣事，然能守律，又時出俊語，宜於演出，故能列爲「上下品」。由此可見，故事內容或取材之俚俗，對於作品整體成就並不是

〔註 110〕李天道：《中國美學之雅俗精神》（北京：中華書局，2004 年 10 月初版），頁 19。

〔註 111〕〔明〕呂天成：《曲品》，《中國古典戲曲論著集成》第六冊，頁 225。

〔註 112〕同前註，頁 227。

〔註 113〕同前註，頁 237。

〔註 114〕〔明〕呂天成：《曲品》，《中國古典戲曲論著集成》第六冊，頁 237。

決定因素，重點是作者如何進行藝術加工，有了巧妙的安排，便能「化俗爲雅」。

呂天成亦深斥「事」之「迂拘酸腐」，其相關評語引錄如下：

> 評邱濬：邱瓊山大老雖尊，鴻儒近腐。……造捏不新，知老輩之多鈍〔註 115〕。（具品）
>
> 《五倫》：大老鉅筆，稍近腐〔註 116〕。（具品）
>
> 評沈壽卿：沈壽卿蔚以名流，雄乎老學。語或嫌於湊插，事每近於迂拘〔註 117〕。（具品）
>
> 《分錢》：全效《琵琶》，神色逼似。第廣文不能有其妾，事情近酸，然苦境亦可玩〔註 118〕。（上上品）

邱濬《五倫全備記》的創作目的在於藉由此故事以「寓我聖賢言〔註 119〕」。他有意識地創作此劇以宣揚倫常綱教，其故事題材的選取與情節的安排皆以宣揚教化爲考量，充滿濃厚的道學色彩，而忽略了戲曲藝術性之要求，使得劇中人物沒有眞實情感，只有教條式的反應，讀來有如教條，令人覺得枯燥無味。徐復祚批其：「純是措大書袋子語，陳腐臭爛，令人嘔穢〔註 120〕。」王世貞評其「腐爛〔註 121〕」，呂天成也以「腐」評之。又沈壽卿之作，如《三元記》、《龍泉記》，也都充滿濃厚的道學氣。《三元記》是在宋元南戲原有的馮商還妾一事，加入賑饑、拒寢、還金三事以成《四德》。呂天成評之云：「馮商還妾一事，儘有致。近插入三事，改爲《四德》，失其故矣〔註 122〕。」呂天成認爲馮商還妾的故事本來是頗有風致的，但經過沈壽卿有意的改編，加入三個事件後，卻成爲勸人積善，宣揚「善有善報」果報思想的工具，失去了原故事動人的風采。沈氏所選之故事題材，全爲積善之事。馮商爲善卻不求回報，老天給了馮商最好的報酬，就是使其得子，且其子連中三元，還成了宰相的

〔註 115〕同前註，頁 211。

〔註 116〕同前註，頁 228。

〔註 117〕同前註，頁 211。

〔註 118〕〔明〕呂天成：《曲品》，《中國古典戲曲論著集成》第六冊，頁 229。《集成》本作「第一廣文不能有其妾」，吳書蔭指出「一」疑爲衍文。

〔註 119〕〔明〕邱濬：《伍倫全備忠孝記・副末開場》，收入林侑蒔主編：《全明傳奇》（臺北：天一出版社，1985 年），頁 1。

〔註 120〕〔明〕徐復祚：《曲論》，《中國古典戲曲論著集成》第四冊，頁 236。

〔註 121〕〔明〕王世貞：《曲藻》，收於《中國古典戲曲論著集成》第四冊，頁 34。

〔註 122〕〔明〕呂天成：《曲品》，《中國古典戲曲論著集成》第六冊，頁 228。

乘龍快婿，闔家受皇恩庇蔭，既光宗耀祖，又享盡榮華富貴。故事中充滿宣揚倫理道德、因果報應的思想，的確是頗為「迂拘陳腐」。而《龍泉記》今無傳本，根據《曲海總目提要》卷十八作《全忠孝》說：「所演楊鵬、楊鳳事。憑空結撰。以楊鵬兄弟報國為忠，兩人妻事親為孝也〔註123〕。」可見此劇亦是宣揚忠孝節義的道學之作，無怪乎徐復祚亦以「陳腐臭爛」斥之。

由此可知，戲曲故事要以藝術性為考量，作者可藉由作品表達對於人生與社會的感悟，使戲曲成為能夠刻畫人生，反應社會，發人深省，感動人心的文學與藝術。然千萬不可將戲曲變成宣揚迂腐道德觀念的工具，如此則會扼殺劇作的藝術生命力。

## 三、事　眞

呂天成所謂的「事眞」，指的劇作故事所依據的人事乃見諸記載，眞有其人其事，這是有關戲曲故事的取材問題。呂天成關心故事主體是否眞有所憑，還是只是子虛烏有。王驥德《曲律》提到：

> 古戲不論事實，亦不論理之有無可否，於古人事多損益緣飾為之，然尚存梗槩。後稍就實，多本古史傳雜說略施丹堊，不欲脫空杜撰。邇始有捏造無影響之事以欺婦人、小兒看，然類皆優人及里巷小人所為，大雅之士亦不屑也〔註124〕。

王氏對於明初以來戲曲創作中關於「就實」與「脫空」的現象作了評論。古戲或稍早之戲曲作品多有所本，前者對古事較多損益緣飾，然不違背故事的主要精神；後者則本古史傳雜說之原貌，只有稍加增刪。而近日產生優人或鄉里小人脫空杜撰的戲劇，不但違背事理人情，亦無益風化俗的社會功能，此乃為大雅之士不屑為之事。言下之意，戲曲故事當有所本，不可脫空杜撰，翻弄子虛烏有，愚弄民眾，又對社會無益。凌濛初《譚曲雜箚》也曾談到這個問題：

> 戲曲搭架，亦是要事，不妥則全傳可憎矣。舊戲無扭捏巧造之弊，稍有牽強，略附神鬼作用而已，故都大雅可觀；今世愈造愈幻，假

---

〔註123〕〔清〕黃文暘、董康：《曲海總目提要》（臺北：新興，1979年），卷18，頁總5096。

〔註124〕〔明〕王驥德：《曲律・雜論三十九上》，《中國古典戲曲論著集成》第四冊，頁147。

托寓言，明明看破無論，即眞實一事，翻弄作烏有子虛。總之，人情所不近，人理所必無，世法既自不通，鬼謀亦所不料，兼以照管不來，動犯駁議，演者手忙腳亂，觀者眼暗頭昏，大可笑也。沈伯英構造極多，最喜以奇事舊聞，不論數種，扭合一家，更名易姓，改頭換面，而又才不足以運棹布置，掣衿露肘，茫無頭緒，尤爲可怪。環翠堂好道自命，本本有無無居士一折，堪爲齒冷；裒集故實，編造亦多，草草苟完，鼠朴自貴，總未成家，亦不足道〔註125〕。

凌濛初此段焦點集中在對於情節與結構的處理布置，他認爲安排故事情節時，不可扭揑造作，違背人情、物理、世法，這種不合情理的安排，只是翻弄子虛烏有，使得演者手忙腳亂，而觀者亦被弄得頭昏眼花，甚至覺得莫名其妙。他批評沈璟喜以各種奇事舊聞爲題材，將數事合爲一劇，然其對於戲曲故事情節的結撰搭架之能力差，致使其題材雖好，然整體串合起來卻令人覺得雜亂無章。汪廷訥亦喜編造故事，但往往草草苟完，故事情節往往不近人情物理。凌濛初認爲戲曲題材要有所本，在事實的基礎之上進行合理的加工，創作出合情合理的作品，而不是翻弄子虛烏有，追新逐奇，違背人情物理，給人造假的感覺，這種失去生命力的作品，也將喪失其感人、動人的力量。

呂天成主張戲曲故事當有所本，即所謂「事眞」，其相關評語列舉如下：

《義乳》：李善事出《後漢書》，事眞，故奇〔註126〕。（上中品）

《椒觴》：陳亮事眞，此君似有感而作〔註127〕。（中之上）

《舉鼎》：事眞，調俚，亦見古態〔註128〕。（具品）

《雙珠》：王楫事眞，第後半妻子再生，子回得第，補出。情節極苦，串合最巧，觀之慘然〔註129〕。（中中品）

《義乳記》的本事見諸《後漢書・獨行傳》，乃忠僕李善親乳李元兒李續之故事。此劇今無傳本。根據《後漢書・獨行傳》的記載，李善本是李元家中蒼頭，建武年間疫疾盛行，李元家人相繼去世，留下孤兒李續，才出生數旬。李元家中奴僕私下商議要謀殺孤兒，以奪其家產。李善得知後，乃潛負李續

〔註125〕〔明〕凌濛初：《譚曲雜劄》，《中國古典戲曲論著集成》第四冊，頁258。
〔註126〕〔明〕呂天成：《曲品》，《中國古典戲曲論著集成》第六冊，頁232。
〔註127〕同前註，頁237。
〔註128〕吳書蔭：《曲品校註》，頁198。《集成》本無。
〔註129〕〔明〕呂天成：《曲品》，《中國古典戲曲論著集成》第六冊，頁238。

隱居於山陽瑕丘界中，親自哺養。等到李續十歲時，李善與之同歸故里，重修家業。鍾離聽聞李善義行，乃向光武帝薦舉李善爲瑕丘令，其後光武帝詔拜李善及李續爲太子舍人。可見顧大典《義乳記》的故事內容並非作者爲了宣揚善行而刻意捏造，而是眞有其事，且見諸史書記載，使戲曲故事本身更佳光采動人，從而達到諷世作用。呂天成評曰：「事眞，故奇。」乃因其人物故事之奇特，並非出於作者捏造，而是眞實的、自然的、眞切的、合乎人情物理的，這種眞人眞事令人倍感可親，更能引人入勝，更能發揮「奇」的藝術感人魅力。故知「奇」的基礎在「眞」，眞正的奇是產生於現實生活中，而不是只存在於憑空捏造出來的幻想世界裡。《椒觴記》本事見諸《宋史・陳亮傳》。陳亮爲人超邁，喜談兵，曾上書《中興五論》，反對「隆興議和」，力主抗金，爲當權者所嫉恨，屢遭陷害下獄。作者顧懋儉身懷報國之志，卻懷才不遇，不克施展抱負，故藉著陳亮之事以抒發胸中的鬱悶感慨。呂天成要求劇作家要「有感而作」，在劇作中貫注眞切之情，藉由歷史眞人眞事以寄託個人胸懷。誠如李贄所言：

> 且夫世界之眞能文者，比其初皆非有意爲文也。其胸中有如許無狀可怪之事，其喉間有如許欲吐不敢吐之物，其口頭又時時有許多欲語而莫可所以告語之處，蓄極積久，勢不可遏。一旦見景生情，觸目興歎，奪他人之酒杯，澆自己之壘塊；訴心中之不平，感數奇於千載〔註 130〕。

作劇目的不在故事本身，而是「奪他人之酒杯，澆自己之壘塊」，藉由一個使作者「觸目興歎」的故事，以抒發胸中情懷，亦即藉由劇作以達到「興、觀、群、怨」的社會作用，而不是有意地憑空捏造子虛烏有之事來寄託憤懣之情。然而，「事眞」並非意味著劇作故事必須依循本事，如《舉鼎記》與《雙珠記》，呂天成都評其曰「事眞」，指其事有所本，但劇中故事已經依照文學性與舞台性的需求，加以改編，使故事更符合作者所要表達的主題與戲劇文學與藝術的要求。《舉鼎記》寫伍員故事，祁彪佳《遠山堂曲品》評：「史傳所記伍員事，絕不一及，惟以已意續之〔註 131〕。」可知情節基本上是虛構的，呂天成評「事眞」並不是要求劇作要拘泥於史實之中。《雙珠記》演王楫夫妻離合之事。本事乃出自陶宗儀《輟耕錄》所載。此劇前半本根據《南村輟耕錄》卷

〔註 130〕〔明〕李贄：《焚書》卷三〈雜述・雜說〉，頁 96～97。
〔註 131〕〔明〕祁彪佳：《遠山堂曲品》，《中國古典戲曲論著集成》第六冊，頁 83～84。

十二《貞烈墓》千夫長李某與部卒妻郭氏事增飾，後半情節則虛構。《貞烈墓》是寫一則感天動地的貞節烈婦之故事，成爲沈鯨《雙珠記》的故事主幹，並結合其他故事題材以豐富戲劇情節，其故事情節串合巧妙，針線細密，而無扭捏造作之弊。故知呂天成謂「事眞」指的是劇作故事有所依據，並非脫空杜撰，且允許作者根據戲曲文學性與舞台性的需求加以改造加工。茲列《曲品》幾則相關評語說明之：

> 《虎符》：前半眞，後半假，不得不爾。女俠如此，固當傳〔註132〕。（上之中）
>
> 《桃花》：崔護佳事，而改造失眞；且境態不妙，何以曲爲？與俗本《西湖記》一類〔註133〕。（下下品）

張鳳翼的《虎符記》寫花雲守太平事，並根據當時流傳的講史演義增飾。花雲本事見《明史‧花雲傳》。《曲海總目提要》卷十七著錄，云：「花雲守太平。本與王鼎、許瑗同時殉節。作者爲後來團圓。故云被擒囚禁。增出勸降、失明、送藥、及花煒立功、張定邊自刎等大半情節〔註134〕。」劇中敷衍花雲被擒，妻子郜氏走散，其侍妾孫氏毅然保護雲子煒，歷經艱難，逃出虎口，確實是女中豪傑，其故事可歌可泣，故當流傳。《明史》中的花雲本殉節而死，作者不忍，爲表彰節義，安排其團圓結局，故而後半虛構，使其以團圓結局，雖不合史實，但不違背「藝術眞實」。所謂「藝術眞實」，指的並不是與生活現實相謀合，而是在不違背人情物理的情況下，進行合理的藝術創作，允許符合情理的虛構成份，使作品更具藝術感染力。作者依照社會大眾的願望，把花雲的故事從悲劇改成團圓結局，在其適當改編後，並沒有削弱原故事人物的動人形象與其感人的藝術魅力，反而大快人意。金懷玉的《桃花記》，寫崔護、莊慕瓊的愛情故事，本事見孟棨《本事詩‧情感第一》，是很好的故事題材。作者爲了豐富故事情節，捏造許多關目，如楊嗣復、牛僧孺皆當時人物，借以爲關目。悉怛達，蓋即悉怛，其以維州降，李德裕受之，牛僧孺勸帝勿納，送還吐蕃，事見《資治通鑑》。劇中假託崔護說降，蓋爲崔護生色。牛僧孺子求婚不遂，亦出於杜撰。然作者卻作得不好，有失自然，祁彪佳評其：「腐塾習氣，時時露出，文章惟俗字不可醫，正謂此手筆耳。傳崔護僞作

〔註132〕〔明〕呂天成：《曲品》，《中國古典戲曲論著集成》第六冊，頁231。吳書蔭指出「虎符」各本傳鈔錯簡作「竊符」。

〔註133〕同前註，頁248。

〔註134〕〔清〕黃文暘、董康：《曲海總目提要》，卷17，頁總5030。

傭書。如唐伯虎之於華學士，乃復造爲指腹分襟之說，益其俗矣〔註 135〕！」可見作者增飾的故事情節未脫俗套，俗本《西湖記》也有主腳秦一木僞作傭書一段，亦本之唐伯虎事，情節與《桃花記》同出一轍，落入尋常俗套，給人一種造假的感覺，故呂氏評其「所造失眞」。

呂天成認爲戲曲故事當有所本，本之眞人眞事，藉古人之事，以澆我壘塊，不可脫空杜撰，翻弄子虛烏有，捏造不合人情物理之事。而劇作故事在不違背藝術眞實的原則下，允許合理的藝術虛構，所增飾的故事情節也要符合自然眞實的原則，不可一味翻用前人熟套以塡塞故事，這樣反而給人一種造假的感覺，儘管故事題材再好，若加工不當，導致失眞，將會失去藝術生命力。

## 四、論題材的處理——虛與實的活用

中國戲曲故事題材向來具有因襲的特質。北雜劇吸收講唱文學的題材，如諸宮調，又吸收宋代「說話」題材，也有來自於宋雜劇、筆記小說、歷史傳說、民間傳聞或時事等，元中葉雜劇中心南移後，也有取材於戲文的，而戲文題材也大量地汲取了說話和講唱的故事，明傳奇又大量因襲了雜劇題材。前文曾提及周貽白〈中國戲劇本事取材之沿襲〉指出古今戲劇取材因襲之劇目竟多達三百餘種〔註 136〕。可見古典戲曲在取材上因循守舊的情況實在非常嚴重。曾師永義認爲有幾個原因〔註 137〕，引錄如下：

> 第一，就戲曲美學觀之，戲曲美學基礎是詩歌、音樂和舞蹈，若觀眾對於劇中情節了然，則可專注集中在歌舞樂的聆賞。
>
> 第二，戲曲美學基礎既然是詩歌、音樂和舞蹈，則戲曲創作最重視的是文辭與音律，若本事有所憑藉，則可以節省精力，專意於文辭表現。且此等故事早若已爲觀眾熟知，則新劇一出，觀眾也較容易接受。
>
> 第三，就社會政治背景來看，元代文人備受壓迫，其憤懣之情藉由

〔註 135〕〔明〕祁彪佳：《遠山堂曲品》，《中國古典戲曲論著集成》第六冊，頁 107～108。

〔註 136〕周貽白：〈中國戲劇本事取材之沿襲〉，《周貽白戲劇論文選》，（湖南：湖南人民初版社，1982 年 5 月初版），頁 245。

〔註 137〕此段論述根據曾師永義〈中國古典戲劇的特質〉一文整理而成。見曾師永義《中國古典戲劇的認識與欣賞》（臺北：正中，民國 80 年），頁 287。

戲曲宣洩出來，反應現實社會，但不敢以當代現實來編撰，而以歷史事件來掩人耳目，但元代文網尚不繁密，猶如此，更何況文字獄頻頻興起的明清兩代？因此明清兩代戲曲也多從歷史傳說中取材。

這種不斷重複演述相同題材的情況，成爲中國古典戲曲取材的特徵，由於中國戲曲本事具有因襲的特質，故若論作家運用題材的方式，便往往涉及到戲曲本事的有無根據以及與藝術虛構的關係，於是「虛實論」成爲曲論家關注的焦點。曾師永義在〈戲劇的虛與實〉一文中指出：就運用題材的角度而言，所謂「實」，並非指事實或史實而言，而是只要戲劇本事出於「史傳雜說」的，就算「實」，否則就算「虛」。所謂「虛」，除了「脫空杜撰」以外，還包含對於「史傳雜說略施丹堊」的「點染」。並歸納歷來戲曲作品運用題材的方式有四種，即：以實作實、以實作虛、以虛作實、以虛作虛。「以實作實」就是根據史傳雜說改編，其關目情節、人物性情很忠實的依照原本敷衍，幾不加點染。此類作品容易敷衍，常流於板滯，如梁辰魚《浣紗記》。「以實作虛」則根據史傳雜說改編，但其關目情節有所剪裁和點染、人物性情有所刻畫和誇張。由此寄寓作者所要表現的思想和旨趣，如洪昇《長生殿》。古典戲劇以此類最多。「以虛作實」就是戲劇脫空杜撰，但其內容和思想卻能表達人們共同的心靈和願望。此類作品往往耗時費力，如非資質與涵養超群的作家不能爲之，如湯顯祖《牡丹亭》。「以虛作虛」就是戲劇是脫空杜撰的，而所要表現的也只是作者個人的空中樓閣。此類作品如果不是曲高和寡的絕世之作，便是荒謬絕倫的下駟之品，如朱權的《獨步大羅》雜劇〔註 138〕。

明代戲曲家已關注到戲曲題材虛實論，如徐復祚在《曲論》中指出：「要之傳奇皆是寓言，未有無所爲者，正不必求其人與事以實之也〔註 139〕。」胡應麟《少氏山房曲考》中也認爲：「凡傳奇以戲文爲稱也，亡往而非戲也。故其事欲謬悠而亡根也，其名欲顛倒而亡實也〔註 140〕。」謝肇淛（1592 進士）《五雜俎》不僅贊同胡氏之說，並提出「虛實」二字：

凡爲小說及雜劇、戲文，須是虛實相半，方爲遊戲三昧之筆。亦要

〔註 138〕曾師永義：〈戲劇的虛與實〉，收於曾師永義《論說戲曲》（臺北：聯經出版社，民國 86 年）頁 1～7。

〔註 139〕〔明〕徐復祚：《曲論》，《中國古典戲曲論著集成》第四冊，頁 234。

〔註 140〕〔明〕胡應麟：《少氏山房曲考》，收於任中敏編《新曲苑》第一冊（臺北：中華書局，1969 年），頁 107。

情景造極而止，不必問其有無也。古今小說家，如《西京雜記》、《飛燕外傳》、《天寶遺事》諸書；《虯髯》、《紅線》、《隱娘》、《白猿》諸傳；雜劇家如《琵琶》、《西廂》、《荊釵》、《蒙正》等詞，豈必眞有是事哉？近來小說，稍涉怪誕，人便笑其不經，而新出雜劇，若《浣紗》、《青衫》、《義乳》、《孤兒》等作，必事事考之正史，年月不合，姓字不同，不敢作也。如此則看史傳足矣，何名爲「戲」〔註 141〕？

同時他又肯定虛構獨創之作，如以下二則：

戲文如《西廂》、《蒙正》、《蘇秦》之屬猶有所本；至於《琵琶》則絕無影響，只有蔡中郎一人，而其餘事情人物無非假借者，此其所以爲獨刱之筆也〔註 142〕。

小說野俚諸書，稗官所不載者，雖極幻妄無當，然亦有至理存焉〔註 143〕。

謝氏認爲戲曲並非史傳，史傳須求實，戲曲題材則可虛實相半，也可虛構獨創。小說、戲劇的價值，正在於其藝術虛構與獨創的部份，沒有必要事事考諸正史。若事事講求事實，則如寫史傳，又何以名之爲戲呢？而戲曲與小說創作最終的目的是要追求「情景造極而止」的藝術境界，要表現「至理」，而不是拘泥於故事本身是否合乎史實，故「不必問其有無」。

呂天成在《曲品》卷上《舊傳奇品》開頭中提到「舊傳奇」的藝術特徵，其中之一是「有意架虛，不必與實事合」。這裡的「虛」，指的是與「實事」相對的藝術虛構。呂天成指出「舊傳奇」「有意架虛，不必與實事合」的藝術特徵，這是其對於「舊傳奇」虛實創作手法運用的認識。換言之，「有意架虛，不必與實事合」並不能概括呂天成的題材虛實論。從《曲品》著錄「新傳奇」劇目可知，「新傳奇」故事題材多根據史傳、筆記雜說或實事傳聞。呂氏體認到「舊傳奇」到「新傳奇」從「尙虛」到「尙實」的演進，表明戲曲創作中文人藝術思維方式對民間藝術思維方式的揚棄，這也正是從南曲戲文到傳奇戲曲之間的文體演變的關鍵之一〔註 144〕。前文曾引述王驥德之言，他從戲曲

---

〔註 141〕謝肇淛，字在杭，明長樂，萬曆壬辰（1592 年）進士。引文見〔明〕謝肇淛：《五雜組》卷十五，據明萬曆年間刻本影印（臺北：新興書局影印，1971 年），頁 1287。

〔註 142〕同前註，頁 1289。

〔註 143〕同前註，頁 1286。

〔註 144〕郭英德：《明清傳奇戲曲文體研究》（北京：商務印書館，2004 年 7 月），頁 242。

題材的虛實運用來論述戲曲創作發展歷史，將之分成三個創作階段。「古」指宋元南戲、元雜劇及明初南戲的創作時期，是爲第一階段。「後」指明中葉以來的傳奇創作時期，是爲第二階段。「邇」指萬曆後民間戲曲風行的創作時期，是爲第三階段〔註 145〕。第一階段所謂「不論事實，亦不論理之有無可否，於古人事多損益緣飾爲之，然尚存梗槩」的創作現象，即呂天成所謂「有意架虛，不必與實事合」的「舊傳奇」階段之創作現象。第二階段「多本古史傳雜說略施丹堊，不欲脫空杜撰」，較講求與實事的相合，即呂天成所謂「新傳奇」的階段。第三階段爲萬曆時期民間戲曲脫空杜撰，揑造無影響（即無根據〔註 146〕）之事的創作歪風。此三個階段的虛實創作法之運用，即「多虛少實——＞多實少虛——＞虛構」。

呂氏《曲品》十分注意注意戲曲故事題材與其本傳之間的因襲關係，同時也分析各種不同的虛實運用之法。《曲品》中指出題材虛實運用有三種類型：

其一，採本傳事點綴或照本傳譜之，富有「實錄」精神。如評鄒逢時《覓蓮記》云：「照劉一春本傳譜之，亦悉〔註 147〕。」又如朱瀨濱《鸞筆記》寫明萬曆年間張居正執政時，父死不奔喪，仍留朝奪情之事，趙用賢、鄒元標等人上疏而被廷杖的政治時事。呂天成評其：「語多鑿鑿，可稱實錄。江陵九原有知，亦當頯泚〔註 148〕。」

其二，虛實相半。如沈鯨《雙珠記》演王楫夫妻離合之事。呂天成評云：「王楫事眞，第後半妻子再生，子回得第，補出〔註 149〕。」此劇前半本根據《南村輟耕錄》卷十二《貞烈墓》千夫長李某與部妻郭氏事增飾，後半部則虛構楫妻生子及子得第之情節。又如評《虎符記》：「前半眞，後半假，不得不爾。女俠如此，固當傳〔註 150〕。」

---

〔註 145〕葉長海：《王驥德曲律研究》，收於葉長海《曲律與曲學》內編（臺北：學海出版社，民國 82 年 5 月初版），頁 53～54。

〔註 146〕李師惠綿認爲謝肇淛《五雜俎》云：「《琵琶》則絕無影響，只有蔡中郎一人，而其餘事情人物無非假借者，此其所謂獨刱之筆。」再對照《曲律》「邇始有揑造無影響之事以欺婦人、小兒看」一句，可推知「無影響」即「無根據」。見李師惠綿：《戲曲批評概念史考論》（臺北：里仁書局，民國 91 年），頁 162。

〔註 147〕〔明〕呂天成：《曲品》，《中國古典戲曲論著集成》第六冊，頁 246。

〔註 148〕吳書蔭：《曲品校註》，頁 313。《集成》本無。

〔註 149〕〔明〕呂天成：《曲品》，《中國古典戲曲論著集成》第六冊，頁 238。

〔註 150〕同前註，頁 231。吳書蔭指出「虎符」各本傳鈔錯簡作「竊符」。

《明史》中的花雲本殉節而死，作者不忍，爲表彰節義，安排其團圓結局，故而後半虛構使其團圓，有意爲古人彌補缺憾。

其三，出於作者獨創虛構。如單本《蕉帕記》寫龍驤與弱妹的愛情故事，故事內容爲作者的獨創虛構。呂氏評云：「此係撰出，而情節局段能於舊處翻新，板處作活，眞擅巧思而新人耳目者。演行甚廣，予嘗乍序褒美之〔註151〕。」

呂天成認爲只要是能夠提高戲曲藝術效果，增強感染力，強化人物形象與情感刻畫，提升搬演效果，無論是以史傳筆法的實錄精神，或虛實相半，或純爲虛構獨創，都能成就好的作品。由此可知，呂氏認爲虛實運用之法，是一種活法，並非拘泥於題材本身的虛實，而是以符合戲曲藝術審美要求爲依歸，運用之道存乎作者的靈思妙悟之中。

具體而言，根據不同的題材有不同的運用方式。在寫到史傳人物故事或廣泛流傳的傳說故事，這種代代相傳的故事，有著濃厚而深刻的廣大群眾集體創作基礎，其故事模式與人物形象早已定型，觀眾與讀者對此故事已經是熟爛於胸，故作者應講究姓名事實，必須有所本，要尊重傳統的看法，不要去刻意作翻案，或扭捏造作，如此有違世俗的看法，則難以得到人們的認同。一方面由於尊重集體創作的傳奇故事之本來面貌；一方面又基於文人創作羽翼正史的心態，尊重史傳文學的敘事傳統，故呂天成認爲若以史傳傳說爲題材，則需注意事件「核實」與否的問題，如以下幾則評語：

《綵樓》：作手平平，稍入酸境，且事全不核實。……呂文穆原有屋山，爲僧所敬禮，何必以王氏紗籠詩強誣之〔註152〕？（能品）

《望雲》：載狄梁公事，俱核〔註153〕。（程文修作）（中下品）

《灌城記》：即紀寧夏平哱事。此以葉龍潭爲生者，寫情事頗詳核〔註154〕。（中下品）

《玉環》：此檃括元《兩世姻緣》劇，而於事多誤。想作者有憾乎外

〔註151〕吳書蔭：《曲品校註》，頁254。《集成》本無。

〔註152〕〔明〕呂天成：《曲品》，《中國古典戲曲論著集成》第六冊，頁226。吳書蔭校註本作「事」，清初鈔本同之。他本均作「是」。筆者以爲當作「事」較爲合理。

〔註153〕同前註，頁241。

〔註154〕吳書蔭《曲品校註》，頁390。《集成》本無。

家耳。陳禺陽作《鸚鵡洲記》，方是實錄〔註 155〕。(妙品)

《忠孝完節》：村夫巷婦無不艷談包龍圖，以《龍圖公案》所載忠孝事，最能動俗也。昌朝拾掇其關繫之大者，演爲斯記。雖未必盡核，頗足維風〔註 156〕。(上下品)

《寧胡記》：北詞有《孤雁漢宮秋》劇，寫漢帝訣別悽楚，雖有情境，殊失事實〔註 157〕。(中上品)

《繡被》：此紀東漢王忳事，而失其實，不足道也〔註 158〕。(下下品)

《綵樓記》寫宋人呂蒙正故事。卻牽合唐人王播之故事入劇，失其原貌。故呂天成評：「全不核實。」其他如程文修《望雲記》寫唐代名相狄仁傑，《灌城記》寫明代葉夢熊、魏學曾討賊事，《玉環記》寫韋皐與玉蕭兩世姻緣故事，《忠孝完節》寫包公斷案，《寧胡記》寫漢元帝與昭君故事，《繡被記》寫東漢王忳葬金彥事，這些劇目本事皆根據史傳雜說，故事本身即値得傳寫，故作者當依循故事原貌與精神，加以適當地剪裁與增飾，而非脫離史實，妄加杜撰，點金成鐵。如馬致遠《漢宮秋》雜劇的時空背景是漢王朝的積弱與匈奴的欺凌，藉此以抒發作者個人的亡國之恨和故國之思，這與史實不符，故曰「殊失事實」。祁彪佳評金懷玉《繡被記》曰：「東漢王忳遇金彥於旅邸，邂逅托以生死，忳卒葬彥而却其金，蓋大節也，奈何以鄙褻傳之，令觀者如墮雲霧中〔註 159〕！」故呂氏批其：「失其實，不足道也。」

同時對於年代問題與史實發生的時間順序，也要特別注意，不應錯置，以免貽笑大方。如《曲品》以下幾則評語：

《驚鴻》：楊、梅二妃相妬事，佳，詞亦秀麗。但以國忠相而後進太眞，於事覺顚倒耳〔註 160〕。(中下品)

《佩印》：朱買臣史傳本是極好傳奇。此作近俚，且插入霍山，時代亦舛謬〔註 161〕。(下中品)

《虓亭記》：關雲長一生事，寫之轟烈，第後段即接以玉泉顯聖，奈

〔註 155〕〔明〕呂天成：《曲品》，《中國古典戲曲論著集成》第六冊，頁 225。

〔註 156〕吳書蔭《曲品校註》，頁 271。《集成》本無。

〔註 157〕同前註，頁 386。《集成》本無。

〔註 158〕〔明〕呂天成：《曲品》，《中國古典戲曲論著集成》第六冊，頁 248。

〔註 159〕〔明〕祁彪佳：《遠山堂曲品》，《中國古典戲曲論著集成》第六冊，頁 107。

〔註 160〕〔明〕呂天成：《曲品》，《中國古典戲曲論著集成》第六冊，頁 241。

〔註 161〕同前註，頁 245。集成本作「此非近俚，且插入霍山，時代亦糾謬」，吳書蔭指出「非」爲「作」字之形誤，「糾」爲「舛」字之形誤。

年代遼越何〔註162〕？（下上品）

《四節》：置晉於唐後，亦嫌顛倒〔註163〕。（能品）

在史傳傳說的基礎上進行藝術加工與增加虛構的人物與情節，是戲曲藝術創作之法之一，呂天成以「戲局」、「戲法」、「傳奇體」、「傳奇法」稱之。如以下幾則：

《孤兒》：事佳，搬演亦可，……即以趙武爲岸賈子，正是戲局。近有徐叔回所改《八義》，與傳稍合，然未佳〔註164〕。（妙品）

《金蓮》：摭三蘇事，得其概。末添鮑不平，正是戲法耳〔註165〕。（中中品）

《霞箋》：此即《心堅金石傳》，死者生之，分者合之，是傳奇體。搬出甚激切，想見鍾情之苦〔註166〕。（中下品）

《雙環》：此木蘭從軍事，今增出婦翁及夫婿，串插可觀。此是傳奇法〔註167〕。（下上品）

《孤兒記》演春秋時晉靈公權臣屠岸賈殘殺趙盾全家，程嬰、公孫杵臼救孤報仇的故事。其本事前半本根據《左傳》、後半本根據《史記・趙世家》，並參考了元雜劇而寫成。其對於史傳故事有所變動，史傳中原本記載韓厥進諫，強調趙氏於有功於晉國，不應絕後，隨復立趙武，對復孤起著關鍵作用。而《孤兒記》則以韓厥受岸賈之命殺孤，程嬰曉以大義，韓厥自刎。程嬰將己子冒充趙氏孤兒，交與公孫杵臼，然後向岸賈告密，因其告密有功，收爲其門客，並收其子（實爲趙孤）爲義子，後終於報仇雪恨。呂天成認爲此種手法正是爲了突出報仇雪恨主題，重點在存孤、救孤，增強戲劇性，乃爲了戲劇需求而作的更動，因此稱這種創作手法「正是戲局」。陳汝元的《金蓮記》寫蘇軾受章惇陷害，多次被貶，最後貶到儋州，施恩於鮑不平之母。鮑不平聚嘯綠林，得知此事，對蘇軾感恩戴德。秦觀上書彈劾章惇，皇帝下詔使蘇軾還朝，章惇被發配雷州，途中巧遇鮑不平，怒斥章惇。作者虛設鮑不平此

〔註162〕吳書蔭：《曲品校註》，頁392。《集成》本無

〔註163〕〔明〕呂天成：《曲品》，《中國古典戲曲論著集成》第六冊，頁226。

〔註164〕同前註，頁225。

〔註165〕同前註，頁239。「鮑不平」作「抱不平」，誤。

〔註166〕同前註，頁249。

〔註167〕〔明〕呂天成：《曲品》，《中國古典戲曲論著集成》第六冊，頁243。

人物及其訪親行動，使蘇軾脫離絕境，這一設計至少有以下兩種意義：一是鮑不平諧音「抱不平」，蘊含憤世嫉俗之意，亦有為蘇軾抱不平之意。二是其人雖為海寇，實則與蘇軾為同調之人，因此他與蘇軾「草草相逢兩意投」，不僅因為蘇軾焚券有恩，還因為二人皆有「垂念孤忠，欲除奸邪」之志，今二人皆處悽慘絕境，因而有「同是天涯淪落人，相逢何必曾相識」之感。《霞箋記》寫李彥直與張麗容的悲歡離合。本事出自明何大掄《重刻增補燕居筆記》卷七《心堅金石傳》（亦見《情史》）。此記將原本悲劇結局改為團圓結局。大團圓結局是明代傳奇作者審美理想，也是觀者的審美理想，因而大團圓結局是明代傳奇結尾的傳統程式。呂天成以「傳奇體」評之，表現其對於傳奇審美理想與戲曲傳統結構程式的認識。在符合傳奇審美趣味的要求下，作者可以對本傳進行更動，甚至大幅度地改動結局，以符合作者與觀者的審美理想。鹿陽外史《雙環記》在花木蘭故事的基礎上增設婦翁與夫婿，也是根據戲曲藝術的構局與情節安排的實際需求，來決定是否需要增設人物或更動人物身份與人物之間的關係。因為傳奇篇幅長，故須增設必要的人物以豐富戲劇情節，以進行人物、情節、事件的串插，使劇情能有波瀾起伏之致，呂天成稱之為「傳奇法」。

呂氏所謂的「戲局」、「戲法」、「傳奇體」、「傳奇法」，一方面源於戲曲藝術的審美需求，一方面又與作者內在情志有關。中國戲曲藝術有強烈的抒情性、寓言性與主體色彩，誠如前文提及譚帆、夏煒在《中國古典戲劇理論史》中指出：由於戲曲的故事情節是以「曲」體來表現和敷衍的，故其故事性染上了濃烈的主體性特徵。作者主觀意圖非常強烈，對於戲劇故事道德價值和情感宣洩價值的要求遠勝於對戲劇性的重視〔註 168〕。傅謹《中國戲曲藝術論》也強調中國戲曲長於抒情，短於敘事的特點〔註 169〕。而吳毓華《戲曲美學論》也認為「寓言性」是中國戲曲藝術的基本審美特徵。從整體性的審美意識來看，戲曲創作者都有明確的托寓意識，通過一個故事搬演表現作家一定的思想情感，這是戲曲創作的基本要求〔註 170〕。如李贄就曾說戲曲是「見景生情，

〔註 168〕譚帆、夏煒：《中國古典戲劇理論史》（北京：中國社會科學出版社，1993），頁 30。

〔註 169〕傅謹：《中國戲劇藝術論》（太原：山西教育出版社，2000 年 8 月初版），頁 117～126。

〔註 170〕吳毓華：〈論戲曲藝術的寓言性特徵〉，《戲曲研究》（1989 年，第 11 期），頁 13～21。又收於吳毓華：《戲曲美學論》（臺北：國家出版社 2005 年 10 月初

觸目興歎，奪他人之酒杯，澆自己之壘塊；訴心中之不平，感數奇於千載」的產物。如上文所舉陳汝元的《金蓮記》，劇中鮑不平這個人物顯然有作者強烈的主觀色彩，可以說是作者的化身，藉由虛設的人物以傳達己意。

呂天成又認爲藝術虛構不一定能擺脫俗套，若虛構故事，但情節卻不脫套，則依舊令人生厭。如評《玉魚記》曰：

> 郭汾陽宜譜曲。此記著意鋪張，甚長。但前半摹倣《琵琶》，近套，可厭；後半皆實錄也〔註 171〕。

《玉魚記》寫郭子儀故事，前半虛構，後半實錄，然前半情節局段卻摹倣《琵琶記》，因襲前人尋常舊套，故呂天成批其「可厭」。而單本《蕉帕記》寫龍驤與弱妹的愛情故事。故事內容爲作者的獨創虛構。呂天成評其：「情節局段能於舊處翻新，板處作活，眞擅巧思而新人耳目者。演行甚廣，予嘗乍序褒美之〔註 172〕。」此記故事內容不但出於作者的獨創虛構，又能於情節局段翻新，是眞正有獨創精神的作品，不同於假託人所未聞之姓名，寫人人熟爛胸中之故事，情節局段亦襲用前人俗套，了無新意可言的下駟之作，因此深得呂天成的肯定與褒獎。

此外，還必須要根據能否順應人情、感動人心，決定是否要據實敷衍或進行藝術虛構。如《曲品》以下幾條評語：

> 《精忠》：此岳武穆事。詞簡淨。演此令人背裂。予欲作一劇，不受金牌之召，直抵黃龍府，擒兀朮，返二帝，而正秦檜法，亦一大快事也〔註 173〕。（能品）
>
> 《呼盧》：劉寄奴事，眞人傑，蹤跡果奇。此記據實敷衍，亦快人意〔註 174〕。（中下品）

《精忠記》寫宋代抗金英雄岳飛故事，當年岳家軍奮戰十餘年，收復了大片失地。朱仙鎭會戰，大破金兀朮，金人士氣盡喪，宋人銳氣高漲，被金國佔領的人民也紛紛起來響應，收復中原指日可待。岳飛高興地對部屬說：「直抵黃龍府，與諸君痛飲爾！」惜宰相秦檜主和，連發十二道金牌命岳飛退兵。返京後，岳飛被解除兵權，其後更被秦檜以「莫須有」的罪名誣陷而死。這

---

版），頁 85～90。

〔註 171〕〔明〕呂天成：《曲品》，《中國古典戲曲論著集成》第六冊，頁 242。

〔註 172〕吳書蔭：《曲品校註》，頁 254。《集成》本無。

〔註 173〕〔明〕呂天成：《曲品》，《中國古典戲曲論著集成》第六冊，頁 227。

〔註 174〕同前註，頁 241。

段史事不僅可歌可泣，而秦檜陷害忠良的行爲更是人神共憤。呂天成認爲不妨變動史實，使良將報國如願以償，使奸臣伏法，豈不更是大快人心？因爲這種改動雖於史實不合，但卻是合情合理的。可見呂氏認爲只要益於表達審美主體的某種審美意識，是可允許作者對於所描寫的對象進行一番改造的，因爲只有「有意架虛」，才能達到其審美意圖，從而產生相應的審美效果。

在進行藝術加工與虛構時，當在符合人情物理的基礎上進行更動，若虛構的部分不僅不合情理，且於戲曲藝術絲毫無加分效果，如此則便是妄作傅會，不如刪去。如《曲品》以下幾則評語：

> 《奪解》：鬱輪袍事，王辰玉撰劇，甚佳。此記詞采亦可觀，但坿會爲李株甫婿，不妙〔註 175〕。（下上品）
>
> 《合鏡》：特傳樂昌一事，亦暢。但云作越公女，反覺不情〔註 176〕。（中下品）

《合鏡記》寫樂昌公主與徐德言破鏡重圓的故事。本事出於孟棨見《本事詩・情感第一》，故事原貌是寫樂昌公主乃南朝後主陳叔寶的大妹妹，隋文帝舉兵消滅了陳國，國破家亡的陳後主及皇族被虜北上，樂昌公主與駙馬徐德言眼看就要被活活拆散，於是打破銅鏡，兩人各持一半，以此爲重聚之信物。樂昌公主被越國公楊素納爲姬妾，幾經波折後，最後終於憑著破鏡找到徐德言。楊素得知此事，愴然動容，立刻召見徐德言，將妻子還給他。徐德言和樂昌公主重新團圓，楊素成人之美，堪爲千古佳話。然《合鏡記》卻把人物關係重新改動，把樂昌改成楊素之女，不僅大大降低原作中夫妻生離死別的悲劇氣氛，同時也無法顯示楊素成人之美，比起故事原貌中人物的光彩形象，《合鏡記》確實失色許多。故呂天成批評說：「但云作越公女，反覺不情。」故知，呂天成反對脫離劇作藝術需求，對於題材進行不合情理或無益於藝術感染力的脫空杜撰。

呂天成以舅祖孫鑛「南戲十要」爲品評標準，其中的「第一要事佳」、「第二要關目好」、「第三要搬出來好」、「第七要善敷衍——淡處作得濃，閑處作得熱鬧」、「第八要各角色派得勻妥」、「第九要脫套」、「第十合世情、關風化」，都與戲曲故事題材論有直接或間接的關係。故題材虛實的運用，乃以符合以上的藝術審美需求爲依歸。爲了追求故事的眞摯動人與新穎奇特，情節的曲

---

〔註 175〕〔明〕呂天成：《曲品》，《中國古典戲曲論著集成》第六冊，頁 242。
〔註 176〕同前註，頁 249。

折起伏，動人的搬演效果，腳色分配均勻，擺脫熟爛俗套，合乎世情的思想與內容，達到風化的社會功能，在實際創作時，作者可以靈活運用虛實之法。同時為了寄託作者個人思想與情感，可以適度地對題材進行剪裁鍛鍊。總而言之，虛實運用之法的基石有三：一是合乎戲曲藝術的審美要求，二是為傳達作者個人情志，三是合乎人情物理，在能順應人情、感物動人的基礎上，活用虛實之法，運用之道存乎作者的靈思妙悟之中。

## 第二節　戲曲情節論、布局論與結構論

本節首先闡明情節、布局與結構概念之內涵，進而分析呂天成對於情節、布局與結構之美學要求。

### 一、情節、布局與結構概念之內涵

元雜劇一本四折，每折一宮調，一韻到底，一人主唱，劇情發展必須要在這個較為短小的框架格局中表現。南戲（《曲品》「舊傳奇」）和傳奇（《曲品》新傳奇），出數不限，多人輪唱，結構比較自由，劇情能夠在充足的篇幅中醞釀與疏展。因而呂天成說：「雜劇折惟四，唱惟一人；傳奇折數多，唱必勻派。雜劇但摭一事顛末，其境促；傳奇備述一人始終，其味長〔註 177〕。」元雜劇藝術體製短小，內容相對比較簡單，故事發展往往隨著時間順序推移，而形成「起、承、轉、合」（發生、發展、高潮、結局）的敘事結構程式，形成一條無支蔓的單向時間線，具有緊湊與簡鍊的特徵，其反映生活的廣度往往受到限制。也因此，元代曲論家鮮少涉及對於元雜劇情節、布局、結構等藝術要素的探索。相對而言，長篇巨製的明清傳奇，不但增加故事內容的廣度，同時人物的情感與形象也可以獲得深度的刻畫。長篇體製固然對於劇情與人物等提供良好的條件，但作家若沒有充分的功力以駕馭長篇巨製，於情節的組織，章法格局的布置，整體的結撰構思上顯得不足，則容易出現冗繁無味，支蔓橫生之弊。故而情節、布局、結構的重要性也就漸漸突顯出來，成為明清曲論家關注的焦點。同時亦由於此期戲曲批評家已逐漸體從早期的「曲」體觀點，進一步深入到「劇」體觀點，將目光從文辭聲律論擴展到戲曲敘事藝術規律的探求，從而展開了「情節」、「章法、格局」、「結構」體系

〔註 177〕〔明〕呂天成：《曲品》，《中國古典戲曲論著集成》第六冊，頁 209。

之審美理論的建立。

在一般敘事理論中，「故事」、「情節」、「布局」、「結構」等詞彙，往往互相混用，導致語意上有模糊混淆的現象。實際上，在中國戲曲理論中，「故事」、「情節」、「布局」、「結構」四者密切相關，但卻有各自不同的內涵。

「故事」與「情節」的意義有別。西方文學理論家佛斯特（Edward Morgan Forster）以小說為例說明二者差異：

> 我們對故事下的定義是按時間順序安排的事件的敘述。情節也是事件的敘述，但重點在因果關係（Causality）上〔註178〕。

中國古代曲論戲曲理論家在品評劇本時，如孫鑛提出「第一要事佳，第二要關目好」，呂天成《曲品》分別有用「事」、「關目」、「情節」之語，「事」主要指的是本事，即劇作故事或其所依據的故事，而「關目」指的是戲曲情節或關鍵情節。此足見中西對於故事與情節乃相異概念有一致的看法。但須明辨的是，西方的情節觀念與中國戲曲的情節觀念不同，西方的情節觀念強調因果關係，而中國戲曲的情節設置未必有因果關係。

故事的定義可從兩方面探討：在作品成形之前的故事指的是事件的原初形式，尚未成為文學的材料；若在作品形成之後談論所謂的故事內容，其又可視作是從作品結構中抽取出來，還原為一系列事件及其參予者〔註179〕。而情節則是對故事的重新安排，其目的是為了表達作者對於此故事的看法與態度〔註180〕。高禎臨在《明傳奇戲劇情節研究》中指出：：

> 從研究層次來談可說是：故事是一個透過敘事文本所體現出來的整體樣貌，情節可能進一步牽涉內部細節與藝術技巧層面的功夫〔註181〕。

由此可知，「故事」與「情節」的內涵不同是十分明確的。「情節」雖然是小說與戲劇的共同元素之一，但根據其藝術要素之特質而各有其不同的藝術技巧與美學要求。相較於小說而言，戲曲講求舞台效果，故而講究關目的設置與安排。如明代柳浪館主人（姓名、生卒年不詳，萬曆1573～1619年間在世）《紫釵記總評》云：

---

〔註178〕李文彬譯、佛斯特著：《小說面面觀》（臺北：志文出版社，1973年9月初版，1990年5月再版），頁75。

〔註179〕周寧：《比較戲劇學——中西戲劇話語模式研究》一書中引俄國形式主義對於Fabula（故事）與Syuzhel（情節）之間的區別時，對「故事」所做的詮釋（上海：上海社會科學院，1993年），頁122～123。

〔註180〕徐岱：《小說敘事學》（北京：中國社會出版社，1992年），頁220。

〔註181〕高禎臨：《明傳奇戲劇情節研究》（臺北：文津出版社，2005年），頁17。

> 一部《紫釵》都無關目，實實填詞，呆呆度曲，有何波瀾？有何趣味？臨川判《紫簫》云：「此案頭之書，非台上之曲。」余謂《紫釵》猶然案頭之書也，可爲台上之曲乎〔註 182〕？

傳奇劇作目的是用來場上演出，故當講求「關目」鋪敘，使故事情節波瀾起伏，變幻莫測，自能激起觀眾的驚奇感，進而獲得審美的愉悅與滿足。否則如湯顯祖《紫簫記》〔註 183〕雖「琢調鮮美，鍊白駢麗」，以塡詞爲事，忽略構設關目之法，流於「曼衍」，成爲僅能供清唱的案頭之曲。

最早見諸記載使用「關目」一詞的是元代鐘嗣成（1279～1360）《錄鬼簿》著錄李壽卿雜劇，在《辜負呂無雙》之下注曰：「與《遠波亭》關目同〔註 184〕。」此「關目」即「情節」之意。古典劇論中關目美學概念已然萌芽，到了元末明初賈仲明（1343～1422）以【凌波仙】挽曲形式增補《錄鬼簿》，以「關目」爲評賞原則之一，並賦予其明確而豐富的內涵〔註 185〕。明中葉以後，「關目」概念被大量運用在評點和鑑賞戲曲作品，同時也出現了「情節」一詞。李贄（1527～1602）以「關目」一詞評點傳奇，評《拜月亭》：「此記關目極好，說得好，曲亦好〔註 186〕。」評《紅拂記》：「此記關目好，曲好，白好，事好〔註 187〕。」以「關目」作爲戲曲創作評賞美學的首要標準。臧懋循提出曲有三難：「情詞穩稱之難，關目緊湊之難，音律諧協之難〔註 188〕」。徐復祚（1560～1630）《曲論》中使用「情節關目」一詞評劇，其云：「《琵琶》、《拜月》而下，《荊釵》以情節關目勝〔註 189〕。」此處「情節關目」包括故事情節和關鍵情節〔註 190〕。王驥德（1560～1623）讚美其友毛允遂品第戲曲作品時能「每種列爲關目、曲、白三則，自一至十，各以分數

---

〔註 182〕毛效同：《湯顯祖研究資料匯編》（上海：上海古籍出版社，1980），頁 791。

〔註 183〕〔明〕呂天成：《曲品》，《中國古典戲曲論著集成》第六冊，頁 230。

〔註 184〕〔元〕鐘嗣成：《錄鬼簿》，《中國古典戲曲論著集成》第二冊，頁 111。。

〔註 185〕參見顏天佑：〈試論賈仲明的八十首【凌波仙】挽曲〉，《元雜劇八論》（臺北：文史哲出版社，1996 年），頁 230；李師惠綿：《戲曲批評概念史考論》第四章〈關目、情節論〉，頁 204～208。

〔註 186〕〔明〕李贄：《焚書》卷四〈雜述・拜月〉（臺北市：河洛書局，民國 63 年），頁 196。

〔註 187〕〔明〕李贄：《焚書》卷四〈雜述・紅拂〉，同前註。

〔註 188〕〔明〕臧晉叔：《元曲選・序二》，見《元曲選》（臺北：正文書局，民國 88 年），頁 2。

〔註 189〕〔明〕徐復祚：《曲論》，《中國古典戲曲論著集成》第四冊，頁 236。

〔註 190〕李師惠綿：《戲曲批評概念史考論》，頁 213。。

等之，功令犁然，錙銖畢析〔註 191〕」。馮夢龍（1574～1646）亦在其序跋和評點中則廣泛使用「情節」與「關目」術語，建立了情節關目理論〔註 192〕。

呂天成（1580～1618）《曲品》雖引用到孫鑛「南戲十要」的「第二要關目好」以爲評賞標準，然實際評點上卻未曾使用「關目」一詞，而使用「情節」一詞爲批評術語，見於以下幾則評語：

《繡襦》：元有《花酒曲江池》劇，此作照汧國夫人本傳譜者，情節亦新〔註 193〕。（上下品）

《蕉帕》：傳龍生遇狐事。此係撰出，而情節局段能於舊處翻新，板處作活，眞擅巧思而新人耳目者〔註 194〕。（上中品）

《龍泉》：情節闊大，而局不緊，是道學先生口氣〔註 195〕。（具品）

《雙珠》：情節極苦，串合最巧，觀之慘然〔註 196〕。（中中品）

呂天成把「情節」加以「新」、「苦」、「闊大」、的形容詞，揭示了情節具有各種不同的美感特質與審美趣味。呂天成對於戲曲情節的審美要求是「新穎奇特」，及表達眞實情感。元雜劇石君寶的《花酒曲江池》與明傳奇《繡襦記》皆以唐傳奇《李娃傳》爲故事題材，但其「情節」都與《李娃傳》有所不同。《曲江池》增添鄭元和因被父親鞭打幾死，得官後拒絕認父，李娃以死相勸才得以團圓，而《繡襦記》增添李娃不惜剔目激勵鄭元和用功讀書的情節，故曰「情節亦新」。《蕉帕記》的故事乃作者杜撰虛構，故事內容寫龍驤、弱妹、狐仙三者充滿奇異曲折的愛情故事。狐仙爲了修成正果，化身爲弱妹，得以與龍驤交合，後龍驤、弱妹結合爲夫妻，方知先前爲假弱妹。二人同至天目山尋仙，時狐仙受呂洞賓點化，仙號長春子，並授龍驤天書三卷。其後更幫助龍驤一家解決種種困難。最後龍驤全家榮登仙籍。此記以龍驤與弱妹、龍驤與狐仙兩條情節軸線交織激盪，突破了一般愛情故事悲歡離合的型態，情節豐富新奇，妙趣橫生，又能將複雜的情節布置得條理井然。故而呂天成評其「情節局段能於舊處翻新」，此處「情節局段」，指的就是「情節」、「格

〔註 191〕〔明〕王驥德《曲律・雜論第三十九下》，《中國古典戲曲論著集成》第四冊，頁 170。

〔註 192〕可參閱李師惠綿：《戲曲批評概念史考論》第四章〈關目、情節論〉，頁 213～215。

〔註 193〕〔明〕呂天成：《曲品》，《中國古典戲曲論著集成》第六冊，頁 249。

〔註 194〕吳書蔭：《曲品校註》，頁 254。《集成》本無。

〔註 195〕〔明〕呂天成：《曲品》，《中國古典戲曲論著集成》第六冊，頁 228。

〔註 196〕同前註，頁 238。

局」、「段數」〔註 197〕，意思是構思事件、串連情節與布置格局都能超脫前人俗套。祁彪佳《遠山堂曲品》亦評云：「（單本）時以衣冠優孟，爲按拍周郎，故無局不新，無詞不合〔註 198〕。」《雙珠記》演王楫夫妻離合之事。前半取材於《南村輟耕錄》卷十二《貞烈墓》千夫長李某與部卒妻郭氏事增飾，並結合其他故事題材以虛構故事，敷衍情節，寫來感天動地，能傳達出眞情苦境，使人觀之爲之動容。

一般所謂的「布局」，就是章法、格局的布置。關於「情節」與「章法、格局」的差異，李師惠綿在《戲曲批評概念史考論》中說明：

> 就古典劇論而言，單用情節或關目只是一個名詞，指一段一段的事件；而如何將一段一段的事件布置串連起來，使之成爲具有「開始、中間、結束」發展秩序的劇作，就屬於「章法」、「格局」的範疇〔註 199〕。

元代論「章法、格局」者多針對散曲而言〔註 200〕，到了明代則將「章法、格局」概念運用於「劇」的評賞中。第一個爲戲曲「章法、「格局」建立明確概念與理論體系的是王驥德，《曲律・論章法第十六》云：

> 作曲，猶造宮室者然。工師之作室也，必先定規式，自前門而廳、而堂、而樓，或三進、或五進、或七進，又自兩廂而及軒寮，以至廩庾、庖湢、藩垣、苑榭之類，前後、左右、高低、遠近、尺寸無不了然胸中，而後可施斤斲。作曲者，亦必先分段數，以何意起，何意接，何意作中段敷衍，何意作後段收煞，整整在目，而後可施結撰。此法，從古之爲文、爲辭賦、爲歌詩者皆然；於曲，則在劇戲，其事頭原有步驟；作套數曲，遂絕不聞有知此竅者，只漫然隨調，逐句湊拍，掇拾爲之，非不間得一二好語，顚倒零碎，終是不成格局。……是故修辭，當自鍊格始〔註 201〕。

---

〔註 197〕〔明〕王驥德《曲律・論章法第十六》：「作曲者，亦必先分段數，以何意起，何意接，何意作中段敷衍，何意作後段收煞，整整在目，而後可施結撰。」「段數」即「起」、「接」、「中段敷衍」、「後段收煞」。《中國古典戲曲論著集成》第四冊，頁 123。

〔註 198〕〔明〕祁彪佳：《遠山堂曲品》，《中國古典戲曲論著集成》第六冊，頁 12～13。

〔註 199〕李師惠綿：《戲曲批評概念史考論》，頁 238。

〔註 200〕元代章法格局理論可參見李師惠綿：《戲曲批評概念史考論》第五章〈章法、格局論〉，頁 239～244。

〔註 201〕〔明〕王驥德《曲律・論章法第十六》，《中國古典戲曲論著集成》第四冊，

王驥德將劇（北劇）戲（南戲、傳奇）的情節發展分成「起」、「接」、「中段敷衍」、「後段收煞」四個「段數」，作者必先胸有成竹，才能開始下筆結撰。戲劇情節的變換是通過起（開端）、承（發展）、轉（高潮）、合（結束）四個階段完成的，此模式就叫作「章法」，又稱爲「格局」。清代李漁在《閒情偶記・詞曲部・格局第六》之下列〈家門〉、〈沖場〉、〈出腳色〉、〈小收煞〉、〈大收煞〉五款〔註 202〕，從戲劇體製角度論「格局」。由此可知，「章法」與「格局」的內涵包括戲曲情節關目內在段落發展形式和外在體製規律之布置〔註 203〕。

呂天成亦大量使用「格局」與「布局」概念來評論劇作，見諸以下幾處：

《琵琶》：串插甚合局段，苦樂相錯，具見體裁。可師，可法，而不可及也〔註 204〕。（神品）烏鎮王雨舟，……，頗知鍊局之法，半寂半喧〔註 205〕。（妙品）

《曇花》：但律以傳奇局，則漫衍乏節奏耳〔註 206〕。（上下品）

《祝髮》：布置安插，段段恰好〔註 207〕。（上中品）

《浣紗》：羅織富麗，局面甚大，第恨不能謹嚴。中有可減處，當一刪耳〔註 208〕。（上中品）

《紈扇》：局段未見謹嚴〔註 209〕。（中中品）

《龍泉》：情節闊大，而局不緊，是道學先生口氣〔註 210〕。（具品）

《鸚鵡洲》：第局段甚雜，演之覺懈。是才人語，非詞人手〔註 211〕。（中中品）

《雙環》：此木蘭從軍事，今增出婦翁及夫婿，串插可觀。此是傳奇

頁 123。

〔註 202〕〔清〕李漁：《閒情偶記・詞曲部・格局第六》，《中國古典戲曲論著集成》第七冊，頁 64～69。

〔註 203〕李師惠綿：《戲曲批評概念史考論》，頁 239。

〔註 204〕〔明〕呂天成：《曲品》，《中國古典戲曲論著集成》第六冊，頁 224。

〔註 205〕同前註，頁 210。

〔註 206〕同前註，頁 235。

〔註 207〕同前註，頁 231。

〔註 208〕同前註，頁 232。

〔註 209〕〔明〕呂天成：《曲品》，《中國古典戲曲論著集成》第六冊，頁 239。

〔註 210〕同前註，頁 228。

〔註 211〕同前註，頁 239。

法〔註212〕。（下上品）

《雙珠》：情節極苦，串合最巧，觀之慘然〔註213〕。（中中品）

《蕉帕》：傳龍生遇狐事。此係撰出，而情節局段能於舊處翻新，板處作活，眞擅巧思而新人耳目者〔註214〕。（上中品）

《孤兒》：即以趙武爲岸賈子，正是戲局。近有徐叔回所改《八義》，與傳稍合，然未佳〔註215〕。（妙品）

《鴛衾》：聞有是事。局境頗新〔註216〕。（上上品）

《金門大隱》：布局摛詞盡脱俗套〔註217〕。（上下品）

常州邵給諫，……，局忌入酸〔註218〕。（妙品）

《明珠》：其布局運思，是詞壇一大將也〔註219〕。（上中品）

《錦箋》：此記鍊局遣詞，機鋒甚迅，巧警會心〔註220〕。（中上品）

當行不在組織餖飣學問，此中自有關節局概，一毫增損不得〔註221〕。

由呂天成評《龍泉記》「情節闊大，而局不緊」一句，可知在呂氏的觀念中，「情節」與「格局」的概念有別。誠如前文所言，「情節」指一段一段的事件，而如何將一段一段的事件串連起來則叫做「布局」〔註222〕。呂天成使用「局」、「局段」、「傳奇局」、「戲局」等名詞，皆爲格局概念，而提到「布局」、「練局」、「串插」、「布置安插」等動詞，指的就是布置格局之意。由以上評語可知，呂氏對於布局的美學要求有幾點：

其一，布局嚴謹。即布置局段要能達到「多一分則太繁，少一分則太簡」的境界。如《浣沙記》有名有姓出場者有二十九人，跑龍套的有十七類；戲劇表演須將每個上場人物及其互相關連都作清晰的交代，這就使得已經相當飽滿的劇情結構超載〔註223〕。明人張琦《衡曲麈談》亦認爲《浣紗記》「第其

〔註212〕同前註，頁243。

〔註213〕同前註，頁238。

〔註214〕吳書蔭：《曲品校註》，頁254。《集成》本無。

〔註215〕〔明〕呂天成：《曲品》，《中國古典戲曲論著集成》第六冊，頁225。

〔註216〕同前註，頁229。

〔註217〕吳書蔭：《曲品校註》，頁279。《集成》本無。

〔註218〕〔明〕呂天成：《曲品》，《中國古典戲曲論著集成》第六冊，頁210。

〔註219〕同前註，頁231。

〔註220〕同前註，頁238。

〔註221〕同前註，頁211。

〔註222〕李師惠綿：《戲曲批評概念史考論》，頁238。

〔註223〕許建中：《明清傳奇結構研究》（鄭州市：中州古籍出版社，1999），頁132。

失在冗長〔註 224〕」。故呂氏認爲此劇須刪略不必要的情節與事件。

其二，講究串插技巧。呂天成認爲戲曲串插布局的美學原則是「苦樂相錯」、「半寂半喧」，富有節奏性，此即「傳奇法」。運用兩條線索的串插，其作用在於腳色勞逸之均衡、場面冷熱的調劑，還有在串插中推動劇情的發展，以及使得事件的推動和人物內心世界的展示相爲映襯，能較細緻地展現人物性格變化的過程〔註 225〕。同時得以在冷場與熱場的遞換中，使觀眾情緒得以跌宕跳躍，以收良好的演出效果。

其三，追求新穎動人。如《蕉帕記》以龍驤與弱妹、龍驤與狐仙兩條情節軸線交織激盪，突破了一般愛情故事悲歡離合的型態，情節豐富新奇，妙趣橫生，又能將複雜的情節布置得條理井然。故而呂天成評其「情節局段能於舊處翻新」。又呂天成評論《孤兒記》時所所謂的「戲局」，指的就是傳奇布置情節局段的美學規律。《孤兒記》以韓厥受岸賈之命殺孤，程嬰曉以大義，韓厥自刎。程嬰將己子假充趙氏孤兒，交與公孫杵臼，然後向岸賈告密，因其告密有功，收爲其門客，並收其子（實爲趙孤）爲義子，後終於報仇雪恨。呂天成認爲此種手法正是爲了突出報仇雪恨主題，重點在存孤、救孤，增強戲劇性，乃爲了戲劇需求而作的更動，因此稱這種創作手法「正是戲局」。

由此可知，呂天成論格局與布局乃集中在布置情節與串插情節線方面，聚焦於內部情節發展的布置。在具體論述上，多從串插局段來講，其格局美學重視布局嚴謹、新穎出奇、講求串插之巧。這種重視對比、嚴謹與波瀾起伏之妙的關注角度，顯示了呂天成不再以元代「曲的章法」角度去看戲曲，而是以「劇的章法」角度去分析戲曲格局。而「苦樂相錯」、「半寂半喧」格局美學論的提出，正顯示其對於戲劇節奏性與對比性的認識。

關於「結構」一詞的內涵，在中國古代漢語中「結構」一詞有名詞含意，也有動詞含意。在戲曲理論史上，明代已用「結構」一詞來品評劇作。李贄（1527～1602）認爲：「《拜月》、《西廂》，化工也；《琵琶》，畫工也。」又說：「畫工雖巧，已落第二義矣。」他論戲標舉自然天成的「化工」之妙。在這種美學觀點下，他提出：

> 追風逐電之足，決不在於牝牡驪黃之間；應聲氣求之夫，決不在於尋行數墨之士；風行水上之文，決不在於一字一句之奇。若夫結構

〔註 224〕〔明〕張琦：《衡曲麈譚》，《中國古典戲曲論著集成》第四冊，頁 270。
〔註 225〕許建中：《明清傳奇結構研究》，頁 28。

之密，偶對之切；依於理道，何乎法度；首尾相應，虛實相生，種種禪病皆所以語文，而皆不可以語於天下之至文也〔註 226〕。

李贄認爲講究結構、章法、偶對、虛實等種種藝術技巧，都只是寫作規則和技巧的一種禪病。而署名李卓吾批評的《三刻五種傳奇》〔註 227〕的評點中則有運用「結構」一詞評點劇作，如《鳴鳳記・總評》：

凡傳奇之勝，乃在結構玲瓏，令人不測。如此部傳奇，塡詞度曲，時入聖境，亦可謂極盡才人之致矣。而小小串插，良工苦心，不謂無之。只恨頭緒太多，支離破碎，難登作者之壇耳〔註 228〕。

足見李贄對於結構串插之重視。他主張戲曲結構須「玲瓏」，就是講究結構的細緻精巧，避免龐雜繁蕪，否則就只是講究塡詞度曲的才人之作，難登舞台。

到了湯顯祖（1550～1616）則有意識地運用「結構」一詞於品評劇作中，如《玉茗堂批評焚香記・總評》：「此獨妙於串插結構，便不覺文法沓拖，眞尋常院本中不可多得〔註 229〕。」認爲《焚香記》「結構串插，可稱傳奇家從來第一〔註 230〕」。袁宏道（1568～1610）亦云：「詞家最忌逐出塡去，漫無結構〔註 231〕。」皆強調戲曲當講求串插結構之法，力避曼衍拖沓。柳浪館主人（姓名、生卒年不詳，萬曆 1573～1619 年間在世）《紫釵記總評》說：

元之大家，必胸中先具一大結構，玲玲瓏瓏，變變化化，然後下筆，方得一出變換一出，令觀者不可端倪，乃爲作手〔註 232〕。

前文曾引凌濛初《譚曲雜箚》談「戲曲搭架」的問題，就是在講戲曲結構問題，包括題材的選取與剪裁、串插布局等藝術技巧。祁彪佳（1602～1645）更提出「作南傳奇者，搆局爲難，曲白次之〔註 233〕。」

〔註 226〕〔明〕李贄：《焚書》卷三〈雜述・雜說〉，頁 96。

〔註 227〕朱萬曙認爲容與堂刊刻的五種署名李卓吾批評的《三刻五種傳奇》是出自李卓吾之手。見朱萬曙：《明代戲曲評點研究》（合肥：安徽教育出版社，2002 年 8 月），頁 52～64。

〔註 228〕〔明〕李贄：《三刻五種傳奇》，明末刊本，現藏於國家圖館善本書室。

〔註 229〕〔明〕湯顯祖：《玉茗堂批評焚香記・總評》，收於林侑蒔主編：《全明傳奇》（臺北：天一出版社，1985），上卷頁 2。

〔註 230〕〔明〕湯顯祖：《玉茗堂批評焚香記・第三十七出〈收兵〉總評》，同前註，下卷頁 46。

〔註 231〕《沈際飛評點牡丹亭還魂記・集諸家評語》，見陳竻、吳毓華：《古典戲曲美學資料集》（北京：文化藝術出版社，1992 年 10 月），頁 162。

〔註 232〕毛效同：《湯顯祖研究資料匯編》，頁 791。

〔註 233〕〔明〕祁彪佳《遠山堂曲品》，《中國古典戲曲論著集成》第六冊，頁 102。

到了清代李漁（1608～1661）明確標舉「結構第一」，顯示出對於戲曲結構有機整體的自覺追求，爲戲曲理論史上第一個將結構概念理論化者。這顯示了明代到清初，結構美學的大幅成長。李漁的《閒情偶記・詞曲部》分爲六章，第一章即〈結構第一〉，其下分爲七款：〈戒諷刺〉、〈立主腦〉、〈脫窠臼〉、〈密針線〉、〈減頭緒〉、〈戒荒唐〉、〈審虛實〉〔註 234〕，分別就提煉主題、選擇故事、運用題材、布置關目等層面來建構結構體系之內涵。

其後清代金兆燕（1718～1789 後）《旗亭記・凡例》說：

> 傳奇之難，不難於塡詞，而難於結搆。生旦必無雙之選，波瀾有自然之妙，串插要無痕跡，前後須有照應，腳色並令擅長，場面毋過冷淡；將圓更生文情，收煞豪無剩義。具茲數美，乃克雅俗共賞。若夫清詞麗句，宛轉關生，當世不乏雋才；而別裁僞體，以親風雅，亦未易數數覯也〔註 235〕。

可見結構除了情節、布局的設置，同時還有腳色設置、場面調劑等意義。由上可知，「結構」一詞在中國戲曲理論中涉及的層面極爲廣泛。李師惠綿《戲曲批評概念史考論》便指出：在中國古典劇論中，關於戲曲主題思想、題材選取、組織情節、推展行動、安排衝突、設置人物等，皆屬於結構內涵〔註 236〕。

在戲曲理論術語的運用上，學者們往往把「情節」、「章法、格局」（布局）、「結構」三種概念加以混用。其實三者意義有別，李師惠綿歸納分析古典戲曲理論的批評術語的演進，並賦予明確的界定，他說：

> 廣義戲曲結構的體系是：以「關目、情節」爲基本核心；而後決定戲曲之「章法、格局」；接著才能進入更縝密複雜的「結撰構思」和「藝術要素」等層次，也就是結構論（狹義）的範疇〔註 237〕。

此段論述明確釐清了「關目、情節」、「章法、格局」、「結構」三種層次的異同，既顯示了三者概念之間密切的相關性與重疊性，及其相互依存、互相成就的關係，又明辨了三者之間層次與範圍的差異性。「結構」一詞之所以產生模糊性與游移性，與其他藝術要素如情節、布局等概念容易混淆，是因爲「關目、情節」、「章法、格局」本在「結構」體系之中，若只聚焦在某點上論「結

〔註 234〕〔清〕李漁：《閒情偶記・詞曲部・結構第一》，《中國古典戲曲論著集成》第七冊，頁 7～21。

〔註 235〕蔡毅：《中國古典戲曲序跋彙編》，頁 1891。

〔註 236〕李師惠綿：《戲曲批評概念史考論》，頁 290。

〔註 237〕同前註，頁 449。

構」，則都只是以管窺豹。

呂天成《曲品》中使用了「情節」、「布局」批評術語，並且已經有「結構」的概念。李漁雖然是中國戲劇史上首先標舉出「結構第一」者，但實際上，在明代中後期曲家，如李贄、湯顯祖、淩濛初、祁彪佳等的「結構」觀念，已經爲李漁作了鋪墊。在呂天成的戲曲批評中，戲曲結構亦佔有重要位置，孫鑛「南戲十要」中：「第一要事佳」、「第二要關目好」、「第七要善敷衍——淡處作得濃，閑處作得熱鬧」、「第八要各角色派得匀妥」、「第九要脫套」，「第十要合世情、關風化」等皆涉及結構問題。「事佳」的指的是故事題材的選取，「關目好」指的是情節安排得宜，「善敷衍」指的是敘事節奏的調和原則，「腳色分得匀妥」指的是適當地配置人物腳色與調節演員勞逸。「脫套」是力求避免藝術技巧落入尋常俗套。「合世情，關風化」則是對於主題思想的要求。呂天成《曲品》中雖然沒有使用「結構」術語，但其關注戲曲主題思想、題材選取、組織情節、推展行動、安排衝突、設置人物等，皆顯示其已有結構的概念。

在概述呂天成論戲曲情節、布局與結構概念之基本內涵後，以下則詳細論述呂天成對於戲曲情節、布局與結構的美學要求與審美趣味。

## 二、情節、布局與結構的美學要求

戲曲情節、布局與結構概念在意義上雖有層次的不同，但三者是互相成就、相輔相成的藝術要素，在論述其美學要求時往往跨越三者，故不可分割而論，否則難以全之。故筆者將其合而論之，歸納其整體的美學原則。根據新、舊傳奇藝術的特性，呂天成認爲傳奇結構體系中，有其特有的美學要求與審美趣味。茲歸納如以下幾點：

### （一）脫套與新穎出奇

鍾嗣成（1275～1345？）在《錄鬼簿》中評論雜劇作家的藝術成就和特色時，便常常標以「奇」或「新奇」。如評論范康《杜子美游曲江》雜劇「一下筆即新奇〔註 238〕」，又評鮑天佑雜劇作品是「跬步之間，惟務搜奇索古而已。故其編撰，多使人感動咏歎〔註 239〕」。元人稱雜劇和戲文爲傳奇，在某種程度上與戲曲情節結構的奇異、奇特、奇妙和新奇有關。清代李漁也主張戲曲作

〔註 238〕〔元〕鐘嗣成：《錄鬼簿》，《中國古典戲曲論著集成》第二冊，頁 120。
〔註 239〕同前註，頁 122。

品要達到「新」與「奇」的審美效果，必須要能「脫窠臼」。在呂天成《曲品》中，「奇」與「新」不僅是對於戲曲題材的審美要求，同時也是戲曲情節、布局、結構體系的審美趣味。如以下幾則評語：

《鴛衾》：聞有是事。局境頗新〔註240〕。（上上品）

《繡襦》：元有《花酒曲江池》劇，此作照汧國夫人本傳譜者，情節亦新〔註241〕。（上下品）

《蕉帕》：傳龍生遇狐事。此係撰出，而情節局段能於舊處翻新，板處作活，眞擅巧思而新人耳目者〔註242〕。（上中品）

戲曲創作如何新穎出奇、新人耳目，則務求「脫俗套」、「舊處翻新」。如《曲品》批評《狐裘》「敘得𢡟，但不能脫套〔註243〕」；批《紫環》「事亦佳，尚未脫套〔註244〕」；批《合璧》「欠脫套〔註245〕」；贊《金門大隱》「布局摛詞盡脫俗套〔註246〕」。呂天成鑑賞劇作所遵守「南戲十要」中的「脫套」原則，實與其講求「奇」與「新」的審美趣味乃一體之兩面。呂天成強調情節安排應力求避免襲用前人舊套，因爲在實際創作上，明代傳奇漸確實漸出現了相沿承襲的劇情俗套，出現了某種情節類型在不同劇本中重複出現的情況。舉例而言，《綠綺》、《葛衣》、《春蕪》、《葛衣》四記皆落入了「禪寺」、「投菴」之俗套：

《葛衣》：婦入菴似落套，然無可奈何〔註247〕。（上中品）

《綠綺》：至於投菴，則套矣〔註248〕。（中下品）

《春蕪》：串插有景，然何必禪寺也〔註249〕？（下上品）

《㞗㞙》：敘事頗達，第嫌用禪寺爲套耳〔註250〕。（端鏊）（下上品）

《春蕪記》是在宋玉幾篇作品的基礎上虛構演繹而成。作者安排懷才不遇的宋玉與美貌的季清吳於禪寺相遇，互生愛慕之情。然朝中大夫登徒履因迷戀

〔註240〕〔明〕呂天成：《曲品》，《中國古典戲曲論著集成》第六冊，頁229。
〔註241〕同前註，頁249。
〔註242〕吳書蔭：《曲品校註》，頁254。《集成》本無。
〔註243〕〔明〕呂天成：《曲品》，《中國古典戲曲論著集成》第六冊，頁247。
〔註244〕同前註，頁239。
〔註245〕同前註，頁243。
〔註246〕吳書蔭：《曲品校註》，頁279。《集成》本無。
〔註247〕〔明〕呂天成：《曲品》，《中國古典戲曲論著集成》第六冊，頁232。
〔註248〕同前註，頁241。
〔註249〕同前註，頁243。
〔註250〕同前註。

季清吳的美貌，對宋玉功名與兩人愛情進行百般阻撓。透過劇中人物的衝突展開一連串波瀾陡生的愛情故事。安排旦腳於佛寺燒香，而預設與生腳的相遇，這種安排在《西廂記》已有，不少劇作沿襲此種情節設置，顯得過於老套，缺乏新鮮之意。《葛衣記》寫溉女聞父逐壻投江自盡，被女尼救入菴內，為後來團圓張目，也是傳奇中常用的手法。這些「禪寺」、「投菴」之情節，乃古典戲劇中喜以佛殿禪寺作為男女主腳相遇之處或遇難、分離、失散時的寄身之所，藉以觸發、推展、轉折劇情，或為結局鋪墊，構成劇情的轉機，這種情節的安排，在古典戲劇中已成為互相沿襲的熟套。

又如《曲品》評《雙烈記》：

> 傳韓蘄王事，英爽生色。但前段梁公之之母作梗，近套，且無味，必當刪之〔註251〕。(中下品)

在《雙烈記》中，梁紅玉本青樓女子，渴望從良。後來韓世忠入贅，鴇母嫌其貧困，設計將其趕出。這種情節亦為傳奇情節類型之俗套。如在《繡襦記》中，也有寫鴇母在鄭元和錢財散盡後，巧用伎倆將其與李亞先分開的情節。又如《曲品》批評《珠串記》云：「第其妻磨折處，不脫套耳〔註252〕。」這些都顯示了呂天成認為情節或關鍵情節需擺脫舊作窠臼，力求新穎的審美觀點。

在布置情節與串插局段方面，如《玉魚記》寫郭子儀故事，其事於史傳中本有記載，而作者為了因應傳奇巨大篇幅與生旦格套，虛構了一些情節內容，然其前半虛構部分卻搬用《琵琶記》，而後半情節則根據史傳實錄。如此看來，前半部的故事不但脫離實際生活，且顯得累贅無趣，故呂天成批其「近套，可厭〔註253〕」。明傳奇中，生與旦往往是情人或夫妻關係，以生旦二線串插結構敷衍生旦的悲歡離合乃成為傳奇劇情的相沿成習的格套。呂天成則認為腳色安排必須根據故事主旨與內容而定，不一定要拘泥於傳統格套，如贊顧懋仁《五鼎記》云：「旦不與生協，甚新〔註254〕。」

又如以下評論：

> 《分釵》：王景隆眤名妓玉堂春事。見彈琵琶瞽者能道之。此亦蕩子之常技，復遠嫁賈人，稍似《金釧記》，情趣亦減〔註255〕。

〔註251〕〔明〕呂天成：《曲品》，《中國古典戲曲論著集成》第六冊，頁241。
〔註252〕同前註，頁230。
〔註253〕同前註，頁242。
〔註254〕〔明〕呂天成：《曲品》，《中國古典戲曲論著集成》第六冊，頁237。
〔註255〕吳書蔭：《曲品校註》，頁394。《集成》本無。

（下中品）

《合釵》：即明皇、太眞事，……。內《遊月宮》一齣，全鈔《彩毫記》，可笑〔註256〕。（下下品）

呂天成反對情節抄襲仿效前人劇作，因爲缺乏新鮮性，而情趣也因此降低。

### （二）合情合理

合情合理指的是情節格局的安排既要符合內部劇情發展的邏輯，同時也要符合現實生活中的人情物理。如呂天成評高濂《玉簪記》：

第以女貞觀而扮尼講經，紕繆甚矣〔註257〕。（中下品）

這是在講《玉簪記》第八出《談經聽月》中提到云：「眾徒弟閒暇，欲聽法華要旨以此洗心。」李漁《閒情偶記．詞曲部．賓白第四》「時防漏孔」條也指出：「《玉簪記》之陳妙常，道姑也，非尼僧也，其白云『姑娘在禪堂打坐』，其曲云『從今孽債染緇衣』；禪堂、緇衣，皆尼僧字面，而用入道家，有是理乎〔註258〕？」故呂氏評曰：「紕繆甚矣。」

戲曲關目情節的推展，格局的布置穿插，都必須要能合情合理，不可有牽強附會、扭捏造作之跡，否則給人失眞的感覺，甚至覺得可笑。如以下幾則評論：

《紅拂》：樂昌一段，尚覺牽合〔註259〕。（張鳳翼）（上中品）

《奪解》：鬱輪袍事，王辰玉撰劇，甚佳。……但坿會爲李株甫婿，不妙。……其中幽情，何必捏出〔註260〕？（下上品）

《合鏡》：特傳樂昌一事，亦暢；但云作越公女，反覺不情〔註261〕。（中中品）

《鑲環》：藺相如使秦事，甚壯；與廉頗交，更有味；但云爲平原壻，可笑〔註262〕。（下中品）

《桃花》：崔護事佳，而改造失眞〔註263〕。（下下品）

---

〔註256〕〔明〕呂天成：《曲品》，《中國古典戲曲論著集成》第六冊，頁247。

〔註257〕同前註，頁240。

〔註258〕〔清〕李漁：《閒情偶記．詞曲部．賓白第四》，《中國古典戲曲論著集成》第七冊，頁61。

〔註259〕〔明〕呂天成：《曲品》，《中國古典戲曲論著集成》第六冊，頁231。

〔註260〕〔明〕呂天成：《曲品》，《中國古典戲曲論著集成》第六冊，頁242。

〔註261〕同前註，頁249。

〔註262〕同前註，頁250。

〔註263〕同前註，頁248。

張鳳翼《紅拂記》乃根據唐人小說《虬髯客傳》與孟棨《本事詩》中所記樂昌公主破鏡重圓的故事合編創作而成。以紅拂與李靖的愛情故事爲主線，以及樂昌公主與徐德言的離合故事爲副線交織而成。這兩個故事本來相隔數十年，但都與楊素有關，作者將二事牽合敷衍，呈現雙線並進的結構，但這也使得故事人物眾多，情節駁雜。徐復祚《曲論》評其：「惜其增出徐德言合鏡一段，遂成兩家門，頭腦太多〔註264〕。」因而呂天成認爲插入樂昌公主一段「尚覺牽合」。《合鏡記》故事大意前文已述，由於作者把樂昌改成楊素之女，大大降低原作中夫妻生離死別的悲劇氣氛，同時也無法顯示楊素成人之美，故呂天成批評說：「但云作越公女，反覺不情。」金懷玉的《桃花記》故事大要於前文已述，關目情節不僅多出於杜撰，且還落入尋常俗套，給人一種造假的感覺，故呂天成也評其「所造失眞」。又《奪解記》附會王摩詰爲李林甫婿、《鑲環記》附會藺相如爲平原壻，皆流於牽強可笑，反入庸俗之境。

呂氏認爲在順應人情，大快人意的情況下，是可以對故事、情節、人物作調整，甚至更改史實亦無妨。例如：

> 《精忠》：此岳武穆事。詞簡淨。演此令人眥裂。予欲作一劇，不受金牌之召，直抵黃龍府，擒兀朮，返二帝，而正秦檜法，亦大快事也〔註265〕。（能品）
>
> 《嬌紅》：以申、嬌之不終合也而合之，誠快人意〔註266〕。（具品）

可見題材的選取，人物與情節的設計，都必須考慮到其腳色與情節的安排是否乎故事情節發展的內在邏輯，在合乎人情事理又能增加戲劇性的情況下，加以適度地調整，但不可妄作附會，流於無稽。

## （三）敘事暢達

呂天成認爲《琵琶記》乃「萬吻共褒，允宜首列〔註267〕」的傳奇典範之作，在評論高明藝術境界時有言：

> 志在筆先，片言宛然代舌；情從境轉，一段眞堪斷腸。化工之肖物無心，大冶之鑄金有式〔註268〕。（神品）

「志在筆先」是指在著手撰寫劇作前，當在頭腦中先構思全局，架構人物情

〔註264〕〔明〕徐復祚：《曲論》，《中國古典戲曲論著集成》第四冊，頁237。
〔註265〕〔明〕呂天成：《曲品》，《中國古典戲曲論著集成》第六冊，頁227。
〔註266〕〔明〕呂天成：《曲品》，《中國古典戲曲論著集成》第六冊，頁228。
〔註267〕同前註，頁224。
〔註268〕同前註，頁210。

節，胸有成竹後，才能下筆撰文，如此才能使劇作具有自然天成的眞實性，不僅人物栩栩如生，同時在情節布局、人物情感與戲劇情境氛圍的推展上，都能配合得當，而無矯揉斷續扭捏之跡，有如自然天成，這種境界謂之「化工」。正如李漁《閒情偶記．詞曲部．結構第一》所言：

> 倘先無成局，而由頂及踵，逐段滋生，則人之一身，當有無數斷續之痕，而血氣爲之中阻矣〔註 269〕。

馮夢龍《墨憨齋新定〈灑雪堂〉傳奇》卷首之總評亦云：「情節關鎖，緊密無痕〔註 270〕」。「化工」境界正是呂天成對於戲曲藝術整體構思與結撰的最高審美追求，表現在敘事理論上，則要求敘事要避免斷續之痕，力求酣暢條達。以下引錄《曲品》相關評語：

> 《扊扅》：敘事頗達〔註 271〕。（端鏊）（下上品）
>
> 《三生記》：始則王魁負桂英，次則蘇卿負馮魁，三而陳魁彭妓，各以義節自守，卒相配合，情債始償。但以三世轉折，不及《焚香》之暢發耳〔註 272〕。（中下品）
>
> 《玉鏡臺》：紀溫太眞事，未暢，粗具體裁而已。元有此劇，何不仍之〔註 273〕？（下上品）
>
> 《狐裘》：此孟嘗君事，敘得暢〔註 274〕。（下下品）
>
> 《合鏡》：特傳樂昌一事，亦暢〔註 275〕。（中中品）
>
> 《長生》：汪奉仙遂爲純陽闡發，甚暢〔註 276〕。（上下品）
>
> 《分鞋》：此記寫之甚暢〔註 277〕。（中中品）
>
> 《二閣》：予曾爲《雙閣畫扇記》，即此朱生事也，不意汪亦爲之。予雜取紈袴子半入之；汪則惟詠梅、雪，更覺條暢〔註 278〕。

---

〔註 269〕〔清〕李漁：《閒情偶記．詞曲部．結構第一》，《中國古典戲曲論著集成》第七冊，頁 10。

〔註 270〕〔明〕馮夢龍：《墨憨齋新定〈灑雪堂〉傳奇．總評》，收於林侑蒔主編：《全明傳奇》（臺北：天一出版社，1985 年）。

〔註 271〕〔明〕呂天成：《曲品》，《中國古典戲曲論著集成》第六冊，頁 243。

〔註 272〕吳書蔭：《曲品校註》，頁 390。《集成》本無。

〔註 273〕〔明〕呂天成：《曲品》，《中國古典戲曲論著集成》第六冊，頁 243。

〔註 274〕同前註，頁 247。

〔註 275〕同前註，頁 249。

〔註 276〕同前註，頁 235。《集成》本作「汪奉先……」，「先」爲「仙」字音誤。

〔註 277〕同前註，頁 238。

〔註 278〕同前註，頁 235～236。《集成》本作《雙閣畫善記》，「善」爲「扇」字音誤。

（上下品）

《畫鶯》：此事可傳，而發揮未透暢〔註279〕。（下中品）

王玉蜂《焚香記》寫王魁負桂英的故事，馬湘蘭《三生記》則揉合三種故事，以三世轉折敷寫，始則王魁負桂英，次則蘇卿負馮魁，三而陳魁彭妓，各以節義自守，互不相負，故情債得償，得以團圓結局。呂天成認爲其實不需要透過三世轉折來敘述二人情事因果始終，因爲故事三經轉折，情節事件的發展有重複之嫌，又一本寫三事，難免交代不清，且故事的銜接上也難免有斷續之痕，反而不如《焚香記》集中敘述一事來得暢發。朱鼎《玉鏡臺記》本事出於《世說新語・假譎》、《晉書・溫嶠傳》。故事原貌是風流文士溫嶠騙取少妻之事。關漢卿《溫太眞玉鏡臺》即依據此說寫成。而朱鼎《玉鏡臺記》則不再著眼於騙婚主題，改成以國家興亡爲主題的故事。朱鼎《玉鏡臺記》把原本簡單的故事，擴充成四十出長篇，擷取了許多《晉書》中的歷史題材，增添許多人物與情節，如祖逖、王敦、郭樸等。人物繁雜，頭緒繁多，作者未能善加提煉剪裁，出現了一些偏離劇情主軸的情節或不必要的人物，如郭樸一腳，與本劇人物情節之衝突沒有關涉。〈赴官〉一出雖事涉溫太眞，但對劇情發展也沒有幫助。又如〈獄吏相戒〉刻畫貪官污吏魚肉百姓、草菅人命的醜態，但其實對於推展劇情亦無實際效用。祁彪佳《遠山堂曲品》「能品」評之曰：「鋪敘太眞事蹟，於緊切處反按以極緩之節〔註280〕。」可見此劇在情節安排上針線不密、頭緒繁多、節奏失當，不能明白條暢地表現完整的故事，不如依照元劇的作法，以溫嶠一人爲中心，集中筆力備述一人始終，故《曲品》評其「未暢」。汪廷訥《二閣記》寫朱端朝妾馬瓊瓊畫梅寄扇之事，呂天成認爲自己寫的《雙閣記》雜取他事，不如汪廷訥集中寫詠梅、雪來得「條暢」。呂天成一再以「暢」、「達」、「條暢」、「暢發」、「透暢」等作爲鑑賞標準，足見其對於敘事技巧暢達透快的重視。

由上可知，「但摭一事顚末」的雜劇雖「境促」，但筆力集中，能簡要明白地敘述完整事件。而「備述一人始終」的傳奇雖「味長」，卻容易流於頭緒繁多，破碎支離，難以做到明白條暢。傳奇要達到酣暢條達的境界，在情節發展、人物設置上皆要能緊扣劇作主旨，在布置格局上要能自然而無斷續之痕。

〔註279〕同前註，頁246。

〔註280〕〔明〕祁彪佳《遠山堂曲品》，《中國古典戲曲論著集成》第六冊，頁52。

### （四）鋪敘詳盡

呂天成認爲傳奇當「備述一人之始終」，在敷寫故事時既要酣暢條達，又要能淋漓盡致地詳寫故事本末，使觀者洞然。以下引錄相關評語：

《還帶》：裴晉公事，佳。鋪敘詳備〔註281〕。（能品）

《合劍》：此是李世民爲生，尉遲敬德爲小生者。內載「起兵晉湯」及「喋血禁門」事，甚詳悉〔註282〕。（下中品）

《寧胡記》：此以匡衡爲生，內狀王嬙嫁胡事，宛轉詳盡，是著意發揮者〔註283〕。（中上品）

《符節》：汲黯人品好，使事亦佳。描寫田、竇炎涼態，曲折畢盡，的是名筆，但稍覺客勝耳〔註284〕。（中中品）

《錕鋙》：此以重耳爲生者，發揮明盡，觀者洞然〔註285〕。（中下品）

《望雲》：然其紀梁公妙事殆盡，演甚好〔註286〕。（金懷玉）（下下品）

《覓蓮》：照劉一春本傳譜之，亦悉〔註287〕。（下中品）

《灌城記》：即紀寧夏平哱事。此以葉龍潭爲生者，寫情事頗詳核〔註288〕。（中下品）

《禁烟》：介之推忠而隱者，人品最高。此記摹寫具備，但摭晉重耳事甚詳，嫌賓太盛耳〔註289〕。（中下品）

《金印》季子事，佳。寫世態炎涼曲盡，眞足令人感喟發憤〔註290〕。（妙品）

《義烈》：此以張儉爲生，備寫陳、竇之厄。黨錮之禍，讀之令人且悲且恨〔註291〕。（上下品）

---

〔註281〕〔明〕呂天成：《曲品》，《中國古典戲曲論著集成》第六冊，頁226。

〔註282〕〔明〕呂天成：《曲品》，《中國古典戲曲論著集成》第六冊，頁245。

〔註283〕吳書蔭：《曲品校註》，頁386。《集成》本無。

〔註284〕〔明〕呂天成：《曲品》，《中國古典戲曲論著集成》第六冊，頁240。

〔註285〕同前註，頁242。

〔註286〕同前註，頁248。《集成》本作「殆進」，「進」當爲「盡」字音誤。

〔註287〕同前註，頁246。

〔註288〕吳書蔭：《曲品校註》，頁390。《集成》本無。

〔註289〕〔明〕呂天成：《曲品》，《中國古典戲曲論著集成》第六冊，頁242。

〔註290〕同前註，頁225。

〔註291〕吳書蔭：《曲品校註》，頁267。《集成》本無。

元雜劇篇幅受限，只能交代一故事大致始末，未能細密詳盡地刻畫人物情感、深化情節的起伏與推展，因此顯得「境促」。而傳奇體製巨大，有充分空間鋪設情節，刻畫人物，得以將人物故事作一充分而細密完整的鋪敘。呂天成雖強調敘事要曲折畢盡，但力求詳盡之時，若未能拿捏其中繁簡之法，則容易落入瑣碎繁雜或賓奪主位的情況。如盧鶴江的《禁烟記》主要在敷寫介之推忠而隱，人品高潔之故事。此記雖鋪敘詳備，但詳略失當，對於次要的晉文公事寫得過度詳備，有賓奪主位之嫌。故應根據故事主旨，以中心人物爲主，當繁則繁，當簡則簡，以主次分明爲基礎。

### （五）講究對比串插之巧，力求節奏鮮明

孫鑛「南戲十要」中的「第七要善敷衍——淡處作得濃，閑處作得熱鬧」，從戲曲創作方面來講，乃鋪敘情節、布置章法、渲染與調節戲劇氣氛的美學原則。即布置情節與格局當動與靜、冷與熱、濃與淡等對比場面交錯穿插，使戲劇節奏能錯落有致，藉由對照反襯的節奏性以調節氣氛，使情緒的緊張與鬆弛都能既能形成對比又能互相調節，並且透過有序的組織，成爲具有表現力的節奏，以增強劇情張力與搬演效果。在《曲品》中，這種美學概念的表現甚爲鮮明。呂天成認爲《琵琶記》可爲傳奇「善敷衍」的典範，《曲品》評之曰：

> 串插甚合局段，苦樂相錯，具見體裁。可師，可法，而不可及也〔註 292〕。

《琵琶記》以生旦雙線一苦一樂穿插交錯的對比結構，一邊寫蔡伯喈仕宦顯貴，一邊寫趙武娘窮途末路；一邊是豪華奢侈的丞相府，一邊是窮困潦倒的蔡家。在這種對比之中，人物內心情感隨格局的交錯相映而轉折，形成鮮明的戲劇節奏，造成強烈的對比擴大戲劇張力，又能調節戲劇氣氛，具有扣人心弦，引人入勝的搬演效果，故呂天成評之云：「情從境轉，一段眞堪斷腸。」許建中《明清傳奇結構研究》有具體的分析，茲節錄如下：

> 《琵琶記》中的主要人物不僅貫串始終，而在結構上也表現輪轉互動的遞進態勢：第 4～19 出主要寫蔡伯喈的赴試和重婚，以五娘和牛小姐爲映襯；第 20～29 出以五娘受難爲主，以伯喈思鄉念親爲對照；第 30～35 出以牛小姐爲主角，以五娘尋夫爲背景；最終收攏各線，呈現主題，團員旌表。舞台主角交替變化主要人物都有充分條

〔註 292〕〔明〕呂天成：《曲品》，《中國古典戲曲論著集成》第六冊，頁 224。

件表現自己的意志和性格；雙線交織，社會、家庭、心靈各層面都可充分展現各自的生活和情態，外在的情境激發人物的情感或意志，人物又能動地接受這種情境的作用，通過自主意志的行動促進事物得到新的進展，使情境得到新的變化和改善。人物與情境的雙向互動，在展示事件對於人物心靈的影響和人物反作用的意志、情感活動的過程中，更爲廣泛地表現了社會、人生的各種矛盾，豐富了作品的思想意涵。……《琵琶記》雙線交織的結構特點，正傳達了人物與情境的雙向互動和均勞逸與新耳目的統一。……尤其應注意的是第三階段糠米分飛（第 20～30 出）的結構設置。這裡雙向互動表現爲雙線交織並進，互爲情境、苦樂相映的態勢。……對照在這裡發揮了它的功能：在表現思想上，將豪華奢侈、安逸悠閒的相府生活與吃糠嚥菜、家破人亡的貧民生活反覆對照，深刻揭示了尖銳對立的社會矛盾。在表現人物上，一個錦衣玉食，一個吃糠賣髮；一個思鄉念親，一個望夫不歸；在人物性格和情感的對照中，戲劇衝突更加集中、深入地發展。《琵琶記》這一段悲喜交錯、苦樂相映場面的一傳一遞、反覆穿插，形成了劇情的鮮明對照，也形成了場面基調的強烈反差。這一段較少激烈的舞台形體動作，主要表現了人物如何受到情境的制約和影響，又如何向外發生作用，也就是決定性的影響外界向心靈內部湧入和意志力從心靈深處向外湧出，人物與情境的互動構成的結構上場面的對照，是造成強烈的戲劇效果的途徑。……這種人物安排與情境設置雙向互動的排場特點與雜劇、話劇全然不同：場面與場面不僅表現爲一種情節嬗遞發展的線型串聯關係，而且還表現出不同空間的不同人物在同一時間活動的併聯關係。……《琵琶記》有意識地將情節打斷，形成一種鉸紐式的雙向互動關係，構成人物命運的鮮明對照，揭示人物的意志和情感，強化戲劇性效果〔註 293〕。

余秋雨指出《琵琶記》這種雙線並進、交錯映照的手法充分體現了傳奇比之於雜劇結構的優越性，進一步奠定了中國戲曲自由串連時空的流線型結構的藝術格局〔註 294〕。

〔註 293〕許建中：《明清傳奇結構研究》，頁 94～95。
〔註 294〕余秋雨：《中國戲劇文化史述》，（臺北縣板橋市：駱駝，民國 76 年），頁 355。

傳奇串插之法採用貧富苦樂，兩兩對照，哀情戲與樂情戲交錯互出，可使觀眾思想情緒與藝術趣味得到多方面的滿足，不致沈溺在同一種情緒中而疲勞生厭。因傳奇體製篇幅較長，如果採用元雜劇單線進行「起、承、轉、合」的故事發展模式，則容易流於拖沓冗長，呆板而無趣。若透過貧富苦樂等對比情境交錯進行，則能互相映襯，互相調劑，互相交織，形成錯綜曲折的美感，同時藉由同一時間中情節與情節之間的對比所造成的張力，可獲得強烈的審美效果。故優秀的傳奇劇本，其情節段落之間的關係往往相反相成。如王濟《連環記》也是一個很好的典範。此劇敷演貂蟬離間董卓、呂布事。關目安排以王允密謀董卓和董卓、呂布之分合爲兩條主線，而間以曹操、劉備、關羽、張飛等事，兩條主線有時交錯，但絕不紛雜，關目層層相扣，密如織縷，又能暗埋伏筆，前後呼應。同時場面串插得宜，有波瀾起伏之妙。故《曲品》評論王濟曰：「頗知鍊局之法，半寂半喧〔註295〕。」可見掌握寂喧對比的原則在布局法中的重要性。這也就是就是孫鑛「南戲十要」中的「第七要善敷衍——淡處作得濃，閑處作得熱鬧」。

鍊局串插之法的內在精神在於善用戲劇情緒氣氛的對比起伏，若只著眼於情節線形式上的交錯推展，則難以達到冷熱相濟、跌宕跳躍，起伏生姿的戲劇效果。如屠隆《曇花記》承襲《琵琶記》採用生旦雙線結構，分別設計了木清泰辭世、訪道、歸佛的情節主線，又設計了木清泰夫人衛氏與二姬妾在家修成正果的情節副線，兩條情節相互穿插。但《琵琶記》不僅是場面的對比，同時在戲劇情調上也形成苦樂的強烈對比，而《曇花記》則是兩條情節線所形成的卻是互相呼應，兩條線索，既沒有戲劇氣氛的對比，且二者的人物動作與劇情發展還指向同一目的，故由旦腳所領的情節線便顯得十分累贅而平板，落入了傳奇生旦雙線情節之格套中。因爲旦腳戲大多是作者爲了照應傳奇結構傳統而強行插入的，所以往往游離於情節之外，以致生旦兩條情節線不相關連、也不相對偁。整體而言，《曇花記》不僅題材多源，人物眾多，劇情設計經常游離劇情主線，且隨意插入古今人物，情節繁瑣，又不能善用串插對比技巧，故呂天成評曰：「漫衍乏節奏〔註296〕」。

綜上所述，「苦樂相錯」、「半寂半喧」這種雙線交織的結構設置有幾個主要的作用：其一，達到人物的安排與情境的設置兩者的雙向互動。在這種互

〔註295〕〔明〕呂天成：《曲品》，《中國古典戲曲論著集成》第六冊，頁210。

〔註296〕〔明〕呂天成：《曲品》，《中國古典戲曲論著集成》第六冊，頁235。

動中，情境激發了人物的情感或意志，人物也推動了情境的進展與轉換。其二，均平演員勞逸。其三，調節場面氣氛，影響或強化觀眾情緒的起伏，以收良好的審美效果。

（六）嚴謹簡淨

傳奇篇幅動輒數十出，在鋪陳情節，布置格局的過程中，自然容易落入頭緒紛雜、繁瑣散漫的弊端。於是對於情節與格局便十分講究剪裁鍛鍊，力求簡淨不煩，如李贄評點劇作時強調「敘事不煩〔註 297〕」、「煩簡合宜〔註 298〕」，王驥德《曲律》論戲劇剪裁鍛鍊之法時亦強調「勿太蔓，蔓則局懈〔註 299〕」。呂天成對於情節格局的布置，也強調情節安排與布置格局要嚴謹而不漫衍，以簡淨為原則。如《曲品》批評湯顯祖《紫簫記》、屠隆《曇花記》有「漫衍〔註 300〕」之弊。又批評沈壽卿《龍泉記》「局不緊〔註 301〕」、謝廷諒《紈扇記》「局段未見謹嚴〔註 302〕」、陳與郊《鸚鵡洲》「局段甚雜，演之覺懈〔註 303〕」等，都一再強調布局要嚴謹與緊湊，不可枝蔓橫生。他盛贊簡潔之作，如評蘇漢英《夢境記》「比《長生》簡淨〔註 304〕」、《赤松記》「如許事而遣調不繁，亦得簡法〔註 305〕」、屠隆《彩毫記》「較《曇花》為簡潔〔註 306〕」、張鳳翼《灌園記》「有風致而不蔓〔註 307〕」等。

為了結構的嚴謹而不繁，必須捨去不必要的素材，如慎選題材、提煉情節、刪去不必要的人物等。如《曲品》以下幾條評語：

> 《浣紗》：羅織富麗，局面甚大，第恨不能謹嚴。中有可減處，當一

〔註 297〕《李卓吾批評幽閨記・第三十九出眉批》，見陳芾、吳毓華：《古典戲曲美學資料集》，頁 112。

〔註 298〕《李卓吾批評琵琶記・第三出總批》：「只這煩簡不合宜，便不及《西廂》、《拜月》多了」。《李卓吾批評琵琶記・第十出總批》：「煩冗可厭。如何比得《拜月》、《西廂》之凡簡合宜也。」同前註。

〔註 299〕〔明〕王驥德：《曲律・論劇戲第三十》，《中國古典戲曲論著集成》第四冊，頁 137。

〔註 300〕〔明〕呂天成：《曲品》，《中國古典戲曲論著集成》第六冊，頁 230、235。

〔註 301〕同前註，頁 228。

〔註 302〕同前註，頁 239。

〔註 303〕同前註。

〔註 304〕吳書蔭：《曲品校註》，頁 294。《集成》本無。

〔註 305〕〔明〕呂天成：《曲品》，《中國古典戲曲論著集成》第六冊，頁 249。

〔註 306〕同前註，頁 235。

〔註 307〕〔明〕呂天成：《曲品》，《中國古典戲曲論著集成》第六冊，頁 232。

刪耳〔註308〕。（上中品）

《三祝》：摭事甚侈……若演行，猶須一刪〔註309〕。（上下品）

《鳴鳳》：記諸事甚悉，……稍厭繁耳〔註310〕。（中上品）

《浣紗記》涉及人物史事眾多，作者在處理劇情時，顯得頭緒紛雜，多有累贅與游離主題之處。如王世貞《曲藻》評其云：「滿而妥，間流冗長〔註311〕。」徐復祚《曲論》亦評其云：「關目散緩、無骨無筋、全無收攝〔註312〕。」故呂天成認為當刪去不必要的素材，以求布局嚴謹。汪廷訥《三祝記》與《鳴鳳記》亦皆以其事件繁複，或牽涉人物眾多，而有頭緒繁多，結構鬆散的現象，不適合場上搬演。李贄〈三刻五種傳奇總評〉中亦評《鳴鳳記》云：「大結構處極為龐雜無倫，可恨也〔註313〕。」

呂天成評戴子魯《青蓮記》云：

紀太白事，簡淨而雅，不入妻子，甚脫灑〔註314〕。（中上品）

此記跳脫傳統生旦相對的俗套，刪去不必要的人物，故能達到「簡淨」。這種作法在呂天成批沈練川《千金記》、沈璟《義俠記》、張鳳翼《扊扅記》時也皆能得到印證：

《千金》：事業有餘，閨闈處太寥落。且旦是增出，只入虞姬、漂母，亦何不可〔註315〕？（能品）

《義俠》：但武松有妻，似贅。葉子盈添出，無緊要〔註316〕。（上上品）

《扊扅》：百里奚之母，蛇足耳〔註317〕。（張鳳翼）（上中品）

《義俠記》本事出於《水滸傳》中武松故事，原故事中並沒有賈氏，劇中杜撰此一人物，一方面是為了符合一生一旦的傳奇腳色套式，一方面又為了調節生線，而以旦腳情節線的延展與穿插以調劑氣氛，並藉以勻派腳色、均平

〔註308〕同前註。

〔註309〕同前註，頁236。

〔註310〕同前註，頁249。

〔註311〕〔明〕王世貞：《曲藻》，《中國古典戲曲論著集成》第四冊，頁37。

〔註312〕〔明〕徐復祚：《曲論》，《中國古典戲曲論著集成》第四冊，頁239。

〔註313〕蔡毅：《中國古典戲曲序跋彙編》，頁608～609。

〔註314〕〔明〕呂天成：《曲品》，《中國古典戲曲論著集成》第六冊，頁237。

〔註315〕同前註，頁226。《集成》本作「大寥落」，「大」為「太」字形誤。

〔註316〕〔明〕呂天成：《曲品》，《中國古典戲曲論著集成》第六冊，頁229。《集成》本作「似嚽」，吳書蔭指出「嚽」字應為「贅」字之誤。

〔註317〕同前註，頁232。

勞逸。但在呂天成看來，《義俠記》中賈氏出場較少，敘事線顯得較為單薄，在寄居庵堂後，此一敘事線就幾乎停止，其後則僅僅依照生線來推展劇情，破壞了全劇的對稱性結構。由於生線的加強與旦線的削弱，使得兩線情節關係較為鬆散，旦線就如同脫出一般，不能好好地推動故事發展。因此賈氏的出現在呂天成看來是十分累贅的。葉子盈這個人物出於作者虛構，僅出現在第十一出〈遘難〉、十三出〈奇功〉中，其情節游離於劇情主軸之外，故屬添出，應刪。《千金記》寫韓信始困終亨的際遇。作者安排韓信妻高氏為旦腳，以韓信投身戰場與高氏生活的困頓作對比穿插，然而旦腳的情節線只是偶然地穿插，情節份量不足，多數關目則集中敷寫韓信的際遇，涉及楚漢相爭的歷史過程，描寫項羽處亦頗為精彩，故呂氏評曰:「事業有餘，閨閫處太寥落。」呂氏認為在這種情況下，旦腳便顯得多餘，故曰:「旦是增出。」旦腳既然淪為配角式的人物，不如「只入虞姬、漂母」等女性腳色，更能扣合劇作主旨。

從均平勞逸的角度來看，全本演出時，藉由旦腳的增出，可使演生腳的演員不致過於辛苦。但腳色的增出應當根據劇情實際需求來加以安排，尤其旦腳本為傳奇中主要腳色，若其相關情節線索淪為無關緊要的關目，甚至游離劇情主軸之外，或者平添幾分累贅無聊，對劇情推展沒有實際幫助，不如刪除。呂天成雖讚賞生旦苦樂相錯的對比結構，但前提是要配合故事主題，以增強戲劇情緒張力為宗旨，若腳色的增出無法達到串插對比的戲劇效果，只是徒生枝蔓，反而有害於整體格局的嚴謹性。

由上可知，呂天成強調簡鍊不繁的練局之法，在選取題材、鋪設情節、設置格局與安排人物時，皆須扣合故事主旨而設，不可偏離情節主軸而橫生支蔓，或為符合腳色格套而虛設不需要的人物。在選擇題材時亦不可貪多，否則將導致格局漫衍鬆散、情節龐雜的情況，這種劇本是不適合場上搬演的。清人李漁對此有更詳盡的論述，他在《閒情偶寄·詞曲部·結構第一》之「減頭緒」條說：

> 頭緒繁多，傳奇之大病也。《荊》、《劉》、《拜》、《殺》之得傳於後，止為一線到底，並無旁見、側出之情。三尺童子，觀演此劇，皆能了了於心，便便於口，以其始終無二事，貫串只一人也。後來作者，不講根源，單籌枝節，謂多一人可增一人之事。事多則關目亦多，令觀場者如入山陰道中，人人應接不暇。殊不知戲場腳色，止此數人；便換千百箇姓名，也只此數人裝扮。止在上場之勤不勤，不在姓名之換不換。與其忽張、忽李，令人莫識從來，何如只扮數人，

使之頻上、頻下，易其事而不易其人，使觀者各暢懷來，如逢故物之爲愈乎？作傳奇者，能以「頭緒忌繁」四字刻刻關心，則思路不分，文情專一，其爲詞也，如孤桐勁竹，直上無枝，雖難保其必傳，然已有《荊》、《劉》、《拜》、《殺》之勢矣〔註318〕。

李漁從題材、關目、腳色等方面論述傳奇結構頭緒繁多的弊端，並指出其對觀者與演者的影響，主張傳奇結構當需「一線到底，無旁見側出之情」，即圍繞故事之「主腦」（一人一事）而設，此正可爲呂天成主張結構嚴謹簡淨的註腳。

### （七）慎審輕重

上節曾引李漁《閒情偶寄・詞曲部・結構第一》「立主腦」條，李漁所謂「主腦」指的是劇作中的主要人物與核心情節，而此「一人一事」即作者「立言之本意」（即初心），爲全劇樞紐所在。李漁主張創作時當先確立劇作中的主要人物與核心情節（一人一事），而其他的關目情節皆由此而生發。呂天成也說傳奇「備述一人之始終」，在布置關目格局時，當辨清何者爲故事主人翁，區分主客之別，力求避免賓奪主位的現象。如以下幾條《曲品》中的評語：

《符節》：汲黯人品好，使事亦佳。描寫田、竇炎涼態，曲折畢盡，的是名筆，但稍覺客勝耳〔註319〕。（中中品）

《禁烟》：介之推忠而隱者，人品最高。此記摹寫俱備，但摭晉重耳事甚詳，嫌賓太盛耳〔註320〕。（中下品）

盧鶴江《禁烟記》與章大綸《符節記》雖在敘事上具有細密詳盡的優點，然主客不分，於次要人物著墨過多，導致詳略失當，有賓奪主位之嫌。

在每折劇情份量的安排上，呂天成認爲當注意每折情節在全劇中的意義份量的輕重之別，如以下評語：

《紅拂》：第私奔處未見激昂，吾友槲園生補北詞一套，遂無憾〔註321〕。（張鳳翼）（上中品）

---

〔註318〕〔清〕李漁：《閒情偶記・詞曲部・結構第一》，《中國古典戲曲論著集成》第七冊，頁18。

〔註319〕〔明〕呂天成：《曲品》，《中國古典戲曲論著集成》第六冊，頁240。

〔註320〕同前註，頁242。

〔註321〕同前註，頁231。《集成》本作「未免激昂」，吳書蔭校註本作「未見激昂」，應作「見」字文意較通。

《竊符》：竊符乃通本吃緊處，覺草草〔註322〕。（上中品）

張鳳翼《紅拂記》以紅拂、李靖故事與樂昌公主破鏡重圓的故事合編而成。而其中更以紅拂女爲主軸心人物，旨在表現其慧眼獨具與俠女膽識。因此第十出〈俠女私奔〉正是全劇肯綮所在，但作者未能著力鋪陳，突顯紅拂之膽識。直到葉憲祖補入【北二犯江兒水】一套，才得以完整。葉憲祖補入的套曲內容主要是在敷寫紅拂私奔李靖途中的心理情緒，並自詡爲女中丈夫，期望配得人中龍虎的願望。透過刻畫紅拂內心心志，使其俠女形象更爲立體而鮮明。同時安排紅拂女騙過更夫的情節，使此出情節多了幾分轉折。張鳳翼《竊符記》演如姬竊符救趙之事。第十七出〈如姬臥內竊兵符〉爲全劇高潮與關鍵所在，但對於入宮冒險竊符的過程，作者卻草草帶過，突顯不出如姬爲女中丈夫的俠義形象。王驥德於《曲律・論劇戲第三十》亦不約而同地提及：

> 傳中緊要處，須重著精神，極力發揮使透。如《浣紗》遺了越王嘗膽及夫人採葛事，紅拂私奔，如姬竊符，皆本傳大頭腦，如何草草放過！若無緊要處，只管敷演，又多惹人厭憎；皆不審輕重之故也〔註323〕。

王驥德認爲戲劇剪裁鍛鍊之法先要「審輕重」，每折情節在全劇中的意義份量有輕重之別，如《浣紗記》越王臥薪嘗膽及夫人採葛作絲事，《紅拂記》中紅拂私奔李靖，《竊符記》中如姬竊符，皆是該劇之「大頭腦」，即該劇的關鍵核心情節〔註324〕，有時則是爲全劇高潮或人物心理轉折之所在〔註325〕，故當於此重要環節處處著力發揮，不可草草放過。若不分輕重，於無關緊要之處著墨過多，則將使情節雜蔓無章，主次不分，損傷核心情節，甚至使劇作主旨產生游離，影響搬演效果。總之，作家必須根據情節發展和人物刻畫的需求，恰如其分地組織布局，當詳則詳，當簡則簡，講究繁簡合宜、主次分明。

綜上所述，呂天成論情節、布局與結構時，以新奇性爲其審美特質，以合情合理爲基礎，要求作品既要能詳盡完整、明白暢達、主次分明、不蔓不枝地鋪敘故事，又要能善用局串插對比之巧，使之具有鮮明的節奏性，以達到良好的搬演效果。

---

〔註322〕吳書蔭：《曲品校註》，頁230。《集成》本無。

〔註323〕〔明〕王驥德《曲律・論劇戲第三十》，《中國古典戲曲論著集成》第四冊，頁137。

〔註324〕陳竹：《中國古代劇作學史》（湖北：武漢出版社，1999年），頁348～349。

〔註325〕李師惠綿《戲曲批評概念史考論》，頁297。

# 第四章　當行本色論與雙美說

「當行」與「本色」理論是明代劇論中的焦點之一，各家眾說紛紜，莫衷一是。呂天成是明代少數對於「當行」與「本色」有獨特見解的曲論家，他既能明確區分二者，又能指出二者之間的關係，故能在明代曲壇眾說紛紜的爭論中脫穎而出。「雙美說」的提出不僅是呂氏總結明代湯沈之爭〔註 1〕的結果，也是「當行本色論」的自然延伸。筆者認爲「當行本色論」在呂氏曲論系統中實居於統攝地位，其中又以「當行論」爲其樞紐。「當行本色論」突顯其戲曲理論的精神本質，展現兼具舞台性與文學性的審美要求，而「雙美說」正是「當行本色」說的表現之一，正是「當行本色論」所延伸出來的支脈。

本章試圖闡明呂天成曲論中「當行本色論」與「雙美說」之間密切的關聯性，並說明其內涵意義，同時揭示其在呂天成戲曲理論系統中的統攝地位。

## 第一節　「當行本色論」爲呂天成劇論核心

元劇與宋元南戲的作者大多是書會才人或下層文人、藝人，他們的作品原是爲了供應舞台演出而作，故而不論是雜劇的蒜酪味，或是南戲的質樸俚俗，皆有一股自然眞味流貫其間，既宜於諷詠，又宜於搬串，表現戲曲可演可傳的藝術本色。

---

〔註 1〕周育德認爲人們對於品評湯沈所涉及的問題確實很偏狹，戲曲學界所謂的「湯沈之爭」，這種理論和歷史的事實不符。湯沈之間不但並非針鋒相對，二人彼此還有互相欣賞之意。見周育德：〈也談戲曲史上的「湯沈之爭」〉，《湯顯祖論稿》（北京：文化藝術出版社，1991），頁 264～280。

明代以後，不但戲曲體製產生變化，北雜劇漸衰，南戲傳奇逐漸取而代之，且創作階層也產生轉移。明代科舉盛行，文人地位提昇，使得社會結構產生變動，士大夫成爲一個具有重大影響的社會階層，他們的審美取向左右著整個社會的審美傾向，同時又有大批文人傾注心力於戲曲創作，故而戲曲創作活動也就從大眾化而走向文士化，表現爲道學氣、駢儷化風的曲風，漸漸失去戲曲原有的本色。成化、弘治年間邱濬《伍倫全備記》的道學風以及繼之而起的邵燦《香囊記》的時文風，正是開啓此惡習之作，故而受到當時許多曲論家的嚴厲批判。如邱濬《伍倫全備記》被斥爲「不免腐爛〔註2〕」（王世貞《曲藻》）、「鴻儒近腐〔註3〕」（呂天成《曲品》）、「尤非當行〔註4〕」（沈德符《顧曲雜言》）、「純是措大書袋子語，陳腐臭爛，令人嘔穢〔註5〕」（徐復祚《曲論》）。而《香囊記》更以「時文」作曲而備受批評，如徐渭《南詞敘錄》批評：「以時文爲南曲，元末、國初未有也，其弊起於《香囊記》」、「《香囊》如教坊雷大使舞，終非本色……至於效顰《香囊》而作者，一味孜孜汲汲，無一句非前場語，無一處無故事，無復毛髮宋、元之舊。」並深斥「南戲之厄，莫甚於今〔註6〕。」王驥德《曲律》也云：「自《香囊記》以儒門手腳爲之，遂濫觴而有文詞家一體〔註7〕。」徐復祚《曲論》批其：「以詩語作曲，處處如煙花風柳。……麗語藻句，刺眼奪魄。然愈藻麗，愈遠本色〔註8〕。」《香囊記》被視爲開啓明代駢綺一派之端，影響曲壇甚大。呂天成便嘆道：「博觀傳奇，近時爲盛。……第當行之手多不遇，本色之義未講明〔註9〕。」由於創作偏離正軌，有識曲家莫不標舉「當行本色」以力挽狂瀾。

明代當行本色論的興起，一方面有其獨特的歷史條件，一方面尚有前代文學批評理論以爲借鑑。王驥德《曲律》指出：「當行本色之說，非始於元，亦非始於曲，蓋本宋嚴滄浪之說詩〔註10〕。」因爲宋代面臨一個諸多體裁混

〔註2〕〔明〕王世貞：《曲藻》，《中國古典戲曲論著集成》第四冊（北京：中國戲劇出版社，1959年初版，1980年第二刷），頁34。

〔註3〕〔明〕呂天成：《曲品》，《中國古典戲曲論著集成》第六冊，頁211。

〔註4〕〔明〕沈德符：《顧曲雜言》，《中國古典戲曲論著集成》第四冊，頁203。

〔註5〕〔明〕徐復祚《曲論》，《中國古典戲曲論著集成》第四冊，頁236。

〔註6〕〔明〕徐渭：《南詞敘錄》，《中國古典戲曲論著集成》第三冊，頁243。

〔註7〕〔明〕王驥德：《曲律・論家數第十四》，《中國古典戲曲論著集成》第四冊，頁121～122。

〔註8〕〔明〕徐復祚《曲論》，《中國古典戲曲論著集成》第四冊，頁236。

〔註9〕〔明〕呂天成：《曲品》，《中國古典戲曲論著集成》第六冊，頁211。

〔註10〕〔明〕王驥德：《曲律・雜論第三十九上》，《中國古典戲曲論著集成》第四冊，

淆、風格體製轉變的歷史困局，爲了釐清文體特色及其藝術規範，將原本使用於社會生活層面的本色、當行觀念〔註 11〕，轉化爲文學批評術語，以用來界定文體的標準藝術形相，爲創作者和批評者提供一個規範性的要求與標準〔註 12〕。作家具備該種文體所應有之創作學養謂之「當行」，而作品藝術形相符合該門藝術特質與規範謂之「本色」。換言之，當行的作家，其作品藝術樣貌必然本色，而合乎本色的劇作，必然也是當行家之作。可見當行與本色用之於文學批評上，其意義都具有規範文體藝術特質與創作規律的功能，因而於文學批評中時常被混用或合用。明代曲論家與嚴羽的討論對象有著根本上的不同，故本色當行論的意涵亦隨之而變化。明代曲論家探討戲曲文體的藝術規律，各家以己意說之，出現眾說紛紜的現象，一方面由於各家對於當行、本色之體悟不同，一方面又因爲曲論家所面臨的文學背景與文壇創作風氣的稍異，因此當行本色論在各家的曲論中擁有多變的內涵。而隨著曲論的發展成熟，當行本色論便逐漸擺脫傳統詩文理論的束縛，賦予其專屬戲曲領域的理論面貌。

呂天成是明代少數對於「當行本色」有精闢獨特見解的曲論家，他既能明確區分二者，又能指出二者之間的關係。針對明代曲論家對於本色當行莫衷一是的認識，呂天成認爲在「新傳奇」階段當行本色論出現了偏軌與迷失，於是重新賦予本色當行明確的界義。

## 一、呂天成「當行論」之內涵——可演可傳的編劇規律

明代曲家論「當行」約有四種角度：

其一，指語言本色。如何良俊、凌濛初。何良俊（1506～1573）認爲「本色」是指戲曲語言的清麗、簡淡、天然妙麗、蘊藉有趣、追求「語不著色相，情意獨至」的意趣無窮之境〔註 13〕，而臻於本色之境的即爲當行家。故當行本色論只侷限於戲曲曲詞賓白而言。凌濛初（1580～1644）則認爲曲「大略

---

頁 152。

〔註 11〕「本色」原意是「本來的顏色」，引伸爲原有之現象或面目。「當行」原意本來是指唐宋兩朝應官府回買與差使（以徵役代替捐稅）的行業，凡加入正是團行組織者叫做「當行」。「行」就是行業、行當，具備該行當所應有之修爲爲之「當行」。

〔註 12〕龔鵬程：〈論本色〉，《詩史本色與妙悟》（臺北：學生書局，民國 75 年），頁 102～105。

〔註 13〕〔明〕何良俊：《曲論》，《中國古典戲曲論著集成》第四冊，頁 7、8。

貴當行不貴藻麗。其當行者曰本色〔註 14〕」。把「本色」、「當行」視爲同義，指的是本色的語言風格。

其二，指組織藻繢。如馮夢龍。馮夢龍（1574～1646）認爲「詞家有當行、本色二種。當行者，組織藻繪而不涉於詩賦；本色者，常談口語而不涉於粗俗〔註 15〕。」將本色當行視爲曲家語言的雅俗之分。

其三，指合律依腔。如沈璟、徐復祚。曾自謂「鄙意僻好本色〔註 16〕」的沈璟（1553～1610），以宋元古劇爲榜樣，認爲講究音律，便是「詞人當行〔註 17〕」。徐復祚（1560～1630）「當行」亦與音律嚴謹有關〔註 18〕。

其四，指戲曲編劇規律，包括關目情節、布局、結構、音律、文詞等創作方法。如臧懋循、王驥德、呂天成。臧懋循（1550～1620）藉由編選《元曲選》，推崇元劇「不工而工〔註 19〕」，針砭時人堆砌餖飣之弊，爲南曲作者樹立典範。由於其曲論受到元劇的啓發，故而相當重視奏之場上的特性，強調文詞、音律並重，留心關目情節和舞台演出效果。他在〈元曲選序〉中指出曲有「三難」:「情詞穩稱之難」、「關目緊湊之難」、「音律諧協之難」，並接著說道：

> 曲有名家，有行家。名家者，出入樂府，文彩爛然，在淹通閎博之士，皆優爲之；行家者，隨所妝演，無不摹擬曲盡，宛若身當其處，而幾忘其事之烏有，能使人快者掀髯，憤者扼腕，悲者掩泣，羨者色飛，是惟優孟衣冠，然後可與於此。故稱曲上乘首曰「當行」〔註 20〕。

臧懋循將曲家分爲「行家」與「名家」。「行家」即精通戲曲搬弄之道，重視運思布局、情詞與音律者，使作品搬演時宛如實境，故其作能吸引觀眾、感動觀眾，其作品稱作「當行」之作。換言之，「當行」之作就是符合「情詞穩稱」、「關目緊湊」、「音律諧協」三項要求，既宜於諷詠，又宜於搬串。而「名

〔註 14〕〔明〕凌濛初：《譚曲雜劄》，《中國古典戲曲論著集成》第四冊，頁 253。

〔註 15〕《太霞新奏》批語，引自葉長海：《中國戲劇學史稿》（板橋市：駱駝出版社，民國 76 年 8 月），頁 302。

〔註 16〕〔明〕沈璟：〈答王驥德〉，徐朔方輯校：《沈璟集》（上海：古籍出版社，1991 年 12 月），頁 900。

〔註 17〕〔明〕沈璟〈商調【二郎神】——論曲〉，徐朔方輯校：《沈璟集》，頁 849。

〔註 18〕李師惠綿：《戲曲批評概念史考論》（臺北：里仁書局，民國 91 年 2 月 28 日初版），頁 99。

〔註 19〕〔明〕臧晉叔：《元曲選・序》（臺北：正文書局，民國 88 年），頁 1。

〔註 20〕同前註，頁 2。

家」則只是好逞文才，追求文詞華美，其作僅供案頭。王驥德（1557～1623）認爲只有湯顯祖才符合本色與當行的標準。他說：

> 世所謂才士之曲，如王弇州、汪南溟、屠赤水輩，皆非當行。僅一湯海若稱射鵰手，而音律復不諧。曲豈易事哉！〔註21〕

王驥德認爲王世貞、汪道昆、屠隆等曲家皆非「當行」，只有湯顯祖可稱得上「射雕手」。因爲只有湯顯祖「才情在淺深、濃淡、雅俗之間」，獨得「本色」三昧〔註22〕。他又評湯顯祖《南柯》、《邯鄲》云：「布格既新，遣詞復俊，其掇拾本色，參錯麗語，境往神來，巧湊妙合，又視元人別一谿徑，技出天縱，匪由人造〔註23〕。」王氏以爲湯顯祖在曲趣、結構、布局、遣詞、意境等方面無不擅場，然於於音律方面則「屈曲聱牙，多令歌者齚舌〔註24〕」。這一方面顯示王氏所謂「當行」涉及與戲曲藝術舞台性相關的各種藝術要素，包含音律、文詞、結構、布局、情節等；一方面顯示本色與當行的密切關係。王氏要求語言必須要達到「本色」的要求，是爲了求曲之「當行」，欲使曲爲「當行」之作，則必須講究戲曲語言之本色，故本色與當行乃密切相關。王驥德以「可演可傳」的「大雅當行」參間之作爲戲曲藝術最高標準，指出「當行」即要求戲曲的可演性（舞台性），並揭示本色與當行密切的相關性。這種觀點，與其摯友呂天成有相通之處。

針對明代曲論家對於「當行」莫衷一是的認識，呂天成在《新傳奇品》開頭即指出當代曲論家「當行論」的偏軌與迷失，重新賦予「當行」明確的界義，並標舉「當行本色」以爲評曲標準，他說：

> 博觀傳奇，近時爲盛。……第當行之手多不遇，本色之義未講明。當行兼論作法，本色只指填詞。當行不在組織餖飣學問，此中自有關節局概，一毫增損不得；若組織，正以蠹當行。本色不在摹勒家常語言，此中別有機神情趣，一毫妝點不來；若摹勒，正以蝕本色。今人不能融會此旨，傳奇之派，遂判爲二：一則工藻繢少擬當行；一則襲樸澹以充本色。甲鄙乙爲寡文，此嗤彼爲喪質〔註25〕。

〔註21〕〔明〕王驥德：《曲律・雜論第三十九下》，《中國古典戲曲論著集成》第四冊，頁180。

〔註22〕同前註，頁170。

〔註23〕同前註，頁165。

〔註24〕同前註。

〔註25〕〔明〕呂天成：《曲品》，《中國古典戲曲論著集成》第六冊，頁211。

呂天成的當行本色論乃針對當時各家爭論盲點而發，他認為各家皆偏於一隅。如馮夢龍曾云：「詞家有當行、本色二種。當行者，組織藻繪而不涉於詩賦，本色者，常談口語而不涉於粗俗〔註26〕。」又云：「當行也，語或近於學究；本色也，腔或近於打油〔註27〕。」將本色當行看成「組織藻繪」與「常談口語」的雅俗之別、文質之分。呂天成認為正因為這種認識的錯誤，使曲壇分為「工藻繢少擬當行」與「襲樸澹以充本色」二派。殊不知詞調形式上的「工藻繢」與「襲樸淡」，皆非本色當行之本意。呂天成認為「當行兼論作法」，由「兼論」一詞可以推知，當行不是僅止於塡詞，乃涵括了戲曲的寫作方法，「戲曲作法」除了關涉如何安排關目情節、布置章法格局等結構問題，當然還包含如何遣詞造句、組織宮調曲牌、安排賓白科諢、分配腳色等所有戲曲創作方法的問題。作者能善用符合戲曲藝術規律的創作方法，使作品達到「一毫增損不得」的境界，此謂之「當行」。第二章曾論及呂天成將劇作家區分為「才人語」和「詞人手」，他認為戲曲需講究戲曲作法與搬演效果，若只有文采綺麗，忽略局段安排，則只能用來案頭欣賞，只能說是賣弄文藻之「才人」，不能稱為眞正的「詞人」（即曲家），即非「當行」。正如臧懋循亦將劇作家分為「名家」與「行家」，「名家」以「文彩爛然」為長，「行家」則「隨所妝演，無不摹擬曲盡」，其作品能符合「情詞穩稱」、「關目緊湊」、「音律諧協」三項要求，既宜於諷詠，又宜於搬串，達到「使人快者掀髯，憤者扼腕，悲者掩泣，羨者色飛」的搬演效果。臧、呂二氏皆認為工於文采尚不足為當行，唯有兼顧舞台搬演效果才是「當行之手」。

呂天成舅祖孫鑛所提出的「南戲十要」既是傳奇審美觀，又是創作論，包括故事題材、情節結構、音樂文詞、場上安排、思想內容與創作主旨，即所有戲曲作法的問題。呂天成在孫鑛「南戲十要」的基礎上，進一步提出「當行」與「本色」理論，並在《曲品》中付諸實踐，使戲曲創作論與批評論能有更清楚明確的展現。「南戲十要」中的「第一要事佳」就是故事題材論。「第二要關目好」就是關目情節論。「第四要按宮調，協音律」即音律論。「第五要使人易曉」和「第六要詞采」皆屬「塡詞」問題，與呂氏本色論有關，其中「要使人易曉」，乃站在讀者和觀眾立場，要求劇作使人易懂，除了要求戲曲賓白曲詞要明白曉暢，在關節局段的安排上也要講求清晰明瞭，避免龐雜，

〔註26〕《太霞新奏》批語，引自葉長海：《中國戲劇學史稿》，頁302。

〔註27〕〔明〕馮夢龍：《太霞新奏・自序》，見俞為民校點：《馮夢龍全集》（北京市：江蘇古籍出版社，1993年4月初版），頁10。

令人摸不著頭緒。「第六要詞采」則是對於戲曲藝術文學性、可傳性的要求。「第七要善敷衍——淡處作得濃，閑處作得熱鬧」，乃鋪敘情節、布置章法、渲染與調節戲劇氣氛的美學原則，透過動與靜、冷與熱、淡與濃等對比場面交錯穿插，使劇情進展節奏錯落有致，增強了劇情張力與搬演效果。至於結構問題，「第一要事佳」、「第二要關目好」、「第七要善敷衍——淡處作得濃，閑處作得熱鬧」、「第八要各角色派得匀妥」、「第九要脫套」、「第十要合世情、關風化」，即題材選取、組織情節、推展行動、安排衝突、設置人物、主題思想的提煉等，皆與戲曲結構有關。「第九要脫套」則是戲曲創作原則，無論故事題材的選取、關目情節的安排、章法格局的設置、結構的鍛鍊、曲詞賓白等，皆要能出新意於法度之中，不可因循模仿，自限於俗套窠臼中，使人感到索然無味。「第三要搬出來好」則是對戲曲舞台性的要求，其他幾種批評標準皆應以此爲依歸，能達到這個要求，即呂氏所謂「當行之手」、「詞人手」。

換言之，「十要」可以用呂氏所謂的「當行」與「本色」概括，即「塡詞」與「作法」。而「當行」論更是其中的核心，因爲「當行」包括戲曲所有創作法則的問題，也包含塡詞問題，「行家」之作必然適合搬演，其作品自然也符合戲曲藝術的審美要求，故其遣詞造句與語言旋律必然合乎「本色」精神。要之，「當行本色論」突顯呂天成戲曲理論的精神本質，展現兼具舞台性與文學性的戲曲藝術審美要求。

## 二、呂天成「本色論」之核心——機神情趣

明代早期的「本色論」崇尚金元風格，如嘉靖、隆慶年間，以「熟騰北曲〔註28〕」的李開先（1502～1568）和酷愛北曲雜劇的何良俊（1506～1573）爲代表，皆標舉金元風格爲典範，成爲明代提倡本色論先驅。李開先認爲：「國初如劉東生、王子一、李直夫諸名家，尚有金元風格，乃後分而兩之，用本色者爲詞人之詞，否則爲文人之詞矣。〔註29〕」他把國初以後的作家分成「詞人之詞」與「文人之詞」，其分界在於是否有金元本色。何良俊所謂本色是以金元人之詞爲宗，並以鄭光祖爲元人第一。他認爲「本色」是指戲曲語言的清麗、簡淡、天然妙麗、蘊藉有趣、追求「語不著色相，情意獨至」的意趣

〔註28〕〔明〕呂天成：《曲品》，《中國古典戲曲論著集成》第六冊，頁211。
〔註29〕〔明〕李開先：〈西野春游詞序〉，《李中麓閒居集》，見《四庫全書存目叢書·集部·別集類》第九十二冊（臺南：莊嚴文化，1997），頁596。

無窮之境。隆慶至萬曆年間，徐渭（1521～1593）最先對於「以時文為南曲」的風氣大加撻伐。他的《南詞敘錄》，是最早專論南戲的著作，也是宋元明清四代專論南戲的唯一著作。徐渭對南戲的源流、發展、藝術特質有深入的體認，肯定南戲在戲曲史上的重要地位與價值，藉由肯定南戲「句句是本色語，無今人時文氣〔註30〕」，針砭當時創作歪風。一改以往曲論家忽略南戲傳奇本身的藝術特質，一味崇尚金元本色的態度，轉為對於南戲本色的正面肯定，這些皆對後代曲論觀念有很大的影響，如直接影響其弟子王驥德，而呂天成亦間接頗受其影響，也帶動了萬曆以後傳奇本色論的成熟。到了王驥德（1557～1623），便明確標舉「才情在淺深、濃淡、雅俗之間」的湯顯祖，才是眞正獨得本色三昧的劇作家。其深切體認到傳奇尚雅的藝術特徵與戲曲舞台性、通俗性的本質，因而認為「純用本色，易覺寂寥；純用文調，復傷琱鏤」、「本色之弊，易流俚腐；文詞之病，每苦太文〔註31〕」，一味偏頗地追求文字表面上的雅或俗，非傷於俚腐，即苦於太文，故當斟酌於雅俗、淺深、濃淡之間，才是傳奇本色三昧。

明人論本色大多侷限於語言風格的探討。有人偏向質樸一端，如沈璟認為「本色」即為質樸通俗的語言，但卻流於「掤拽牽湊」、「淺俗庸率」的本色字面，而遭到王驥德、凌濛初之非議〔註32〕。有人偏向清麗簡淡，如何良俊認為「本色」是指戲曲語言的清麗、簡淡、天然妙麗、蘊藉有趣、追求「語不著色相，情意獨至」的意趣無窮之境。有人則主張在「淺深、濃淡、雅俗之間」，如王驥德。而徐渭則點出本色論的核心——「眞」，深刻地揭示了戲曲語言的核心精神。他在〈西廂記序〉中提出「本色」與「相色」之說〔註33〕，於第一章已引述。他所謂的「本色」指的是合乎自然、不假雕琢的化工之美，而「相色」則是做作雕琢的人工之美，如婢女扮作夫人，終覺羞澀而不自然。故知徐渭本色論以「眞」為核心，崇尚自然天成之妙。他在評賞《琵琶記》

〔註30〕〔明〕徐渭：《南詞敘錄》，《中國古典戲曲論著集成》第三冊，頁243。

〔註31〕〔明〕王驥德：《曲律・論家數第十四》，《中國古典戲曲論著集成》第四冊，頁121～122。

〔註32〕〔明〕王驥德《曲律・雜論三十九下》：「詞隱傳奇，要當以《紅蕖》稱首。其餘諸作，出之頗易，未免庸率。」《中國古典戲曲論著集成》第四冊，頁164；凌濛初批評沈璟：「沈伯英審於律而短於才，……欲作當家本色俊語，卻又不能，直以淺言俚句，掤拽牽湊。」《中國古典戲曲論著集成》第四冊，頁254。

〔註33〕蔡毅：《中國古典戲曲序跋彙編》，頁647～648。

時說：

> 或言：「《琵琶記》高處在〈慶壽〉、〈成婚〉、〈彈琴〉、〈賞月〉諸大套。」此猶有規模可尋。惟〈食糠〉、〈嘗藥〉、〈築墳〉、〈寫眞〉諸作，從人心流出，嚴滄浪言「水中之月，空中之影」，最不可到。如【十八答】〔註34〕，句句是常言俗語，扭作曲子，點鐵成金，信是妙手。〔註35〕

徐渭主張戲曲語言當是發自內心的自然流露，善於運用常言俗語，表現爲眞切自然的詞句，此方爲點鐵成金之妙手。他又將嚴羽詩論運用到戲曲創作論中，主張「塡詞如作唐詩，文既不可，俗又不可，自有一種妙處，要在人領解妙悟，未可言傳〔註36〕。」作者應以直覺妙悟爲功夫，體會戲曲的藝術特質與創作規律，達到「從人心流出，嚴滄浪言『水中之月，空中之影』」的境界。總之，徐渭的本色論以「眞」爲核心，而不在追求文字表面上的文俗。他之所以時常讚許常言俗語，主要是爲了要對峙《香囊記》以來的時文氣與駢儷堆垛之風，故強調一種自然易曉的語言風格，這並非只是移植常言俗語，而要能進一步「點鐵成金」。其精神本質其實在一「眞」字。他的本色論影響了湯顯祖「塡詞皆尙眞色〔註37〕」、王驥德「動吾天機」的「風神」、「標韻」之「神品」理論與呂天成講求「機神情趣」的本色論。

呂天成亦認爲「本色只指塡詞」，指戲曲語言風格而言，他繼承了徐渭以「眞」爲本色的理論精神，認爲「本色」不在移植家常語言、追求樸澹風格的文字皮相，而在於其是否有「機神情趣」蘊含其中。「機神情趣」四字雖然抽象，但卻能超越了一般曲論家只著眼於對戲曲語言形式風格的皮相認識，進一步掌握戲曲語言的內在精神，點出「本色」要從戲曲內在精神講究，要掌握戲曲語言的審美情趣，而不是在語言形式上模倣抄襲。

呂氏所謂「機神情趣」究竟何指？可透過其他曲論家相關論述互相對照以明其意。

湯顯祖曾謂：「予謂文章之妙，不在步趨形似之間，自然靈氣，恍惚而來，

---

〔註34〕【十八答】當是南戲《琵琶記》中的一段曲子，今存本未載。見陳多、葉長海：《中國歷代劇論選註》（湖南：文藝出版社，1987年7月），頁120。

〔註35〕〔明〕徐渭：《南詞敘錄》，《中國古典戲曲論著集成》第三冊，頁243。

〔註36〕同前註。

〔註37〕〔明〕湯顯祖：〈玉茗堂批評焚香記〉，見徐朔方箋校：《湯顯祖全集》（北京：北京古籍出版社，2001年），卷51，頁1656。

不思而至，怪怪奇奇，莫可名狀，非物尋常得以合之〔註 38〕。」主張文詞重在傳神，而不在形似。

王驥德《曲律・論套數第二十四》有云：

套數之曲，……有起有止，有開有闔。須先定下間架，立下主意，排下曲調，然後遣句，然後成章。切忌湊插，切忌將就。務如常山之蛇，首尾相應，又如鮫人之錦，不著一絲紕纇。意新語俊，字響調圓，增減一調不得，顛倒一調不得，有規有矩，有色有聲，眾美具矣！而其妙處，政不在聲調之中，而在句字之外。又須煙波渺漫，姿態橫逸，攬之不得，挹之不盡。摹歡則令人神蕩，寫怨則令人斷腸，不在快人，而在動人。此所謂「風神」，所謂「標韻」，所謂「動吾天機」，不知所以然而然，方是神品，方是絕技〔註 39〕。

又評《拜月》云：

《拜月》語似草草，然時露機趣〔註 40〕。

可見「機趣」不在要求語言形式上的人工之巧，而在於其能達到「自然天成」、「不知其所以然而然」的境界，即所謂「風神」、「標韻」、「動吾天機」之境，此謂之「神品」。如王氏評贊「神品」《西廂記》曰：「無一字不俊，無一字不妥，若出天造，匪由人巧。抑何神也〔註 41〕。」其妙處不在語言文字形式表面，而自有一種風力、神趣和律動流貫其間，達到言有盡而意無窮的境界，如此作品才能觸動人內心深處的情感，令讀者或觀者神蕩、斷腸，這種具有豐富藝術生命力、感染力的語言妙境，才是藝術語言的最高境界〔註 42〕。

又清李漁《閒情偶記・詞曲部・詞采第二》「重機趣」條對於「機趣」二字作出明確的界定與解釋，其云：

「機趣」二字，填詞家必不可少。機者，傳奇之精神；趣者，傳奇

〔註 38〕〔明〕湯顯祖〈合奇序〉，徐朔方箋校：《湯顯祖全集》，卷 32，頁 1138。

〔註 39〕〔明〕王驥德：《曲律・論套數第二十四》，《中國古典戲曲論著集成》第四冊，頁 132。

〔註 40〕〔明〕王驥德：《曲律・雜論第三十九上》，《中國古典戲曲論著集成》第四冊，頁 149。

〔註 41〕〔明〕王驥德《新校注古本《西廂記》・附評語》，見陳茀、吳毓華：《古典戲曲美學資料集》（北京：文化藝術出版社，1992 年 10 初版），頁 204。

〔註 42〕參見李師惠綿：《王驥德曲論研究》（臺灣大學中文所碩士論文，曾師永義指導，1988 年 6 月），頁 187～188。又參見李師惠綿：《戲曲批評概念史考論》，同註 18，頁 251。

之風致。少此二物，則如泥人土馬，有生形而無生氣〔註43〕。

「機趣」是李漁對戲曲「詞采」的要求之一，正如呂天成所謂「填詞」的問題。李漁認為「機趣」是戲曲詞采的內在精神風致，猶如劇本生命之泉，少此二種元素，則作品將如沒有生命力的行屍走肉。至於其具體作法為何？李漁說道：

因作者逐句湊成，遂使觀場者逐段記憶。稍不留心，則看到第二曲，不記頭一曲是何等情形；看到第二折，不知第三折要作何勾當。是心口徒勞，耳目俱澀，何必以此自苦而復苦百千萬億之人哉？故填詞之中，勿使有斷續痕，勿使有道學氣。

所謂無斷續痕者，非止一齣接一齣，一人頂一人，務使承上接下，血脈相連；即於情事截然絕不相關之處，亦有連環細筍，伏於其中，看到後來方知其妙；如藕於未切之時，先長暗絲以待，絲於絡成之後，纔知作繭之精。此言機之不可少也。

所謂無道學氣者，非但風流跌宕之曲、花前月下之情當以板腐為戒，即談忠孝節義與說悲苦哀怨之情，亦當抑聖為狂，寓哭於笑。如王陽明之講道學，則得詞中三昧矣〔註44〕。

要有「機」，則應避免「逐句湊成」，所謂「勿使有斷續痕」，即是「務使承上接下，血脈相連」，巧設「連環細筍」伏於劇中，暗中聯絡照應，使劇作成為一個血脈相通、渾然一體的有機生命體。換言之，由於戲曲的故事內容、情節結構組織、人物關係的的安排，及其他種種構成戲曲的藝術要素，都要透過詞采的鋪陳來展現，故「機」非徒語言形式風格上的追求，即非僅止追於求文字上的天機自然，而是指戲曲語言當充分與其他戲曲藝術要素互相配合，使文詞能充分表現內容實質的連貫性和組織結構的縝密性，展現劇作內在的藝術精神與生命，使劇本能成為一個富有生命力的有機體。至於要有「趣」，則當「勿使有道學氣」、「當以板腐為戒」，指劇作的整體格調要具有風韻趣味。換言之，李漁所謂「機趣」，就是戲曲語言能充分表現結撰構思的縝密性，使劇作成為一個血脈相通、渾然一體的有機生命體，既要能展現戲

〔註43〕〔清〕李漁：《閒情偶記‧詞采第二》「重機趣」條，《中國古典戲曲論著集成》第七冊，頁24。

〔註44〕〔清〕李漁：《閒情偶記‧詞采第二》「重機趣」條，《中國古典戲曲論著集成》第七冊，頁24～25。

曲作品藝術精神與生命力，又要能傳達出超乎字句之外風神情致。

由以上可推知，呂天成所謂的「機神情趣」，「不在摹剿家常語言」，而是「一毫妝點不來」的自然天機與風神情趣。所謂「機」，誠如王驥德與李漁所認爲，意指戲曲語言當表現自然天成、天機獨運的精神與生命力，切忌斷續牽湊，但「機」非徒語言形式風格上的追求，即非僅止追於求文字上的天機自然，更重要的是，戲曲語言當充分與其他戲曲藝術要素互相配合，使文詞能充分表現內容實質的連貫性和組織結構的縝密性，展現劇作內在的藝術精神與生命，使劇本能成爲一個富有生命力的有機體。如呂天成批評沈壽卿「語或嫌於湊插〔註45〕」、贊《拜月亭》「天然本色之句，往往見寶〔註46〕」。所謂「神」，即「風神」、「神韻」，不僅是作者情志與作品外現之文氣的生命活力，還包括劇中人物之風神的精神風貌，生旦有生旦之口，淨丑有淨丑之腔，充分表現人物的本來面貌，以宛宛如生爲最高境界。所謂「情」，一方面指填詞當以眞切情感爲本，不可非矯揉造作。誠如王驥德所言：「曲以模寫物情，體貼人理，所取委曲宛轉，以代說詞，一涉藻績，便蔽本來〔註47〕。」一方面又指「描畫世情，或悲或笑〔註48〕」，寫情宛宛如生的境界。如《曲品》評高明之作：「其詞之高絕處，在布景寫情，色色逼眞，有運斤成風之妙〔註49〕。」所謂「趣」，指的是指劇作的風致趣味，富有生動性和活潑性，切忌板實迂腐之氣。呂天成本色論是一種較高的審美境界，雖是就填詞而論，但卻不同於其他拋開戲曲審美要素去追求語言風格形式的皮相之論，而是強調戲曲語言當充分表現人物的本來面貌，以宛宛如生爲最高境界，且要與其他戲曲藝術要素互相配合，充分體現語言的內在精神及其感染力與生命力。

從《曲品》各條評語觀之，呂天成認爲「舊傳奇」與「新傳奇」其所呈現的「機神情趣」各有特色。呂天成評「舊傳奇」云：「賞其絕技，則描畫世情，或悲或笑；存其古風，則湊拍常語，易曉易聞。有意架虛，不必與實事合；有意近俗，不必作綺麗觀。不尋宮數調，而自解其弢；不就拍選聲，而

〔註45〕〔明〕呂天成：《曲品》，《中國古典戲曲論著集成》第六冊，頁211。

〔註46〕同前註，頁224。

〔註47〕〔明〕王驥德：《曲律·論家數第十四》，《中國古典戲曲論著集成》第四冊，頁122。

〔註48〕〔明〕呂天成：《曲品》，《中國古典戲曲論著集成》第六冊，頁209。

〔註49〕同前註，頁224。《集成》本作：「在布景寫情，眞有運斤成風之妙。」吳書蔭對照各本指出其脫「色色逼」三字。

自鳴其籟。質僕而不以爲俚，膚淺而不以爲疎。商彝、周鼎，古色照人；玄酒、太羹，眞味沁齒〔註 50〕。」可見「舊傳奇」作品之本色在於其「古色眞味」。而「新傳奇」作品的「機神情趣」則在於其語言能充分表現出細膩委婉的動人風致。其寫情細膩動人，宛宛如見；其風格秀逸俊爽，暢達可詠，散發出清麗婉約、柔美動人的精神風采。無論是「舊傳奇」還是「新傳奇」，貫串它們的藝術美學形相在於眞摯動人、天機自然的精神風致，皆可用「機神情趣」四個字概括。儘管在戲曲發展史中，元劇、南戲、傳奇所表現出來的詞采風格並不相同，但其精神相通。

「本色論」乃是其文詞創作論的統綱，表現在實際品評上，呂氏頗爲重視戲曲語言的表現。孫鑛「南戲十要」中的「第五要使人易曉」、「第六要詞采」皆關涉到文詞問題。「使人易曉」指語言的通俗性，而「詞采」則是指華美的采藻。呂天成受到孫鑛影響，其文詞論以雅俗共賞爲宗，即同時符合文人與市民兩種階層的觀賞要求，而以「機神情趣」爲其內在精神。筆者從《曲品》中將有關文詞論的評語加以分類，可歸納《曲品》對於劇作文詞有以下幾種審美要求：

### （一）真切自然

呂天成評《琵琶記》云：「志在筆先，片言宛然代舌；情從境轉，一段眞堪斷腸」、「布景寫情，色色逼眞」。又評《拜月亭》云：「天然本色之句，往往見寶。」又評《荊釵記》曰：「以眞切之調，寫眞切之情，情、文相生，最易不及〔註 51〕。」皆強調句調當出於眞切之情，表現眞實情感，達到「文生於情，情生於文」的情文相生之境。又如呂氏評《教子記》「眞情苦境〔註 52〕」、評張鳳翼《祝髮記》「境趣悽楚逼眞〔註 53〕」、評葉憲祖《四艷記》「密約幽情，宛宛如見〔註 54〕」、評張從德《純孝》「詞頗眞切〔註 55〕」等，皆顯示其崇尚眞切自然的文詞之感人魅力。

### （二）雅俗共賞

對於「舊傳奇」，呂天成欣賞其「古色眞味」；對於「新傳奇」，呂天成

〔註 50〕同前註，頁 209。
〔註 51〕〔明〕呂天成：《曲品》，《中國古典戲曲論著集成》第六冊，頁 224。
〔註 52〕同前註，頁 226。
〔註 53〕同前註，頁 231。
〔註 54〕同前註，頁 234。
〔註 55〕同前註，頁 244。

則針對當時作家對於本色的誤解，提出本色是別有「機神情趣」的論點。雖然各家誤解本色的眞正內涵，但呂天成認爲這些作品「即不當行，其華可擷；即不本色，其樸可風〔註 56〕」，故《曲品》中能兼容藻繢與樸淡而無所偏。如贊《牧羊記》「此詞亦古質可喜〔註 57〕」、《白兔記》「詞極古質，味亦恬然，古色可挹〔註 58〕」、《殺狗記》「事俚，詞質。……詞多有味〔註 59〕」、《綵樓記》「古質可取〔註 60〕」、《蛟虎記》「詞亦近人〔註 61〕」。呂天成雖能欣賞古質之詞，但對於過份庸俗膚陋之作深表不喜。如評汪宗姬《丹管》:「詩人作詞，不文而近俚，何也〔註 62〕？」評馮之可《護龍》;「詞乃庸淺，姑以事存之〔註 63〕。」評龍渠翁《藍田》;「調甚庸淺〔註 64〕。」評朱從龍《牡丹記》:「詞、白膚陋，止宜俗眼〔註 65〕。」這些庸淺俚俗之作，皆歸入「下下品」。

由於新傳奇文士化的結果，在「文詞派」的影響下，許多新傳奇作者皆工於詞藻，用心雕琢詞章。因作者才氣學習各異，發而爲各種不同風格的雅文，有的綺麗駢美、有的工雅有致，有的超逸秀爽、清俊自然。包括呂天成本身在內，早期之作也頗受文詞派駢儷文風的浸淫。郭英德指出這種典雅化的追求，有其一定的時代意義，不應以「形式主義」的貶詞一筆抹殺其價值。首先典雅綺麗的文風有利於文人學士抒發其細膩含蓄的情感，深入刻畫人物內心世界。其次，對才情與文采的浸淫追求與自賞是歷代文人積重難返的普遍心態，這種心態恰好藉助於駢儷的語言和蘊藉婉轉思維方式得以充分表現。再次，「言而不文，行之不遠」在中國古代是一種強大的審美思維定勢。當文人作家將文情外化爲斑爛文采時，事實上加強了傳奇劇本的文學性和可讀性，提高了戲曲文學文體地位和社會地位，使之足以與詩詞文賦相抗衡。正是由於傳奇的雅化方才促成了文人傳奇創作的熱潮，使明清傳奇成爲中國古代戲曲史第二個黃金時代〔註 66〕。郭氏所言甚是，正由於文詞派的摸索，

〔註 56〕同前註，頁 211～212。
〔註 57〕同前註，頁 224。
〔註 58〕同前註，頁 225。
〔註 59〕〔明〕呂天成：《曲品》,《中國古典戲曲論著集成》第六冊，頁 225。
〔註 60〕同前註，頁 226。
〔註 61〕同前註，頁 238。
〔註 62〕同前註，頁 246。
〔註 63〕同前註，頁 247。
〔註 64〕同前註，頁 248。
〔註 65〕同前註。
〔註 66〕郭英德：《明清文人傳奇研究》(臺北：文津出版社，1991)，頁 239～141。

帶領傳奇走向精緻典雅路線，藉由提高其藝術審美品味，而抬高其地位，吸引更多人參與戲曲活動。同時也激起其後曲論家的反思，從其弊端中作一番修正與嘗試，進而把傳奇發展導向正途。呂天成能看到文詞派的積極影響，給予文詞派正面的肯定。例如《曲品》中以邵燦《香囊記》爲「妙品」，以其爲「前輩最佳傳奇」。讚美鄭若庸《玉玦記》「典雅工麗，可咏可歌，開後人駢綺之派〔註 67〕」，並以之爲「上中品」。評梅鼎祚《玉合記》曰：「從《玉玦》派來，大有色澤〔註 68〕。」列其爲「上中品」。呂天成雖能欣賞華藻，但並不欣賞一味賣弄學問，堆砌駢偶之作。他曾云：「詞忌組練而晦，白忌堆積駢偶而寬〔註 69〕。」曲詞忌諱整練而晦澀難明，賓白忌諱堆砌駢偶而散漫。他主張塡詞切忌爲了堆積學問，賣弄文才，使曲詞賓白晦澀又散漫，其意在講求戲曲語言的自然、明白、暢達、精鍊而不鬆散。

### （三）富有情致趣味

呂天成認爲塡詞重點是要「別有機神情趣」，而「不在摹剿家常語言」。所謂「本色」，不在規範文字的藝術皮相，而是要求要有「一毫妝點不來」的自然天機與風神情趣。呂天成評論戲曲文詞常著眼於情致趣味，就是重視戲曲文詞能否表現作品的情趣意態與藝術感染力。換言之，文詞論的核心是在於戲曲文詞所要表達的意蘊內涵，強調內蘊於語言形式中的內在精神與生命力，唯其有豐富的情致趣味，才能有源源不絕的力量引發觀眾的共鳴。《曲品》中經常以「情致」、「風致」、「意致」、「天趣」、「有趣」、「可味」評劇作文詞，這些術語都是在講文辭的美學意趣。「情致」、「意致」、「風致」都是關於情趣興致與風采神韻。「趣」就是指劇中可喜可愕的生動情味，又關係著人們對生動情味的感受。如評汪廷訥《彩舟記》「曲寫有趣〔註 70〕」，評葉憲祖《雙卿記》「景趣新逸〔註 71〕」，因其有一股生動活潑的趣味與感染力。又呂天成批評車任遠的《彈鋏記》：「情詞俱佳。方諸生以其少天趣，短之〔註 72〕。」意味此作缺乏天然之趣。如祁彪佳也評戴應鰲《鈿盒》：「字雕句鏤，微少天然之趣〔註 73〕。」「味」就是滋味、興味、趣味，乃藝術感染力，能激起觀者美

〔註 67〕〔明〕呂天成：《曲品》，《中國古典戲曲論著集成》第六冊，頁 232。
〔註 68〕同前註，頁 233。
〔註 69〕〔明〕凌濛初：《譚曲雜劄》，《中國古典戲曲論著集成》第四冊，頁 259。
〔註 70〕吳書蔭：《曲品校註》，頁 266。《集成》本無。
〔註 71〕〔明〕呂天成：《曲品》，《中國古典戲曲論著集成》第六冊，頁 234。
〔註 72〕同前註，頁 237。
〔註 73〕〔明〕祁彪佳：《遠山堂曲品》，《中國古典戲曲論著集成》第六冊，頁 22。

感的特質。故知，呂天成文詞論所追求的不僅止於作品外在藝術形相的雅俗共賞，且深入文詞的美學意趣，強調其蘊含的情致與趣味，既要能寫出生動趣味，又要能體現作者或劇中人的情致。

## 三、「本色」與「當行」的關係

除了誤解本色當行之義，呂天成又指出了明代各家當行本色論的第二的謬誤，就是認不清本色與當行的關係。呂氏批評他們說：

> 殊不知果屬當行，則句調必多本色矣；果其本色，則境態必是當行〔註74〕。

「本色」與「當行」二者概念雖有區別，但又關係密切，因爲它們都是對於戲曲藝術特質與創作法則的規範。只不過「本色」強調的是戲曲作品所應具備的藝術面貌，表現在作品中就是句調（包括詞采和語言旋律〔註75〕）的呈現，而「當行」則重在規範戲曲創作法則。戲曲各種藝術特質與規範作法本來就是密切相關，相輔相成的，故「本色」與「當行」（塡詞之道與戲曲作法）自然成爲血脈相通、互爲表裡、互爲依存的關係。「當行」包括戲曲所有創作法則的問題，「行家」之作必然適合搬演，其作品自然也符合戲曲藝術的審美要求，故其遣詞造句與語言旋律必然合乎「本色」精神。而「本色」的劇作，其句調的機神情趣也不是天馬行空，毫無規範的揮灑，而是在符合戲曲創作法則的基礎下進行句調的鋪陳，故其戲劇情境意態必然也是「當行」的。「本色」、「當行」皆不在追逐於戲曲藝術表象，而在能否深入領略戲曲藝術的精神內涵，唯有戲曲塡詞與作法完美統一，才能使劇本能成爲渾然天成、具備內在精神與生命力的有機體。

顯然，高明的曲論家絕對不會從外在形式皮相來討論戲曲語言與創作方法，而能深入闡發其內在精神，並注意戲曲各種藝術要素的關聯，因爲戲曲本來就是一個有機體，其中各種藝術要素皆血脈相連，不可分割而論，否則一定顧此失彼。由此觀之，呂天成當行本色論既能囊括戲曲各種藝術要素，又能深入其內在精神，正是這種精闢獨特又面面俱到的見解，使呂天成的當

〔註74〕〔明〕呂天成：《曲品》，《中國古典戲曲論著集成》第六冊，頁211。

〔註75〕語言旋律是指語言的聲調、韻協和長度所構成的節奏感，這種節奏感本身具備在語言的形式之中，並不因語言音義的感染力，因人不同而有所變異。所以構成語言旋律的基礎，就是聲調、韻協和語言長度。見曾師永義：《中國古典戲劇的認識與欣賞》（臺北市：正中書局，民國80年），頁125～126。

行本色論在明代曲論中具有極重要的地位。

## 第二節　從「當行本色論」到「雙美說」的延伸

以下闡述呂天成「雙美說」的內涵與美學要求，筆者分別就兩種角度考量：其一，「雙美說」是呂天成戲曲理論一貫精神的表現，貫串了「舊傳奇」與「新傳奇」的美學規範；其二，「雙美說」總結湯沈高下之爭，樹立「新傳奇」的審美標準。

### 一、「雙美說」貫串了「舊傳奇」與「新傳奇」的美學規範

從「舊傳奇」到「新傳奇」，戲曲藝術美學規範有其一貫性，亦有其發展變動處，茲以將《曲品》中的評語加以整理，列表如下〔註 76〕：

| | 舊　傳　奇 | 新　傳　奇 |
|---|---|---|
| 典範 | 《琵琶記》——<br>化工之肖物無心：其詞之高絕處，在布景寫情，色色逼眞，有運斤成風之妙。」「志在筆先，片言宛然代舌；情從境轉，一段眞境斷腸。」<br>大冶之鑄金有式：「特創調名，功同倉頡之造字；細編曲拍，技如后夔之典音。」「串插甚合局段，苦樂相錯，具見體裁。可師，可法，而不可及也。」 | 雙美：守詞隱先生之矩矱，而運以清遠道人之才情。 |
| 當行本色 | 賞其絕技，則描畫世情，或悲或笑；存其古風，則湊拍常語，易曉易聞。有意架虛，不必與實事合；有意近俗，不必作綺麗觀。不尋宮數調，而自解其弢；不就拍選聲，而自鳴其籟。質僕而不以爲俚，膚淺而不以爲疎。商彝、周鼎，古色照人；玄酒、太羹；眞味沁齒。先輩鉅公，多能諷詠；吳下俳優，尤喜掇串。 | 當行之手多不遇，本色之義未講明。<br>今人不能融會此旨，傳奇之派，遂判爲二：一則工藻繢少擬當行；一則襲樸澹以充本色。甲鄙乙爲寡文，此嗤彼爲喪質。 |

〔註 76〕〔明〕呂天成：《曲品》，《中國古典戲曲論著集成》第六冊，頁 209、210、213、224。

| 文詞 | 存其古風，則湊拍常語，易曉易聞。有意近俗，不必作綺麗觀。 | 一則工藻繢少擬當行；一則襲樸澹以充本色。 |
| --- | --- | --- |
| 音律 | 不尋宮數調，而自解其弢；不就拍選聲，而自鳴其籟。 | 進而有宮調之學，類以相從，聲中緩急之節；紛以錯出，詞多礙戾之音。難欺師曠之聰，莫招公瑾之顧。按譜取給，故自無難；逐套註明，方爲有緒。又進而有音韻平仄之學，句必一韻而始協，聲必迭置而後諧。響落梁塵，歌翻扇底。昧者不少，解者漸多。又進而有八聲陰陽之學，吹以天籟，協乎元聲，律呂所以相宣，神人用以允翕。抑揚高下，發調俱圓；清濁宮商，辨音最妙。此韻學之鉅典，曲部之秘傳，柳城啓其端，方諸闡其教。必究斯義，厥道乃精；考之今人，褒如充耳。《廣陵散》已落人間，《霓裳曲》重翻天上。後有作者，不易吾言矣。 |

由上表可知，從「舊傳奇」到「新傳奇」文體的嬗變，表現幾個方面：其一，當行本色的失落；其二，戲曲語言風格的分化；其三，音律的規範化；其四，在典範方面，呂氏以《琵琶記》爲「舊傳奇」典範，認爲《琵琶記》戲曲作法與塡詞俱佳，符合當行本色的要求，既符合戲曲藝術編劇規律，又能於法度之中馳騁才情，達到「化工之肖物無心，大冶之鑄金有式」之境界。魏良輔《南詞引證》將《琵琶記》奉爲「曲祖」，稱之曰：「詞意高古，音韻精絕，諸詞之綱領〔註77〕。」黃圖秘〈看山閣集閒筆跋〉亦云：「《琵琶》爲南曲之宗，《西廂》爲北調之祖，辭高意美，各極其妙。《琵琶》之諧聲、協律，南曲未有過於此者〔註78〕。」《琵琶記》詞情、詞律兼善，故被呂氏列爲「神品第一」，當之無愧。到了「新傳奇」，已不復有「從心所欲而不踰矩」的作家，而只有一狂一狷的沈璟與湯顯祖成就較高，顯示「新傳奇」語言藝術的精緻化與音樂規範化之間的矛盾。而呂天成仍舊堅持其當行本色的編劇原則，主張文學性與舞台性並重，一方面要符合戲曲音樂的規範性，同時又要在法度之中馳騁才情，是以進一步標舉「雙美」爲理想典範，以追摹《琵琶記》詞情、詞律兼善之典範。

〔註77〕〔明〕魏良輔：《曲律》，《中國古典戲曲論著集成》第五冊，頁6。

〔註78〕〔清〕黃圖珌：《看山閣集閒筆》，《中國古典戲曲論著集成》第七冊，頁143。

從「舊傳奇」到「新傳奇」美學規範的一貫精神，茲以圖解說明如下：

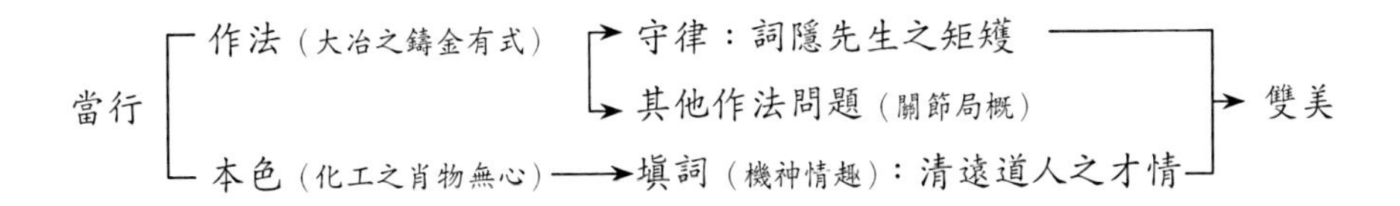


「當行」指戲曲編劇規律，含括所有戲曲作法問題，當然亦包含音律與塡詞問題，戲曲編劇當符合戲曲藝術的審美要求，以可演可傳爲指歸。爲了符合可演的要求，呂氏標舉「詞隱先生之矩矱」，要求「新傳奇」的音樂規範當符合南曲音律規範；爲了符合可傳的要求，呂氏標舉「清遠道人之才情」，要求「新傳奇」的語言當追求「麗藻憑巧腸而濬發，幽情逐彩筆以紛飛」、「不事刁斗，飛將軍之用兵；亂墜天花，老生公之說法〔註 79〕」「無心」的「化工」之境。換言之，在「有式」之中達到「無心」的「化工」之境，正是呂氏「雙美說」的理想典範。

陳竹於《中國古代劇作學史》中亦指出：呂天成的「雙美說」是以「當行」理論爲前提引伸出來的，它是「當行」說的一種延伸和補充〔註 80〕。筆者以爲，誠如前文所論述，呂天成「當行、本色」論囊括所有戲曲創作藝術要素，則「當行、本色」論可以說是呂天成戲曲理論的概括。呂氏本色當行論的總體精神乃在要求戲曲塡詞與作法的完美統一，而「雙美說」要求詞與律的完美統一，律屬於作法，詞屬於塡詞，則「雙美說」可以說是呂天成「當行本色」論的自然延伸，是「當行本色」論的其中一條重要支脈。音律是戲曲創作法則的規範之一，而湯顯祖所謂「意趣神色」正可與呂天成所謂塡詞當講求「機神情趣」精神相通。故而呂天成的「雙美說」是既重視創作主體的思想與作品意趣神色，又希冀創作者能遵守南曲細膩的格律規範，於矩矱中游刃有餘，即要能出新意於法度之中。

## 二、「雙美說」總結湯沈高下之爭，樹立「新傳奇」的審美典範

曲本來就有聲歌和文詞的雙重屬性。曲詞的創作除了要充分表情達意，還必須要適合演唱，因此在實際創作中便難免產生「合律依腔」與「意趣神

〔註 79〕〔明〕呂天成：《曲品》，《中國古典戲曲論著集成》第六冊，頁 213。

〔註 80〕陳竹：《中國古代劇作學史》（湖北：武漢出版社，1999 年 9 月初版），頁 294～295。

色」之間的矛盾，沈璟和湯顯祖正代表當時兩種戲曲創作傾向，當聲情和詞情產生衝突的時候，沈璟先音律而後文詞，湯顯祖則先文詞而後音律。「湯沈之爭」代表明代曲家們對於戲曲審美典範的探索，在曲論史上有其重要的意義，而呂天成站在居高臨下的位置，以「雙美說」總結了「湯沈之爭」，修正了湯之狂與沈之狷，爲「新傳奇」樹立了審美典範。

關於後世研究論者所謂的「湯沈之爭」，主要是根據沈璟【二郎神】套曲與湯顯祖〈答呂姜山〉、〈答凌初成〉、〈答孫俟居〉、〈與宜伶羅章二〉四封論曲之信札。其實湯、沈二氏並沒有交往，亦不曾正式見過面，彼此之間也無書信往來，但因他們有一些共同的朋友，如呂玉繩（呂天成父）、孫如法（呂天成表伯父）等，因而其各自曲學見解，其實是透過第三者的傳達。因爲他們對於戲曲創作的體認與志趣互異，故而在文章中表露對於彼此的批駁之意。由於二人論述頗有激憤過頭之語。才會造成後世對於湯沈之爭的誤解〔註81〕。

沈璟於【二郎神】套曲中有言：

> 【二郎神】何元朗，一言兒啓詞宗寶藏，道欲度新聲休走樣，名爲樂府，須教合律依腔。寧使時人不鑒賞，無使人撓喉捩嗓。說不得才長，越有才越當著意斟量。
>
> 【金衣公子】……怎得詞人當行，歌客守腔。大家細把音律講〔註82〕。

沈璟認爲「當行」就是細講音律。其意被視爲諷刺湯顯祖仗恃才情，逾越了曲的音樂格律規範。

湯顯祖則認爲作曲當以「曲意」爲先，不贊同爲了遵守格律而削足適履。他在〈答呂姜山〉書中評論了沈璟的《唱曲當知》，提出了這樣的意見：

> 凡文以意趣神色爲主。四者到時，或有麗詞俊音可用。爾時能一一顧九宮四聲否〔註83〕？

在〈答孫俟居〉書中評論沈璟《南詞全譜》，並自詡曰：「弟在此自謂知曲意

〔註81〕參見鍾雪寧：《所謂「湯沈之爭」的形成與發展》（臺灣大學中文所碩士論文，曾師永義指導，1995年）。此論文中歸納歷來學者對於湯沈之爭的看法，並試圖釐清湯沈之爭的歷史眞相。他認爲湯沈之論戰不存在於史實中，只是被一些援引其說的學者放大化。湯沈之爭的成立，乃是後學者對於湯沈關係推測引申的結果。

〔註82〕〔明〕沈璟〈商調【二郎神】——論曲〉，徐朔方輯校：《沈璟集》，頁849～850。

〔註83〕徐朔方箋校：《湯顯祖全集》，卷44，頁1302。

者，筆懶韻落，時時有之，正不妨拗折天下人嗓子〔註 84〕。」也因此湯顯祖對於《牡丹亭》爲便演唱而遭受竄改大表不滿，他在〈與宜伶羅章二〉有云：

> 《牡丹記》，要依我原本，其呂家改的〔註 85〕，切不可從。雖是增一二字以便俗唱，卻與我原做的意趣大不同了〔註 86〕。

在〈答淩初成〉書中亦言：

> 不佞《牡丹亭記》，大受呂玉繩改竄，云便吳歌。不佞啞然笑曰：昔有人嫌摩詰之冬景芭蕉，割蕉加梅，冬則冬矣，然非王摩詰冬景也。其中駘蕩淫夷，轉在筆墨之外耳〔註 87〕。

湯顯祖重視轉在筆墨之外的「意趣神色」，表現爲麗詞俊音之風。

晚明曲論家往往根據這幾則論述，以爲沈「重律而輕辭」，湯「尚辭而失律」，故而批評湯沈二氏多著眼於「重辭」與「嚴律」兩方面打轉。如臧懋循批評湯顯祖：「學未窺音律，豔往哲之名聲，逞汗漫之詞藻〔註 88〕。」沈德符讚賞湯顯祖「才情自足不朽」，批評其「不諳曲譜，用韻多任意處」；讚美沈璟「獨恪守詞家三尺」，「可稱度曲申、韓」，批其「詞之堪入選者殊尠〔註 89〕」。凌濛初批評湯氏「才足以逞而律實未諳」，批評沈氏「審於律而短於才〔註 90〕」。王驥德亦評湯沈曰：「吳江守法，斤斤三尺，不欲令一

〔註 84〕同前註，卷 46，頁 1392。

〔註 85〕關於呂家改本，徐扶明：《牡丹亭資料考釋》「呂改本牡丹亭條」按中指出：呂玉繩是呂天成之父，與湯顯祖爲同年進士，與湯顯祖爲好友。根據王驥德《曲律》記載，呂玉繩曾把沈璟改本《還魂記》寄給湯顯祖。王驥德和呂天成是好朋友，記呂玉繩之事，當不會有誤。從湯顯祖〈答呂姜山〉一文中亦可推知，呂玉繩也會把沈璟的曲論寄給湯顯祖。可見，呂玉繩常在湯、沈之間起著橋樑作用。而湯顯祖就很有可能把沈改本誤爲呂改本。見徐扶明：《牡丹亭資料考釋》（上海：上海古籍出版社，1987 年）。徐朔方校注本《牡丹亭》附錄「關於版本的說明」誤爲呂天成改本，乃沿襲〈重刻清暉閣批點牡丹亭原刻凡例〉之誤。其後徐朔方澄清《牡丹亭》不僅沒有呂天成改本，也沒有其父親呂玉繩之改本，湯氏所言乃沈璟改本之誤。周育德從梅鼎祚〈答湯義仍〉「呂玉繩近致《還魂》，麗事奇文」之語，肯定呂家改本，並考察呂本約於萬曆二十九年刊刻。見周育德：〈呂家改的及其他〉，收於《湯顯祖論稿》（北京：文化藝術出版社，1991 年）頁 303～308。

〔註 86〕徐朔方箋校：《湯顯祖全集》，卷 49，頁 1519。

〔註 87〕同前註，卷 46，頁 1442。

〔註 88〕〔明〕臧懋循：〈玉茗堂傳奇引〉，《負苞堂文選》，收於《續修四庫全書・集部・別集類》（上海：上海古籍出版社，2002 年），卷三，頁 89。

〔註 89〕〔明〕沈德符：《顧曲雜言》，《中國古典戲曲論著集成》第四冊，頁 206。

〔註 90〕〔明〕凌濛初：《譚曲雜劄》，《中國古典戲曲論著集成》第四冊，頁 254。

字乖律，而毫鋒殊拙；臨川尚趣，直是橫行，組織之工，幾與天孫爭巧，而屈曲聱牙，多令歌齚舌〔註91〕。」

各家大抵認爲沈璟長於法而短於詞，湯顯祖長於詞而短於法。事實上，以這種觀點評論湯沈高下其實是缺乏考察，有失客觀的作法，其忽略了沈璟對於文辭創作的體會，否定了臨川獨到的音律見解〔註92〕。湯顯祖主張自然音律，沈璟重視合律依腔。在文詞方面，湯顯祖重視寫出意趣神色的眞色語，揉合本色文采的麗詞；沈璟則從舞台搬的角度，主張曲貴淺顯，應吸收民間與俗語，效仿宋元舊篇的句句質樸本色之風。儘管湯沈對於戲曲理論的看法不同，但他們之間並沒有達到如王驥德所言「故自冰炭〔註93〕」，水火不容的程度。相反地，二人彼此有互相欣賞之意。湯顯祖在〈答孫俟居〉書中稱讚沈璟「曲譜初刻，其論良快〔註94〕」；在〈答呂姜山〉書中也說「吳中曲論良是〔註95〕」(「吳中曲論」指沈璟的《唱曲當知》，今不傳)。沈璟對於湯顯祖的戲曲文學成就亦十分推崇，尤其是湯氏的《牡丹亭》，還曾經將它改編爲《同夢記》，又仿作爲《墜釵記》。湯沈二氏的分歧點來自戲曲美學思想與創作主張的不同。湯顯祖重視創作主體個性與藝術的表現力，表現在創作上則顯示在其對於作品意趣神色的重視，故當曲情與曲律衝突時，以曲情爲先；沈璟重視戲曲的可演可唱的特性，表現在創作上則顯示其對於曲體音樂規範性之重視，故當曲情與曲律衝突時，以曲律爲先。

既然湯、沈對於辭律皆有其主張，而其間論爭也並非水火不容，二人彼此還有互相欣賞之意，那麼爲何明代曲論家要誇大湯沈之論爭？筆者認爲，湯沈之爭的實質意義，與其著眼於湯沈之爭的爭論本身，不如說是晚明曲論家對於創作兩種傾向的思考與取捨。正如李昌集於《中國古代曲學史》中所言，湯沈之爭本身的學術意義並不大，而由之牽動晚明人對二者的評價及由之所反映的若干問題比湯沈之爭更深刻〔註96〕。換言之，晚明曲論家藉由湯沈兩種不同的創作傾向的取捨，來表明自己的創作主張與戲曲批評理論。而

〔註91〕〔明〕王驥德：《曲律·雜論第三十九下》，《中國古典戲曲論著集成》第四冊，頁165。

〔註92〕鍾雪寧：《所謂「湯沈之爭」的形成與發展》，頁140。

〔註93〕〔明〕王驥德：《曲律·雜論第三十九下》，《中國古典戲曲論著集成》第四冊，頁165。

〔註94〕徐朔方箋校：《湯顯祖全集》，卷46，頁1392。

〔註95〕同前註，卷44，頁1302。

〔註96〕李昌集：《中國古代曲學史》(上海：華東師範大學出版社，1997)，頁430。

明代曲論家取湯之辭與沈之律的觀點，正顯示了諸家對於新傳奇美學風貌的認識，顯示「新傳奇」對於語言藝術精緻化與音樂規範化的審美趨勢。

王驥德與呂天成爲至交，他們沿襲著湯辭沈律的思路，彼此意見有相通之處，尤其呂天成更有意識地提出「雙美說」以總結湯沈之爭，標舉「雙美」以爲「新傳奇」審美典範。呂天成提出「湯狂沈狷」之說，進一步標舉「合之雙美」，又針對時弊而標舉「首沈次湯」。茲分點以說明呂氏如何以「雙美說」總結湯沈之爭：

### （一）湯狂沈狷，合之雙美

王驥德認爲「松陵具詞法而讓詞致，臨川妙詞情而越詞檢〔註97〕」。湯顯祖善於詞情而有失音律法度，沈璟謹守格律而疏於詞采情致的經營，故削弱了藝術魅力，並進一步主張作劇當「不廢繩檢，兼妙神情〔註98〕」。呂天成亦贊同王驥德之言，二人所見略同，他把湯、沈二氏比作一狂一狷，其言曰：

> 乃光祿嘗曰：「寧律協而詞不工，讀之不成句，而謳之始協，是爲曲中之工巧。」奉常聞而非之，曰：「彼烏知曲意哉！予意所至，不妨拗折天下人嗓。」此可以觀兩賢之志趣矣。予謂：二公譬如狂、狷，天壤間應有此兩項人物。不有光祿，詞硎弗新；不有奉常，詞髓孰抉？儻能守詞隱先生之矩矱，而運以清遠道人之才情，豈非合之雙美者乎〔註99〕？

「狂狷」的概念源自《論語》。子曰：「不得中行而與之，必也狂狷乎！狂者進取，狷者有所不爲也〔註100〕。」這裡指道德修養境界，狂者積極進取，狷者拘謹保守，不做不合道德規範之事。而呂氏借用狂狷之說比湯沈，湯顯祖的「狂」，源自自身靈感的勃發，突破藝術法則與規範模式，勇於突破常格；沈璟的「狷」，指的是其斤斤守律，不敢逾越南曲音樂規範。所謂「守詞隱先生之矩矱，而運以清遠道人之才情」的「雙美說」，就是要調和狂狷之氣，取其中和之道，使其於規矩法度之中游刃有餘，即孔子所謂「從心所欲不踰矩」的境界。

〔註97〕〔明〕呂天成：《曲品》，《中國古典戲曲論著集成》第六冊，頁213。
〔註98〕〔明〕王驥德：《曲律・雜論第三十九下》，《中國古典戲曲論著集成》第四冊，頁166。
〔註99〕〔明〕呂天成：《曲品》，《中國古典戲曲論著集成》第六冊，頁213。
〔註100〕〔宋〕朱熹：《四書集註》第十三卷《子路篇》（臺北：世界書局，1997年3月初版32刷），頁152。

何謂沈璟之「矩矱」？何謂湯顯祖之「才情」？凌濛初引呂天成序《蕉帕記》，其言有云：「詞隱取程於古詞，故示法嚴；清遠翻抽於元劇，故遣調俊〔註101〕。」呂氏看到了湯沈在語言旋律、音律方面不同的取向。沈璟「嗟曲流之汎濫，表音韻以立防；痛詞法之蓁蕪，訂全譜以闢路〔註102〕」，故斤斤守律，致力於南曲音律格範的建立，然誠如王驥德所言：「吳江諸傳，如老教師登場，板眼場步，略無破綻，然不能使人喝采〔註103〕。」因此呂氏在戲曲文詞方面標舉湯顯祖。呂氏認爲《拜月亭》以其「天然本色之句，往往見寶，遂開臨川玉茗之派〔註104〕」。可知湯顯祖繼承元劇與宋元南戲之精神風致，其「塡詞崇尙眞色」，崇尙「化工」之境，既融合了六朝辭賦、五代詞的綺麗風格，又吸納了元雜劇口語眞切、曲詞曉暢的獨特點，由此形成了他既含蓄空靈，又宛若天然的「眞色」至文，這種風格符合呂氏以「機神情趣」爲核心的本色論，自然成爲呂氏論戲曲語言的典範之作。然湯氏追求麗詞俊音，其所謂「麗詞」所附有的「俊音」是無須一一顧及宮調聲律的，故而其音律不免有拗嗓之弊。因此呂天成在湯、沈二氏之間各取其長，他認爲湯氏之長在戲曲語言藝術造詣，沈氏之長在音律之法。換言之，沈璟之「矩矱」指的就是其所建立的南曲音律規範，湯顯祖之「才情」指的就是他以「意趣神色」爲本的美文。

值得注意的是，呂天成取沈、湯二氏之長，指的是他們在成熟期所表現出來的戲曲藝術特質之融合。因爲早期沈、湯之作皆受到駢儷風氣的影響，各自皆尚未發展出獨特而成熟的創作理念。如呂天成曾經批評湯顯祖早期之作《紫簫記》:「琢調鮮美，鍊白駢麗。……覺太曼衍，留此清唱可耳〔註105〕。」評《紫釵》：「猶帶靡縟〔註106〕。」對於沈璟，呂天成評其早期之作《紅蕖記》「著意著詞，曲白工美。......先生自謂：字雕句縷，正供案頭耳。此後一變矣〔註107〕。」對於湯顯祖，他所欣賞的是《還魂記》「懷春慕色之情，驚

〔註101〕〔明〕凌濛初：《譚曲雜箚》,《中國古典戲曲論著集成》第四冊，頁259。

〔註102〕〔明〕呂天成：《曲品》,《中國古典戲曲論著集成》第六冊，頁212。

〔註103〕〔明〕王驥德：《曲律・雜論第三十九下》,《中國古典戲曲論著集成》第四冊，頁159。

〔註104〕〔明〕呂天成：《曲品》,《中國古典戲曲論著集成》第六冊，頁224。

〔註105〕同前註，頁230。

〔註106〕同前註。

〔註107〕同前註，頁229。

心動魄。且巧妙疊出，無境不新〔註 108〕」、《南柯記》「眼闊手高，字句超秀〔註 109〕」、《邯鄲記》「即夢中苦樂之致，猶令觀者神搖，莫能自主〔註 110〕」的藝術魅力。對於沈璟，呂天成的品評廣及各種藝術層面，如題材、語言、曲情、情節、布局、搬演效果等，肯定其對於劇本舞台性的努力與勇於創新的精神。如評其《四異記》:「丑、淨用蘇人鄉語，亦足笑也〔註 111〕。」評《分柑記》:「謔態疊出，可喜〔註 112〕。」評《博笑記》:「雜取《耳談》中事譜之，輒令人絕倒。先生遊戲，至此神化極矣〔註 113〕。」評《十孝記》末段情節「大快人意〔註 114〕」。評《埋劍》:「描寫交情，悲歌慷慨〔註 115〕。」評《雙魚記》:「令人慘動〔註 116〕。」評《鴛衾記》:「局境頗新〔註 117〕。」評《桃符記》:「宛有情致〔註 118〕。」顯示沈璟對於戲曲創作的不斷突破與嘗試，對於舞台性的努力，如關注演出效果與觀眾反應、追求詞白簡質易懂、勇於創新體製、選題妙奇等藝術成就。呂天成亦不諱言沈璟作品中的缺失，時而指出也其作品有不脫套、事情近酸、情境未暢、腳色人物多餘等缺失。

在全面考量湯沈的藝術成就後，呂氏進一步標舉音律方面當取程沈璟示法之嚴，即其南曲格律規範，而文詞方面則應追求湯顯祖高妙的文字境界，故其「雙美說」的內涵並不單純只是辭與律的結合，而是在律方面講求南曲曲律規範，在詞方面擺脫了「舊傳奇」的天然本色，古質風格，進而標舉「機神情趣」的本色之旨，且賦予了才情與麗藻的文人審美品味，以爲「新傳奇」語言的審美標準。

呂天成「雙美說」的出現有其一定的理論背景，由於戲曲文體發展的鋪墊、戲曲理論發展的醞釀，加以呂天成個人創作經驗的體悟與對曲壇創作風氣的反省等種種因素的醞釀，「雙美說」便成熟於呂天成之手。

〔註 108〕同前註，頁 230。
〔註 109〕同前註。
〔註 110〕〔明〕呂天成：《曲品》，《中國古典戲曲論著集成》第六冊，頁 231。
〔註 111〕同前註，頁 229。
〔註 112〕同前註。
〔註 113〕同前註，頁 230。
〔註 114〕同前註，頁 229。
〔註 115〕同前註。
〔註 116〕同前註。
〔註 117〕同前註。
〔註 118〕同前註。

王驥德說呂天成從早期作品「始工綺麗，才藻燁然」轉爲嚴守音律，到了後來「後最服膺詞隱，改轍從之，稍流質容，然宮調、字句、平仄，兢兢毖昚，不少假借〔註 119〕。」第一章曾提及，葉長海認爲呂天成的創作生涯，大致上經歷了「文采——＞格律——＞雙美」三個階段。呂氏才思敏捷，藻采飈發，自謂早年「兒女情多，差能解人意」，故早期作品一方面才性使然，一方面又受駢儷文風的影響，「音律尚墮時趨」，流於案頭之作。早期作品（約 20 歲，1599 年），如《神女記》「才情富麗」、《戒珠記》「語以駢偶見工，局以熱艷取勝」、《金合記》「光景奇幻，閱之令人目眩」。祁彪佳評《二淫記》（約作於 1603～1609）：「以淺近之白，雅質之詞度之。」大略是其服膺詞隱沈璟之後的作風。沈璟總評呂作「音律精嚴，才情秀爽」，這大略如呂天成所謂的「雙美」之境。可見其創作早期受駢儷之風的影響，偏向華麗豔逸，其後受到沈璟的影響，講究音律精嚴，而詞風也漸漸偏向雅質淺近，最後他結合「詞隱先生之條令，清遠道人之才情」，臻於音律詞致雙美之境。

從戲曲文體本身的發展來看，湯顯祖重視藝術創作靈感與自由，彌補了沈璟曲論刻板固執的一面，對於戲曲藝術水準的提升，甚有助益，而其戲曲藝術風格正符合南曲細膩柔美的特性，符合當代傳奇文詞審美觀的需求，故而呂天成取湯氏之辭。沈璟重視戲曲寫作規範與法度，避免了過度講求自由靈感而忽略戲曲可演可唱的特質之弊端，這正符合了傳奇格律趨於規範化的走向，故而取沈氏之律。

再從戲曲理論發展史來看，「雙美說」是一種對於戲曲審美觀念的回歸。李師惠綿〈明代戲曲文律論之展開演變〉一文從戲曲理論發展史的觀點探討文律觀點的分合。追本溯源從元代周德清等人的文律觀進入。經由歷史的論證，大約可以釐清戲曲批評使上關於文律之爭、湯沈之爭及本色駢儷之爭等問題。首先，周德清《中原音韻》建立音律格律論與語言修辭論。其特點是論音律不離語言修辭，而論造語不離格律技巧。亦即要在音韻格律中經營語、意俱高且文俗相濟的俊語熟字；在語言文字中錘鍊韻協音調的北曲文體。周德清文律互相涵容，是戲曲批評史上第一個建構北曲文律論的曲學家，爲元末明初鐘嗣成、賈仲明、楊維楨等提供鑑賞原則和創作理論。從明初到萬曆年間前期，文律的演變大約以王世貞的觀點爲一個階段。這個階段

〔註 119〕〔明〕王驥德：《曲律・雜論第三十九下》，《中國古典戲曲論著集成》第四冊，頁 172。

文律開始分歧變化：朱權繼承北曲文律雙美觀，審音定律與典雅清麗二者兼備，崇律尚詞。其後何良俊則重律輕辭。王世貞則以音律爲末，以辭工爲本。何良俊「寧聲協而詞不工」引發沈璟「寧使時人不鑑賞，無使人撓喉捩嗓」之論。王世貞的「不當執本以議末」，以辭爲本，以律爲末，引發湯顯祖「文以意趣神色」爲主之論，乃至有「不妨拗折天下人嗓子」之言。但即使是輕重取捨不同，他們也都不曾否定音韻格律。沒想到此輕重的取捨卻引發萬曆年間著名的湯沈之爭。事實上，湯沈之爭不可斷章取義，以爲湯重詞采，審重格律，二者其實都重音律，區別在於沈講求人工音律，湯重自然音律。在文律取捨之間，湯重曲意捨律協，沈重曲律捨辭工。明萬曆後期，王驥德與呂天成以文律雙美統合，回歸到周德清的建構，不同的是戲曲史歷經北曲南劇與戲文傳奇的興衰遞變〔註 120〕。呂氏「雙美說」走向周德清北曲文律合一的回歸，其間已歷經北曲南劇與戲文傳奇的興衰遞變，其內涵與周德清建構的文律合一必然不同。換言之，呂氏「雙美說」乃針對新傳奇美學規範而論，雖然其與周德清北曲文律合一的精神相通，但其審美觀乃針對南曲而論。

### （二）首沈次湯的意義

呂天成之所以「首沈次湯」，是有現實針對性的。由於劇壇文人好逞才情，忽略戲曲可演可唱的音樂性，沈璟看到這種弊端，致力於恢復曲學傳統，初建南曲格律，故而身爲沈璟弟子的呂天成也特別強調音律。王驥德說呂氏「以上之上屬沈、湯二君，而以沈先湯，蓋以法論〔註 121〕」；祁彪佳則說呂氏「後詞華而先音律〔註 122〕」；吳梅說呂氏是「以寧庵之律，學若士之詞〔註 123〕」；夏寫時認爲呂天成沒有擺脫「首音律而後詞華」的偏見，其雙美說是站在吳江派立場補弊〔註 124〕。他們都認爲呂天成以音律爲先，而輔以詞情。然而呂天成對於湯顯祖《牡丹亭》評曰：「眞堪千古。」而對其

---

〔註 120〕此段簡述李師惠綿：〈明代戲曲文律論之展開演變〉一文，見《臺大中文學報》，第二十期（2004 年 6 月），頁 135～194。

〔註 121〕〔明〕王驥德：《曲律・雜論第三十九下》，《中國古典戲曲論著集成》第四冊，頁 172。

〔註 122〕〔明〕祁彪佳：《遠山堂曲品》，《中國古典戲曲論著集成》第六冊，頁 5。

〔註 123〕吳梅：《中國戲曲概論》卷中（北京：中國人民大學出版社 2004 年 9 月），頁 169～170。

〔註 124〕夏寫時：〈論湯沈之爭及王驥德的評價問題——答陳建華同志〉，《論中國戲劇批評》（濟南：齊魯書社，1988 年），頁 353～354。

師沈璟之作略有批評，如評其不脫套、事情近酸、情境未暢，指出腳色人物刻畫的問題以及腳色人物的多餘等。又從《曲品》中其他各品批評來看，如「上中品」兼有善於詞華與音律的作家，善於音律者有顧大典、梁辰魚、鄭若庸、卜世臣、葉憲祖、單本；而善於詞華，但音律不協者有陸采、張鳳翼、梅鼎祚。故知，呂天成並非如祁彪佳等人所言有「首音律而後詞華」的偏見，而是針對現實創作之弊端，認爲守律之作難能可貴，故而特別首沈次湯。其於〈新傳奇品〉開頭序言中指出音律之學乃是曲學之精粹。宮調、音韻平仄、八聲陰陽之學在「新傳奇」創作中漸漸被重視與發揚。然而文人往往好逞才藻，忽略戲曲可演可唱的特質，審音守律實爲難能可貴，故《曲品》中盛贊守律之作。如以下幾則評語：

《量江》：全守韻律，而詞調俱工，一勝百矣〔註125〕。（上下品）

《青蓮》：音律工密，尤可喜〔註126〕。（中上品）

《冬青》：音律精工〔註127〕。（上中品）

《乞麾》：吾友方諸生曰：「其辭駢藻鍊琢，摹方應圓，終卷無上去疊聲，直是竿頭撒手，苦心哉！」〔註128〕（上中品）

《斷髮》：且多守韻，尤不易得〔註129〕。（能品）

《紅葉》：且能守韻，可謂空谷足音〔註130〕。（中上品）

《玉玦》：典雅工麗，可咏可歌，開後人駢綺之派。每折一調，每調一韻，尤爲先獲我心〔註131〕。（上中品）

《投桃》：且知守韻律，尤爲可喜〔註132〕。（上下品）

《雙卿》：且守韻調甚嚴，當是詞隱高足〔註133〕。（上中品）

《雙雄》：而能恪守詞隱先生功令，亦持教之杰也〔註134〕。（上下品）

《金門大隱》：蘿月道人諸傳，嚴守松陵之法程，而布局摛詞盡脱俗

〔註125〕〔明〕呂天成：《曲品》，《中國古典戲曲論著集成》第六冊，頁236。
〔註126〕同前註，頁237。
〔註127〕同前註，頁233。
〔註128〕同前註。
〔註129〕同前註，頁227。
〔註130〕同前註，頁238。
〔註131〕同前註，頁232。
〔註132〕同前註，頁235。
〔註133〕〔明〕呂天成：《曲品》，《中國古典戲曲論著集成》第六冊，頁234。
〔註134〕同前註，頁237。

套，予心賞之〔註 135〕。（上下品）

由上可知，呂天成稱守律之作「尤不易得」、「空谷足音」，可見精守音律的作品實爲難得。故面對「可咏可歌」的守律之作，呂天成發出「尤爲可喜」之感，如鄭若庸《玉玦記》嚴守《中原音韻》，混韻現象極少，嚴格遵守音律規範，故呂天成發出「先獲我心」之感。也因此，葉憲祖《雙卿》、馮夢龍《雙雄》、陳所聞《金門大隱》三作嚴守詞隱之法程，深爲呂氏所賞。對於不守音律之作，他也特別予以指出，如評《投筆記》:「詞平常，音不協〔註 136〕。」評梅鼎祚《玉合記》曰:「恨不守音韻耳〔註 137〕。」評陸采《明珠記》云:「但音律多不協，或是此老未精解處〔註 138〕。」

## 第三節　小　結

明代曲論家對於「本色」、「當行」莫衷一是的詮釋，其實皆只囿於一端。「本色」之本義爲本來顏色、本來面目。「當行」者，「行」就是行業、行當，具備該行當所應有的條件、能力、修爲，並使之能充份發揮者謂之「當行」。就戲曲演員而言，能合乎演員所應具備的藝術修爲謂之「當行」；表演時，演員充任腳色，妝扮人物，能合乎所扮人物之本來形象、面目、聲口，謂之「本色」。就劇作家而言，劇作家具有所應具備的藝術修爲謂之「當行」；表現在作品中，能賦予劇中人物本來的面目、聲口，能合乎劇作所應具有的藝術表現，謂之「本色」。換言之，「本色」與「當行」可以從不同的層面去觀照。就戲曲藝術而言，能具備戲曲作品所應有的藝術條件謂之「當行」，呈現在戲曲作品中能表現出合乎戲曲作品所應具備的藝術面貌謂之「本色」。

因此，前文提及明代曲論家論「當行」的四種角度中，以戲曲藝術的編劇規律去觀照「當行」之義是比較全面的。如前所述，「本色」應是指戲曲的本來面目，當指戲曲之整體藝術表現而言，明代曲論家多著眼於戲曲的語言文學，自是偏頗之見。呂天成是明代少數對於「當行本色」有精闢獨特見解的曲論家，他既能明確區分二者，又能指出二者之間的關係。他對於「當行」的觀照層面較多，在明代諸家中可說是較爲深入而全面的。又其對「本色」

〔註 135〕吳書蔭：《曲品校註》，頁 279。《集成》本無。
〔註 136〕〔明〕呂天成：《曲品》，《中國古典戲曲論著集成》第六冊，頁 228。
〔註 137〕同前註，頁 233。
〔註 138〕同前註，頁 231。

的詮釋雖亦就「塡詞」而言，但他捻出「機神情趣」四字，確實已擺脫了語言藝術的皮相，進一步觸及戲曲語言藝術表現的內在核心，即戲曲語言當充分表現人物的本來面貌，以宛宛如生爲最高境界，且要與其他戲曲藝術要素互相配合，充分體現語言的內在精神及其感染力與生命力。

呂天成的「雙美說」是從「當行」理論中延伸出來的，當行本色論突顯其戲曲理論的精神本質，展現兼具舞台性與文學性的審美要求，而「雙美說」正是當行本色論的表現，正是當行本色論延伸的支脈。呂天成「雙美說」的內涵並不單純只是辭與律的結合，而是在律方面講求南曲曲律規範，在詞方面擺脫了舊傳奇的天然本色，古質風格，進而標舉機神情趣的本色之旨，且賦予了才情與麗藻的文人審美品味，以爲新傳奇語言的審美標準。「雙美說」的提出引導了明代後期以後傳奇的創作方向，也深深影響了戲曲批評界，其後祁彪佳、茅暎、丁耀亢、孟稱舜、張琦、沈永隆等皆主張雙美之說。如祁彪佳評曲標準爲「賞音律而兼收詞華〔註 139〕」。孟稱舜謂：「沈寧庵崇尚諧律，而湯義仍專尚工詞，二者俱爲偏見〔註 140〕。」張琦則曰：「辭、調兩到，詎非盛事與？惜乎其難之也〔註 141〕！」茅暎〈題牡丹亭記〉云：

> 大都有音即有律。律者，法也，必合四音、中七始而法始盡。有志則有辭；曲者，志也，必藻繪如生，顰者悲涕而曲始工。二者合則兼美，離則兩傷〔註 142〕。

丁耀亢〈赤松遊題詞〉亦云：

> 凡作曲者，以音調爲正，妙在辭達其意；以粉飾爲次，勿使辭掩其情。既不傷詞之本色，又不背曲之元音，斯爲文質之平〔註 143〕。

沈永隆《南詞新譜》後敘云：

> 兩家意不相侔，蓋兩相勝也。豪儁之彥，高步臨川，則不敢畔松陵三尺；精研之士，刻意松陵，而必希獲臨川片語，亦見夫合則雙美，離則兩傷矣〔註 144〕。

---

〔註 139〕〔明〕祁彪佳：《遠山堂曲品》，《中國古典戲曲論著集成》第六冊，頁 5。
〔註 140〕〔明〕孟稱舜：〈古今名劇合選序〉，陳多、葉長海：《中國歷代劇論選註》，頁 235～236。
〔註 141〕〔明〕張琦：《衡曲麈譚》，《中國古典戲曲論著集成》第四冊，頁 270。
〔註 142〕〔明〕茅暎〈題牡丹亭記〉，陳芾、吳毓華：《古典戲曲美學資料集》，頁 167。
〔註 143〕〔明〕丁耀亢：〈赤松遊題詞〉，陳多、葉長海：《中國歷代劇論選註》，頁 266。
〔註 144〕〔清〕沈永隆：〈南詞新譜後序〉，收於《善本戲曲叢刊》第三輯（臺北：臺

呂天成以後的曲論家多主張結合沈之律與湯之辭，主張「合之雙美」之理論，指導了戲曲創作的走向。明末阮大鋮、吳炳、孟稱舜、明末清初蘇州派李玉，乃至清洪昇與孔尚任之作品，都兼具了音律與文詞雙美的藝術特徵〔註 145〕。

---

灣學生書局，73 年 8 月據清順治乙未刊本影印），頁 910。

〔註 145〕根據林師鶴宜：《阮大鋮石巢四種研究》（東海大學中文所碩士論文，張敬先生指導，1985 年）之結果，其作品爲後世提供詞藻與音律雙美的典範。吳梅《中國戲曲概論》卷中評吳炳與孟稱舜之作「以臨川之筆，協吳江之律」。王季烈《螾廬曲談》卷二云：「余謂古今傳奇，詞采、結構、排場並勝，而又宮調合律，賓白工整，眾美悉具，一無可議者，莫過於《長生殿》。」

# 第五章　戲曲情境說

根據吳書蔭校註本統計，呂天成（1580～1618）《曲品》以「境」論曲有二十九處，屬戲曲批評用語者有二十七處，有兩處用作「夢境」，一指劇本名稱〔註1〕，另一處使用「夢境〔註2〕」一詞亦不作批評術語。呂天成所使用的品評術語中，「境」、「情境」、「境界」、「趣」、「味」、「情景」是相關的一整組概念，本章將此組戲曲批評概念稱爲「情境說」，而不稱爲「意境說」或「境界說」，有幾點原因：其一，「意境」一詞在《曲品》中沒有出現；其二，「境界」一詞在《曲品》本文中出現四次，而「情境」則出現三次，但本章不稱爲「境界說」，是因爲「情境」一詞較能貼近呂天成戲曲情境理論的內涵；其三，林師鶴宜在〈清初傳奇「戲劇本質」認知的轉移和「敘事程式」的變形〉一文中已將戲曲批評上運用「境」、「境界」、「情境」來品評戲劇優劣的概念稱爲「情境說〔註3〕」。基於以上理由，故以「情境說」稱之。

前輩學者對於呂天成的「情境說」亦有論述〔註4〕，統整前輩學者們的意

---

〔註1〕蘇漢英《夢境記》，見吳書蔭《曲品校註》，頁294。《集成》本無。

〔註2〕《曲品》評《南柯夢》：「迺從夢境證佛……」見《中國古典戲曲論著集成》第六冊，頁230。

〔註3〕林師鶴宜：〈清初傳奇「戲劇本質」的認知和「敘事程式」的變形〉，收於《規律與變異——明清戲曲學辨疑》（臺北：里仁，民國92年2月28日），頁135～137。

〔註4〕專論有譚坤：〈呂天成戲曲境界說略論〉，《東莞理工學院學報》，第11卷第2期（2004年6月）；其餘則散見於吳書蔭：〈從《曲品》看呂天成的戲曲理論〉，同註1，頁454俞爲民：〈明清曲論中的意境論——古代戲曲理論探索之一〉，《藝術百家》1987年第二期、丁和根：〈古典曲論中的情境說初探〉，《藝術百家》，1989年第四期、謝柏梁：《中國分類戲曲學史綱》第三章〈明代戲曲的

見，其對呂天成「戲曲情境說」的詮釋約有以下幾種面向：

（一）乃針對曲詞而言，約同於詩詞意境：如吳書蔭〈從《曲品》看呂天成的戲曲理論〉。

（二）對於「事」（題材）、「關目」（情節）的要求：如姚文放《中國戲劇美學的文化闡釋》第二十章〈呂天成與萊辛的戲劇批評之比較〉第一節「戲劇情節：創造意境與塑造性格」。

（三）強調「人物」、「事件」是構成戲曲情境的兩大要素：如丁和根〈古典曲論中的情境說初探〉。

（四）「情、景、事」構成意境：如趙山林《中國戲劇學通論》第七章第二節〈意境說〉、陶禮天〈戲曲理論批評之審美「趣味」論〉。

（五）具有多層次內涵：如譚坤〈呂天成戲曲境界說略論〉認為呂天成的境界說是「一個具有豐富內涵的戲曲理論，它或指一個情節，一個事件，或指一個藝術境地，或以意象為核心，以情景交融、虛實結合為特徵，以直抵生命本體為根本，是一個具有無限藝術風光的藝術空間〔註5〕」。

（六）從悲劇角度切入，強調其「苦境論」：如謝柏梁《中國分類戲曲學史綱》第三章〈明代戲曲的悲劇觀：怨譜說〉「呂天成的苦境論」、趙山林《中國戲劇學通論》第七章第二節〈意境說〉。

諸家對於呂天成「戲曲情境說」的闡述皆有其特殊的切入點。吳書蔭只注意呂氏論情境之於曲文藝術的關係，即其抒情寫景的文學性，未免失之偏頗。姚文放從戲曲情節切入，在中西的比較中突出了戲曲情境與情節、事件的關係，然《曲品》中有關境的評語卻不僅止於情節與事件。丁和根則考察戲曲情境論在曲論史發展，指出情境概念在呂天成曲論中從詩論術語眞正轉變為戲曲理論術語，然其只著眼於人物和事件的劇情結構兩項要素對於戲曲

悲劇觀：怨譜說〉「呂天成的苦境論」（臺灣商務印書館，1994 年 6 月），頁 65～72、趙山林：《中國戲劇學通論》第七章第二節〈意境說〉（合肥：安徽教育出版社，1995 年 12 月），頁 736～738、姚文放：《中國戲劇美學的文化闡釋》第二十章〈呂天成與萊辛的戲劇批評之比較〉第一節「戲劇情節：創造意境與塑造性格」（北京：中國人民大學，1997 年 1 月初版），頁 364～366、陶禮天：〈戲曲理論批評之審美「趣味」論〉，《中國人民大學學報》，2003 年第五期等。

〔註 5〕 譚坤：〈呂天成戲曲境界說略論〉，《東莞理工學院學報》，第 11 卷第 2 期（2004 年 6 月），頁 60～63。

情境的影響，有待商榷。譚坤則針對《曲品》本文中所運用的「境界」概念作深入分析，指出戲曲境界與詩文意境有所關連但又有所差別的特質，並揭示呂天成「境界說」的複雜性。他認爲呂天成「境界說」的其涵意有三：第一，指故事情節或事件，如評高明《琵琶記》曰：「情同境轉，一段眞堪斷腸。」第二，指劇作者抒發主觀情感所能達到的藝術境地。如評沈璟《分柑》「第情境猶未徹鬯」。第三，指作者調動一切藝術手段抒情、寫景、敘事所形成的情景交融、意蘊豐厚，能引發讀者無窮思索和想像的藝術空間。如評沈璟《分錢》「事情近酸，然苦境可玩」。譚坤的確觸及呂天成戲曲情境說的理論核心，但在論述上頗有牽強之處。如《琵琶記》「情同境轉，一段眞堪斷腸」，此處的「境」，不單就情節而言，亦與布局、劇中人物所處的環境及作者所營造的戲劇氛圍有關。又如《分柑記》「第情境尚未徹鬯〔註6〕」，這裡的「情境」不僅止於指涉劇作家所能達到的藝術境地，亦是劇作本身呈現的藝術情境。趙山林和陶天禮則從詩詞意境與戲曲意境的比較切入，認爲戲曲意境比詩詞意境多了「敘事性」，故強調戲曲意境是「情、景、事」的融合。至於謝柏梁和趙山林所謂呂天成的「苦境論」，則是戴著悲劇色彩的有色眼鏡來看待呂天成的「情境說」，未免偏狹。

諸家論呂天成「戲曲情境說」的內涵時皆各執一端，難免落入摸象之偏失，故仍有值得討論之處。是以本章即以呂天成的「戲曲情境說」爲題，詳加討論，以釐清各種歧見。

筆者認爲，欲了解呂天成「戲曲情境說」的內涵，則須對《曲品》中所運用的各種有關「情境」概念的詞彙做梳理。在進行詮釋時，一方面需扎根於傳統詩詞意境理論，一方面又要掌握呂天成對於戲曲藝術特質的理解。

雖然諸位前輩學者對於呂天成「戲曲情境說」的闡述有各種歧見，但皆認爲呂天成是成功地把意境論從詩詞理論轉化爲戲曲理論的第一人。令人疑惑的是，呂天成「戲曲情境說」對於詩詞意境理論作了怎樣的轉化？呂天成建立的「戲曲情境說」在戲曲情境理論的發展史上究竟處於何種地位？呂天成「戲曲情境說」的內涵與特色究竟爲何？筆者欲在諸家之基礎上，從不同的觀點切入，以不同的論述方法，希望對呂天成「戲曲情境說」作周延的論述。

〔註6〕〔明〕呂天成：《曲品》，《中國古典戲曲論著集成》第六冊，頁229。《集成》本作「尚未激暢」，吳書蔭校註本作「猶未徹鬯」。

## 第一節　從「詩詞意境」到「戲曲情境」的轉化

意境美學實有其醞釀發展之歷程，經由歷代文藝理論家的闡發，意境的美學內涵不斷的豐富與提升，造就了意境論的複雜性。「意境」作爲文藝理論術語，始於唐代託名王昌齡的《詩格》。其後經皎然、晚唐司空圖、南宋嚴羽等的闡發，詩詞意境理論展現了成熟的內涵。到了明清時期，「意境」概念廣泛用於各門藝術理論中。「意境」不只是中國詩詞的審美追求，它擴及各種藝術層面，是中華民族對於古典藝術的獨特審美追求。薛富興在《東方神韻——意境論》中給「意境」的定義是：「從各門類藝術的具體型態看，意境是指在共同的藝術審美理想（主客觀統一乃其核心）的作用下，各門類藝術與自己的藝術型態本相微微偏離後所產生的獨特景觀，或各門類藝術在藝術普遍規律與民族獨特審理想兩者間相妥協所產生的獨特效果〔註 7〕。」比如：「對詩歌來說，基於藝術原理的直抒胸臆不叫意境；而是引景入詩，實現了主觀藝術的客觀化，形成情景交融、詩情畫意結合後的效果才叫意境〔註 8〕。」「對繪畫來說，基於繪畫原理的客觀再現不叫意境；而是引詩入畫，實現了客觀藝術的主觀化，形成了畫意與詩意的結合，乃至成爲一種『逸筆草草，聊寫胸中逸氣耳』的文人水墨寫意之後，才謂之有意境〔註 9〕。」然薛富興卻認爲小說、戲曲這種「敘事藝術」（客觀再現藝術）的興起，意味著追求主客觀和諧審美理想的衰落與解體〔註 10〕。薛氏只有注意到戲曲是「敘事藝術」，並且認爲它是一種「客觀再現藝術」，以此來否定戲曲、小說等敘事文學具有「以主客觀統一爲核心」的意境美學特質。事實上，呂天成以後的明清曲論家談論戲曲意境時，從沒有認爲戲曲是一種客觀的再現藝術，依舊在追求主客觀的統一與和諧。不僅在抒情寫景的曲文中，講求情景交融，更進一步講求敘事、寫景、抒情的有機融合。

套用薛富興的話，則我們可以對戲曲意境下個定義：「在『意境』這個共同的藝術審美理想（主客觀統一乃其核心）的作用下，戲曲藝術與自己的藝術型態本相微微偏離後所產生的獨特景觀，或戲曲藝術在藝術普遍規律與民族獨特審理想兩者間相妥協所產生的獨特效果，就是戲曲的意境。」基於戲曲藝術原理去「描畫世情」不叫意境，戲曲兼具抒情性與敘事性，故其意

〔註 7〕 薛富興：《東方神韻——意境論》，頁 353。
〔註 8〕 同前註，頁 277。
〔註 9〕 同前註。
〔註 10〕 同前註，頁 274～277。

境則是「情、景、事」的有機融合，進一步去達到「情同境轉」、「情境交融」的境地。如晚明孟稱舜（約1600～1655以後）曰：「曲之難者，一傳情，一寫景，一敘事。然傳情寫景猶易爲工；妙在敘事中繪出情、景，則非高手未能矣〔註11〕。」強調了抒情、寫景與敘事之間有機的融合。清代李漁曾說：「塡詞義理無窮，說何人肖何人，議某事切某事，文章頭緒之最繁者，莫塡詞若矣。予謂總其大綱，則不出『情』、『景』二字。景書所睹，情發欲言，情自中生，景由外得，二者難易之分，判如霄壤。……善詠物者，妙在即景生情〔註12〕。」李漁所言雖然重在「情景」二字，但也已點出「議某事，切某事」，故其所謂「景」，不單只是景物，實包含了「事境」〔註13〕。到了近代王國維概括元雜劇和南戲的美學特徵時說：「一言以蔽之，曰：有意境而已矣。何以謂之有意境？曰：寫情則沁人心脾，寫景則在人耳目，述事則如其口出是也〔註14〕。」又說：「元曲之佳處何在？……曰：自然而已矣〔註15〕。」能寫出眞景物、眞感情、眞事實，才謂之有境界，而這一切又都要歸本於自然。換言之，情、景、事交融，展現自然淳眞的劇作，才謂之有境界。

現代劇論則強調戲曲兼具文學性與舞台性兩面。如吳新雷在《中國崑劇大辭典》中爲「意境」這個戲曲審美概念所下的定義是：

> 用現代的文藝理論解釋「意境」，就是藝術家主觀的情感在作品中或舞台上創造出來的藝術存在和體現出來的思想含意，它是審美主體的意象與審美客體的物象（指作家與作品或演員與角色）相互滲透、相互交融所構成的一種藝術境界〔註16〕。

戲曲情境雖不離劇本文學所創造的意境，但主要還是通過獨特的表演方式，並在觀眾的審美參與和想像中完成。劇作家致力於藝術情境的創造，目的在於使欣賞者的心靈受到震撼，情感上受到激盪。換言之，戲曲情境乃透過特

〔註11〕〔明〕孟稱舜：《古今名劇合選》，第十六集《磨合羅》第一折眉批，見陳芾、吳毓華：《古典戲曲美學資料集》（北京：文化藝術，1992），頁233。

〔註12〕〔清〕李漁：《閒情偶記．詞曲部．詞采第二》「戒浮泛」條，《中國古典戲曲論著集成》第七冊，頁26～27。

〔註13〕王忠閣：〈中國古代劇論中的「意境」說〉，《江漢論壇》，2005卷10期（2005年10月），頁116。

〔註14〕王國維：《宋元戲曲考》，見《王國維戲曲論文集——〈宋元戲曲考〉及其他》（臺北：里仁，民國94年10月25日初版三刷），頁124、149。

〔註15〕同前註，頁123。

〔註16〕吳新雷：《中國崑劇大辭典》（南京市：南京大學出版社，2002年5月），頁52。

殊表演方式來傳達，表現爲具體可感的藝術世界，重視觀眾、讀者的反應，強調感人的藝術效果。曾師永義在〈中國戲曲之本質〉一文中便指出：

> 戲曲既以詩歌、音樂、舞蹈爲美學基礎，則其所憑藉的文字、聲音、動作如何能具體的寫實；又其拘限在狹隘的空間上演出，卻要表現自由的時空流轉，將如何能夠設置寫實的布景來呈現宇宙間的萬事萬物；所以戲曲只能走非寫實的道路，只能透過虛擬象徵的藝術手法，來展現寫意的境界，而虛擬象徵也就成了其表演藝術的基本原理〔註17〕。

戲曲情境的美學本質不是單純地再現或表現某一具體事件，也不單是表現藝術家的主體情志。它不僅止於情、景、事的交融，還追求象外之境。正是透過虛擬象徵的藝術手法，來展現無窮意蘊的藝術情境，它的至境是那種涵蓋天地、造化自然、氣韻生動的舞台圖景。其中浸透著劇作家的情趣、思想和願望，觀眾也會在其中得到陶冶和領悟。

戲曲情境（或稱「意境」）理論的成熟乃經過漫長的醞釀歷程。從原本只是對於詩詞意境的移植，擴展戲曲藝術的敘事領域，再擴展到舞台審美領域中，戲曲意境理論的內涵逐漸豐富，茲圖示如下：

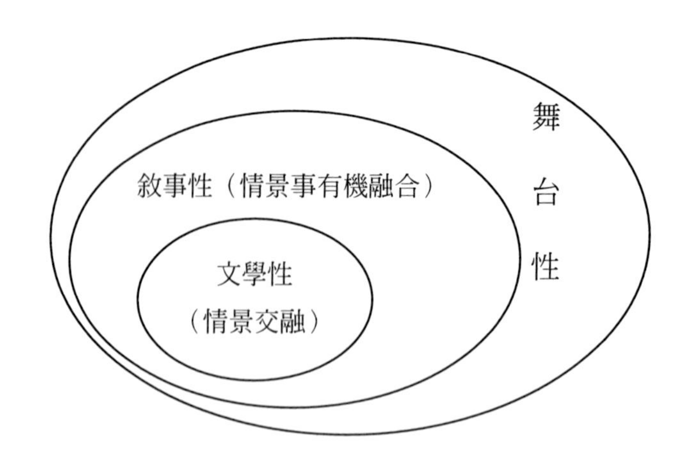


戲曲情境說的成立，實奠基於曲論家對於戲曲藝術本身的藝術規律、特質的認識。在其能體認戲曲有別於詩詞藝術規律之特質下，才能進一步將意

〔註17〕曾師永義：〈中國戲曲之本質〉《世新中文研究集刊》，第一期（民國94年6月），頁40。

境從詩詞理論移植到戲曲理論中，並進一步在戲曲領域中落地生根，眞正轉化爲戲曲情境理論。

中國古代視詩、詞、曲爲一脈相承的觀念是很普遍的，因此明代早期曲論往往帶有以詩論曲的跡象。以詩詞意境概念論戲曲亦所在多有。如何良俊、王世貞等以意境論曲時，皆延續古典詩論意境觀念，著眼於曲詞意境的品鑒。

明中晚葉以後，曲論中已可見到些許關於「境」、「境界」等術語運用於曲論中的零星片段。意境論漸漸打破了以往只限於抒情文學的格局，開始向敘事文學審美領域轉化，也就是延伸到上圖中第二圈的領域中，這已顯示出曲論家對於戲曲意境有別於詩詞意境的認識，可以說是戲曲情境說的初露端倪。茲舉證如下：

屠隆（1542～1605）在〈章臺柳玉合記敘〉中盛贊「元人傳奇」（包括元雜劇和南戲）：

> 以其雄俊鶻爽之氣，發而爲纏綿婉麗之音。故泛賞則盡境，描寫則盡態，體物則盡形，發響則盡節，騁麗則盡藻，諧俗則盡情。故余斷以爲元人傳奇，無論才致，即其語之當家，斯亦千秋之絕技乎〔註18〕？

屠隆認爲元人劇作才致與當行本色並重，表現出六種美學特徵——「泛賞則盡境，描寫則盡態，體物則盡形，發響則盡節，騁麗則盡藻，諧俗則盡情」，即能充分表現戲曲情境，善於描寫人物情態與景物之狀，又能音律鏗鏘，詞藻則雅俗共賞。可見「泛賞則盡境」在屠隆的觀念中，已經成爲的評曲標準之一。

湯顯祖（1550～1616）也運用「境界」一詞評論劇作，他在〈玉茗堂批評異夢記・總評〉中云：

> 事出《艷異編》，茲經作者敘次點綴，實妙有化工，雖張曳白拾環冒親，頗似《釵釧》，然境界又覺一新。曳白復向博平求配，似屬重贅。而有吳學士復送雲容於范夫人處，李中丞復向范夫人說瓊瓊親事，遂覺關目交錯，情致紆回，而妙在千絲一縷、毫無零亂之病。至后又有〈入宮〉一折，如山盡處，轉一坡巒，正與輦眞選女照應。又有雲容俠烈，雖愈出愈奇，不覺其多也〔註19〕。

---

〔註18〕陳多、葉長海：《中國歷代劇論選注》（長沙：湖南文藝出版社，1987年7月第一版），頁141。

〔註19〕蔡毅：《中國古典戲曲序跋彙編》（濟南：齊魯出版社，1989），頁1325～1326。

王元壽《異夢記》有張叟白拾環冒親，阻撓李奇俊與顧雲容愛情之情節，而《釵釧記》也寫皇甫吟、史碧桃爲韓時忠誑取釵釧，故說兩者相似。湯顯祖認爲《異夢記》「關目交錯，情致紆回」、「愈出愈奇」，其結構奇巧，情節曲折，引人入勝。祁彪佳《遠山堂曲品》也評曰：「此曲排場轉宕，詞中往往排沙見金，自是詞壇作手〔註20〕。」故情節雖與《釵釧記》相似，「然境界又覺一新」，劇情迭宕，有波瀾起伏之妙。故知此處「境界」的呈現與關目情節、結構、排場有關。又湯顯祖在〈紅梅記總評〉中也以「境界」一詞品評周朝俊（1573～1620）《紅梅記》（約作於1609年以前，即萬曆37年以前〔註21〕），其云：

> 裴郎雖屬多情，卻有一種落魄不羈氣象，即此可以想見作者胸襟矣。境界紆回宛轉，絕處逢生，極盡劇場之變。大都曲中光景，依稀《西廂》、《牡丹》之季孟間。而所嫌者，略於細筍鬬接處，如撞入盧家，及一進府相府，更不提起盧氏婚姻，便就西席，何先生之自輕乃爾！此等，皆作者略而不置問也〔註22〕。

湯顯祖認爲戲曲「情境」的營造與安排是影響「劇場」表演的重要元素，其所謂「境界紆回宛轉，絕處逢生」，乃著眼於戲曲的布局、結構、排場的安排，這些都是戲曲敘事性與舞台性的重要因素。王穉登敘《紅梅記》稱其：「其布格新奇，而毫不落於時套〔註23〕。」可見其能善用戲曲布局、結構、排場藝術的變化技巧，使劇情波瀾起伏、迭宕生姿、翻奇出新，營造出「紆回宛轉，絕處逢生」戲曲境界，故贊其「極盡劇場之變」，以明其敘事手法與劇場效果之佳。

沈璟（1553～1610）也在〈致鬱藍生書〉中稱讚呂天成《神女記》「曲有

---

關於湯顯祖評本的眞僞問題，朱萬曙在現存明代八種湯評本中詳加考察，認爲其中的《紅梅記》、《異夢記》、《西樓記》三個評點本最接近湯顯祖創作思想，在批評語言風格上也較爲獨特，在還沒有否定性的論據出現以前，應該視爲湯氏評點的曲本。

〔註20〕〔明〕祁彪佳：《遠山堂曲品》，《中國古典戲曲論著集成》第六冊，頁41。

〔註21〕根據王穉登敘《紅梅記》，其於「己酉秋」在西湖遇周朝俊，即萬曆三十七年（1609），當時《紅梅記》早已寫成，故得睹之。見蔡毅編：《中國古典戲曲序跋彙編》（濟南：齊魯，1989），頁1199。

〔註22〕〔明〕湯顯祖撰，徐朔方箋校：《湯顯祖全集》（北京：北京古籍，2001年），卷51，頁1656。

〔註23〕蔡毅編：《中國古典戲曲序跋彙編》，頁1199。

情境，而音律尚墮時趨〔註24〕。」就上下文來看，「情境」可能是與音律相對的曲詞有關。

臧晉叔（1550～1620）在〈元曲選序〉中也提到「境」的概念，他說：

> 填詞者必須人習其方言，事肖其本色，境無旁溢，語無外假，此則關目緊湊之難〔註25〕。

可見「境」的營造關係著「關目」的優劣，「境無旁溢」指情節發展不橫生枝節，不牽扯與主題無關的內容思想〔註26〕。

王驥德（1560～1623）《曲律》評湯顯祖《南柯》、《邯鄲》曰：

> 布格既新，遣詞復俊，其掇拾本色，參錯麗語，境往神來，巧妙湊合，又視元人別一蹊徑，技出天縱，匪由人造〔註27〕。

此二劇布置格局新穎出奇，語言揉和本色與麗語，能得「淺深、濃淡、雅俗之間」之本色三昧〔註28〕，達到「境往神來，巧妙湊合」的藝術境界。所謂「境往神來」，指的「神」與「境」巧妙無間的自然融合，達到自然天成之藝術境界。「神」指的就是「風神標韻」，《曲律》描述達到這種境地的藝術效果說：

> 其妙處，政不在聲調之中，而在句字之外。又須煙波渺漫，姿態橫逸，攬之不得，挹之不盡。摹歡則令人神蕩，寫怨則令人斷腸，不在快人，而在動人。此所謂「風神」，所謂「標韻」，所謂「動吾天機」。不知所以然而然，方是神品，方是絕技〔註29〕。

由此可知，王驥德強調戲曲情境要超脫字句聲調表面，追求「煙波渺漫，姿態橫逸，攬之不得，挹之不盡」的空靈境界，且要以自然天成爲宗。正如湯顯所言：「文章之妙，不在步趨形似之間，自然靈氣，恍惚而來，不思而至。怪怪奇奇，莫可名狀〔註30〕。」《曲律》中又評謹守沈璟音律之教的卜大荒云：

---

〔註24〕〔明〕沈璟：〈致鬱藍生書〉，見徐朔方輯校：《沈璟集》，頁899。

〔註25〕〔明〕臧晉叔：《元曲選序二》上冊（臺北：正文書局，民國88年9月1日），頁2。

〔註26〕李師惠綿：《戲曲批評概念史考論》（臺北：里仁書局，民國91年2月28日初版），頁294

〔註27〕〔明〕王驥德：《曲律・雜論第三十九下》，《中國古典戲曲論著集成》第四冊，頁165。

〔註28〕同前註，頁170。

〔註29〕《曲律・論套數第二十四》，同前註，頁132。

〔註30〕〔明〕湯顯祖：〈合奇序〉，徐朔方箋校：《湯顯祖全集》，卷32，頁1138。

「《乞麾》至終帙不用上去疊字，然其境益苦而不甘矣〔註31〕。」馮夢龍《太霞新奏》卷三也評論卜大荒說：「奉詞隱先生衣鉢甚謹，往往絀詞就律，故琢句每多生澀之病〔註32〕。」戲曲情境的營造，主要依賴曲詞，但若斤斤於音律之度，曲詞的表現力勢必受到削弱，而戲曲情境也必然跟著苦澀乏味。

以上幾位明代曲論家所說的「境」、「境界」或「情境」，有的著眼於敘事性或舞台藝術，強調情節、布局、結構、排場的安排，有的則著眼於曲詞，有的強調戲曲境界的空靈與自然。但由於他們並沒有大量運用「境」來品評戲曲作品，後人僅能根據上下文做推斷，故難以從中確立「境」、「情境」、「境界」在戲曲批評中的具體內涵。雖然如此，但仍可從字句間隱約嗅出曲論家運用「境」與「境界」詞彙時，其評論對象不再侷限於曲詞，不再以詩論曲，已逐漸跨越到戲曲的各種藝術要素，涉及戲曲的敘事性與劇場性。而呂天成在《曲品》中則大量運用「境」、「境界」、「情境」等術語批評戲曲作品，使這個批評概念具體成形，同時也成功地把意境論從詩詞理論轉化爲戲曲理論。

呂天成的「情境說」是一個戲曲批評標準，代表他對戲曲藝術的審美要求。他以「有境」、「有情境」、「佳境」等語來正面評價戲曲作品，以「境界平常」「俗境」、「酸境」、「腐境」、「境態不妙」等語來對劇作進行負面評價，是以「情境」的概念標誌著他對戲曲藝術的審美理想。

戲曲既以詩歌爲本質〔註33〕，則戲曲文詞同樣需要寫出意境，如《曲品》評以婉詞麗句著稱的陸采《明珠記》：「抒寫處有景（境）有情，但音律多不協〔註34〕。」又評《琵琶》曲詞云：「其詞之高絕處，在布景寫情，色色逼眞〔註35〕。」呂天成除了認爲戲曲具有抒情寫景的文學性外，又說：「雜劇但摭

---

〔註31〕〔明〕王驥德：《曲律・雜論第三十九下》，《中國古典戲曲論著集成》第四冊，頁165。

〔註32〕〔明〕馮夢龍：《太霞新奏》，見俞爲民校點《馮夢龍全集》（北京市：江蘇古籍出版社，1993年4月初版），頁33。

〔註33〕曾師永義：〈中國古典戲劇的形成〉，《詩歌與戲曲》（臺北：聯經，1988年），頁80。

〔註34〕〔明〕呂天成：《曲品》，《中國古典戲曲論著集成》第六冊，頁230。清初鈔本作「境」，他本均作「景」。

〔註35〕〔明〕呂天成：《曲品》，《中國古典戲曲論著集成》第六冊，頁224。《集成》本作：「在布景寫情，眞有運斤成風之妙。」吳書蔭對照各本指出其脫「色色逼」三字。

一事顛末……傳奇備述一人始終〔註 36〕。」於《舊傳奇品・序》亦指出傳奇是在「描畫世情〔註37〕」。詩歌表現詩人主觀情感中抽象層次的感性或理性的世界，經由詩人意象的運用，營造出無限玄遠廣闊的藝術空間，藉以抒發我情；戲曲則表現一個有具體事件、人物、戲劇情節、結構框架的藝術空間，在虛構的藝術世界中呈現眞實的人生，劇作家必須通過劇中人物的口吻、思想、情感，以寄託自己的情感與思想旨趣。李昌集在《中國古代曲學史》中指出：

> 詩詞重視「比興」、「意象」，根本靈魂在「抒發我情」；「戲」曲重「摹神寫照」，其根本精神在「描畫世情」〔註38〕。

呂天成在體認到戲曲敘事性的基礎上，進一步將意境從曲文的品鑒標準中轉化成戲曲藝術的審美標準，結合戲曲藝術審美特質，他提出了「境態當行」之說。

上章提及呂天成標舉其舅祖孫鑛的「南戲十要」爲品評標準，「十要」既是傳奇的審美觀，又是創作論，包括故事題材、情節結構、音樂文詞、場上安排、思想內容與創作主旨，即所有戲曲作法的問題。呂天成在孫鑛「南戲十要」的基礎上，進一步提出「當行」與「本色」理論，並在《曲品》中付諸實踐，使戲曲創作論與批評論能有更清楚明確的展現。呂天成認爲「本色」指戲曲文辭的藝術要求；而「當行」雖和「本色」有關，但又不同於「本色」。「當行」不僅和塡詞有關，還與劇本作法有關，涉及聲律、關目情節、布局、結構等各種戲曲藝術要素，也就是戲曲的編劇規律。呂天成所謂「果屬當行，則句調必多本色矣；果其本色，則境態必是當行〔註 39〕」，乃指「本色」與「當行」密切相關，而「境態」就是戲曲藝術的整體呈現，若「境態」要符合「當行」的條件，不僅要有「機神情趣」的本色語，又要在「關節局概」等戲曲作法上符合戲曲藝術的審美要求。換言之，戲曲之境正是戲曲藝術世界的整體呈現，它的呈現必須透過聲律、文詞、關目情節的安排、格局的布置、結構的架設等種種戲曲藝術手法。故知，「當行本色」是呂天成劇論的核心，同時也是對於「戲曲情境」的規範。要鍊出佳境，必須要在塡詞方面符合「機神情趣」的「本色」理想，在編劇上要合乎「當行」的要求。

---

〔註 36〕同前註，頁 209。

〔註 37〕同前註。

〔註 38〕李昌集：《中國古代曲學史》（上海：華東師範大學，1997 年 12 月），頁 497。

〔註 39〕〔明〕呂天成：《曲品》，《中國古典戲曲論著集成》第六冊，頁 211。

《曲品》的分品標準其中之一就是看作品是否具有「情境」。他把高明之作列爲《舊傳奇品》中最高的「神品第一」，評《琵琶記》:「其詞之高絕處，在布景寫情，色色逼眞。」又評其:「志（意）在筆先，片言宛然代舌；情從（同）境轉，一段眞堪斷腸。化工之肖物無心，大冶之鑄金有式〔註 40〕。」就是要在符合戲曲創作的藝術規律——「當行本色」的「有式」中，達到「情從（同）境轉」的「化工」境界。

而「上上品」沈璟與湯顯祖之作，亦多有情境。如評沈璟《結髮記》「情景曲折，便覺一新〔註 41〕」、《珠串記》「寫出有情景（「情景」或作「境」、「情境」）〔註 42〕」、《鴛衾記》「局境頗新〔註 43〕」。評湯顯祖《還魂記》云:「巧妙疊出，無境不新〔註 44〕。」而越後面的品第往往是「酸境」、「俗境」、「境態不妙」、「境界平常」等，整體藝術風貌上呈現比較庸俗、淺陋、粗糙。可見戲曲情境與審美趣味、格調的高低有關。

由呂天成評《鴛衾記》「局境頗新」，可知布局與戲曲情境甚有關聯。《霄光記》寫衛青故事。根據《漢書》記載，衛青尙平陽公主，但此據卻未寫此事，而虛構出鐵勒奴，在劇中扮演衛青結義之友，曾兩救衛青。後任衛青將，與匈奴戰七十餘次，封侯。由於情節安排上沒有新意，只是敷衍節義故事，故呂天成以「腐境〔註 45〕」評之。《彩樓記》則寫呂蒙正、劉千金故事。《彩樓記》以前以有寫呂蒙正夫妻的戲曲，如元代王實甫《呂蒙正風雪破窯記》，明代李久我所批之《風雪破窯記》。而這本明代無名氏的《綵樓記》大致上是從《李評本》所精簡而成的劇本，且曲牌部分仍沿用《李評本》的曲牌，情節未脫前人窠臼，故呂天成評其「作手平平，稍入酸境〔註 46〕」。

《曲品》又有以「苦境」、「苦楚境界」、「境慘」、「婉曲有境」等詞彙來品評劇作，顯示戲曲情境與其所表現的意蘊內涵和情感色彩有關。呂天成品評作品時，不僅止於站在批評者角度評論戲曲情境，同時也是站在讀者角度論戲曲情境，因此這種情感與意蘊自然有賴於讀者的參與，唯有引發讀者的

〔註 40〕〔明〕呂天成:《曲品》,《中國古典戲曲論著集成》第六冊，頁 210。《集成》本作「志在筆先」、「情從境轉」；吳書蔭校註本作「意在筆先」、「情同境轉」。
〔註 41〕同前註，頁 230。
〔註 42〕同前註。「清初鈔本作「境」，清河本作「情境」，他本或作「情景」。
〔註 43〕同前註，頁 229。
〔註 44〕同前註，頁 230。
〔註 45〕吳書蔭:《曲品校註》，頁 284。《集成》本無。
〔註 46〕〔明〕呂天成:《曲品》,《中國古典戲曲論著集成》第六冊，頁 226。

情感波動，才能使欣賞者感到「苦」、「慘」、「婉曲」。

由上可知，呂天成所謂「戲曲情境」，就是戲曲藝術要素與劇作美感的整體呈現，也是劇作所展現的情感意蘊與審美效果。境界的高低與其審美趣味、格調的高低有關。要營造出好的戲曲情境，必須要文辭、情節、布局、題材、人物等各種藝術要素的互相配合。換言之，呂天成論「戲曲情境」所關涉到的藝術層面十分廣泛，故不能只著眼於某方面去解釋「戲曲情境」的內涵。如王淑芬在《呂天成〈曲品〉戲曲觀之研究》中雖然並沒有特別提及呂天成的「情境說」，但在附錄中，卻把呂天成有關評論「戲曲情境」的評語一律歸入「情節、結構論〔註47〕」，實有待商榷。

戲曲情境既為戲曲藝術要素與美感的整體呈現，則影響戲曲情境的要素很多，可以切入的角度很多，而影響各種作品的戲曲情境之要素又有顯隱之別，故呂天成的對戲曲情境的觀照角度自然呈現出多元性。前輩學者們對於呂天成戲曲情境說眾說紛紜，實肇因於此。

值得注意的是，呂天成戲曲情境說所關涉到的層次，主要是在前文圖示中第二圈領域，當然此領域無疑地涵蓋了第一圈，涉及文學性與敘事性，這種情境的形成，有賴於讀者的參與。至於第三圈中「舞台性」的部分，《曲品》中並沒有明顯地涉及到戲曲舞台意境的論述。因為《曲品》主要是針對劇本文學去作品評，自然較少涉及舞台表演與觀眾參與的部分，而戲曲意境的觸角自然也就沒有延伸到這方面了。呂天成提出的「境態當行」與「句調本色」，顯示「戲曲情境」是戲曲藝術的整體呈現，是作者運用一切編劇手法，表現劇作整體藝術境界，展現情感意蘊與審美效果，形成一個能引發讀者無窮思索和想像的藝術空間。同時又以「當行本色」去規範「戲曲情境」。故呂氏「戲曲情境說」的審美理想就是要求劇作要在符合戲曲創作的藝術規律——「當行本色」的「有式」中，達到「情同境轉」的「化工」境界。此可謂其創發之處。

《曲品》中「戲曲情境」之概念，與古典詩詞意境論一樣，不僅承襲其品鑒術語，如境、境界、情境、情景等，且皆強調「情與景」、「情與境」的關係，同時亦以「趣」、「味」等詞表述戲曲的審美意蘊。歸納《曲品》中所論「戲曲情境」之概念，可知構成「戲曲情境」要素有三：「情景」、「情境」、

---

〔註47〕王淑芬：《呂天成〈曲品〉戲曲觀之研究》（政治大學中文所碩士論文，李殿魁先生指導，1994年6月）。

「趣味」。此三端不僅承襲了古典詩詞意境理論，同時也開啓了戲曲情境理論史上的三個主要範疇。以下分別論述之。

## 第二節　「戲曲情境」的構成之一：「情景」

由於詩詞大多數是抒情寫景之作，講求比興、意象，故突出表現爲情與景豐富而複雜的關係。陳銘《意與境——中國古典詩詞美學三昧》闡述詩詞意境的內涵時說：

> 意境的主內在主要矛盾，是情與景的關係。在創作過程中，創作主體如何調整、協同客觀世界，從而創造出審美的藝術世界，是一個複雜的過程。其間調整、協同的，主要便是情景的關係。情指作者的內心世界，他的思想情緒、慾望追求；景指作者之外的自然的社會的事物、思潮、活動等。情與景是主體與客體的對立統一過程，既有主體化也有客體化。……情景能渾然天成，則意境生成；情景格格不入，則毫無意境〔註48〕。

《曲品》沿用詩論的情景說，然而在本質上是否已有所不同？試看以下幾條評語：

> 《琵琶》：其詞之高絕處，在布景寫情，色色逼眞〔註49〕。（神品）
> 評湯顯祖：妙選生題，致賦景之新奇悅目〔註50〕。（上上品）
> 《結髮》：情景曲折，便覺一新〔註51〕。（上上品）
> 《冬青》：情景眞切〔註52〕。（上中品）
> 《鮫綃》：情景亦苦切〔註53〕。（中中品）
> 《玉佩記》：情景粗具〔註54〕。（下上品）
> 《赤松》：留侯事絕佳，寫來有景〔註55〕。（中中品）

---

〔註48〕陳銘：《意與境——中國古典詩詞美學三昧》（杭州：浙江大學，2001 年 11 月初版，2002 年 6 月第二次印刷），頁 94。
〔註49〕〔明〕呂天成：《曲品》，《中國古典戲曲論著集成》第六冊，頁 224。
〔註50〕同前註，頁 213。
〔註51〕同前註，頁 230。
〔註52〕同前註，頁 233。
〔註53〕同前註，頁 238。
〔註54〕吳書蔭：《曲品校註》，頁 393。《集成》本無。
〔註55〕〔明〕呂天成：《曲品》，《中國古典戲曲論著集成》第六冊，頁 249。

《四節》：清倩之筆，但賦景多屬牽強〔註56〕。（能品）

布情寫景重在眞切、自然、新奇、曲折。而情景的運用，隱約可看出呂氏對於情景需密合無間的藝術要求。這裡的「情」，指劇中人物之情，這裡的「景」，除了劇中人物所見之景，也包括了「事景」。如《冬青記》「情景眞切」，指的便是故事內容的眞切感人，作者能運用各種藝術手段去描情、寫景、敘事，以敷演唐玉潛、林景熙收葬南宋諸帝遺骸事，使情景眞切，彷彿重現當時場景，使人有悲憤激烈之感，故能收「觀者萬人，多泣下者〔註57〕」之搬演效果。又呂天成贊《琵琶記》爲「化工」之作，其中一個原因便是其「布景寫情，色色逼眞」。在「描畫世情」戲曲中，「景」不再是「創作者」所見之景，而是劇中人物所見之景，包含「事境」，而「情」也是人物之情。但戲曲又強調要在布景寫情中融入創作者的個人情感與思想，如《曲品》中便主張戲曲要「有感而作」、「有爲而作」。劇中人之情與其所見之景，不是一個純粹客觀摹寫，而與創作主體的感情互相交融。呂氏對情景的美學要求在主要在一「眞」字。「眞」有二義，一是以眞情爲本，一是逼眞自然。就是要求寫作要出自眞情，進一步追求逼眞，在逼眞中有天然渾成的「化工」之妙，使欣賞者感到歷歷在目，以其情眞、景眞，故能動人。清代李漁（1611～1679）亦讚賞《琵琶記》是「善詠物者，妙在即景生情」。如《琵琶・賞月》四曲，「同一月也，牛氏有牛氏之月，伯喈有伯喈之月。所言者月，所寓者心。牛氏所說之月可移一句於伯喈，伯喈所說之月可挪一字於牛氏乎？夫妻二人之語，猶不可挪移混用，況他人乎？人謂：此等妙曲，工者有幾〔註58〕？」可見《琵琶記》布情寫景之妙處，不僅在於情眞、景眞，更妙在「即景生情」。

其後祁彪佳（1602～1645）論曲也講「情與景合，無境不肖〔註59〕」、「情與景會，意與法合〔註60〕」，明確揭示了情景關係，以及「情景」與「境」的關係。

到了清代，李漁（1611～1679）《閒情偶記・詞采第二》「戒浮泛」條中以「情」與「景」爲編劇原則，此於前文已引述。其所謂「景書所睹」是指

〔註56〕同前註，頁226。

〔註57〕同前註，頁233。

〔註58〕〔清〕李漁：《閒情偶記・詞曲部・詞采第二》「戒浮泛」條，《中國古典戲曲論著集成》第七冊，頁27。

〔註59〕〔明〕祁彪佳：《遠山堂曲品》，《中國古典戲曲論著集成》第六冊，頁128。

〔註60〕同前註，頁140。

戲曲所描寫的客觀景物，是劇中人物所看到的景物；「情發欲言」是指戲曲所抒發的主觀感情，是劇中人物在規定情境中所觸發的感情。所以，「即景生情」，關鍵在於把握人物特定的心境與性格，使情景相生，融爲一體〔註61〕。李漁首次將「情」、「景」提升到編劇工作的根本綱要中，認爲寫作劇本，只要能掌握情、景，就能使一切就緒〔註62〕。

清人黃圖珌（1700～？）在《看山閣集閒筆．文學部．詞曲》中提出亦了「情景相生」、「景隨情至，情繇景生」，明確揭示了戲曲創作中的情景關係，可視爲呂天成情景說進一步的發展，他在「有情有景」條中說；

> 景隨情至，情繇景生，吐人所不能吐之情，描人所不能描之景，華而不浮，麗而不淫，誠爲化工之筆也〔註63〕。

「景隨情至，情繇景生」是在強調情與景相輔相成，互相生發的密切關係。在戲曲創作中，情景是不可二分的，情一定要透過景來抒發，景也必須要有情感相隨，情中有景，景中有情，情景交融，才能生發出悠遠無盡的戲曲情境，產生富有深刻意蘊的審美效果。能以天然妙麗之筆，致力於情景的渾然交融，自能「吐人所不能吐之情，描人所不能描之景」，乃爲「化工」之筆。這種觀點，不正和呂天成評《琵琶記》時所謂「化工之肖物無心」之觀點遙相呼應嗎？

前文曾引述，近代王國維總結戲曲意境說，亦從情、景、事切入，他在《人間詞話》更直截了當地指出：「能寫眞景物、眞感情者謂之有境界；否則謂之無境界〔註 64〕。」可見戲曲情境的美學基礎亦在於一「眞」字。王國維之說實是呂天成所謂「情景眞切」、「布景寫情，色色逼眞」的「化工」之境的進一步發展。

## 第三節　「戲曲情境」的構成之二：「情境」

「情境」是「情景」更深一層的審美概念。「境」的概念比「景」的概念更深更廣，「情境」是「情景」的提高、綜合、擴展和豐富。如果說「情景」

〔註61〕郭英德：《明清傳奇戲曲文體研究》（北京：商務印書館，2004 年 7 月），頁 192。

〔註62〕林師鶴宜：〈清初傳奇「戲劇本質」的認知和「敘事程式」的變形〉，《規律與變異——明清戲曲學辨疑》，頁 137。

〔註63〕〔清〕黃圖珌：《看山閣集閒筆》，《中國古典戲曲論著集成》第七冊，頁 142。

〔註64〕王國維：《人間詞話》（臺北：學海，民國 74 年），頁 3。

重在布情、寫景甚至包含敘事所呈現出來的戲曲藝術世界，則「情境」則括布情、寫景、敘事乃至整個作品所呈現出來的藝術世界。如果說「情景」重在「意」與「象（包括物象與事象）」的結合，那麼「情境」除了「意」與「象」結合外，還包括了「意」與「象外」的結合。「情景」與「情境」基本上是一類的戲曲情境概念，然彼此之間有遞進、提高、綜合的關係。換言之，戲曲情境是由劇作中各種豐富的情景關係構成的。

呂天成講情景關係，重視情眞景眞，情景交融。而講情與境，亦重視情眞境眞，情境合一。呂天成在戲曲情境理論史上的貢獻主要在於其提出了「情同境（從）轉」這一命題，標誌著戲曲情境說的成熟。

《曲品》中有關於情境關係的術語有兩類，一類是情境連用，隱約可看出呂氏對於情境需高度融合的藝術要求。如以下：

> 《玉香》：人多，攢簇得好，情境亦了了，固是佳手〔註65〕。（中下品）
>
> 《寧胡記》：……北詞有《孤雁漢宮秋》劇，寫漢帝訣別悽楚，雖有情境，殊失事實〔註66〕。（中上品）
>
> 《分柑》：第情境尚未激暢，不若譜董賢，更善也〔註67〕。（上上品）

呂天成評《玉香記》和《分柑記》時所用的「情境」一詞指的是戲曲作品呈現的整體藝術世界。而評《寧胡記》所謂的「有情境」指的是什麼呢？馬致遠《漢宮秋》第三折寫漢元帝與昭君訣別之狀。王國維謂第三折【梅花酒】【收江南】【鴛鴦煞】三曲爲妙在寫景之工，眞所謂「寫情則沁人心脾，寫景則在人耳目，述事則如其口出者〔註68〕。」意謂極其自然，極有境界。尤其【梅花酒】一曲，寫昭君啓程，元帝凝望，寫眼前淒涼的秋光，他設想自己回宮一路上寂寞蕭索的情況，而尾聲中「猛聽的塞雁南翔呀呀的聲嘹亮，卻原來滿目牛羊，是兀那載離恨的的氈車半坡里響〔註69〕」之句，更有言有盡而意無窮之感。其能將人物眞實動人的情感，寓於開闊遼遠、慷慨悲涼的意境中，不僅達到情景交融，更傳達出無窮的象外之象，味外之旨，達到情

〔註65〕〔明〕呂天成：《曲品》，《中國古典戲曲論著集成》第六冊，頁241。

〔註66〕吳書蔭：《曲品校註》，頁386。《集成》本無。

〔註67〕〔明〕呂天成：《曲品》，《中國古典戲曲論著集成》第六冊，頁229。

〔註68〕王國維：《宋元戲曲考》，見《王國維戲曲論文集——〈宋元戲曲考〉及其他》，頁127。

〔註69〕〔明〕臧晉叔編：《元曲選・漢宮秋》（臺北：正文書局，民國88年9月1日），頁10。

與境的高度融合，故曰「有情境」。

另一類是情與境同時出現而不連用，如以下：

《明珠》：抒寫處有景（境）有情〔註70〕。（上中品）

《珠串》：寫出有情景（「情景」字或作「境」、「情境」）〔註71〕。（上上品）

《雙忠》：此張、許事，境慘情悲〔註72〕。（能品）

《教子》：眞情苦境〔註73〕。（能品）

評高明：志（意）在筆先，片言宛然代舌；情從（同）境轉，一段眞堪斷腸。化工之肖物無心，大冶之鑄金有式〔註74〕。（神品）

《教子記》即《遠山堂曲品》「能品」所著錄的《尋親記》，敷寫周瑞隆棄官尋父的故事。祁彪佳評之曰：「詞之能動人者，惟在眞切，故古本必直寫苦境，偏於瑣屑中傳出苦情〔註75〕。」《雙忠記》取材於唐代史實，寫張巡、許遠孤軍守睢陽，抵抗安錄山，保國衛民，終因援盡糧絕，最後壯烈殉國的故事。呂天成評《教子記》「眞情苦境」、評《雙忠記》「境慘情悲」，即因其能使「苦境」與「眞情」、「慘境」與「悲情」相互輝映，相互生發，能於苦境中傳出眞情，眞情中造出苦境；慘境中傳出悲情，悲情中造出慘境。戲曲情境便是追求種境中有情，情中有境，情境交融，相互生發的藝術境界。所謂「眞情苦境」、「境慘情悲」，不僅止於寫情造境之眞切及情與境的高度融合，更重要的是要能把欣賞者的感情牽引進來。所謂的眞、苦、慘、悲，不僅是劇作家的藝術創造，同時也包含了讀者的參與、想像與心理反應層面。換言之，戲曲情境乃產生於「創作主體——作品——欣賞主體」三者之間的交流場域中。是以呂天成評《琵琶記》，一方面指出其能臻至「情從（同）境轉」的藝術境地，又指出其能達到「眞堪斷腸」的藝術動人效果。

何謂「情從（同）境轉」？「情從（同）境轉」不僅指情與境的高度融

〔註70〕〔明〕呂天成：《曲品》，《中國古典戲曲論著集成》第六冊，頁231。「景」字清初鈔本、吳書蔭校註本作「境」，他本均作「景」。

〔註71〕同前註，頁230。「情景」二字清初鈔本、吳書蔭校註本作「境」，清河本作「情境」，他本則作「情景」。

〔註72〕〔明〕呂天成：《曲品》，《中國古典戲曲論著集成》第六冊，頁227。

〔註73〕同前註，頁226。

〔註74〕同前註，頁224。

〔註75〕〔明〕祁彪佳：《遠山堂曲品》，《中國古典戲曲論著集成》第六冊，頁23～24。

合，同時也意味隨著戲曲情節的推展，戲曲中的情、景、事產生相應的變化，情與境能夠在變化中巧妙融合，相互生發，相互滲透，展現豐富的審美意蘊。

以《琵琶記》爲例，在布局結構上，《琵琶記》採用雙線對比、苦樂交錯的手法推動劇情。如在〈糟糠自厭〉後有〈琴訴河池〉，〈代嘗湯藥〉後有〈宦邸憂思〉，緊跟著〈祝髮買葬〉、〈感格墳成〉的是〈中秋賞月〉。第二十出〈糟糠自厭〉到第二十九出〈瞯問衷情〉是非常明顯的蔡宅之貧苦和牛府之富貴的交錯敷演，但第八出〈臨妝感嘆〉到第十九出〈勉食姑嫜〉，雖地點無明顯對比，而其苦樂的情調卻是截然相反的。沿著趙五娘一線展示的是荒涼、貧困、飢餓、死亡，循著蔡伯喈一線開展的是豪宅嬌妻、美酒肥羊。如〈糟糠自厭〉一出，趙五娘處境悽慘，引發其眞情的流露；又五娘與蔡公、蔡婆之間生離死別之際的景況，更強化了其悽慘可憐之境。緊接〈琴訴荷池〉一出，筆鋒一轉，與蔡家慘況形成強烈對比。前一出寫飢寒交迫的慘境，這出寫的卻是在悠閒的富貴環境中飲酒賞荷，伯喈觸景傷情，興起離別思鄉之愁情，牛小姐則沈醉在新婚燕爾之際，觸目所見皆良辰美景。在看似歡樂平和的環境氛圍中，隱含著伯喈的相思苦情，從而更深化了伯喈的情感與形象。出與出之間的所描畫的情、景、事截然不同，各出所呈現出來的情境也形成鮮明的對比，而情境又能於豐富的變化中展現高度的融合。使欣賞主體便更能在強烈的對比中體會鮮明的戲曲情境，加上「布情寫景，色色逼眞」、「志在筆先，片言宛然代舌」的逼眞動人之境，故能使欣賞主體深受感動。這種「化工」境界，正是王國維所謂「寫情沁人心脾，寫景則在人耳目，述事則如其口出是也」的戲曲情境。

呂天成提出「情從（同）境轉」，正是其戲曲情境說的審美理想，亦是其戲曲情境說的理論核心。

## 第四節　「戲曲情境」的構成之三：「趣味」

「味」，指的是富有意蘊、旨趣、意義，給人豐富的審美感受，使人可以回味無窮。「趣」，指的是有風致趣味，富有生動性和活潑性。有情境的作品必然會富有意蘊和趣味。

呂天成認爲元雜劇體製短小，一本只有四折，情節發展依照起、承、轉、合的四段模式進行，所能表現的戲曲情境較爲淺促，故曰「境促」；而傳奇體製篇幅較長，有足夠空間能詳盡敘述主要人物之故事，故能細膩刻畫人物情態與形象，作者若能巧用情節安排、布局串插之法，則能使劇情波瀾起伏，極盡曲折婉轉之妙，令人觀者玩味無窮，故其能「趣暢」而「味長」〔註 76〕。如沈采《四節記》與顧大典《風教編》，呂天分別評曰：

> 《四節》：初出時甚奇，但寫得不濃，只略點大概耳，故久之覺意味不長。一記分四截，是此始〔註 77〕。（能品）
>
> 《風教編》：一記分四段，仿《四節》體，趣味不長〔註 78〕。（上中品）

沈采《四節記》分成四卷，分別寫春、夏、秋、冬四景，是四本雜劇的雜合集。顧大典《風教編》今無傳本，據《曲品》評語可知其體製類《四節記》。二記皆受到篇幅體製的限制，故筆墨有限，只能點略大概，無法表現人物與故事的完整性與深刻性，呈現情境淺促、趣味不長之特徵。

由上可知，「境」與「味」、「趣」是密切相關的概念。境促，則味不長、趣不暢；相反地，若能調動一切藝術手段，將戲曲情境寫深寫足，則能趣暢而味長。爲什麼說是要「調動一切藝術手段」呢？因爲在《曲品》中，趣味的呈現不僅與體製篇幅有關，還與語言文詞、情節結構，也就是與《曲品》所謂「塡詞」與「作法」有關。

上文曾提及呂天成認爲「本色只指塡詞」，而本色的核心內涵就是「機神情趣」。就是重視內蘊於語言形式中中的內在精神與生命力，要求其能傳達出超乎字句之外的風神情致。如《曲品》評「舊傳奇」「玄酒太羹，眞味沁齒」、評《白兔》「詞極古質，味亦恬然〔註 79〕」、評《殺狗記》「詞多有味〔註 80〕」。又如評《彈鋏記》：「情詞具佳。方諸生以其少天趣，短之〔註 81〕。」意味此作缺乏天然之趣。如祁彪佳也評戴應鰲《鈿盒》：「字雕句鏤，微少天然之趣〔註 82〕。」可知有趣味的戲曲語言是自然、眞摯，富有審美意蘊的。

「趣」、「味」亦與劇作故事、題材、情節安排等結撰構思的創作技巧有關。如以下：

---

〔註 76〕〔明〕呂天成：《曲品》，《中國古典戲曲論著集成》第六冊，頁 209。
〔註 77〕同前註，頁 226。
〔註 78〕同前註，頁 232。
〔註 79〕同前註，頁 225。
〔註 80〕同前註。
〔註 81〕同前註，頁 237。
〔註 82〕〔明〕祁彪佳：《遠山堂曲品》，《中國古典戲曲論著集成》第六冊，頁 22。

《雙烈》：傳韓蘄王事，英爽生色。但前段梁公之母作梗，近套，且無味，必當刪之〔註 83〕。（中下品）

《鑲環》：藺相如使秦事，甚壯；與廉頗交，更有味〔註 84〕。（下中品）

《分釵記》：王景隆昵名妓玉堂春事。見彈琵琶瞽者能道之。此亦蕩子之常技，復遠嫁賈人，稍似《金釧記》，情趣亦減〔註 85〕。（紀紅川作）（下上品）

《彩舟》：舟中私合事，曲寫有趣〔註 86〕。（上下品）

《香毬》：江秘事，亦有趣〔註 87〕。（下下品）

《雙烈記》敷演梁紅玉、韓世忠故事。梁紅玉本青樓女子，渴望從良。後來韓世忠入贅，鴇母嫌其貧困，設計將其趕出。這種情節如《繡襦記》等亦皆有之，是爲傳奇情節類型之俗套，故觀之令人乏味。《鑲環記》今無傳本，此記敷衍藺相如完璧歸趙故事。其中設置了廉頗負荊請罪，與藺相如成爲知己之故事，使故事情節更加豐富，人物形象更佳立體，傳達出動人的情味。故知，「味」與故事情節是否新穎出奇或流露出豐富的意蘊有關。《彩舟記》江情和吳女之愛情奇遇。由氤氳帝撮合，私合舟中，可謂爲奇趣之事。可知劇作是否有趣，與其故事情節是否有流露出一股生動活潑的趣味與感染力有關。換言之，「趣」就是指劇作中可喜可愕的生動情味，又關係著人們對生動情味的感受。又如呂天成評張鳳翼《祝髮記》「境趣悽楚逼眞〔註 88〕」、評葉憲祖《雙卿記》「景趣新逸〔註 89〕」。就是要求劇作要有新穎、逼眞、動人的情趣。由以上可知，呂天成認爲戲曲情境所流露出來的趣味要有三種審美效果，一是自然，二是逼眞，三是新穎。

其後如祁彪佳（1602～1645）論戲曲情境也重視趣味。如評《平妖記》「景促而趣短〔註 90〕」、評《玉掌記》「一涉仙人荒誕之事，便無好境趣〔註 91〕」、

---

〔註 83〕〔明〕呂天成：《曲品》，《中國古典戲曲論著集成》第六冊，頁 241。

〔註 84〕同前註，頁 250。

〔註 85〕吳書蔭：《曲品校註》，頁 394。《集成》本無。

〔註 86〕同前註，頁 266。《集成》本無。

〔註 87〕〔明〕呂天成：《曲品》，《中國古典戲曲論著集成》第六冊，頁 248。《集成》本誤爲作「《香裘》」，應爲「《香毬》」吳。

〔註 88〕同前註，頁 231。

〔註 89〕同前註，頁 234。

〔註 90〕〔明〕祁彪佳：《遠山堂曲品》，《中國古典戲曲論著集成》第六冊，頁 31。

評《獅吼記》「無境不入趣〔註92〕」、評《長生記》「詞亦濃厚可味〔註93〕」、評《百花記》「意味尚淺〔註94〕」、評《軒轅記》「搆局之妙，令人且驚且疑；漸入佳境，所謂深味之而無窮者〔註95〕」、評《宦遊濟美》雜劇「滿紙是塞白之語，索然無一毫趣味〔註96〕」。

繼呂、祁二氏後，明確標舉「趣」字的是明末清初的黃周星（1611～1680），他在《製曲枝語》中說：

> 製曲之訣，雖盡於「雅俗共賞」四字，仍可以一字括之，曰：「趣」。古云：「詩有別趣」，曲爲詩之流派，且被之絃歌，自當專以趣勝。今之人遇情境之可喜者，輒曰「有趣！有趣！」則一切語言文字，未有無趣而可以感人者。趣非獨於詩酒花月中見之，凡屬有情，如聖賢、豪傑之人，無非趣人；忠、孝、廉、節之事，無非趣事。知此者，可以論曲〔註97〕。

黃周星認爲「趣」是能感人的先決條件。他追溯曲之情境承襲詩之意境講求「趣」字，然戲曲情境之「趣」不僅止於「語言文字」和「詩酒花月」，且因其「被之絃歌」，又其內容在描述「趣人」與「趣事」。換言之，黃周星從樂、文、人、事四方面講戲曲情境之趣，「趣」不只是在語言文字和被之絃歌上，還表現在人物形象塑造與故事題材上。他明確地標舉出影響戲曲情境之趣的要素，可以說是對呂、祁二人主張的繼承與發展。

## 第五節　小結——兼論戲曲情境說的幾個美學要求

「戲曲情境」的概念標誌著呂天成對戲曲藝術的審美理想。呂天成在《曲品》中大量運用「境」、「境界」、「情境」等術語批評戲曲作品，使這個批評概念具體成形，同時也成功地把意境論從詩詞理論轉化爲戲曲理論。他對戲曲情境有幾個審美要求：

〔註91〕同前註，頁31、75。
〔註92〕同前註，頁13。
〔註93〕同前註，頁34。
〔註94〕同前註，頁30。
〔註95〕同前註，頁58。
〔註96〕〔明〕祁彪佳：《遠山堂劇品》，《中國古典戲曲論著集成》第六冊，頁194。
〔註97〕〔清〕黃周星：《製曲枝語》，《中國古典戲曲論著集成》第七冊，頁120～121。

## 一、以眞情爲本

呂天成認爲劇作當「以眞切之調，寫眞切之情，情、文相生，最易不及〔註 98〕」。如呂天成評《教子記》云：「眞情苦境〔註 99〕。」評《雙忠記》云：「境慘情悲〔註 100〕。」《教子記》以苦楚的情境與眞摯的親情交織而成，《雙忠記》寫悲壯動人的英雄血淚，二劇皆以其能傳達出眞摯動人的情感，故能感人肺腑。戲曲藝術最高境界是要能把讀者與觀眾的感情牽引近來，而唯有作者灌注眞實情感於作品之中，以眞情爲本，才具有強烈的藝術感染力，能引起讀者與觀眾的共鳴，從而形成一個富有感染力，可以溝通人我、物我之情的藝術世界，引發審美主體思索想像或觸動審美主體情感的藝術空間。

## 二、追求逼眞自然

如果說詩詞意境追求的是「神似」，那麼戲曲意境則偏重於「逼眞」，講求寫眞情、眞境。呂天成所追求的戲曲情境之逼眞，即「化工之肖物無心，大冶之鑄金有式」的境界，就是指在符合戲曲藝術的編劇規律下，追求逼眞自然的化工之境。

如《曲品》評《祝髮記》「境趣悽楚逼眞〔註 101〕」、評《琵琶記》「志（意）在筆先，片言宛然代舌；情從（同）境轉，一段眞堪斷腸〔註 102〕」、評《冬青記》「悲憤激烈……情景眞切〔註 103〕」。《琵琶記》「布景寫情，色色逼眞」，無論布情、寫景、造境，皆能眞切自然，又能達到情景交融、情境合一的境地，故能感人肺腑。卜大荒《冬青記》於蘇州虎丘千人演時「觀者萬人，多泣下者」，乃因此劇「情景眞切」。

前文曾提及王國維的戲曲情境美學的基礎亦在於一「眞」字。他能寫出眞景物、眞感情、眞事實，才謂之有境界，而這一切又都要歸本於自然。此與呂天成所追求逼眞自然的「化工」之境有相通之處。

---

〔註 98〕〔明〕呂天成：《曲品》，《中國古典戲曲論著集成》第六冊，頁 224。
〔註 99〕同前註，頁 226。
〔註 100〕同前註，頁 227。
〔註 101〕〔明〕呂天成：《曲品》，《中國古典戲曲論著集成》第六冊，頁 231。
〔註 102〕同前註，頁 210。
〔註 103〕同前註，頁 233。

## 三、新穎脫套

呂天成認為戲曲情境要突破陳腐的窠臼，忌酸、俗、腐，要擺脫俗套，追求「無境不新」的藝術情境。如以下幾條評語：

《綵樓》：作手平平，稍入酸境〔註 104〕。（能品）

《霄光》：傳衛青事佳，不尚主則反入腐境矣。鐵勒奴不知何指〔註 105〕。（上下品）

《完福》：此吉慶戲也。俗境〔註 106〕。（下下品）

《還魂》：杜麗娘事，甚奇。而著意發揮，懷春慕色之情，驚心動魄。且巧妙疊出，無境不新，眞堪千古矣〔註 107〕。（上上品）

《鴛衾》：聞有是事。局境頗新〔註 108〕。（上上品）

《結髮》：情景曲折，便覺一新〔註 109〕。（上上品）

《紅拂》：此境界描寫甚透，但未盡脫俗耳〔註 110〕。（張太和作）（中中品）

呂天成強調戲曲情境不可落入「惡腐境」、「酸境」、「俗境」，這種審美要求，源自於孫鑛「十要」之一──「脫套」，他評論張屏山《紅拂記》曰：「此境界描寫甚透，但未盡脫俗耳。」就是要求要能擺脫俗套，才能進而追求新奇之情境。他認為沈璟《結髮記》布情寫景能曲折婉轉，故能新人耳目，正如祁彪佳《遠山堂曲品》評之曰：「中間狀白叟之負義、鶯娘之守盟、蕭生之異遇，一轉一折，神情俱現〔註 111〕。」又他之所以推崇《牡丹亭》的境界，認為其「無境不新，眞堪千古」，給予最高的評價，正因為湯顯祖能擺脫過去劇作家的俗套，進一步創造出「無境不新」的戲曲情境。

戲曲情境乃戲曲整體藝術要素所呈現的藝術世界，要避免酸、腐、俗，必須要注意各方面藝術要素的提升，諸如內容題材、情節、布局、文辭等，能夠全面提升，不因襲舊套，方能展現新穎的戲曲情境。

---

〔註 104〕同前註，頁 226。

〔註 105〕吳書蔭：《曲品校註》，頁 284。《集成》本無。

〔註 106〕〔明〕呂天成：《曲品》，《中國古典戲曲論著集成》第六冊，頁 248。

〔註 107〕同前註，頁 230。

〔註 108〕同前註，頁 229。

〔註 109〕同前註，頁 230。

〔註 110〕同前註，頁 240。

〔註 111〕〔明〕祁彪佳：《遠山堂劇品》，《中國古典戲曲論著集成》第六冊，頁 128。

總結以上，呂天成所謂「戲曲情境」，就是戲曲藝術要素與劇作美感的整體呈現，也是劇作所展現的情感意蘊與審美效果。即作者運用各種藝術技巧，如取材、構思情節、布置格局、塑造人物、鋪寫文辭等，使劇中情景交融、情境合一、趣暢味長，形成一個富有感染力，可以溝通人我、物我之情的藝術世界，引發審美主體思索想像或觸動審美主體情感的藝術空間。境界的高低與其審美趣味、格調的高低有關。要營造出好的戲曲情境，必須要文辭、情節、布局、題材、人物等各種藝術要素的互相配合。呂天成「戲曲情境說」開拓了幾個古代劇論意境理論的主要議題：（一）情景（二）情境（三）趣味。這同時也是構成戲曲情境的三大要素。其後孟稱舜（約 1600～1655 以後）論傳情、寫景、敘事，祁彪佳（1602～1645）論戲曲情境亦不離情景、情境、趣味三大範疇，清代李漁（1611～1679）標舉「情」、「景」二字爲編劇總綱，黃周星（1611～1680）以「趣」論戲曲情境，黃圖珌（1700～？）論情景關係，近代王國維以情、景、事論戲曲境界等，皆爲呂天成戲曲情境說的繼承與發展。

呂天成將意境論從詩詞理論成功地轉化爲戲曲理論，又開啓了戲曲理論史上幾個重要的戲曲情境理論之範疇，在戲曲理論史上實處於關鍵地位。

# 結　論
# 呂天成曲論體系及其得失與評價

本結論主要在歸納呂天成戲曲理論體系，並指出其戲曲理論之得失與評價，凸顯其在戲曲理論史上的地位、價值與影響力。

## 第一節　呂天成戲曲理論體系

總合以上各章所述，呂天成的戲曲理論實自成體系，茲以簡圖表示：

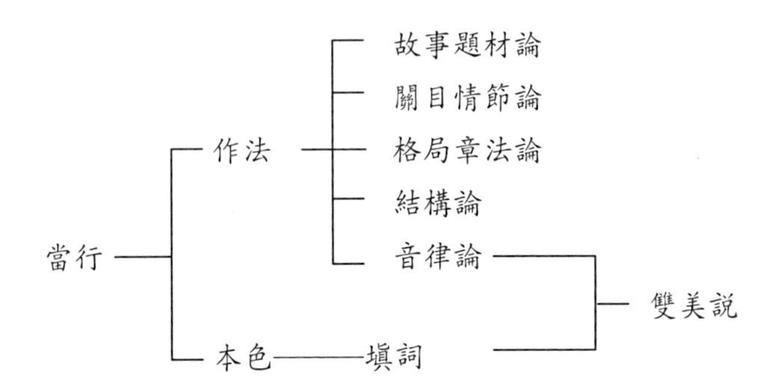


由上表顯示，「本色」與「當行」（塡詞之道與戲曲作法）爲血脈相通、互爲表裡、互爲依存的關係。「當行」包括戲曲所有創作法則的問題，當然也包含塡詞問題，「行家」之作必然適合搬演，其作品自然也符合戲曲藝術的審美要求，故其遣詞造句與語言旋律必然合乎「本色」精神。而「本色」的劇作，其句調的機神情趣也不是天馬行空，毫無規範的揮灑，而是在符合戲曲創作法則的基礎下進行句調的鋪陳，故其戲劇情境意態必然也是「當行」的。「本色」與「當行」皆不在追逐於藝術表象，而在能否深入領略藝術精神內涵，唯有戲曲塡詞與作法完美統一，才能使劇本能成爲渾然天成，具備內在精神與生命力的有機體。呂天成的「雙美說」是從「當行」理論中延伸出來的，「當行本色論」突顯其戲曲理論的精神本質，展現兼具舞台性與文學性的審美要求，而「雙美說」正是「當行本色論」的表現，正是「當行本色論」延伸出來的支派。「雙美說」是在要求劇作家既要馳騁才情，淋漓酣暢地展現「機神情趣」，也要遵守戲曲音律之規範，在「從心所欲，不踰矩」的「無法之法」的創作境界中，達到曲意聲律俱妙的藝術境界。

而呂天成所謂的「戲曲情境」，指的戲曲藝術要素與劇作美感的整體呈現，也是劇作所展現的情感意蘊與審美效果。即作者運用各種藝術技巧，如取材、構思情節、布置格局、塑造人物、鋪寫文辭等，使劇中情景交融、情境合一、趣暢味長，形成一個富有感染力，可以溝通人我、物我之情，引發審美主體思索想像或觸動審美主體情感的藝術空間。呂天成的「戲曲情境說」亦是從其劇論核心——「當行本色論」出發的。他提出「境態當行」與「句調本色」，以「當行本色」去規範「戲曲情境」，故其「戲曲情境說」的審美理想就是要求劇作要在符合戲曲創作的藝術規律——「當行本色」的「有式」中，達到「情同境轉」的「化工」之境。

在劇論的觀照角度上，呂天成重視重視作家、作品、讀者、觀眾、演員、劇場之間的關係。他身兼創作者、批評者、觀眾、讀者等腳色，能深刻了解作家、作品、讀者、觀眾、演員、劇場之間的關係，故其從各種角度進行批評，表現多元立場與位置。他能探討作家本身的生平、思想、才學等與作品的關係，從作品本身觀察其藝術成就，從讀者與觀眾角度考慮其作品對於欣賞者的影響，又能觸及劇本是否適合演員演出傳唱的狀況，亦能從劇場搬演論作品的演出效果。這種從各種角度品評作品藝術價值的方式，可謂全面而深入。

## 第二節　呂天成戲曲理論之得失與評價

青木正兒稱呂天成《曲品》與王驥德《曲律》爲明代論曲之「雙璧」，並評《曲品》云：

品評元末至當時古今戲文者，其所著錄甚博，可得通覽明曲大概之書，舍此外，無可求之道。惜多空虛文字，裨益徵實處少。此書以其友王驥德所著《曲律》詳論曲法而品評作物處少，故急整理舊稿成此書云〔註1〕。

《曲品》與《曲律》爲明代論曲法與品評劇作最重要的作品，爲萬曆晚期以前戲曲創作理論與戲曲批評之總結。除了有明代戲曲史料的價值外，如青木正兒所言，《曲品》在文字上確實有簡陋空虛之失，陳玉祥〈曲品新傳奇品跋〉也評之：「惟詞意淺俚，未能精緻透達，且譌字晦句，層出疊見，或係鈔胥者之誤〔註2〕。」雖其詞簡略，稍嫌空虛，未能精緻透達，表現出清晰而明確的概念，然仔細尋繹其文理，確實有許多眞知灼見，每爲歷來戲曲批評家所借鑑或引用。其成就與價值約有以下方面：

## 一、戲曲劇目與史料價值

《曲品》著錄明代傳奇劇作約二百二十七種，其中僅有二十一種爲《永樂大典戲文目》、高儒《百川書志》、徐文長《南詞敘錄》和晁瑮《寶文堂書目》所著錄，其餘都是第一次見於著錄。根據吳書蔭的考察，《曲品》著錄的這些劇作，今有傳本者約有一百二十二種，存有散出或零支曲文者及全佚者約一百零三種。《曲品》保存許多傳奇劇目和作家材料，除了徐渭《南詞敘錄》成書於嘉靖三十八年（1519）之外，數他最早。呂天成由於家學淵源、曲藏豐富，所著錄的許多作者與作品，或爲其鄉里，或爲其父輩之同好，或是他本人的親友，故引證材料詳實可靠。因此稍晚的祁彪佳的《遠山堂曲品、劇品》以它爲藍本，清代黃文暘《曲海目》，王國維《曲錄》，傅惜華先生的《明代傳奇全目》，都取材於它〔註3〕。它的確是研究明代戲曲劇目與戲曲史料最重要的文獻。然而，早期有些研究者只注意其劇目與史料價值，忽略了其他方面的成就。如葉德均與陳芳英皆認爲「《曲品》價值不在於品類的分別與若干評語，而在其保留的劇目和若干已佚傳奇內容，其次是記錄作者的

〔註1〕青木正兒著，王古魯譯：《中國近世戲曲史》（台北：台灣商務印書館，1996年12月臺一版第六次印刷），頁227。

〔註2〕見《中國古典戲曲論著集成》第六冊（北京：中國戲劇出版社，1959年初版，1980年第二刷），頁285。

〔註3〕吳書蔭：《曲品校註》（北京：中華書局，1994年3月），頁433～434。

史料〔註4〕」。在吳書蔭、藍凡、趙景深〔註5〕等的努力下，呂天成的戲曲理論價值始被揭示。

## 二、戲曲史價值

呂天成劃分了新、舊傳奇，確立了舊傳奇與新傳奇時代，他已明確認識到舊傳奇（即今所謂新南戲）與新傳奇（即今所謂明傳奇）藝術特質的不同，並加以區分，這種分法頗具歷史眼光，顯示出其對於戲曲文體變遷的理論自覺，爲後代戲曲史研究者提供了戲曲文體發展歷史劃分的依據。

## 三、戲曲創作理論與品評理論的建立

呂天成《曲品》中品評各種劇作，不僅爲戲曲品評建立了典範，同時在品評中展現其對戲曲創作的主張，故其戲曲理論不僅是品評理論，也是創作理論。以下分點論述其於戲曲理論與品評理論上的建樹。

### （一）建立戲曲品第模式

在中國戲曲批評史上，呂天成是首先將《詩品》、《書品》、《畫品》品鑒模式引入戲曲批評，爲戲曲建立品第模式的第一人。呂天成將嘉靖三十八年以前的「舊傳奇」作品分成神、妙、能、具四品第，而將嘉靖三十八年以後到萬曆年間的作品則稱爲「新傳奇品」，分成上上、上中、上下、中上、中中、中下、下上、下中、下下九品。王驥德在讀了呂天成《曲品》後，評其曰：

> 勤之《曲品》所載，蒐羅頗博，而門户太多。舊曲列品有四：曰神，曰妙，曰能，曰具。而神品以屬《琵琶》、《拜月》。夫曰神品，必法與詞兩擅其極，惟實甫《西廂》可當之耳。《琵琶》尚多拗字纇句，可列妙品；《拜月》稍見俊語，原非大家，可列能品，不得言神。《荊釵》、《牧羊》、《孤兒》、《金印》，可列具品，不得言妙。新曲列爲九品。以上之上屬沈、湯二君，而以沈先湯，蓋以法論；然二君既屬

〔註4〕葉德均：〈曲品考〉，收於《戲曲小說叢考》（北京：中華書局，2004年12月第2版第2刷），頁152；陳芳英《明代劇學研究》（台灣大學中文所博士論文，民國72年），頁301。

〔註5〕藍凡：〈呂天成品評戲劇作品的美學標準〉，收於《古代文學理論研究》第八輯，（上海：上海古籍出版社，1979）；趙景深：〈呂天成《曲品》〉，收於《曲論初探》（上海：上海藝文出版社，1989年7月），頁33～36；吳書蔭：〈呂天成和他的作品考〉，收於《曲品校註》，頁439～463。

> 偏長，不能合一，則上之上尚當虛左，至後八品，亦似多可商略。復於諸人，概飾四六美辭，如鄉會舉主批評舉子卷牘，人人珠玉，略無甄別。蓋勤之雅欲獎飾此道，誇炫一時，故多和光之論。余謂品中止宜取傳奇之佳者，次及詞曲略工、搬演可觀者，總以上中下三等第之，不必多立名目。其餘俚腐諸本，竟黜不存，或盡擴人間所有之本，另列諸品之外，以備查考，未爲不可。至散曲，又當別置一番品題，始爲完局〔註6〕。

呂天成《曲品》品第原則引發王驥德的評曲之等第概念。王驥德批評呂天成的品第原則有幾個層面；其一，品第的商榷。王驥德標舉「法與詞兩擅其極」的雙美理想爲傳奇最高審美典範，故認爲《舊傳奇品》中的「神品」與《新傳奇品》中的「上上品」皆應「法與詞兩擅其極」，則呂氏《曲品》中的《琵琶記》應往下降爲「妙品」，《拜月亭》應降爲「能品」，至於《荊釵記》、《牧羊記》、《孤兒記》、《金印記》，則降爲「具品」。而《新傳奇品》中的「以上之上屬沈、湯二君，而以沈先湯，蓋以法論」，沈、湯二氏皆不能兼擅法與詞，屬偏長，故「上上」當虛左。可見王氏分品眼光較呂氏苛刻，其標舉「法與詞兩擅其極」的「神品」，實爲呂天成「雙美說」的具體實踐。其二，門戶太多。王驥德認爲呂天成分成九等，品第過於龐雜，主張只需區分成「傳奇之佳」（詞曲工巧兼搬演可觀者）〔註7〕、「詞曲略工」、「搬演可觀」上、中、下三品即可。其三，「人人珠玉，略無甄別」，筆者統計，《曲品》所載約二百二十五種劇目當中，約有一百一十五種只指出其優點，不指出缺失，其餘多數爲優劣參半，而只評其缺失的多爲「下下品」寥寥幾則。其四，劇目不完備。呂天成自謂劇作多不勝收，故而將「腐儒老優之攢簇」，即民間下層文人者或藝人所之作加以刪擲，「其不入格者，擯不錄」。王驥德主張應將這些其所收集到的劇目不入格者，另外列於諸品之外，以備查考。呂氏輕視「腐儒老優攢簇」之作，致使許多有價值的劇作史料散失了。其後祁彪佳《遠山堂曲品、劇品》分爲妙、雅、逸、豔、能、具六品，其分品概念實受到呂天成的影響，又補充了民間俗儒優人所製諸腔劇本，別爲「雜調」，以「工者以供鑑賞，拙

〔註6〕〔明〕王驥德《曲律‧雜論第三十九下》，《中國古典戲曲論著集成》第四冊，頁172～173。

〔註7〕李師惠綿：《王驥德曲論研究》，（台灣大學中文所碩士論文，曾師永義指導，民國77年6月），頁204。

者亦以資捧腹〔註8〕」，爲呂氏《曲品》補闕。其五，《曲品》卷上增出南劇上品者徐渭、汪道昆二人與散曲家上品二十五人，於下卷也卻沒有針對作品詳細說明，使人覺得體例不一致，稍嫌龐雜，似乎只是附錄性質，沒有做到明確具體的品評，故王驥德建議「至散曲，又當別置一番品題，始爲完局。」

在經過歷史的考驗後，新、舊傳奇中較高的品第中，的確有不少至今仍是崑劇代表作，可見呂天成曲學眼光的深遠。

### （二）闡明「當行本色論」

明人論「本色」侷限於語言風格的探討，只有呂天成明白揭示出「機神情趣」四字，指出它不在移植家常語言、追求樸澹風格，而在於其是否有「機神情趣」蘊含其中。「機神情趣」四字雖然抽象，但其能超越了一般曲論家只著眼於對戲曲語言形式風格的皮相認識，進一步掌握戲曲語言的內在精神，而強調戲曲語言當充分表現人物的本來面貌，以宛宛如生爲最高境界，且要與其他戲曲藝術要素互相配合，充分體現語言的內在精神及其感染力與生命力。至於「當行」之義，他認爲「當行」涵括戲曲的寫作方法，「戲曲作法」除了關涉如何安排關目情節、布置章法格局等結構問題，當然還包含如何遣詞造句、組織宮調曲牌、安排賓白科諢、分配腳色等所有戲曲創作方法的問題。作者能善用符合戲曲藝術規律的創作方法，使作品達到「一毫增損不得」的境界，此謂之「當行」。呂天成的戲曲創作論及批評論實以「當行」理論爲總綱領，以「當行」理論囊括戲曲創作之法，延伸貫串到各種戲曲創作與品評層面。

其次，呂天成明確著力闡發「當行」與「本色」之間的關係。他揭示了「本色」與「當行」血脈相通、互爲表裡、互爲依存的關係。呂天成當行本色論既能囊括戲曲各種藝術要素，又能深入其內在精神，正是這種精闢獨特又面面俱到的見解，使呂天成的當行本色論在明代曲論中具有極重要的地位。

### （二）「雙美說」的提出

當行本色論是呂氏劇論的核心，呂氏以此來規範劇作審美典範，這種鑑賞標準貫串著他對「舊傳奇」與「新傳奇」的品評。在「舊傳奇」中，呂氏標舉《琵琶記》爲「舊傳奇」典範，認爲《琵琶記》戲曲作法與塡詞俱佳，符合當行本色的要求，既符合戲曲藝術編劇規律，又能於法度之中馳騁才情，

〔註8〕〔明〕祁彪佳：《遠山堂曲品》，《中國古典戲曲論著集成》第六冊，頁7。

達到「化工之肖物無心，大冶之鑄金有式」之境界。到了「新傳奇」，已不復有「從心所欲而不踰矩」的作家，而只有一狂一狷的沈璟與湯顯祖成就較高，顯示「新傳奇」語言藝術的精緻化與音樂規範化之間的矛盾。而呂天成仍舊堅持其當行本色的編劇原則，主張文學性與舞台性並重，一方面要符合戲曲音樂的規範性，同時又要在法度之中馳騁才情，是以進一步標舉「雙美」爲理想典範，以追摹《琵琶記》詞情、詞律兼善之典範。換言之，「雙美說」就是在要求劇作家既要馳騁才情，淋漓酣暢地展現「機神情趣」，也要遵守戲曲音律之規範，在「從心所欲，不踰矩」的「無法之法」的創作境界中，達到曲意聲律俱妙的藝術境界。

後世學者所謂「湯沈之爭」代表明代曲家們對於戲曲審美典範的探索，在曲論史上有其重要的意義，而呂天成站在居高臨下的位置，以「雙美說」總結了「湯沈之爭」，修正了湯之狂與沈之狷，爲「新傳奇」樹立了審美典範。呂天成「雙美說」的內涵並不單純只是辭與律的結合，而是在律方面講求南曲曲律規範，在詞方面擺脫了舊傳奇的天然本色，古質風格，進而標舉機神情趣的本色之旨，且賦予了才情與麗藻的文人審美品味，以爲「新傳奇」語言的審美標準。「雙美說」的提出引導了明代後期以後傳奇的創作方向，也深深影響了戲曲批評界，其後曲論家如祁彪佳、茅暎、丁耀亢、孟稱舜、張琦、沈永隆等皆主張雙美之說，而明末劇作家阮大鋮、吳炳、孟稱舜、明末清初蘇州派李玉，乃至清洪昇與孔尙任等作，都兼具音律與文詞雙美的藝術特徵。

### （三）戲曲故事題材、關目情節、章法格局與結構理論的批評實踐

呂天成實踐了孫鑛「南戲十要」中「第一要事佳」的品評標準，即對於戲曲故事題材之要求，可說是第一個大量而具體地運用「事佳」的觀念於戲曲批評中的曲論家。呂氏著眼於故事與題材的品評，並非只是故事本事的考索，其所眞正關注的是劇本故事本身的題材來源以及劇本所呈現出來的故事樣貌的優劣與否，並以此爲審美標準。他強調「事佳」、「事奇」、「事新」、「脫套」、忌鄙俚與迂拘酸腐、「事眞」，並注意到戲曲題材的虛實處理。在題材虛實處理方面，乃以符合以上的藝術審美需求爲依歸。爲了追求故事的眞摯動人與新穎奇特，情節的曲折起伏，動人的搬演效果，腳色分配均勻，擺脫熟爛俗套，合乎世情的思想與內容，達到風化的社會功能，在實際創作時，作者可以靈活運用虛實之法，同時爲了寄託作者個人思想與情感，可適度對題材進行剪裁鍛鍊。虛實運用之法的基石有三：一是合乎戲曲藝術審美的要求，

二是為傳達作者個人情志，三是合乎人情物理，在順應人情、感物動人的基礎上，活用虛實之法，運用之道存乎作者的靈思妙悟之中。其後有意繼承呂天成《曲品》之志的祁彪佳，受到呂天成的影響，也大量運用「事」的觀念對戲曲作品進行實際品評。「事」的好壞與否已經成為戲曲批評標準之一，且躍升到重要地位。

戲曲的「關目情節」、「章法格局」與「結構」是一組密切相關而又互有區別的概念。呂天成《曲品》中使用了「情節」、「布局」批評術語，並且已經有後人所謂「結構」的概念，為李漁的戲曲結構理論作了鋪墊。《曲品》中雖然沒有使用「結構」術語，但其關注戲曲主題思想、題材選取、組織情節、推展行動、安排衝突、設置人物等，顯示其已有結構的概念，這些都和戲曲舞台演出效果有密切關係。在評論戲曲的「關目情節」、「章法格局」與「結構」時，呂氏提出要脫俗套與新穎出奇、合情合理、敘事暢達、鋪敘詳盡、講究對比串插之巧，力求節奏鮮明、布局嚴謹與簡淨而當、慎審輕重七大原則。可見呂氏體認到戲曲敘事性與舞台性，著眼於舞台藝術與文學藝術的結合，重視戲曲的可演性，將「南戲十要」中「搬出來好」具體實踐於戲曲批評中，這些都影響了後來祁彪佳的曲評與李漁等的戲曲理論。如祁彪佳《遠山堂曲品》中言：「作南傳奇者，搆局為難，曲白次之。」（評《玉丸》）祁彪佳一再強調構局、煉局的重要性，並且將構局的重要性置於曲詞賓白之前。李漁也曾說：「填詞首重音律，而予獨先結構。」此源自於其「填詞之設，專為登場」的觀念。李漁《閒情偶記・詞曲部・結構第一》中的〈立主腦〉、〈脫窠臼〉、〈密針線〉、〈減頭緒〉、〈審虛實〉等理論也都有以呂氏曲論為其先導之跡。

（五）「戲曲情境說」的建立

「情境」（或稱「意境」、「境界」、「境」）原為古典詩詞書畫的品鑑術語，明代曲論家將此概念引入戲曲批評中，不僅承襲了古典文藝美學意境理論的精神內涵，且結合了戲曲藝術本身的規律與特質，逐漸發展出戲曲情境理論。呂天成不但是第一個大量運用「境」、「情境」、「境界」這一組概念術語進行系統批評的曲論家，並且真正將「情境」由詩詞書畫等文藝理論概念轉為戲曲理論術語。呂天成戲曲情境說的概念與其對於戲曲藝術的認知有密切關係。由於他明確體認到戲曲有異於詩詞的藝術要素與美學規範，故能成功地將戲曲情境從詩詞書畫等文藝理論概念轉為戲曲批評概念。他所謂的「戲曲情境」，指的是戲曲所呈現的整體藝術世界，乃一靈動且廣闊的藝術場域，也是作品最後所達到的藝術審美效果。「戲曲情境」是戲曲藝術的總體呈現，是作者運用各種藝術技巧，如取材、構思情節、布置格局、塑造人物、鋪寫文辭等，使劇中的情、景、事互相交融，表現在作品中，形成一個富有意蘊與趣味，富有感染力，能引發審美主體思索想像或觸動審美主體情感的藝術空間。

呂天成論「戲曲情境」時，主要關注於三個方面：（一）情景（二）情境（三）趣味。這不僅揭示了構成「戲曲情境」的三大要素，同時也開啓了戲曲情境理論史上的三個主要範疇。其後孟稱舜（約 1600～1655 以後）論傳情、寫景、敘事，祁彪佳（1602～1645）論戲曲情境亦不離情景、情境、趣味三大範疇，清代李漁（1611～1679）標舉「情」、「景」二字爲編劇總綱，黃周星（1611～1680）以「趣」論戲曲情境，黃圖珌（1700～？）論情景關係，近代王國維以情、景、事論戲曲境界等，皆爲呂天成戲曲情境說的繼承與發展。

除上述青木正兒、陳玉祥等指出《曲品》其文字簡陋空虛，未能精緻透達；又王驥德以《曲品》出品第有待商榷、門戶太多、「人人珠玉，略無甄別」、劇目不完備、散曲批評的闕漏五個缺點外。《曲品》在品評作者與作品的形式方面亦頗有問題。《曲品》作者與作品分論的品評形式，也許能幫助做到全面透徹。論作者則個性、生平、喜好、德、才、學諸方面兼顧，再論作品，有助於讀者多方面的了解作品。但把同一個作家的作品都列入同一等第，的確有所偏頗之處。如張鳳翼的作品，其中《平播記》：「伯起衰年倦筆，粗具事情，太覺單薄。似必受債帥金錢，聊塞白雲爾。」明顯不如他作，而《曲品》卻將之同歸入「上中品」。但從另外一種角度來看，呂氏也曾謂：「蓋總出一人之手，時有工拙。」可見其對於出一人之手的各種作品的優劣之別是有所認知的，但他選擇了爲作家做了總體成就的評價，卻有清楚明晰之效，使作家的總體藝術成就能有明確的展現，而讀者也能從其評語中略窺其高下之別。

雖然呂天成《曲品》有所缺陷，但其保存豐富戲曲劇目與史料價值，建立「新傳奇」與「舊傳奇」的戲曲史觀，開創品曲體例，建立品第原則，同時總結了明代萬曆以前的戲曲理論，建構了戲曲創作理論與品評理論，並具體實踐於劇作品評中，達到戲曲理論與鑑賞的結合，這些貢獻都是值得肯定的。呂天成戲曲理論一方面繼承前代曲論成果並進一步發展，同時又受到自身文化修養、時代精神與文學環境的影響，從而形成了其獨特的審美趣味。他成功地將傳統以詩論曲的品評方法引向以「劇」爲本位的道路，在戲曲批評發展史上有不可忽視的重要地位。故《曲品》每爲後世品曲著作所借鑑，如晚明祁彪佳便借鑑了呂天成《曲品》中的批評術語與意見，清代高奕亦模擬《曲品》形式作《新傳奇品》，對明代與明末清初的作家與作品進行簡略的品評。同時，呂天成的曲論也爲其後古典曲論集大成者李漁提供了理論的鋪墊。故知，呂天成《曲品》在戲曲理論史上有承先啓後之功，在戲曲史上實有其重要的地位與影響。

# 參考文獻

## 一、專　書

### （一）史籍、地方志

1. 〔明〕焦竑：《國朝獻徵錄》，收於周駿富輯：《明代傳記叢刊·綜錄類 26》，臺北市：明文書局，1991 年初版。
2. 〔明〕朱國禎：《皇明大事記》，收於《四庫禁燬書叢刊·史部》第 28 冊，北京市：北京出版社，2000 年。
3. 〔明〕過庭訓纂集：《明分省人物考》，收於周駿富編：《明代傳記叢刊綜錄類 36》，臺北市：明文書局，1991 年。
4. 〔明〕張岱：《明越人三不朽圖贊》，收於〔明〕張大復撰，〔清〕方惟一輯：《吳郡人物志》，臺北市：明文書局，1991 年。。
5. 〔明〕李賢：《古穰雜錄》，見嚴一萍輯：《原刻影印百部叢書集成》第三十五冊所收《歷代小史》抄本，臺北：藝文書局，民國 55 年。
6. 〔明〕劉惟謙等撰：《大明律》，收於《續修四庫全書·史部·政書類 862》，上海：上海古籍，1995 年。
7. 〔清〕張廷玉等撰，楊家駱主編：《新校本明史》，臺北：鼎文書局，1982 年。
8. 〔清〕張廷玉等撰：《明史》，北京：中華書局，1991 年 12 月第四次印刷。
9. 〔清〕王鴻緒纂：《明史稿》，臺北縣永和市：文海書局，1962 年。
10. 〔清〕李銘皖等修、馮桂芬等纂：《蘇州府志》，收於《中國地方志叢書》，臺北：成文，1970 年，據清光緒九年刊本影印。
11. 〔清〕錢謙益《列朝詩集小傳》，臺北：世界書局，1961 年。
12. 〔清〕姜亮夫《歷代名人年里碑傳總表》，臺北：臺灣商務，1965 年初版。

13. 〔清〕邵友濂修；〔清〕孫德祖等纂：《浙江省餘姚縣志》，臺北市：成文書局，1983 年。
14. 〔清〕李亨特總裁，平恕等修：《紹興府志》，臺北市：成文書局，1975 年。
15. 〔清〕谷應泰：《明史紀事本末》，收於王雲五主編《叢書集成初編》，臺北：臺灣商務印書館，1965 年。
16. 〔清〕陳浼纕等修、〔清〕倪師孟等纂：《江蘇省吳江縣志》，臺北市：成文書局，1975 年。
17. 〔清〕許瑤光等修、〔清〕吳仰賢等纂：《浙江省嘉興府志》，臺北市：成文書局，1970 年。
18. 國立中央圖書館編：《明人傳記資料索引》，臺北市：編者出版社，1966 年。

## （二）明清人詩文集、筆記小說

1. 〔明〕孫鑛：《月峰先生居業次編》，明萬曆四十年呂胤筠刻本，北京圖書館藏，收於《四庫禁燬書叢刊》，四庫禁燬書叢刊編纂委員會，北京：北京出版社，2000 年初版。
2. 〔明〕王世貞：《弇州山人續稿》，收於沈雲龍主編：《明人文集叢刊》，臺北：文海出版社，1970 年。
3. 〔明〕沈璟著，徐朔方輯校：《沈璟集》，上海：上海古籍出版社，1991 年 12 月初版。
4. 〔明〕袁宏道：《袁中郎全集》，臺北：偉文書局，1976 年。
5. 〔明〕張岱：《陶庵夢憶》，成都市：四川人民出版社，1998 年。
6. 〔明〕王世貞撰，董復表編：《弇州史料・前集》，國立中央圖書館藏，明萬曆甲寅（萬曆 42 年，1614）楊鶴雲間刊本。
7. 〔明〕李開先：《李中麓閒居集》，見《四庫全書存目叢書・集部・別集類》第九十二冊，臺南：莊嚴文化，1997 年。
8. 〔明〕李贄：《焚書》，臺北市：河洛書局，1974 年。
9. 〔明〕湯顯祖撰，徐朔方箋校：《湯顯祖全集》，北京：北京古籍出版社，1999 年 1 月初版，2001 年 4 月第 2 刷。
10. 〔明〕馮夢龍撰，俞爲民校點：《馮夢龍全集》，北京市：江蘇古籍出版社，1993 年 4 月初版，頁 10。
11. 〔明〕龍膺：《龍太常全集》，清光緒十三年（1887）龍氏家刊本，現藏於傅斯年圖書館。
12. 〔明〕謝肇淛：《五雜俎》，據明萬曆刻本影印，臺北：新興書局，1971 年。
13. 〔明〕沈德符：《萬曆野獲編補遺》，收於《明代筆記小說大觀》（三），臺北市：新興，1977 年。

14. 〔明〕顧起元：《客座贅語》，收於《明代筆記小說大觀》(二)，上海：古籍出版社，2005 年。
15. 〔明〕胡應麟：《少室山房筆叢》，收於《文淵閣四庫全書・子部》，第 886 冊，臺北：臺灣商務印書館，1983 年。
16. 〔明〕臧懋循：《負苞堂文選》，收於《續修四庫全書・集部・別集類 1361》，上海：上海古籍出版社，2002 年。
17. 〔清〕黃宗羲：《姚江逸詩》卷十二，《四庫全書存目叢書・集部・總集類 400》，臺南縣：莊嚴文化，1997 年。
18. 〔清〕凌廷堪：《校禮堂詩集》，《續修四庫全書・集部・別集類 1480》，上海市：上海古籍出版社，2002 年。

## （三）古代戲曲理論

1. 〔元〕周德清：《中原音韻》，收於《中國古典戲曲論著集成》第一冊，北京：中國戲劇出版社，1959 年初版，1980 年第二刷。
2. 〔元〕夏庭芝：《青樓集》，收於《中國古典戲曲論著集成》第二冊，北京：中國戲劇出版社，1959 年初版，1980 年第二刷。
3. 〔元〕鍾嗣成：《錄鬼簿》，收於《中國古典戲曲論著集成》第二冊，北京：中國戲劇出版社，1959 年初版，1980 年第二刷。
4. 〔元〕賈仲明：《錄鬼簿續編》，收於《中國古典戲曲論著集成》第二冊，北京：中國戲劇出版社，1959 年初版，1980 年第二刷。
5. 〔明〕朱權：《太和正音譜》，收於《中國古典戲曲論著集成》第三冊，北京：中國戲劇出版社，1959 年初版，1980 年第二刷。
6. 〔明〕徐渭：《南詞敘錄》，收於《中國古典戲曲論著集成》第三冊，北京：中國戲劇出版社，1959 年初版，1980 年第二刷。
7. 〔明〕李開先：《詞謔》，收於《中國古典戲曲論著集成》第三冊，北京：中國戲劇出版社，1959 年初版，1980 年第二刷。
8. 〔明〕何良俊：《曲論》，收於《中國古典戲曲論著集成》第四冊，北京：中國戲劇出版社，1959 年初版，1980 年第二刷。
9. 〔明〕王世貞：《曲藻》，收於《中國古典戲曲論著集成》第四冊，北京：中國戲劇出版社，1959 年初版，1980 年第二刷。
10. 〔明〕胡應麟：《少室山房叢考》，收於任中敏編《新曲苑》第一冊，臺灣：中華書局，1970 年。
11. 〔明〕王驥德：《曲律》，收於《中國古典戲曲論著集成》第四冊，北京：中國戲劇出版社，1959 年初版，1980 年第二刷。
12. 〔明〕沈德符：《顧曲雜言》，收於《中國古典戲曲論著集成》第四冊，北京：中國戲劇出版社，1959 年初版，1980 年第二刷。

13. 〔明〕徐復祚：《曲論》，收於《中國古典戲曲論著集成》第四冊，北京：中國戲劇出版社，1959 年初版，1980 年第二刷。
14. 〔明〕馮夢龍：《太霞曲語》，收於任中敏編：《新曲苑》第一冊，臺灣：中華書局，1970 年。
15. 〔明〕凌濛初：《譚曲雜劄》，收於《中國古典戲曲論著集成》第四冊，北京：中國戲劇出版社，1959 年初版，1980 年第二刷。
16. 〔明〕張琦：《衡曲麈譚》，收於《中國古典戲曲論著集成》第四冊，北京：中國戲劇出版社，1959 年初版，1980 年第二刷。
17. 〔明〕魏良輔：《曲律》，收於《中國古典戲曲論著集成》第五冊，北京：中國戲劇出版社，1959 年初版，1980 年第二刷。
18. 〔明〕祁彪佳：《遠山堂曲品》，收於《中國古典戲曲論著集成》第六冊，北京：中國戲劇出版社，1959 年初版，1980 年第二刷。
19. 〔明〕祁彪佳：《遠山堂劇品》，收於《中國古典戲曲論著集成》第六冊，北京：中國戲劇出版社，1959 年初版，1980 年第二刷。
20. 〔明〕呂天成：《曲品》，收於《中國古典戲曲論著集成》第六冊，北京：中國戲劇出版社，1959 年初版，1980 年第二刷。
21. 〔清〕高奕：《曲品》，收於《中國古典戲曲論著集成》第六冊，北京：中國戲劇出版社，1959 年初版，1980 年第二刷。
22. 〔清〕李漁：《閒情偶記》，收於《中國古典戲曲論著集成》第七冊，北京：中國戲劇出版社，1959 年初版，1980 年第二刷。
23. 〔清〕沈自晉編：《南詞新譜》，收於《善本戲曲叢刊》第三輯，臺北：臺灣學生書局，73 年 8 月據清順治乙未刊本影印。
24. 〔清〕黃圖珌：《看山閣集閒筆》，收於《中國古典戲曲論著集成》第七冊，北京：中國戲劇出版社，1959 年初版，1980 年第二刷。
25. 〔清〕無名氏：《傳奇彙考標目》，收於《中國古典戲曲論著集成》第七冊，北京：中國戲劇出版社，1959 年初版，1980 年第二刷。
26. 〔清〕笠閣漁翁：《笠翁批評舊戲目》，收於《中國古典戲曲論著集成》第七冊，北京：中國戲劇出版社，1959 年初版，1980 年第二刷。
27. 〔清〕黃文暘：《重訂曲海總目》，收於《中國古典戲曲論著集成》第七冊，北京：中國戲劇出版社，1959 年初版，1980 年第二刷。
28. 〔清〕李調元：《雨村曲話》，收於《中國古典戲曲論著集成》第八冊，北京：中國戲劇出版社，1959 年初版，1980 年第二刷。
29. 〔清〕李調元：《雨村劇話》，收於《中國古典戲曲論著集成》第八冊，北京：中國戲劇出版社，1959 年初版，1980 年第二刷。
30. 〔清〕焦循：《劇說》，收於《中國古典戲曲論著集成》第八冊，北京：中國戲劇出版社，1959 年初版，1980 年第二刷。

31. 〔清〕焦循：《花部農譚》，收於《中國古典戲曲論著集成》第八冊，北京：中國戲劇出版社，1959 年初版，1980 年第二刷。

32. 〔清〕梁廷枏：《曲話》，收於《中國古典戲曲論著集成》第八冊，北京：中國戲劇出版社，1959 年初版，1980 年第二刷。

33. 〔清〕劉熙載：《藝概》，收於《中國古典戲曲論著集成》第九冊，北京：中國戲劇出版社，1959 年初版，1980 年第二刷。

34. 〔清〕姚燮：《今樂考證》，收於《中國古典戲曲論著集成》第十冊，北京：中國戲劇出版社，1959 年初版，1980 年第二刷。

35. 〔清〕黃文暘、董康撰：《曲海總目提要》，臺北：新興，1979 年。

36. 姚華：《菉漪室曲話》，收於任中敏編《新曲苑》第三冊第，臺灣：中華書局，1970 年。

37. 吳書蔭：《曲品校註》，北京：中華書局，1994 年 3 月初版。

38. 王卓校釋：《曲品》，哈爾濱市：北方文藝出版社，2005 年 7 月第二次印刷

39. 陳多注釋：《李笠翁曲話》，長沙：湖南人民出版社，1981 年初版第 3 刷。

40. 陳多、葉長海注釋：《曲律》，長沙：湖南人民出版社，1983 年。

41. 陳多、葉長海：《中國歷代劇論選註》，長沙：湖南文藝出版社，1987 年 7 月初版。

42. 秦學人、侯作卿編：《中國古典編劇理論資料匯輯》，北京：中國戲劇出版社，1984 年 4 月初版。

43. 蔡毅：《中國古典戲曲序跋彙編》，濟南：齊魯出版社，1989 年。

44. 陳芾、吳毓華：《古典戲曲美學資料集》，北京：文化藝術出版社，1992 年 10 初版。

45. 吳毓華：《中國古代戲曲序跋集》，北京：中國戲劇出版社，1990 年 8 月初版。

46. 程炳達、王衛民：《中國歷代曲論釋評》，北京：民族出版社，2000 年 11 月初版。

### （四）戲曲史、文學史（依姓氏筆畫順序）

1. 余從、周育德、金水：《中國戲曲史略》，人民音樂出版社，2003 年 9 月北京第 2 版。

2. 余秋雨：《中國戲劇文化史述》，臺北縣板橋市：駱駝出版社，1987 年。

3. 吳新雷：《中國戲曲史論》，南京：江蘇教育出版社，1996 年。

4. 青木正兒著；古魯譯：《中國近世戲曲史》，臺北：臺灣商務印書館，1965 年初版。

5. 周貽白：《中國戲劇史長編》，上海：上海書店出版社，2004年3月初版。
6. 范培松、金學智主編：《插圖本蘇州文學通史》，南京市：江蘇教育出版社，2004年5月初版。
7. 胡忌、劉致中：《崑劇發展史》，北京：中國戲劇出版社，1989年6月北京初版。
8. 徐慕雲：《中國戲劇史》，上海：上海古籍出版社，2001年2月初版。
9. 張庚、郭漢城：《中國戲曲通史》，臺北：丹青圖書公司，1985年。
10. 張發穎：《中國戲班史》，北京：學苑出版社，2004年1月北京第2版第2次印刷。
11. 許金榜：《中國戲曲文學史》，北京：中國文學出版社，1994初版。
12. 廖奔：《中國古代劇場史》，鄭州：中州古籍出版社，1997年5月第1版。
13. 廖奔、劉彥君：《中國戲曲發展史》，太原市：山西教育出版社，2003年4月初版第2刷。
14. 廖奔：《中國戲曲史》，上海：上海人民出版社，2004年9月初版，2005年6月第2刷。
15. 盧前：《明清戲曲史》，臺北：臺灣商務印書館，1994年二版第1次印刷。
16. 羅宗強、陳洪主編：《中國古代文學發展史》，天津市：南開大學出版社，2003年初版。

**（五）戲曲理論學**（依姓氏筆畫順序）

1. 王安葵、何玉人：《崑曲創作與理論》，瀋陽市：春風文藝出版社，2005年2月初版。
2. 朱萬曙：《明代戲曲評點研究》，合肥：安徽教育出版社，2002年8月初版。
3. 朱文相：《中國戲曲學概論》，北京：文化藝術出版社，2004年9月初版。
4. 李師惠綿：《戲曲批評概念史考論》，臺北：里仁書局，民國91年2月28號初版。
5. 李曉：《比較研究：古劇結構原理》，北京：中國戲劇出版社，1989。
6. 李昌集：《中國古代曲學史》，上海：華東師範大學出版社，1997年12月第1版。
7. 吳毓華：《古代戲曲美學史》，北京：文化藝術出版社，1994年8月初版。
8. 吳毓華：《戲曲美學論》，臺北：國家出版社，2005年10月初版。
9. 周寧：《比較戲劇學——中西戲劇話語模式研究》，上海：上海社會科學院，1993年。
10. 俞爲民、孫蓉蓉：《中國古代戲曲理論史通論》，臺北：華正書局，1998

年初版。
11. 俞為民：《李漁閒情偶記曲論研究》，江蘇：教育出版社，1994 年 12 月。
12. 姚文放：《中國戲劇美學的文化闡釋》，北京：中國人民大學出版社，1997 年 1 月初版，1997 年 7 月第二次印刷。
13. 祝肇年：《古典戲曲編劇六論》，北京：中國戲劇出版社，1986 年 2 月初版。
14. 夏寫時：《論中國戲劇批評》，濟南：齊魯書社，1988 年初版。
15. 陳竹：《中國古代劇作學史》，湖北：武漢出版社，1999 年 9 月初版。
16. 陳竹：《明清言情劇作學史稿》，武昌市：華中師範大學，1991 年 8 月初版。
17. 陳衍：《中國古代編劇理論初探》，湖北：湖北人民出版社，1984 年 2 月初版。
18. 陸林：《元代戲劇學研究》，合肥：安徽文藝出版社，1999 年 9 月初版。
19. 齊森華：《曲論探勝》，上海：華東師範大學出版社，1985 年。
20. 傅曉航：《戲曲理論史述要》，北京：文化藝術出版社，1994 年 9 月初版。
21. 葉長海：《中國戲劇學史稿》，板橋市：駱駝出版社，1987 年 8 月。
22. 葉長海：《曲律與曲學》，臺北：學海出版社，1993 年 5 月初版。
23. 趙景深：《曲論初探》，上海：上海文藝出版社，1980 年 7 月。
24. 趙山林：《中國戲劇學通論》，合肥：安徽教育出版社，1995 年 12 月初版。
25. 趙山林：《中國戲曲觀眾學》，上海：華東師範大學出版社，1990 年。
26. 蔡鍾翔：《中國古典劇論概要》，北京：中國人民大學出版社，1988 年。
27. 謝柏梁《中國分類戲曲學史綱》，臺北：臺灣商務印書館，1994 年 6 月初版。
28. 譚帆、陸煒：《中國古典戲劇理論史》，北京：中國社會科學出版社，1993 年初版。

### （六）文藝美學理論（依姓氏筆畫順序）

1. 朱東潤：《中國文學批評史大綱》，臺北：開明書局，1960 年。
2. 范文瀾：《文心雕龍注》，臺北：臺灣開明書店，1993 年臺 17 版。
3. 徐岱：《小說敘事學》，北京：中國社會出版社，1992 年。
4. 敏澤：《中國美學思想史》，濟南：齊魯書社，1987 年 8 月第一版。
5. 張少康：《文心雕龍新探》，臺北：文史哲出版社，1991 年。
6. 陳銘：《意與境——中國古典詩詞美學三昧》，杭州：浙江大學出版社，2001 年 11 月初版，2002 年 6 月第二次印刷。

7. 曾祖蔭：《中國古代美學範疇》，臺北市：丹青出版社，1987 年。
8. 葉朗：《中國美學史大綱》，上海人民出版社，1985 年 11 月第一版，2003 年 6 月第七次印刷。
9. 薛富興：《東方神韻——意境論》，北京：人民文學出版社，2000 年 6 月第 1 版。

（七）近代戲曲專論（依姓氏筆畫順序）

1. 八木澤元：《明代劇作家研究》，香港：龍門書店，1966 年。
2. 王國維：《王國維戲曲論文集——〈宋元戲曲考〉及其他》，臺北：里仁書局，2005 年 10 月 25 日初版三刷。
3. 王國維著，曾師永義導讀：《宋元戲曲考》，臺北：臺灣古籍出版社，2003 年 6 月初版。
4. 王永健：《崑腔傳奇與南雜劇》，臺北：國家出版社，2006 年元月初版。
5. 王寧、任孝溫：《崑曲與明清樂伎》，瀋陽市：春風文藝出版社，2005 年 2 月初版。
6. 王瓊玲：《晚明清初戲曲之審美構思與其藝術呈現》，臺北：中央研究院中國文哲研究所，2005 年 12 月初版。
7.《中國崑曲藝術》編寫組：《中國崑曲藝術》，瀋陽市：春風文藝出版社，2005 年 2 月初版。
8. 吳梅著；馮統一點校：《中國戲曲概論》，北京：中國人民大學出版社，2004 年 9 月初版。
9. 吳新雷：《二十世紀前期的崑曲研究》，瀋陽市：春風文藝出版社，2005 年 2 月初版。
10. 吳新雷、朱棟霖主編：《中國崑曲藝術》，南京：江蘇教育出版社，2004 年 11 月初版。
11. 呂效平：《戲曲本質論》，南京：南京大學出版社，2003 年 9 月。
12. 宋波：《崑曲的流播傳布》，瀋陽市：春風文藝出版社，2005 年 2 月第 1 版。
13. 周育德：《崑曲與明清社會》，瀋陽市：春風文藝出版社，2005 年 2 月第 1 版。
14. 周育德：《湯顯祖論稿》，北京：文化藝術出版社，1991 年。
15. 周秦：《蘇州崑曲》，臺北：國家出版社，2002 年 12 月初版。
16. 林師鶴宜：《晚明戲曲劇種及聲腔研究》，臺北：學海出版社，民國 83 年 10 月初版。
17. 林師鶴宜：《規律與變異——明清戲曲學辨疑》，臺北：里仁書局，民國

92年2月28日初版。
18. 胡雪崗：《溫州南戲論稿》，臺北：國家出版社，2006年元月初版。
19. 俞爲民：《宋元南戲考論》，臺北：臺灣商務印書館，1994年9月初版。
20. 胡世厚、鄭紹基主編：《中國古代戲曲家評傳》，鄭州：中州古籍出版社，1992年7月初版。
21. 施旭升：《中國戲曲審美文化論》，北京：北京廣播學院出版社，2002年初版。
22. 徐朔方：《晚明曲家年譜》，杭州市：浙江古籍古出版社，1993年。
23. 徐扶明：《牡丹亭資料考釋》，上海：上海古籍出版社，1987年。
24. 徐振貴：《中國古代戲劇統論》，濟南：山東教育出版社，1997年9月初版。
25. 孫崇濤：《戲曲十論》，臺北：國家出版社，2005年10月初版。
26. 高禎臨：《明傳奇戲劇情節研究》，臺北：文津出版社，2005年5月初版。
27. 張敬：《明清傳奇導論》，臺北：華正書局，1985年。
28. 陳多：《劇史新説》，臺北：學海出版社，1994年5月初版。
29. 陳多：《戲曲美學》，成都：四川人民出版社，2001年9月初版。
30. 郭英德：《明清文人傳奇研究》，臺北：文津出版社，1991年初版。
31. 郭英德：《明清傳奇史》，南京：江蘇古籍出版社，1999年8月初版。
32. 郭英德：《明清傳奇戲曲文體研究》，北京：商務印書館，2004年7月。
33. 陸萼庭《崑劇演出史稿「修訂本」》，臺北：國家出版社，2002年12月初版。
34. 許建中：《明清傳奇結構研究》，鄭州市：中州古籍出版社，1999年4月初版。
35. 許子漢：《明傳奇排場三要素發展歷程之研究》，臺北：臺大出版委員會出版，1999年。
36. 曾師永義：《詩歌與戲曲》，臺北：聯經出版社，1988年4月初版。
37. 曾師永義：《論説戲曲》，臺北：聯經出版社，1997年。
38. 曾師永義：《中國古典戲劇的認識與欣賞》，臺北市：正中書局，1991年初版。
39. 曾師永義：《明雜劇概論》，臺北：學海出版社，1999年4月二版。
40. 曾師永義：《戲曲源流新論》，臺北：立緒出版社，2000年4月初版。
41. 曾師永義：《從腔調説到崑劇》，臺北：國家出版社，2002年12月初版。
42. 曾師永義：《戲曲與歌劇》，臺北：國家出版社，2004年10月初版。
43. 傅謹：《戲曲美學》，臺北：文津出版社，1995年7月初版。

44. 傅謹：《中國戲劇藝術論》，太原市：山西教育出版社，2003 年 1 月初版。
45. 葉德均：《戲曲小說叢考》，北京：中華書局，1979 年 5 月第 1 版，2004 年 12 月第 2 版第 2 次印刷。
46. 楊振良：《牡丹亭研究》，臺灣：學生書局，1992 年三月初版。
47. 鄒元江：《湯顯祖新論》，臺北：國家出版社，2005 年 6 月初版。
48. 葉長海主編：《中國戲劇研究》福州：福建人民出版社，2006 年 1 月初版。
49. 趙景深：《明清曲談》，上海：古典文學出版社，1957 年 8 月。
50. 趙景深：《讀曲小記》，上海：中華書局，1959 年 7 月。
51. 趙景深：《戲曲筆談》，上海：上海古籍出版社，1962 年 11 月。
52. 趙景深：《讀曲隨筆》，上海：上海文藝出版社，1999 年 1 月。
53. 寧宗一、陸林、田桂民：《明代戲劇研究概述》，天津：天津教育出版社，1992 初版。
54. 蔡欣欣：《臺灣戲曲研究成果述論（1945～2001）》，臺北：國家出版社，2005 年 10 月初版。
55. 劉禎、謝雍君：《崑曲與文人文化》，瀋陽市：春風文藝出版社，2005 年 2 月第 1 版。
56. 鄭傳寅：《中國戲曲文化概論》，新店：志一出版社，1995 年 4 月初版。
57. 鄧長風：《明清戲曲家考略》，上海：上海古籍出版社，1994 年 12 月初版。
58. 顏天佑：《元雜劇八論》，臺北：文史哲出版社，1996 年。
59. 譚坤：《晚明越中曲家群體研究》，上海：上海三聯書店，2005 年 7 月初版。
60. 羅錦堂：《明代劇作家考略》，香港：龍門書店，1966。
61. 蘇國榮《中國劇詩美學風格》，臺北：丹青圖書有限公司，1987 年 6 月 1 日。
62. 顧聆森：《崑曲與人文蘇州》，瀋陽市：春風文藝出版社，2005 年 2 月初版。

## （八）戲曲選目、曲選、劇本

1. 〔元〕高明撰，錢南揚校注：《元本琵琶記校注》，上海：上海古籍出版社，1980 年。
2. 〔明〕李贄：《三刻五種傳奇》，明末刊本，藏於國家圖館善本書室。
3. 〔明〕臧晉叔：《元曲選》，臺北：正文書局，1999 年 9 月 1 日。
4. 〔明〕毛晉：《六十種曲》，北京：中華書局，1958 年。
5. 朱傳譽主編：《全明傳奇續編》，臺北：天一出版社，1996 年。

6. 林侑蒔主編：《全明傳奇》，臺北：天一出版社，1985 年。
7. 黃竹三、馮俊杰主編：《六十種曲評注》，長春：吉林人民出版社，2001 年初版。
8. 曾師永義：《中國古典戲劇選注》，臺北：國家出版社，2004 年初版 6 刷。
9. 隋樹森、秦學人、侯作卿校點：《張鳳翼戲曲集》，北京：中華書局，1994 年 9 月第一版第一刷。

## （九）作家、作品研究資料彙編

1. 〔清〕黃文暘、董康撰：《曲海總目提要》，臺北：新興書局，1979。
2. 李修生主編：《古本戲曲劇目提要》，北京：文化藝術出版社，1997 年 12 月初版。
3. 毛效同：《湯顯祖研究資料匯編》，上海：上海古籍出版社，1980。
4. 郭英德：《明清傳奇綜錄》，石家莊市：河北教育出版社，1997 年 7 月初版。
5. 莊一拂：《古典戲曲存目彙考》，上海：古籍出版社，1982 年。
6. 傅惜華：《明代傳奇全目》，北京：人民文學出版社，1959 年 12 月北京初版。

## （十）其　他

1. 〔元〕夏文彥：《圖繪寶鑑》，見《畫史叢書》第二冊，臺北：文史哲出版社，1974 年。
2. 〔清〕阮元：《十三經注疏》，臺北：藝文印書館，1955 年。
3. 〔清〕章學誠著，葉之英校著：《文史通義校著》，臺北：里仁書局，1984 年。
4. 〔清〕李漁：《窺詞管見》，收於唐圭璋《詞話叢編》(一)，臺北：廣文，1967 年。
5. 王國維：《人間詞話》，臺北：學海書局，1985 年。
6. 馬美信：《晚明文學新探》，臺北：聖環圖書公司，1994 年 6 月 20 日初版。
7. 趙曉華：《中國資本主義萌芽的學術研究與論爭》，南昌市：百花洲文藝出版社，2004 年。
8. 李文彬譯、佛斯特著：《小說面面觀》，臺北：志文出版社，1973 年 9 月初版，1990 年 5 月再版。
9. 朱自清：《詩言志辨》，廣西桂林：廣西師範大學出版社，2004 年 12 月初版。
10. 李天道：《中國美學之雅俗精神》，北京：中華書局，2004 年 10 月初版。
11. 陳榮捷：《王陽明傳習錄詳註集評》，臺北：學生書局，1998 年 2 月修訂版三刷。

## 二、工具書

1. 王森然遺稿、擴編委員會擴編：《中國劇目辭典》，石家莊市：河北教育出版社，1997年。
2. 吳新雷：《中國崑劇大辭典》，南京市：南京大學出版社，2002年5月初版。
3. 洪惟助主編：《崑曲研究資料索引》，臺北：國家出版社，2002年12月初版。
4. 張月中主編：《中國古代戲劇辭典》，哈爾濱市：黑龍江人民出版社，1993年1月初版。

## 三、單篇論文（依姓氏筆畫順序）

### （一）期刊論文、論文集

**【臺灣地區】**

1. 王淑芬：〈呂天成《曲品》題材論探析〉，《親民學報》第八期，民國92年10月，頁233～242。
2. 李師惠綿：〈明代戲曲文律論之開展演變〉，《臺大中文學報》，第二十期，2004年6月，頁135～194。
3. 李佳蓮：〈從抒情本體再論戲曲的美學特質〉，《世新大學人文社會學報》，第五期，頁191～216。
4. 許子漢：〈戲曲「關目」義含之探討〉，《東華人文學報》第二期，2000年7月，頁125～142。
5. 張錦瑤：〈明代曲論「雙美說」〉，《興大人文學報》，第三十五期，2005年6月，頁217～246。
6. 曾師永義：〈再探戲文和傳奇的分野及其質變過程〉，《臺大中文學報》第二十期，2004年6月，頁87～130。
7. 曾師永義：〈中國戲曲之本質〉，《世新中文研究集刊》，第一期，民國94年6月，頁23～66。
8. 蔡師孟珍：〈曲論中的當行本色說〉，師大國文研究所：《中國學術年刊》第14期，1993年3月。

**【大陸地區】**

1. 丁淑梅：〈中國古代曲論中的敘事結構〉，《伊犁師範學院學報》，2002年第2期，頁31～36。

2. 丁和根：〈古典曲論中的情境說初探〉，《藝術百家》，1989 年，第四期。
3. 王政、李培坤：〈格律工美與語言俚俗——明代吳江派戲曲美學之一〉，《唐都學刊》，第 12 卷，1996 年第 1 期，頁 59～62。
4. 王永健：〈「無傳不奇，無奇不傳」——關於崑劇傳「奇」的美學反思〉，《南京大學學報》（哲學．人文．社會科學），1987 年第 4 期。
5. 王長安：〈追求高尚的戲劇品格——祁彪佳的劇作觀〉，《戲曲研究》第 42 輯，1992 年，頁 134～150。
6. 王星琦、張宇生：〈明代戲曲語言理論中的本色論〉，《藝術百家》，1990 年，第一期，頁 30～37。
7. 田根勝：〈明清戲曲境界論的美學意蘊〉，《江西師範大學學報》（哲學社會科學版），1999 年 2 月第 32 卷第 1 期。
8. 田根勝：〈明清曲論境界說的形成和發展〉，《江西師範大學學報》（哲學社會科學版），2001 年 2 月，第 34 卷第 1 卷。
9. 史雨泯：〈戲曲情節結構論〉，《藝術百家》，1995 年，第四期，頁 33～38。
10. 朱建民：〈也談明傳奇的界定〉，《藝術百家》，1998 年第一期，頁 84～89。
11. 吳書蔭：〈從《曲品》看呂天成的戲曲理論〉，《中國文藝思想史論叢》第一輯，北京；北京大學出版社，1984 年 5 月初版，頁 281～299。又收於吳書蔭校註：《曲品校註》（北京：中華書局，1994 年 3 月初版），頁 439～463。
12. 吳書蔭：〈呂天成和他的作品考〉，《戲劇學習》，1982 年第 4 期。又收於吳書蔭校註：《曲品校註》（北京：中華書局，1994 年 3 月初版），頁 422～439。
13. 吳功正：〈戲劇美學的綜合機制論〉，《藝術百家》，1989 年，第四期。頁 18～26。
14. 佘德余：〈徐渭與越外、越中曲家的交往及其對後學曲學的影響〉，《紹興文理學院學報》，第 20 卷第 1 期，2000 年 3 月，頁 18～25。
15. 汪元人：〈戲曲表演的節奏性（上）〉，《藝術百家》，2000 年，第 4 期。
16. 汪元人：〈戲曲表演的節奏性（下）〉，《藝術百家》，2001 年，第 1 期。
17. 何綿山：〈衝突、結構、語言——中國古代戲曲鑑賞叢談〉，《寧德師專學報》（哲社版），1995 年第 2 期，頁 52～55。
18. 吳雙：〈明代戲曲題材論新探〉，《貴州民族學院學報》，1994 年第 2 期，頁 46～51。
19. 吳雙：〈明代戲曲的社會功能論〉，《中國文化研究》，1994 年第四期，頁 40～47。
20. 沈堯：〈戲曲結構的美學特徵〉，收於張庚、蓋叫天等著：《戲曲美學論文集》，臺北市：丹青，1986 年。

21. 周貽白：〈中國戲劇本事取材之沿襲〉，《周貽白戲劇論文選》，湖南：湖南人民出版社，1982 年 5 月初版，頁 245～263。
22. 邱美瓊、胡建次：〈明清戲曲批評視野中的「趣」〉，《河北大學學報》（哲學社會科學版），2004 年第 6 期，第 29 卷。
23. 金登才：〈戲曲的衝突與情節〉，《安徽新戲》，1996 年第 6 期，頁 46～52。
24. 俞爲民：〈明清曲論中的意境論——古代戲曲理論探索之一〉，《藝術百家》，1987 年第二期。
25. 俞爲民：〈呂天成的《曲品》及其戲曲理論〉，《山西師大學報》（社會科學版），第 24 卷第 4 期，1997 年 10 月，頁 16～21。
26. 俞爲民：〈古代曲論中的結構論〉，《南京大學學報》（哲學、人文、社會科學），1987 年第 4 期，頁 108～118。
27. 俞爲民：〈明代戲曲文人化的兩個方面——重評湯沈之爭〉，《東南大學學報》（哲學社會科學版），第 6 卷第 1 卷，2004 年 1 月，頁 96～102。
28. 俞爲民：〈沈璟的曲學成就——江蘇古代戲曲研究之四〉，《藝術百家》，1990 年第一期。
29. 俞爲民：〈南戲流變考述——兼談南戲與傳奇的界限〉，《藝術百家》，2002 年第一期，頁 44～54。
30. 俞爲民：〈論明代戲曲的文人化特徵（上）〉，《東南大學學報》（哲學社會科學版），第 4 卷第 1 期，2002 年 1 月，頁 94～97。
31. 俞爲民：〈論明代戲曲的文人化特徵（下）〉，《東南大學學報》（哲學社會科學版），第 4 卷第 2 期，2002 年 3 月，頁 79～84。
32. 俞爲民：〈南戲的產生及其市民性〉，《上海戲劇學院學報》，2005 年第 3 期，頁 78～89。
33. 俞爲民：〈明代南京書坊刊刻戲曲考述〉，《藝術百家》，1997 年第四期，頁 43～50。
34. 俞爲民：〈崑山腔的產生流遍考論〉，《南京大學學報》（哲學、人文科學、社會科學），2004 年第一期，頁 118～126。
35. 胡世均：〈戲曲劇本的結構與節奏〉，《戲曲藝術》，1994 年第 3 期，頁 21～24。
36. 段庸生：〈元代戲曲理論述評〉，《湖北教育學院學報》（哲社版），第 12 卷第 2 期，1995 年 6 月，頁 25～33。
37. 徐大軍：〈從「雜劇」、「傳奇」的稱名看元人戲劇觀念的分野及其意義〉，《上海戲劇學院學報》，2004 年第 6 期，頁 101～106。
38. 徐朔方：〈王驥德呂天成年譜引論〉，《藝術百家》，1992 年 1 月。

39. 徐又良：〈論明代王驥德的戲曲理論〉，《黃岡師專學報》，第 14 卷第 3 期，1994 年 8 月，頁 33～38。
40. 徐子方：〈家樂——明代特有的演出場所〉，《戲劇》，2002 年第 2 期，頁 133～137。
41. 馬也：〈中國傳統戲曲結構特徵三題——兼談話劇與戲曲結構的區別〉，《戲曲研究》第 10 輯，1983 年 9 月，頁 110～133。
42. 馬焯榮：〈戲曲結構三題〉，《戲曲研究》第 8 輯，1983 年 5 月，頁 78～93。
43. 陳維昭：〈中國古典戲曲理論中「當行本色」論〉，《汕頭大學學報》（人文社會科學版），2002 年第 3 期。
44. 陳維昭：《戲曲品鑒與書畫品鑒》，《戲劇藝術》，2005 卷 6 期，2005 年 12 月，頁 41～48。
45. 陳軍：〈論湯沈之爭（上）〉，《襄樊職業技術學院學報》，第 2 卷第 4 期，2003 年 8 月，頁 25～27。
46. 陳軍：〈論湯沈之爭（下）〉，《襄樊職業技術學院學報》，第 2 卷第 6 期，2003 年 12 月，頁 61～64。
47. 陳軍：〈論「本色」與「當行」〉，《雲南師範大學學報》，第 36 卷第 5 期，2004 年 9 月，頁 81～88。
48. 陶禮天：〈戲曲理論批評之審美「趣味」論〉，《中國人民大學學報》，2003 年第五期
49. 郭英德：〈明清傳奇戲曲敘事結構的演化〉，《求是學刊》，2004 年 1 月，第 31 卷第 1 期，頁 90～96。
50. 郭英德：〈敘事性：古代小說與戲曲的雙向滲透〉，《文學遺產》，1995 年第 4 期，頁 63～71。
51. 郭英德：〈元明文學傳播與文學接受〉，《求是學刊》，1999 年第 2 期，頁 76～82。
52. 郭英德：〈中國古代文體型態學略論〉，《求索》，2001 年第 5 期。
53. 張新建：〈中國戲曲窠臼面面觀〉，《中華戲曲》第十五輯，頁 229～248。
54. 張憲彬：〈淺談中國戲曲中的「敘事性」〉，《河南電大》，1998 年第 2 期，頁 6～10。
55. 曾維才：〈簡論中國古代戲曲劇目品第批評〉，《上海藝術家》，2000 年第 6 期，頁 19～20。
56. 溫莉：〈淺論戲曲中的本色論〉，《新疆教育學院學報》（漢文綜合版），第 22 卷第 1 期，1994 年第 1 期，頁 109～141。
57. 黃仕忠：〈明清戲曲之發展與本色論〉，《藝術百家》，1990 年第四期，頁 45～52。

58. 黃仕忠：〈元明戲曲觀念之變遷——以《琵琶記》的評論與版本比較爲線索〉，《藝術百家》，1996 年第四期，頁 14～24。
59. 楊東甫：〈「本色」「當行」比較論〉，《廣西師院學報》（哲學社會科學版），第 23 卷第 2 期，2002 年 4 月。
60. 齊森華：〈試論明代家樂勃興及其對戲劇發展的作用〉，《社會科學戰線》，2000 年第 1 期，頁 115～123。
61. 解預峰：〈明代曲論中的當行論〉，《學術月刊》，1999 年第 9 期，頁 72～76。
62. 趙山林：〈古代曲論中的觀眾位置〉，《藝術百家》，第四期，1988 年，頁 31～40。
63. 趙山林：〈古代曲論的「本色」論〉，《文藝理論研究》，1998 年第 2 期。
64. 劉求長：〈中西文論對文學虛構性特徵的認識及其差異〉，《烏魯木齊職業大學學報》，第 11 卷第 4 期，2002 年 12 月，頁數 20～22。
65. 劉南南：〈祁彪佳和呂天成的曲品著作比較〉，《蘇州大學學報》（社會科學版）第 33 卷第 4 期，2005 年 7 月，頁 53～56。
66. 劉水云：〈簡論明清家樂對戲劇發展的影響〉，《上海戲劇學院學報》，2004 年第 4 期，頁 75～86。
67. 劉水云：〈家樂騰踴——明清戲劇興盛的隱性背景〉，《文藝研究》，2003 年第 1 期，94～103。
68. 劉漢光：〈戲曲意境論概說〉，《藝術百家》，2004 年，第 5 期。
69. 劉漢光：〈戲曲本色論的內涵和發展〉，《廣東民族學院學報》（社會科學版），1995 年第 2 期，總第 33 期，頁 9～15。
70. 韓斌生：〈虛實．意境——戲曲美學品格摭談〉，《藝術百家》，1992 年第二期。
71. 鍾明奇：〈試論「以時文爲南曲」〉，《藝術百家》，1988 年第三期，頁 100～105。
72. 藍凡：〈呂天成品評戲劇作品的美學標準〉，《古代文學理論研究》第八輯，上海古籍出版社，新華書店上海發行，1979 年。
73. 譚帆：〈「文人之品」和「行家之品」——呂天成、祁彪佳戲曲審美思想的比較〉，《藝術百家》，1987 年第一期，頁 87～93。
74. 譚帆：〈中國古代曲論研究的回顧與展望〉，《文藝研究》，2000 年第 1 期，頁 73～81。
75. 譚坤：〈呂天成戲曲境界說略論〉，《東莞理工學院學報》，第 11 卷第 2 期，2004 年 6 月，頁 60～63。
76. 譚坤：〈論明代戲曲觀念的演變和確立〉，《藝術百家》，2005 年第 1 期。

77. 譚坤：〈明代戲曲品評方法芻議〉，《常州工學院學報》（社科版），23 卷 4 期，2005 年 12 月，頁 57～60。
78. 譚源材：〈古代戲曲結構學綜論〉，《戲曲研究》第 42 輯，1992 年，頁 1～14。
79. 龔鵬程：〈論本色〉，《詩史本色與妙悟》，臺北：臺灣學生書局，1993 年 2 月，頁 93～136。

## （二）學位論文

**【臺灣地區】**

1. 王淑芬：《呂天成〈曲品〉戲曲觀之研究》，政治大學中文所碩士論文，李殿魁先生指導，1994 年 6 月。
2. 王書珮：《明代戲曲理論的對峙與合流：以〈西廂記〉、〈拜月亭〉、〈琵琶記〉的高下之爭爲線索》，中興大學中文所碩士論文，顏天佑先生指導，1996 年。
3. 李師惠綿：《王驥德曲論研究》，臺灣大學中文所碩士論文，曾師永義指導，1988 年 6 月。
4. 李相喆：《明代戲曲創作論研究》，臺灣師範大學國文研究所博士論文，李殿魁先生指導，1995 年。
5. 余靜蕙：《沈璟現存傳奇研究》，東吳大學中文所碩士論文，曾師永義指導，1989 年。
6. 林師鶴宜：《阮大鋮石巢四種研究》，東海大學中文所碩士論文，張敬先生指導，1985 年。
7. 邱瓊慧：《祁彪佳戲曲理論研究》，政治大學中文所碩士論文，洪惟助先生指導，1992 年。
8. 金聖敏：《沈璟義俠記研究》，政治大學中文所碩士論文，呂凱先生指導，1985 年。
9. 侯雲舒：《明清戲劇理論之結構概念研究》，中山大學中文所碩士論文，王安祈先生指導，1993 年。
10. 侯淑娟：《明代戲曲本色論》，東吳大學中文所碩士論文，張敬先生指導，1991 年。
11. 孫小英：《沈璟與湯顯祖之比較研究》，政治大學中文所碩士論文，盧元駿先生指導，1975 年。
12. 陳芳英：《明代劇學研究》，臺灣大學中文所博士論文，張敬先生指導，1983 年。
13. 陳慧珍：《明代文士化南戲之研究》，臺灣大學中文所碩士論文，曾師永義指導，1997 年。

14. 鄺采芸：《晚明戲曲理論之發展與轉型——以《牡丹亭》的流傳討論爲線索》，政治大學中文所碩士論文，黃志民先生指導，1995 年。

15. 鐘雪寧：《所謂「湯沈之爭」的形成與發展》，臺灣大學中文所碩士論文，曾師永義指導，1995 年。

【大陸地區】

1. 楊豔琪：《祁彪佳及其〈遠山堂曲品、劇品〉研究》，上海：復旦大學，中國語言文學研究所博士論文，黃森先生指導，2003 年 4 月 28 日。